HEYNE <

Das Buch

Michael Brock ist der aufsteigende Stern bei Drake & Sweeney, einer großen einflussreichen Anwaltskanzlei in Washington, D.C. Das Geld stimmt, und die Aussichten auf eine Teilhaberschaft sind für den jungen Anwalt mehr als gut. Ein Leben auf der Überholspur, keine Zeit zum Stehenbleiben, zum Nachdenken, keine Zeit, auf das Gewissen zu achten.

Doch dann gibt eine gewalttätige Begegnung mit einem Obdachlosen Michaels Leben eine unerwartete Richtung. Der junge Anwalt überlebt, der Geiselnehmer nicht.

Wer war dieser Mann, was trieb ihn zu dieser Wahnsinnstat? Michael stellt Nachforschungen an, gräbt in der Geschichte des Mannes und findet ein schmutziges Geheimnis, in das die ehrbare Kanzlei Drake & Sweeney verwickelt ist.

Plötzlich findet sich Michael auf der anderen Seite wieder, die Bilder des Elends inmitten von Wohlstand lassen ihn nicht mehr los. Als ›street lawyer‹ kämpft er einen ungleichen Kampf gegen die Allianz von Macht und Geld.

Der Autor

John Grisham wurde 1955 in Arkansas geboren. Anfang der 80er Jahre war er in Mississippi als Anwalt tätig. Sein erster Gerichtsthriller *Die Jury* erschien 1988, mit dem zweiten Buch *Die Firma* gelang ihm der internationale Durchbruch, seitdem stehen seine Bücher stets ganz oben auf den Bestsellerlisten. Zahlreiche seiner Romane dienten als Vorlage zu Hollywoodfilmen, die allesamt zu Kassenschlagern wurden. John Grisham lebt mit seiner Familie in Virginia und Mississippi. Alle seine Romane sind im Taschenbuch im Wilhelm Heyne Verlag lieferbar.

John Grisham

Der Verrat

Roman

Aus dem Amerikanischen
von Dirk van Gunsteren

WILHELM HEYNE VERLAG
MÜNCHEN

Titel der Originalausgabe
THE STREET LAWYER

Umwelthinweis:
Das Buch wurde auf
chlor- und säurefreiem Papier gedruckt.

Taschenbuchausgabe 01/2005

Die Hardcover-Ausgabe erschien im Verlag Hoffmann und Campe

Printed in Germany 2005
Umschlagillustration: LOOK/Hauke Dressler, München
Umschlaggestaltung: Hauptmann und Kampa Werbeagentur, München–Zürich
Satz: Pinkuin Satz und Datentechnik, Berlin
Druck und Bindung: GGP Media GmbH, Pößneck
http://www.heyne.de

ISBN 3-453-72021-0

1

Der Mann mit den Gummistiefeln trat hinter mir in den Aufzug, doch zunächst sah ich ihn nicht. Allerdings roch ich ihn: den stechenden Geruch nach Rauch und billigem Wein und einem Leben auf der Straße, ohne Seife. Auf der Fahrt hinauf waren wir allein, und als ich ihm schließlich einen Blick zuwarf, sah ich die schwarzen, schmutzigen und viel zu großen Stiefel. Unter dem abgetragenen, zerrissenen Trenchcoat, der ihm bis zu den Knien reichte, waren Schichten ungewaschener Kleider, die am Bauch Falten warfen und ihn stämmig, ja beinahe dick wirken ließen. Dabei war er alles andere als das. Im Winter tragen die Obdachlosen in Washington alle Kleider, die sie besitzen, am Körper – jedenfalls sehen sie so aus.

Er war schwarz und nicht mehr jung. Sein Bart und seine Haare waren halb ergraut und seit Jahren weder gewaschen noch geschnitten worden. Er trug eine dunkle Sonnenbrille, sah starr geradeaus und ignorierte mich vollkommen. Sein Verhalten war so, dass ich mich einen Augenblick lang fragte, warum ich ihn eigentlich musterte.

Er gehörte nicht hierher. Er gehörte nicht in dieses Gebäude und in diesen Aufzug. Es war ein Ort, den er sich nicht leisten konnte. Die Rechtsanwälte auf diesen acht Etagen arbeiteten für Stundensätze, die mir auch nach sieben Jahren noch obszön erschienen.

Er war bloß irgendein Penner, der sich mal aufwärmen wollte. In der Innenstadt von Washington passierte das andauernd. Bei uns gab es für so was einen Sicherheitsdienst.

Der Aufzug hielt in der fünften Etage, und jetzt erst fiel mir auf, dass der Mann keinen Knopf gedrückt, keine Etage gewählt hatte. Er folgte mir. Ich stieg schnell aus, und als ich in das schicke, mit Marmor ausgekleidete Foyer von Drake & Sweeney trat, warf ich einen kurzen Blick über die Schulter. Der Mann stand im Aufzug, sah noch immer starr geradeaus und beachtete mich auch jetzt nicht.

Madame Devier, eine unserer sehr energischen Empfangsdamen, begrüßte mich mit ihrem üblichen geringschätzigen Blick. »Behalten Sie den Aufzug im Auge«, sagte ich.

»Warum?«

»Ein Penner. Sie sollten vielleicht den Sicherheitsdienst rufen.«

»Diese schräcklischen Menschen«, sagte sie mit ihrem dick aufgetragenen französischen Akzent.

»Und Desinfektionsspray.«

Ich zog im Gehen meinen Mantel aus und hatte den Mann mit den Gummistiefeln schon fast vergessen. Heute Nachmittag würde ich eine Besprechung nach der anderen haben, wichtige Besprechungen mit wichtigen Leuten. Ich bog um eine Ecke und wollte gerade etwas zu Polly, meiner Sekretärin, sagen, als ich den ersten Schuss hörte.

Madame Devier stand wie versteinert hinter ihrem Tisch und starrte in die Mündung einer beeindruckend langen Pistole, die unser Freund, der Penner, in der Hand hielt. Da ich der Erste war, der ihr zu Hilfe eilte, richtete er die Waffe höflicherweise auf mich, worauf ich ebenfalls zu Stein erstarrte.

»Nicht schießen«, sagte ich und hob die Hände. Ich hatte so viele Filme gesehen, dass ich genau wusste, wie ich mich zu verhalten hatte.

»Halten Sie die Klappe«, nuschelte er sehr gelassen.

Hinter mir hörte ich Stimmen auf dem Gang. Jemand

schrie: »Er hat eine Pistole!« Dann entfernten sich die Stimmen und wurden leiser und leiser: Meine Kollegen rannten zur Feuertreppe. Wahrscheinlich fehlte nicht viel und sie wären aus den Fenstern gesprungen.

Links von mir war eine schwere Holztür, die zu einem Konferenzraum führte. Dort saßen gerade acht unserer Anwälte aus der Prozessabteilung – acht abgebrühte, furchtlose Prozessanwälte, die ihre Zeit auf Erden damit verbrachten, andere fertig zu machen. Der Härteste von ihnen war ein kampflustiger kleiner Terrier namens Rafter, und als er die Tür aufriss und rief: »Was ist das für ein Lärm hier?«, richtete sich die Waffe auf ihn, und der Mann in den Gummistiefeln hatte gefunden, was er gesucht hatte.

»Runter mit der Pistole!«, befahl Rafter, und im nächsten Augenblick zerriss ein weiterer Schuss die Stille im Foyer. Die Kugel schlug weit über Rafters Kopf in die Decke ein und verwandelte ihn in einen bloßen Sterblichen. Der Mann zielte wieder auf mich und nickte. Ich gehorchte und trat hinter Rafter in den Konferenzraum. Das Letzte, was ich von der Welt außerhalb dieses Raumes sah, war Madame Devier, die geschockt und zitternd an ihrem Tisch stand. Der Kopfhörer mit Mikrofon hing um ihren Hals, die hochhackigen Schuhe standen ordentlich neben dem Papierkorb.

Der Mann mit den Gummistiefeln schlug die Tür zu und schwenkte die Pistole langsam hin und her, damit alle acht Prozessanwälte sie bewundern konnten. Sie schienen gebührend beeindruckt. Der Geruch des Pulverdampfes überdeckte den des Mannes.

Das beherrschende Möbelstück in diesem Raum war ein langer Tisch voller Dokumente und Papiere, die eben noch schrecklich wichtig gewesen waren. Die Fenster gingen auf den Parkplatz, und die beiden Türen führten auf den Gang.

»Alle an die Wand«, befahl der Mann, und dass er dabei die entsprechende Bewegung mit der Pistole machte, verlieh seinen Worten erheblichen Nachdruck. Dann hielt er sie sehr nah an meinen Kopf und sagte: »Schließen Sie die Tür ab.«

Was ich tat.

Kein Wort von den acht Anwälten, als sie an die Wand zurückwichen. Kein Wort von mir, als ich rasch die Tür verriegelte und ihn um Anerkennung heischend ansah.

Aus irgendeinem Grund dachte ich die ganze Zeit an das Postamt und all die schrecklichen Schießereien: Der unzufriedene Angestellte bringt nach der Mittagspause ein ganzes Waffenarsenal mit und löscht fünfzehn Kollegen aus. Ich dachte an Massaker auf Spielplätzen, an Gemetzel in Hamburger-Restaurants.

Dort waren die Opfer allerdings unschuldige Kinder und unbescholtene Bürger gewesen. Wir dagegen waren ein Rudel Anwälte!

Knurrend und mit der Pistole dirigierend, reihte er die acht anderen an der Wand auf. Als er mit dem Arrangement zufrieden war, wandte er seine Aufmerksamkeit wieder mir zu. Was hatte er vor? Wollte er uns ausfragen? Wenn ja, dann würde er von mir alles erfahren, was er wissen wollte. Wegen der Sonnenbrille konnte ich seine Augen nicht erkennen. Er dagegen sah meine, und die Pistole war direkt auf sie gerichtet.

Er zog den schmutzigen Trenchcoat aus, faltete ihn zusammen, als wäre er neu, und legte ihn mitten auf den Tisch. Der Geruch der mir im Aufzug in die Nase gestochen war, breitete sich aus, erschien mir aber nicht mehr wichtig. Der Mann stand am Kopfende des Tisches und zog langsam die nächste Schicht Kleidung aus – eine weite, graue Strickjacke.

Dass sie weit war, hatte seinen Grund. Darunter trug er eine Reihe roter Stangen, die für mein ungeübtes Auge wie Dynamit aussahen. In ihren Enden steckten bunte, an Spaghetti erinnernde Drähte, und das alles war mit silbergrauem Klebeband befestigt.

Mein erster Impuls war zu flüchten, mit wild fuchtelnden Armen und Beinen zur Tür zu rennen und auf Glück und einen schlecht gezielten Schuss zu hoffen, während ich am Schloss herumfummelte, und auf einen zweiten schlecht gezielten Schuss, wenn ich durch die Tür auf den Gang stürzte. Doch meine Knie zitterten, und das Blut war mir in den Adern gefroren. Die acht an der Wand keuchten und stöhnten leise, und das schien den Geiselnehmer zu stören. »Ruhe, bitte«, sagte er im Ton eines geduldigen Professors. Seine Gelassenheit entnervte mich. Er rückte ein paar der Spaghetti an seinem Bauch zurecht und zog dann ein Klappmesser und ein ordentlich aufgerolltes gelbes Nylonseil aus einer Tasche seiner geräumigen Hose.

Zu allem Überfluss richtete er die Pistole auf die entsetzten Gesichter vor sich und sagte: »Ich will keinem wehtun.«

Das war nett, aber nicht glaubwürdig. Ich zählte zwölf Stangen und war mir sicher, dass diese Menge ausreichte, mir einen schnellen und schmerzlosen Tod zu verschaffen.

Die Pistole zielte wieder auf mich. »Sie«, sagte der Mann, »werden sie fesseln.«

Rafter hatte genug. Er machte einen kleinen Schritt vorwärts und sagte: »Hören Sie, mein Freund, was wollen Sie eigentlich?«

Die dritte Kugel schlug über seinem Kopf in der Decke ein. Der Schuss klang wie Kanonendonner, und im Foyer schrie Madame Deviers oder irgendeine andere Frau. Rafter duckte sich, und als er wieder hochkam, stieß Umstead ihm seinen kräftigen Ellbogen in die Brust und schob ihn wieder an die Wand zurück.

»Halt's Maul«, sagte Umstead mit zusammengebissenen Zähnen.

»Nennen Sie mich nicht ›mein Freund‹«, sagte der Mann, und sogleich existierte diese Anrede nicht mehr.

»Wie möchten Sie denn angeredet werden?«, fragte ich, denn ich hatte das Gefühl, dass ich dabei war, so etwas wie der Sprecher der Geiseln zu werden. Ich sagte es sehr leise und mit großem Respekt, und das gefiel ihm.

»Mister«, sagte er, und alle Anwesenden waren sich einig, dass dies eine sehr gute Anrede sei.

Das Telefon läutete, und für einen Augenblick dachte ich, er werde darauf schießen, doch er machte nur eine Geste mit der Pistole. Ich stellte den Apparat vor ihn auf den Tisch. Er nahm den Hörer mit der linken Hand ab; in der rechten hielt er die Pistole, und die zielte noch immer auf Rafter.

Wenn wir hätten abstimmen dürfen, wäre Rafter das erste Opferlamm gewesen. Acht zu eins.

»Hallo?«, sagte Mister. Er hörte kurz zu und legte auf. Dann ging er langsam rückwärts zu dem Sessel am Kopfende des Tisches und setzte sich.

»Nehmen Sie das Seil«, sagte er zu mir.

Ich sollte die acht an den Handgelenken aneinander fesseln. Ich schnitt das Seil in Stücke, machte die Knoten und versuchte, nicht in die Gesichter meiner Kollegen zu sehen, deren Tod ich beschleunigte. Ich spürte förmlich, wie die Pistole auf meinen Rücken zielte. Er wollte, dass alle stramm gefesselt waren, und ich bemühte mich, ihm zu zeigen, wie fest ich das Seil anzog, während ich es in Wirklichkeit so lose wie möglich ließ.

Rafter murmelte etwas, und ich hätte ihn am liebsten geohrfeigt. Umstead konnte, als ich den Knoten geknüpft hatte, die Handgelenke so bewegen, dass die Schlinge fast herabfiel. Malamud schwitzte und atmete flach. Er war nicht nur der älteste von uns, sondern auch der einzige Teilhaber, und er hatte vor zwei Jahren seinen ersten Herzinfarkt überstanden.

Ich musste Barry Nuzzo ansehen, meinen einzigen Freund in dieser Runde. Wir waren gleich alt – zweiunddreißig – und zur selben Zeit in die Kanzlei eingetreten. Er war in Princeton gewesen, ich in Yale. Sowohl seine als auch meine Frau stammten aus Providence. Seine Ehe lief gut: drei Kinder in vier Jahren. Meine befand sich im Endstadium eines langen Niedergangs.

Unsere Blicke trafen sich. Wir dachten beide an seine Kinder, und ich fand, dass ich von Glück reden konnte, keine zu haben.

Wir hörten die Erste von vielen Sirenen, und Mister befahl mir, die Jalousien herunterzulassen. Ich machte mich gewissenhaft an die Arbeit und suchte mit den Augen den Parkplatz dort unten ab, als wäre ich in Sicherheit, wenn mich jemand sähe. Ein einsamer Polizeiwagen stand mit blinkenden Lichtern da. Er war leer – die Polizisten waren bereits im Gebäude.

Da waren wir also: neun weiße Jungs und Mister.

Laut letzter Zählung beschäftigten Drake & Sweeney achthundert Anwälte in Kanzleien in aller Welt. Die Hälfte davon arbeitete in Washington, D.C., in diesem Gebäude, in das Mister soeben eingedrungen war. Er befahl mir, den ›Boss‹ anzurufen und ihm zu sagen, er sei bewaffnet und trage eine Bombe aus zwölf Dynamitstäben am Körper. Ich rief Rudolph, den leitenden Teilhaber meiner Abteilung – der Abteilung für Kartellrecht –, an und gab die Nachricht weiter.

»Ist bei Ihnen alles in Ordnung, Mike?«, fragte er. Mister hatte den Telefonlautsprecher auf größte Lautstärke gestellt.

»Alles ganz wunderbar«, sagte ich. »Bitte tun Sie, was er will.«

»Was will er denn?«

»Das weiß ich noch nicht.«

Mister machte ein Zeichen mit seiner Pistole. Das Gespräch war beendet.

Auf einen weiteren Wink hin blieb ich neben dem Konferenztisch stehen, nur ein, zwei Schritte von Mister entfernt, der die irritierende Angewohnheit entwickelt hatte, geistesabwesend mit den Drähten an seiner Brust zu spielen.

Er sah hinunter und zupfte an einem roten Draht. »Wenn ich den hier rausziehe, ist alles vorbei.« Nach dieser kleinen Warnung sahen mich die Augen hinter der Sonnenbrille an. Ich hatte das Gefühl, etwas sagen zu müssen.

»Warum sollten Sie das tun?«, fragte ich in dem verzweifelten Bemühen, ein Gespräch in Gang zu bringen.

»Ich will es ja gar nicht tun, aber warum sollte ich es lassen?«

Seine Ausdrucksweise fiel mir auf. Er sprach in langsamen, gemessenem Rhythmus und verschluckte keine Silbe. Im Augenblick mochte er ein Penner sein, aber er hatte sicher schon bessere Tage gesehen.

»Warum sollten Sie uns umbringen?«, fragte ich ihn.

»Ich diskutiere nicht mit Ihnen«, erwiderte er. Keine weiteren Fragen, euer Ehren.

Ich bin Rechtsanwalt und lebe nach der Uhr, und so sah ich auf meine Armbanduhr, damit später alles ordnungsgemäß festgehalten werden konnte – vorausgesetzt, es gelang uns irgendwie zu überleben. Es war zwanzig nach eins. Mister wollte Ruhe, und so ertrugen wir eine nervenaufreibende Stille, die vierzehn Minuten dauerte.

Ich konnte nicht glauben, dass wir sterben würden. Es schien kein Motiv, keinen Grund zu geben, uns zu töten. Ich war mir sicher, dass keiner von uns diesem Mann je zuvor begegnet war, und mir fiel die Fahrt mit dem Aufzug ein und die Tatsache, dass er offenbar kein bestimmtes Ziel gehabt hatte. Er war bloß ein Verrückter, der Geiseln nehmen wollte, und damit erschiene das Blutbad nach heutigen Maßstäben leider als etwas beinahe Normales.

Es war genau die Art von sinnlosem Gemetzel, das vierundzwanzig Stunden Schlagzeilen machen und für Kopfschütteln sorgen würde. Und dann würden Witze über tote Anwälte die Runde machen.

Ich sah schon die Überschriften und hörte schon die Reporter, aber ich weigerte mich zu glauben, dass es passieren würde.

Aus dem Foyer drangen Stimmen, draußen jaulten die Polizeisirenen; irgendwo auf dem Gang krächzte das Sprechfunkgerät eines Polizisten.

»Was haben Sie zu Mittag gegessen?«, wollte Mister von mir wissen. Seine Stimme durchschnitt die Stille. Ich war zu überrascht, um mir eine Lüge auszudenken, zögerte einen Augenblick und sagte: »Gegrillte Hähnchenbrust in Sherrysauce.«

»Allein?«

»Nein, ich war mit einem Freund verabredet.« Mit einem ehemaligen Kommilitonen aus Philadelphia.

»Wie hoch war die Rechnung für Sie beide?«

»Dreißig Dollar.«

Das gefiel ihm nicht. »Dreißig Dollar«, wiederholte er. »Für zwei Personen.« Er schüttelte den Kopf und musterte die acht Prozessanwälte. Wenn er vorhatte, sie zu befragen, dann hoffte ich, dass sie lügen würden. Unter ihnen waren ein paar Feinschmecker, die schon für eine Vorspeise dreißig Dollar ausgaben.

»Wissen Sie, was ich zu Mittag gegessen habe?«, fragte er mich.

»Nein.«

»Suppe. Suppe und Cracker in einer Obdachlosenunterkunft. Die Suppe war umsonst, und ich war froh, dass ich welche bekommen habe. Wissen Sie eigentlich, dass man mit dreißig Dollar hundert von meinen Freunden satt kriegen könnte?«

Ich nickte so ernst, als würde mir soeben die Schwere meiner Verfehlung bewusst.

»Sammeln Sie alle Brieftaschen, Geldscheine, Uhren und Schmuckstücke ein«, sagte er mit einem Schlenker der Pistole.

»Darf ich fragen, warum?«

»Nein.«

Ich legte Brieftasche, Uhr und Bargeld auf den Tisch und begann, die Taschen der anderen Geiseln auszuräumen.

»Das ist für die Hinterbliebenen«, sagte Mister, und wir alle erbleichten.

Er befahl mir, alles in einen Aktenkoffer zu legen, diesen zu verschließen und dann wieder den ›Boss‹ anzurufen. Rudolph nahm nach dem ersten Rufton ab. Vor meinem geistigen Auge sah ich den Leiter des Einsatzkommandos neben ihm sitzen.

»Rudolph, ich bin's wieder, Mike. Die Freisprechanlage ist eingeschaltet.«

»Ja, Mike. Ist jemand verletzt?«

»Nein. Der Herr mit der Pistole möchte, dass ich die Tür, die dem Foyer am nächsten ist, ein Stück aufmache und einen schwarzen Aktenkoffer auf den Gang stelle. Danach werde ich die Tür wieder schließen und verriegeln. Haben Sie verstanden?«

»Ja.«

Die Mündung der Pistole lag an meinem Hinterkopf, als ich die Tür langsam einen Spalt breit öffnete und den Aktenkoffer auf den Gang warf. Ich sah keine Menschenseele.

Nur wenige Dinge stehen zwischen dem Anwalt einer großen Kanzlei und der Freude, honorarfähige Stunden zu berechnen. Eines davon ist Schlaf, doch die meisten von uns schliefen nur wenig. Essen ist eine durchaus honorarfähige Tätigkeit, insbesondere wenn es um ein Mittagessen geht, das der Mandant bezahlt. Die Minuten schleppten sich dahin, und ich fragte mich, wie die anderen vierhundert Anwälte es anstellten, die Zeit zu berechnen, in der sie darauf warteten, dass die Geiselnahme zu Ende ging. Vor meinem geistigen Auge sah ich sie auf dem Parkplatz, wo die meisten wahrscheinlich in ihren Wagen saßen, um sich warm zu halten, und per Handy mit irgendwelchen Mandanten sprachen, nur damit sie jemandem etwas in Rechnung stellen konnten. Ich kam zu dem Schluss, dass die Geschäfte der Kanzlei reibungslos weiterliefen.

Einigen dieser Halsabschneider dort unten war es vollkommen gleichgültig, *wie* diese Sache zu Ende ging – Hauptsache, sie ging schnell zu Ende.

Mister schien ein wenig einzudösen. Sein Kinn sackte nach unten, und er atmete tiefer. Rafter machte durch einen kurzen Knurrlaut auf sich aufmerksam und gab mir durch eine Kopfbewegung zu verstehen, ich solle etwas unternehmen. Das Problem war nur, dass Mister in der rechten Hand eine Pistole hatte, und wenn er tatsächlich ein Nickerchen machte, dann tat er es, ohne den gefährlichen roten Draht, den er in der Linken hielt, loszulassen.

Und Rafter wollte, dass ich den Helden spielte. Obgleich er der ausgekochteste und erfolgreichste Prozessanwalt der Kanzlei war, hatte man ihn noch nicht zum Teilhaber gemacht. Er war nicht in meiner Abteilung, und wir waren nicht in der Armee. Ich nahm keine Befehle entgegen.

»Wie viel Geld haben Sie im letzten Jahr verdient?«, fragte Mister, der einen hellwachen Eindruck machte, mich mit klarer Stimme.

Wieder war ich überrascht. »Ich … äh … Da muss ich nachdenken …«

»Und lügen Sie mich nicht an.«

»Hundertzwanzigtausend.«

Auch diese Auskunft gefiel ihm nicht. »Und wie viel haben Sie gespendet?«

»Gespendet?«

»Ja. An wohltätige Einrichtungen.«

»Ach so. Tja, das weiß ich nicht so genau. Um die Rechnungen und so weiter kümmert sich meine Frau.«

Alle acht Prozessanwälte schienen gleichzeitig von einem Bein auf das andere zu treten.

Auch diese Antwort gefiel Mister nicht, und er war nicht bereit, sich damit abspeisen zu lassen. »Wer füllt Ihre Steuererklärung aus?«

»Sie meinen für die Einkommensteuer?«

»Genau.«

»Das macht unsere Steuerabteilung, unten, in der ersten Etage.«

»In diesem Gebäude?«

»Ja.«

»Dann lassen Sie sie kommen. Lassen Sie die Steuererklärungen aller Leute hier im Raum kommen.«

Ich sah die anderen an. Ein paar von ihnen machten Gesichter, als wollten sie sagen: »Erschieß mich lieber sofort!« Ich zögerte wohl etwas zu lange, denn Mister rief: »Und zwar sofort.« Ein Wink mit der Pistole unterstrich seinen Wunsch.

Ich rief Rudolph an, der ebenfalls zögerte, sodass ich laut werden musste. »Faxen Sie sie uns«, rief ich. »Nur die vom letzten Jahr.«

Während der folgenden fünfzehn Minuten starrten wir auf das Faxgerät in der Ecke, als fürchteten wir, Mister könnte uns erschießen, wenn unsere Steuererklärungen nicht schleunigst übermittelt wurden.

2

Als frisch ernannter Schreiber der Gruppe setzte ich mich auf einen Stuhl, den Misters Pistole mir angewiesen hatte. Vor mir lag ein Stapel Faxkopien. Meine Kollegen standen nun schon seit fast zwei Stunden an der Wand, aneinander gefesselt und kaum in der Lage, sich zu rühren. Sie sackten langsam in sich zusammen und sahen ziemlich angeschlagen aus.

Ihr Unbehagen sollte sich jedoch noch deutlich steigern.

»Sie zuerst«, sagte Mister. »Wie heißen Sie?«

»Michael Brock«, antwortete ich höflich. Freut mich, Sie kennen zu lernen.

»Wie viel haben Sie letztes Jahr verdient?«

»Das habe ich Ihnen doch schon gesagt: hundertzwanzigtausend, vor Steuern.«

»Und wie viel haben Sie gespendet?«

Ich war sicher, dass ich ihm etwas vorlügen konnte. Zwar war ich kein Steueranwalt, doch ich würde seinen Fragen geschickt ausweichen können. Ich fand meine Steuererklärung und blätterte sie durch. Claire hatte als Assistenzärztin im zweiten Jahr einunddreißigtausend verdient, sodass wir ein ganz ansehnliches Bruttoeinkommen hatten. Allerdings mussten wir dreiundfünfzigtausend Dollar abführen – für die Einkommensteuer und eine verblüffende Vielzahl anderer Steuern –, und nach Abzug der Tilgungsraten für die Studienkredite, der Ausgaben für Claires berufliche Weiterbildung, der Kosten für eine sehr hübsche Wohnung in Georgetown (zweitausendvierhundert pro Monat), zwei neue Wagen mit den üblichen Leasingverträgen und einen Haufen anderer Annehmlichkeiten, die zu einem komfortablen Leben gehören, hatten wir nur zweiundzwanzigtausend in Investmentfonds angelegt.

Mister wartete geduldig. Seine Geduld begann mir auf die Nerven zu gehen. Ich nahm an, dass die Männer des Einsatzkommandos inzwischen durch Luftschächte krochen, auf nahe gelegene Bäume kletterten, über die Dächer der benachbarten Gebäude robbten, die Grundrisse der Büroräume studierten und all die Dinge taten, die man aus dem Fernsehen kannte – alles mit dem Ziel, Mister eine Kugel in den Kopf zu schießen. Doch ihn schien das nicht zu kümmern. Er hatte sein Schicksal akzeptiert und war bereit zu sterben. Ganz im Gegensatz zu uns.

Er spielte ständig mit dem roten Draht herum und sorgte so dafür, dass meine Pulsfrequenz nicht unter hundert sank.

»Ich habe der Yale University tausend Dollar gespendet«, sagte ich. »Und zweitausend Dollar an United Way.«

»Wie viel haben Sie den Armen gegeben?«

Ich bezweifelte, dass das Geld für Yale irgendwelchen bedürftigen Studenten zugute kam. »Na ja, United Way verteilt das Geld auf verschiedene Projekte, und ich bin sicher, dass ein Teil davon für die Armenhilfe aufgewendet worden ist.«

»Wie viel haben Sie den Hungrigen gegeben?«

»Ich habe dreiundfünfzigtausend Dollar Steuern bezahlt, und ein nicht gerade kleiner Teil davon ist an die Sozialhilfe, Medicaid, Kinderhilfsorganisationen und so weiter gegangen.«

»Und haben Sie das Geld freiwillig gezahlt, im Geiste brüderlicher Solidarität?«

»Ich habe mich nicht beklagt«, sagte ich und log damit wie die meisten meiner Mitbürger.

»Sind Sie je hungrig gewesen?«

Er mochte einfache Antworten. Mit Witz und Sarkasmus würde ich nicht weit kommen. »Nein«, sagte ich. »Nie.«

»Haben Sie je im Schnee geschlafen?«

»Nein.«

»Sie verdienen viel Geld, aber Sie sind zu raffgierig, um mir ein bisschen Kleingeld zu geben, wenn ich Sie auf der Straße anspreche.« Er zielte mit der Pistole auf die anderen acht. »Sie alle. Sie gehen vorbei, wenn ich dasitze und bettle. Sie geben mehr für Kaffeespezialitäten aus als ich für Essen. Warum helfen Sie den Armen, den Kranken, den Obdachlosen nicht? Sie haben so viel.«

Ich ertappte mich dabei, dass ich diese raffgierigen Saukerle mit Misters Augen betrachtete. Sie waren kein schöner Anblick. Die meisten hatten den Blick gesenkt. Nur Rafter starrte ihn über den Tisch hinweg an und dachte, was wir alle dachten, wenn wir über die Mister auf den Straßen von Washington hinwegstiegen: Wenn ich dir Geld gebe, wirst du a) in den nächsten Schnapsladen laufen, b) weiterbetteln und c) nie von der Straße verschwinden.

Stille. Irgendwo in der Nähe knatterte ein Hubschrauber, und über das, was sie auf dem Parkplatz planten, konnte ich nur spekulieren. Gemäß Misters Weisungen waren die Telefone stummgeschaltet, sodass Gespräche mit der Außenwelt nicht möglich waren. Er wollte nicht mit denen da draußen reden oder verhandeln. Sein Publikum saß hier im Konferenzraum.

»Wer von denen verdient am meisten?«, fragte er mich.

Malamud war der einzige Teilhaber, und ich kramte in den Papieren nach seinen Unterlagen.

»Das bin wahrscheinlich ich«, sagte Malamud.

»Wie heißen Sie?«

»Nate Malamud.«

Ich blätterte in seiner Steuererklärung. Es war eine seltene Gelegenheit, die intimeren Details seines Erfolges als Teilhaber zu erfahren, doch was ich sah, bereitete mir keine Freude.

»Wie viel?«, wollte Mister wissen.

Ach, die Freuden einer Steuererklärung! Wie hätten Sie's denn gern, Sir? Bruttoverdienst? Angepasster Bruttoverdienst? Nettoverdienst? Steuerpflichtige Einnahmen? Einnahmen aus Löhnen und Gehältern? Einnahmen aus Immobilien und Kapitalvermögen?

Malamuds Monatseinkommen belief sich auf fünfzigtausend Dollar, und der jährliche Teilhaberbonus, von dem wir alle träumten, betrug fünfhundertzehntausend Dollar. Es war, wie wir alle wussten, ein sehr gutes Jahr gewesen. Malamud war einer von vielen Teilhabern, die mehr als eine Million verdient hatten.

Ich beschloss, auf Nummer sicher zu gehen. Auf den hinteren Seiten der Erklärung waren noch eine Menge Einkünfte versteckt – Mieteinnahmen, Dividenden, ein kleines Geschäft –, aber ich nahm an, dass Mister, sollte er selbst einen Blick in die Erklärung werfen, sich in all diesen Zahlen nicht zurechtfinden würde.

»Eine Million einhunderttausend«, sagte ich und ließ zweihunderttausend Dollar unter den Tisch fallen.

Er war einen Augenblick in Gedanken versunken. »Sie haben eine Million Dollar verdient«, sagte er zu Malamud, der sich dieser Tatsache nicht im Mindesten schämte.

»Ja, das stimmt.«

»Wie viel haben Sie den Hungrigen und Obdachlosen gegeben?«

Ich suchte bereits nach dem entsprechenden Eintrag.

»Ich weiß es nicht mehr genau. Meine Frau und ich unterstützen eine Menge Hilfsorganisationen. Ich erinnere mich an eine Spende – fünftausend Dollar, glaube ich – an den Greater D.C. Fund, der das Geld, wie Sie sicher wissen, an die Bedürftigen verteilt. Wir geben viel, und wir geben gern.«

»Das kann ich mir lebhaft vorstellen«, erwiderte Mister mit einer ersten Spur von Sarkasmus.

Er wollte nicht hören, wie großzügig wir *eigentlich* waren. Er wollte nur die Tatsachen. Ich musste alle neun Namen aufschreiben und daneben das letzte Jahreseinkommen und die Summe der Spenden notieren.

Das dauerte eine Weile, und ich wusste nicht, ob ich mich beeilen oder gewissenhaft sein sollte. Würde er uns abschlachten, wenn er mit der Summe nicht zufrieden war? Vielleicht sollte ich mich lieber nicht beeilen. Es war schon sehr bald offensichtlich, dass wir reichen Säcke eine Menge Geld gemacht und verdammt wenig davon weitergegeben hatten. Zugleich wusste ich aber, dass die Pläne für unsere Rettung umso verrückter werden würden, je länger sich die Geiselnahme hinzog.

Er hatte nicht gesagt, er werde stündlich eine Geisel umbringen. Er wollte keine Freunde aus dem Gefängnis freipressen. Eigentlich schien er gar nichts zu wollen.

Ich ließ mir Zeit. Malamud stand an erster Stelle. Der letzte war Colburn, ein Mitarbeiter im dritten Jahr, der bloß auf sechsundachtzigtausend kam. Ich war empört, als ich feststellte, dass mein Freund Barry Nuzzo elftausend mehr verdiente als ich. Darüber würde noch zu reden sein.

»Abgerundet drei Millionen Dollar«, erstattete ich Mister Bericht. Er schien schon wieder zu schlafen. Die linke Hand hielt den roten Draht.

Er schüttelte langsam den Kopf. »Und wie viel für die Armen?«

»Die Summe der Spenden beträgt hundertachtzigtausend.«

»Ich will nicht die Summe der Spenden. Werfen Sie mich und meine Leute nicht in einen Topf mit dem Symphonieorchester und der Synagoge und diesen hübschen Klubs für Weiße, wo Wein und Autogramme zugunsten der Pfadfinder versteigert werden. Ich spreche von Essen. Essen für hungrige Menschen, die in derselben Stadt leben wie Sie. Essen für kleine Kinder. Hier. Hier, in dieser Stadt, in der Leute wie Sie Millionen verdienen, gibt es Kinder, die nachts Hunger haben, die weinen, weil sie hungrig sind. Wie viel haben Sie alle für Essen gespendet?«

Er sah mich an. Ich sah auf das Papier vor mir. Ich konnte nicht lügen.

Er sprach weiter. »In der ganzen Stadt gibt es Suppenküchen, wo die Armen und Obdachlosen was zu essen kriegen können. Wie viel Geld haben Sie den Suppenküchen gespendet? Haben Sie ihnen überhaupt was gespendet?«

»Nicht direkt«, sagte ich. »Aber einige dieser Organisationen ...«

»Halten Sie den Mund!«

Er fuchtelte wieder mit der Pistole.

»Was ist mit den Notunterkünften? Da können wir schlafen, wenn es draußen zehn Grad minus hat. Wie viele Notunterkünfte haben Sie unterstützt?«

Mir fiel keine Lüge ein. »Keine«, sagte ich leise.

Er sprang so unvermittelt auf, dass wir hochschreckten. Die roten Stangen unter dem silbrigen Klebeband waren gut zu sehen. Er stieß den Stuhl zurück. »Was ist mit den Kliniken? Wir haben diese kleinen Kliniken, wo Ärzte – gute, anständige Menschen, die einmal eine Menge Geld verdient haben – die Kranken umsonst behandeln. Sie kriegen keinen Cent dafür. Früher hat der Staat Zuschüsse für die Miete, für Medikamente und so weiter gezahlt. Aber jetzt ist Newt Gingrich der Staat, und es gibt kein Geld mehr. Wie viel haben Sie für Kliniken gespendet?«

Rafter sah mich an, als sollte ich etwas unternehmen, als sollte ich vielleicht plötzlich etwas in den Unterlagen entdecken und rufen: »Hier! Sehen Sie sich das an! Wir haben eine halbe Million Dollar für Kliniken und Suppenküchen gespendet!«

Das war genau das, was Rafter getan hätte. Ich würde es nicht tun. Ich wollte schließlich nicht erschossen werden. Mister war ein ganzes Stück schlauer, als er aussah.

Während ich in den Unterlagen blätterte, trat Mister ans Fenster und spähte durch die Jalousie. »Überall Bullen«, sagte er so leise, dass wir es gerade noch hören konnten. »Und jede Menge Krankenwagen.«

Dann wandte er sich von dieser Szenerie ab, schlurfte am Tisch entlang und blieb vor seinen Geiseln stehen. Sie ließen ihn nicht aus den Augen, und ihr besonderes Interesse galt den Dynamitstangen. Langsam hob er die Pistole und zielte aus einem Meter Entfernung auf Colburns Nase.

»Wie viel haben Sie den Kliniken gespendet?«

»Nichts«, sagte Colburn, kniff die Augen zusammen und schien in Tränen ausbrechen zu wollen. Mein Herz stand still, ich hielt den Atem an.

»Wie viel für die Suppenküchen?«

»Nichts.«

»Wie viel für die Notunterkünfte?«

»Nichts.«

Anstatt Colburn zu erschießen, zielte er auf Nuzzo und wiederholte die Fragen. Nuzzos Antworten waren dieselben wie Colburns, und Mister ging weiter, zielte, stellte dieselben Fragen, bekam dieselben Antworten. Zu unserem Leidwesen erschoss er auch Rafter nicht.

»Drei Millionen Dollar«, sagte Mister mit tiefer Verachtung, »und nicht einen Cent für die Kranken und Hungrigen. Was sind Sie doch für jämmerliche Menschen!«

Wir fühlten uns jämmerlich. Und mir wurde klar, dass er uns nicht töten würde.

Woher sollte ein Penner Dynamit haben? Und wer würde ihm beibringen, wie man eine Bombe baute?

Gegen Abend sagte er, er sei hungrig, und befahl mir, den ›Boss‹ anzurufen und Suppe von der Methodist Mission, Ecke L Street und 17th in Northwest, holen zu lassen. Die täten mehr Gemüse in die Suppe, sagte Mister, und das Brot sei nicht so altbacken wie in den meisten anderen Suppenküchen.

»Haben Suppenküchen einen Lieferservice?«, fragte Rudolph ungläubig. Die Frage hallte durch den Raum.

»Tun Sie einfach, was er sagt«, fuhr ich ihn an. »Und lassen Sie zehn Portionen kommen.« Mister befahl mir, aufzulegen und das Telefon wieder stummzuschalten.

Ich sah geradezu vor mir, wie unsere Freunde und eine Abteilung Polizisten im dicksten Feierabendverkehr quer durch die Stadt rasten und in das friedliche kleine Haus der Mission einfielen, wo zerlumpte Obdachlose zusammengesunken über ihren Suppenschüsseln saßen und sich fragten, was, zum Teufel, hier eigentlich los war. Zehn Portionen zum Mitnehmen, mit extra viel Brot.

Als wir wieder das Knattern des Hubschraubers hörten, ging Mister abermals zum Fenster. Er spähte hinaus, trat einen Schritt zurück, zupfte an seinem Bart und überdachte die Situation. Was für eine Befreiungsaktion hatten sie im Sinn, dass dafür ein Hubschrauber benötigt wurde? Vielleicht wollte man damit die Verwundeten abtransportieren.

Umstead war seit einer Stunde unruhig, sehr zum Unwillen von Rafter und Malamud, die an ihn gefesselt waren. Schließlich hielt er es nicht mehr aus.

»Äh, entschuldigen Sie, Sir, aber ich muss mal, äh, für kleine jungs.«

Mister zupfte weiter an seinem Bart. »Für kleine Jungs. Was ist für kleine Jungs?«

»Ich muss mal austreten, Sir«, sagte Umstead wie ein Drittklässler. »Ich kann's nicht mehr aushalten.«

Mister sah sich im Raum um. Sein Blick fiel auf eine Porzellanvase, die unschuldig auf einem niedrigen Tischchen stand. Mit einem Wink seiner Pistole befahl er mir, Umstead loszubinden.

»Für kleine Jungs ist da drüben«, sagte Mister.

Umstead nahm die Blumen aus der Vase, kehrte uns den Rücken und pinkelte ausgiebig, während wir den Boden betrachteten. Als er endlich fertig war, befahl Mister uns, den Konferenztisch ans Fenster zu rücken. Er war sechs Meter lang und, wie die meisten Möbel bei Drake & Sweeney, aus massivem Walnussholz. Gemeinsam – ich am einen Ende, der ächzende Umstead am anderen – gelang es uns, den Tisch Zentimeter für Zentimeter um etwa zwei Meter zur Seite zu schieben, bis Mister sagte, das sei genug. Dann befahl er mir, Malamud und Rafter aneinander zu fesseln. Umstead blieb frei. Den Grund dafür würde ich nie verstehen.

Dann mussten sich die sieben gefesselten Geiseln mit dem Rücken zur Wand auf den Tisch setzen. Niemand wagte zu fragen, warum, aber ich nahm an, dass sie ein Schutzschild gegen Scharfschützen sein sollten. Später erfuhr ich, dass die Polizei welche auf dem Nachbargebäude postiert hatte. Vielleicht hatte er sie bemerkt.

Nachdem sie fünf Stunden gestanden hatten, waren Rafter und die anderen Kollegen froh, sich setzen zu dürfen. Umstead und ich mussten uns auf Stühle setzen, während Mister am Kopfende des Tisches Platz nahm. Wir warteten.

Das Leben auf der Straße erzog offenbar zur Geduld. Er schien es gewohnt zu sein, lange Zeit schweigend dazusitzen, den Kopf vollkommen reglos, die Augen hinter der Sonnenbrille verborgen.

»Wer sind die Zwangsvollstrecker?«, murmelte er vor

sich hin. Er wartete ein paar Minuten und sagte es noch einmal.

Wir sahen einander verwirrt an und hatten keine Ahnung, was er eigentlich meinte. Er schien auf eine Stelle auf dem Tisch zu starren, nicht weit entfernt von Colburns rechtem Fuß.

»Sie tun nicht nur nichts für die Obdachlosen, Sie helfen auch noch, wenn es darum geht, sie auf die Straße zu setzen.«

Natürlich beeilten wir uns zu nicken – schließlich sangen wir alle vom selben Blatt. Wenn er uns beschimpfen wollte, waren wir gern bereit, es über uns ergehen zu lassen.

Unser Essen kam um kurz vor sieben. Man klopfte an die Tür. Mister befahl mir, Rudolph anzurufen und die Polizei zu warnen, er werde einen von uns töten, wenn draußen jemand zu sehen oder zu hören sei. Ich erklärte Rudolph diesen Punkt besonders ausführlich und betonte, man solle keinen Befreiungsversuch unternehmen. Wir seien dabei zu verhandeln.

Rudolph sagte, er verstehe vollkommen.

Umstead ging zur Tür, entriegelte sie und sah Mister fragend an. Der stand hinter ihm und hielt die Pistole zwanzig Zentimeter von seinem Kopf entfernt.

»Öffnen Sie ganz langsam die Tür«, sagte Mister.

Ich war ein, zwei Meter hinter Mister, als die Tür aufschwang. Das Essen stand auf einem kleinen Wagen, wie ihn die Hilfskräfte verwendeten, um die gewaltigen Papiermengen, die wir erzeugten, zu transportieren. Ich sah vier große Plastikbehälter mit Suppe und eine braune Papiertüte voller Brot. Ich weiß nicht, ob auch etwas zu trinken dabei war. Das sollten wir nie erfahren.

Umstead trat einen Schritt vor, packte den Wagen und wollte ihn gerade in den Raum ziehen, als ein Schuss krachte. Ein Scharfschütze hatte sich zwölf Meter entfernt hinter dem Bücherschrank neben Madame Deviers

Schreibtisch postiert und bekam die Gelegenheit zum Schuss, auf die er gewartet hatte. Als Umstead sich vorbeugte, um den Wagen zu ziehen, war Misters Kopf für den Bruchteil einer Sekunde ungedeckt und die Kugel unterwegs.

Ohne einen Laut taumelte Mister zurück. Blut und noch etwas anderes spritzte mir ins Gesicht. Ich dachte, ich sei ebenfalls getroffen und schrie vor Schmerzen. Umstead brüllte etwas in der Halle. Die anderen sieben sprangen vom Tisch, als hätte man sie mit kochendem Wasser begossen. Sie schrien und zogen und zerrten einander zur Tür. Ich lag auf den Knien, hielt mir die Augen zu und wartete auf die Explosion des Dynamits. Dann sprang ich auf und rannte fort von diesem Durcheinander, zur anderen Tür. Ich entriegelte sie und riss sie auf. Als ich einen letzten Blick auf Mister warf, lag er zuckend auf einem unserer teuren Orientteppiche. Seine Arme waren ausgestreckt, und keine seiner Hände war in der Nähe des roten Drahtes.

Auf dem Gang wimmelte es plötzlich von Polizisten des Einsatzkommandos. Sie trugen martialisch wirkende Helme und dicke Westen, eilten geduckt auf uns zu und packten uns. Sie waren blitzschnell. Wir wurden durch das Foyer zu den Aufzügen getragen.

»Sind Sie verletzt?«, fragten sie mich.

Ich wusste es nicht. Auf meinem Gesicht und meinem Hemd waren Blut und eine klebrige Flüssigkeit, die die Ärzte später als Zerebrospinalflüssigkeit identifizierten.

3

Im Erdgeschoss, so weit wie möglich entfernt von Mister, saßen die Angehörigen und Freunde. Dutzende von Mitarbeitern und Kollegen standen in den Büros und auf den Gängen und warteten auf unsere Befreiung. Als sie uns sahen, begannen sie zu jubeln.

Weil ich blutbespritzt war, wurde ich in einen Fitnessraum im Untergeschoss gebracht. Er gehörte der Kanzlei und wurde von sämtlichen Anwälten buchstäblich ignoriert. Wir waren zu beschäftigt, um uns fit zu halten, und jeder, der an einem der Geräte erwischt wurde, bekam mit an Sicherheit grenzender Wahrscheinlichkeit mehr Arbeit auf den Tisch.

Sogleich kümmerten sich Ärzte um mich. Leider war meine Frau nicht unter ihnen. Sobald sie sich davon überzeugt hatten, dass das Blut nicht mein eigenes war, ließ ihre Betriebsamkeit nach. Sie machten eine Routineuntersuchung. Mein Blutdruck war hoch, die Pulsfrequenz ebenfalls. Sie gaben mir eine Tablette.

Am meisten sehnte ich mich nach einer Dusche, doch ich musste zehn Minuten lang auf einem Tisch liegen, während sie meinen Blutdruck beobachteten.

»Stehe ich unter Schock?«, fragte ich.

»Wahrscheinlich nicht.«

Ich fühlte mich aber so. Wo war Claire? Ich war sechs Stunden lang mit einer Pistole bedroht worden, mein Leben hatte an einem seidenen Faden gehangen, und sie hatte es nicht einmal für nötig befunden, herzukommen und mit den anderen Angehörigen zu warten.

Ich duschte lange und heiß. Ich wusch mir dreimal mit viel Shampoo die Haare, und danach blieb ich eine

Ewigkeit lang einfach stehen und ließ das Wasser abtropfen. Die Zeit stand still. Nichts war wichtig. Ich war am Leben, ich atmete, ich dampfte.

Ich zog den sauberen und viel zu großen Jogginganzug eines Kollegen an und ging wieder zu dem Tisch, um mir noch einmal den Blutdruck messen zu lassen. Polly, meine Sekretärin, kam herein und umarmte mich lange. Das hatte mir sehr gefehlt. In ihren Augen standen Tränen.

»Wo ist Claire?«, fragte ich sie.

»Wir versuchen, sie zu erreichen. Ich habe im Krankenhaus angerufen.«

Polly wusste, dass von unserer Ehe nicht mehr viel übrig war.

»Ist bei Ihnen alles in Ordnung?«, fragte sie.

»Ich glaube schon.«

Ich dankte den Ärzten und verließ den Fitnessraum. Auf dem Gang wartete Rudolph. Er schloss mich unbeholfen in die Arme und äußerte das Wort »Glückwunsch«, als hätte ich irgendetwas besonderes geleistet.

»Niemand erwartet von Ihnen, dass Sie morgen kommen«, sagte er. Glaubte er, ein freier Tag würde alle meine Probleme lösen?

»Über morgen hab ich noch gar nicht nachgedacht«, antwortete ich.

»Sie brauchen ein bisschen Ruhe«, fügte er hinzu, als hätten die Ärzte vergessen, es zu sagen.

Ich wollte mit Barry Nuzzo sprechen, aber die anderen Geiseln waren bereits fort. Abgesehen von ein paar Druckstellen an den Handgelenken waren alle unversehrt geblieben.

Die Verluste beschränkten sich auf ein Minimum, die Guten hatten gesiegt und lächelten stolz, und so kehrte die Kanzlei Drake & Sweeney bald zum Tagesgeschäft zurück. Die meisten Anwälte und Mitarbeiter hatten nervös im Erdgeschoss gewartet, möglichst weit entfernt von

Mister und seiner Bombe. Polly hatte meinen Mantel mitgebracht. Ich zog ihn über den zu großen Jogginganzug. Meine Slipper passten nicht dazu, aber das war mir egal.

»Draußen sind ein paar Reporter«, sagte Polly.

Ach, ja, die Medien. Was für eine Story! Das hier war keine Feld-, Wald- und Wiesen-Schießerei unter Kollegen – hier hatte ein verrückter Obdachloser einen Haufen Rechtsanwälte als Geiseln genommen.

Nur dass sie ihre Story nicht kriegten. Den Rechtsanwälten war kein Haar gekrümmt worden, der Finsterling hatte eine Kugel in den Kopf bekommen, die Bombe hatte nur leise gezischt, als ihr Besitzer zu Boden gegangen war. Ach, wäre das schön gewesen! Ein Schuss, eine Explosion, ein weißer Blitz, splitternde Fenster, abgerissene Arme und Beine auf der Straße, und alles festgehalten von der Kamera von Channel Nine – der Aufmacher für die Abendnachrichten.

»Ich fahre Sie nach Hause«, sagte Polly. »Kommen Sie.«

Ich war sehr dankbar dafür, dass mir jemand sagte, was ich tun sollte. Meine Gedanken waren langsam und unbeholfen – ein Standfoto nach dem anderen, ohne Konzept, ohne Handlung, ohne Schauplatz.

Wir verließen das Gebäude durch einen Nebenausgang. Die Nachtluft war kalt, und ich atmete ihren süßen Duft ein, bis meine Lungen schmerzten. Während Polly ihren Wagen holte, wartete ich an der Ecke des Gebäudes und sah mir den Menschenauflauf vor dem Haupteingang an. Dort standen Polizeiwagen, Krankenwagen und ein paar Übertragungswagen von Fernsehgesellschaften. Sogar die Feuerwehr war da. Man packte die Gerätschaften wieder ein und fuhr davon. Einer der Krankenwagen parkte mit dem Heck zum Gebäude und wartete offenbar darauf, Mister in die Leichenhalle zu bringen.

Ich lebe! Ich lebe! Ich sagte es mir immer wieder vor. Zum ersten Mal lächelte ich. Ich lebe!

Ich schloss fest die Augen und sprach in Gedanken ein kurzes, aber inniges Dankgebet.

Ich hörte wieder die Geräusche. Wir saßen schweigend im Wagen. Polly fuhr langsam und wartete darauf, dass ich etwas sagte. Ich hörte den durchdringenden Knall des Scharfschützengewehrs, den dumpfen Einschlag der Kugel, die Schritte der anderen Geiseln, die vom Tisch sprangen und zur Tür rannten.

Was hatte ich gesehen? Ich hatte einen Blick zum Tisch geworfen, wo meine sieben Kollegen gesessen und gespannt auf die Tür gestarrt hatten, und dann wieder zu Mister geblickt, der die Pistole gehoben und auf Umsteads Kopf gezielt hatte. Als die Kugel ihn getroffen hatte, war ich unmittelbar hinter ihm gewesen. Wie kam es, dass sie nicht wieder aus seinem Körper ausgetreten war und mich getroffen hatte? Kugeln konnten Wände, Türen und Menschen durchschlagen.

»Er wollte uns nicht töten«, sagte ich, gerade so laut, dass sie es verstehen konnte.

Polly war erleichtert, dass ich das Schweigen brach. »Was hatte er vor?«

»Ich weiß es nicht.«

»Was wollte er?«

»Das hat er nicht gesagt. Es ist erstaunlich, wie wenig gesprochen wurde. Wir haben stundenlang bloß dagesessen und uns angesehen.«

»Warum wollte er nicht mit der Polizei sprechen?«

»Keine Ahnung. Das war sein größter Fehler. Wenn er mich hätte telefonieren lassen, hätte ich die Polizei davon überzeugen können, dass er uns nicht umbringen wollte.«

»Sie geben aber nicht der Polizei die Schuld, oder?«

»Nein. Erinnern Sie mich daran, dass ich mich schriftlich bedanke.«

»Werden Sie morgen arbeiten?«

»Was sollte ich sonst tun?«

»Ich dachte nur, ein freier Tag würde Ihnen vielleicht gut tun.«

»Ich bräuchte eher ein freies Jahr. Ein Tag ist nicht genug.«

Unsere Wohnung lag im zweiten Stock eines Reihenhauses in der P Street in Georgetown. Polly hielt am Bordstein. Ich dankte ihr und stieg aus. An den dunklen Fenstern erkannte ich, dass Claire noch nicht zu Hause war.

Ich hatte Claire eine Woche nach meinem Umzug nach Washington kennen gelernt, mein Studium in Yale lag hinter mir, und ich war von einer großen Kanzlei eingestellt worden. Vor mir und den anderen fünfzig Jahrgangsbesten lag eine glänzende Zukunft. Claire war gerade dabei, ihren Abschluss in Politikwissenschaft an der American University zu machen. Ihr Großvater war Gouverneur von Rhode Island gewesen, und ihre Familie hatte seit Jahrhunderten exzellente Beziehungen.

Das erste Jahr betrachtet man bei Drake & Sweeney – wie in den meisten anderen Kanzleien – als eine Art Grundausbildungszeit. Ich arbeitete sechs Tage pro Woche, fünfzehn Stunden am Tag. Sonntags trafen wir uns. Sonntags abends war ich wieder im Büro. Wir dachten, wenn wir heirateten, würden wir mehr Zeit füreinander haben. Wenigstens würden wir im selben Bett schlafen, aber schlafen war dann auch so ziemlich das Einzige, was wir dort taten.

Die Hochzeit war aufwendig, die Flitterwochen waren kurz, und als der erste Glanz verblasst war, arbeitete ich wieder neunzig Stunden pro Woche. Im dritten Monat unserer Ehe hatten wir achtzehn Tage nacheinander keinen Sex. Claire zählte sie.

In den ersten Monaten hielt sie sich tapfer, aber nach und nach wurde sie es leid, ständig vernachlässigt zu werden. Ich konnte sie verstehen, doch in den heiligen Hallen von Drake & Sweeney war man über Klagen junger Mitarbeiter nicht erbaut. Weniger als zehn Prozent der Berufsanfänger wurden zu Teilhabern gemacht, und so war die Konkurrenz gnadenlos. Die Belohnung war allerdings dementsprechend hoch – mindestens eine Million Dollar im Jahr –, und die Abrechnung möglichst vieler honorarfähiger Stunden erschien wichtiger als eine glückliche Ehefrau. Scheidungen waren an der Tagesordnung. Ich dachte nicht einmal im Traum daran, Rudolph zu bitten, mein Pensum zu verringern.

Am Ende unseres ersten Ehejahres war Claire sehr unglücklich, und wir begannen uns zu streiten.

Sie wollte nicht mehr zu Hause sitzen und fernsehen, und da sie fand, sie könne genauso egoistisch sein wie ich, beschloss sie, Medizin zu studieren. Ich hielt das für eine sehr gute Idee. Es befreite mich weitgehend von meinen Schuldgefühlen.

Nach vier Jahren in der Kanzlei begannen meine Vorgesetzten, Andeutungen über eine Beförderung zum Teilhaber zu machen. Die jungen Mitarbeiter registrierten solche Andeutungen und verglichen sie miteinander. Allgemein war man der Ansicht, dass ich direkt auf eine Teilhaberschaft zusteuerte. Allerdings würde ich noch härter arbeiten müssen als bisher.

Claire war entschlossen, weniger Zeit in unserer Wohnung zu verbringen als ich, und so gaben wir uns beide der Idiotie einer extremen Arbeitssucht hin. Wir hörten auf, uns zu streiten, und lebten uns immer weiter auseinander. Sie hatte, wie ich, ihre eigenen Freunde und Interessen. Zum Glück hatten wir nicht den Fehler begangen, Kinder zu bekommen.

Ich wollte, ich hätte es anders gemacht. Wir hatten uns geliebt und unsere Liebe verschenkt.

Als ich die dunkle Wohnung betrat, brauchte ich

Claire, zum ersten Mal seit Jahren. Wenn man dem Tod ins Auge gesehen hat, muss man mit jemandem darüber sprechen. Man braucht das Gefühl, gebraucht zu werden, man sehnt sich danach in den Arm genommen zu werden, und will jemanden sagen hören, dass er sich Sorgen gemacht hat.

Ich schenkte mir einen Wodka auf Eis ein und setzte mich auf das Sofa im Fernsehzimmer. Anfangs war ich gekränkt und wütend, weil ich allein war, aber dann wandten sich meine Gedanken den sechs Stunden zu, die ich in Misters Gesellschaft verbracht hatte.

Zwei Wodkas später hörte ich Claire an der Tür. Sie schloss auf und rief: »Michael?«

Ich sagte nichts. Ich war noch immer gekränkt und wütend. Sie kam ins Fernsehzimmer und blieb stehen, als sie mich sah. »Ist alles in Ordnung?«, fragte sie. In ihrer Stimme lag echte Sorge.

»Mir geht's gut«, sagte ich leise.

Sie ließ ihre Tasche und den Mantel fallen, trat zum Sofa und beugte sich über mich.

»Wo warst du?«, fragte ich.

»Im Krankenhaus.«

»Ach ja, natürlich.« Ich nahm einen großen Schluck Wodka. »Ich hatte übrigens einen anstrengenden Tag.«

»Ich weiß, was passiert ist, Michael.«

»Tatsächlich?«

»Natürlich.«

»Dann würde ich gern wissen, wo du warst.«

„Im Krankenhaus.«

»Neun Menschen werden von einem Verrückten als Geiseln genommen. Acht Familien kommen in die Kanzlei, weil sie ein wenig besorgt sind. Wir haben Glück und werden befreit, und ich muss mich von meiner Sekretärin nach Hause fahren lassen.«

»Ich konnte nicht kommen.«

»Natürlich konntest du nicht kommen. Wie gedankenlos von mir.«

Sie setzte sich in den Sessel neben dem Sofa. Wir starrten einander wütend an. »Sie haben uns nicht weggelassen«, begann sie mit eisiger Stimme. »Wir wussten von der Geiselnahme. Es bestand die Möglichkeit, dass es Verletzte geben würde. In solchen Situationen ist das Routine: Die Krankenhäuser werden benachrichtigt, und dort ist alles in Bereitschaft.«

Ich trank noch einen großen Schluck und suchte nach einer schlagfertigen Antwort.

»In der Kanzlei konnte ich dir nicht helfen«, sagte sie. »Ich habe im Krankenhaus gewartet.«

»Hast du angerufen?«

»Ich hab's versucht und bin nicht durchgekommen. Schließlich hat ein Polizist abgenommen und gleich wieder aufgelegt.«

»Wir sind vor zwei Stunden befreit worden. Wo bist du gewesen?«

»Im OP. Wir hatten einen kleinen jungen, der angefahren worden war. Er ist während der Operation gestorben.«

»Tut mir Leid«, sagte ich. Ich konnte nie verstehen, wie Ärzte es aushielten, ständig mit dem Tod konfrontiert zu sein. Mister war erst der zweite Tote gewesen, den ich gesehen hatte.

»Mir auch«, sagte sie, ging in die Küche und kam mit einem Glas Wein zurück. Eine Weile saßen wir schweigend im Halbdunkel. Wir hatten wenig Übung in Kommunikation, und so fiel uns das Reden schwer.

»Möchtest du darüber sprechen?«, fragte sie.

»Nein. Nicht jetzt.« Ich wollte wirklich nicht darüber sprechen. Der Alkohol verstärkte die Wirkung der Tablette, die man mir gegeben hatte. Ich atmete tiefer. Ich dachte an Mister und daran, wie ruhig und gelassen er gewesen war, obwohl er mit einer Pistole herumgefuchtelt und ein paar Stangen Dynamit am Körper getragen hatte. Auch lange Zeiten der Stille hatten ihm offenbar nicht das Geringste ausgemacht

Stille – das war es, was ich jetzt wollte. Morgen konnten wir reden.

4

Das Mittel wirkte bis vier Uhr morgens. Beim Aufwachen hatte ich den unangenehmen Geruch von Misters klebriger Gehirnflüssigkeit in der Nase. Es war dunkel, und für einen Augenblick geriet ich in Panik. Ich rieb mir Nase und Augen und warf mich auf dem Sofa herum, bis ich eine Bewegung hörte. Claire schlief im Sessel neben mir.

»Es ist alles in Ordnung«, sagte sie und legte mir die Hand auf die Schulter. »Du hast nur schlecht geträumt.«

»Könntest du mir ein Glas Wasser holen?«, fragte ich. Sie ging in die Küche.

Wir redeten eine Stunde lang. Ich erzählte ihr alles, woran ich mich erinnern konnte. Claire saß neben mir, strich mir über das Knie, hielt das Glas Wasser und hörte aufmerksam zu. In den letzten Jahren hatten wir so wenig miteinander gesprochen.

Sie musste um sieben Uhr zur Visite im Krankenhaus sein, und so machten wir uns gemeinsam ein Frühstück aus Waffeln und gebratenem Speck. Wir aßen an der Küchentheke, auf der auch ein kleiner Fernseher stand. Die Sechs-Uhr-Nachrichten begannen mit dem Geiseldrama. Man sah das Gebäude der Kanzlei, die wartende Menge der Gaffer und einige meiner befreiten Kollegen, wie sie nach unserer Befreiung eilig das Haus verließen. Mindestens einer der Hubschrauber hatte dem Fernsehsender gehört. Durch das Teleobjektiv konnten wir ein paar Sekunden lang Mister erkennen, der durch die Jalousie spähte.

Er hieß DeVon Hardy, war fünfundvierzig Jahre alt und ein Vietnamveteran mit einem kurzen Vorstrafenregister.

Hinter der Sprecherin wurde ein Polizeifoto eingeblendet, das nach einer Festnahme wegen Einbruchs gemacht worden war. Der Mann auf dem Foto sah überhaupt nicht wie Mister aus: Er trug weder Bart noch Brille und war viel jünger. Es hieß, er sei obdachlos und drogensüchtig gewesen. Ein Motiv für seine Tat sei nicht bekannt, und es hätten sich keine Angehörigen gemeldet.

Unsere Kanzlei gab keinen Kommentar ab, und damit war die Geschichte zu Ende.

Als Nächstes kam der Wetterbericht. Am späten Nachmittag musste mit heftigen Schneefällen gerechnet werden. Es war der 12. Februar, und der Schnee hatte bereits Rekordhöhen erreicht.

Claire fuhr mich zur Kanzlei. Es wunderte mich keineswegs, dass neben meinem Lexus noch andere Importwagen standen. Der Parkplatz war nie leer. Bei uns gab es Leute, die im Büro schliefen.

Ich versprach Claire, sie am späten Vormittag anzurufen. Wir wollten versuchen, in der Nähe des Krankenhauses gemeinsam zu Mittag zu essen. Sie wollte, dass ich ein bisschen kürzer trat, wenigstens für ein oder zwei Tage.

Was sollte ich tun? Auf dem Sofa liegen und Tabletten schlucken? Man schien allgemein der Ansicht zu sein, dass ich einen freien Tag gebraucht hätte und dann wieder mit voller Kraft arbeiten würde.

Ich wünschte den beiden sehr wachsamen Sicherheitsleuten in der Lobby einen guten Morgen. Drei der vier Aufzüge standen bereit, sodass ich die freie Wahl hatte. Ich entschied mich für den, mit dem Mister und ich gefahren waren, und mit einem Mal schien die Zeit stillzustehen.

Hundert Fragen zugleich stürmten auf mich ein: Warum war er ausgerechnet in dieses Gebäude gegangen? Warum in unsere Kanzlei? Wo war er gewesen, unmittelbar bevor er die Lobby betreten hatte? Wo waren die Sicherheitsleute gewesen, die normalerweise in der Nähe des Eingangs postiert waren? Warum ich? Hier gingen täglich Hunderte von Anwälten ein und aus. Warum die fünfte Etage?

Und was hatte er eigentlich gewollt? Ich glaubte nicht, dass DeVon Hardy sich die Mühe gemacht hatte, Sprengstoff an seinem Körper zu befestigen und sein Leben – mochte es auch noch so unbedeutend gewesen sein – zu riskieren, nur um ein paar reiche Anwälte für ihren Geiz zu bestrafen. Er hätte reichere Leute finden können. Vielleicht auch gierigere.

Seine Frage: »Wer sind die Zwangsvollstrecker?« war nie beantwortet worden. Doch die Antwort sollte nicht lange auf sich warten lassen.

Der Aufzug hielt, und ich stieg aus, ohne dass mir diesmal jemand folgte. Um diese Uhrzeit lag Madame Devier noch im Bett, und in der fünften Etage war es still. Vor ihrem Tisch blieb ich stehen und starrte auf die beiden Türen zum Konferenzraum. Langsam öffnete ich die vordere, in der Umstead gestanden hatte, als die Kugel über seinen Kopf hinweggeflogen war und in den von Mister eingeschlagen hatte. Ich atmete tief durch und schaltete das Licht an.

Es war nichts geschehen. Der Konferenztisch und die Stühle standen ordentlich da. Der Orientteppich, auf dem Mister gelegen hatte, war durch einen noch schöneren ersetzt worden. Die Wände waren frisch gestrichen. Selbst das Einschussloch über der Stelle, wo Rafter gestanden hatte, war verschwunden.

Die Mächte, die die Geschicke von Drake & Sweeney lenkten, hatten gestern Abend einiges investiert, um sicherzustellen, dass dieses Ereignis nie stattgefunden hatte. Im Lauf des Tages würden vielleicht ein paar Neugierige diesen Raum sehen wollen, und man hatte dafür gesorgt, dass es hier absolut nichts zu sehen gab. Die

Mitarbeiter hätten ja für ein paar Minuten ihre Arbeit vernachlässigen können. In unseren erlauchten Hallen duldete man keinen Schmutz von der Straße.

Es war eine kaltblütige Vertuschungsaktion, und leider verstand ich die Logik, die dahinter stand, nur zu gut. Ich war einer der reichen, weißen Jungs. Was hatte ich eigentlich erwartet? Ein Blumenarrangement von Misters Kumpels von der Straße?

Ich wusste nicht, was ich erwartet hatte. Aber bei dem Geruch nach frischer Farbe wurde mir übel.

Wie jeden Morgen lagen auf meinem Schreibtisch die *Washington Post* und das *Wall Street Journal,* am selben Platz wie immer. Früher hatte ich den Namen des Boten gewusst, der sie dorthin legte, doch inzwischen hatte ich ihn längst vergessen. Auf der ersten Seite des Lokalteils der *Post,* knapp unterhalb der Mitte, waren das Polizeifoto von DeVon Hardy und ein langer Artikel über die gestrige kleine Krise.

Da ich annahm, dass ich mehr wusste als irgendein Reporter, überflog ich den Artikel nur. Dennoch erfuhr ich einige interessante Einzelheiten. Die roten Stangen waren kein Dynamit gewesen. Mister hatte ein paar Besenstiele in Stücke gesägt, mit dem bedrohlich wirkenden silbrigen Klebeband umwickelt und uns damit in Todesangst versetzt. Die Pistole war eine gestohlene 44er Automatik.

Weil es die *Post* war, stand in dem Artikel mehr über DeVon Hardy als über die Opfer. Allerdings sah ich zu meiner Zufriedenheit, dass vonseiten der Kanzlei Drake & Sweeney nicht die kleinste Information durchgesickert war.

Laut einem gewissen Mordecai Green, Leiter des Rechtsberatungsbüros in der 14th Street, hatte DeVon Hardy viele Jahre als Hausmeister im Botanischen Garten gearbeitet und seinen Job infolge einer Budgetkürzung verloren. Anschließend hatte er wegen Einbruchs ein paar Monate im Gefängnis gesessen und war dann auf der Straße gelandet. Er hatte mit Alkohol und Drogensucht zu kämpfen gehabt und war immer wieder wegen Ladendiebstahls festgenommen worden. Greens Büro hatte ihn mehrmals verteidigt. Sofern er eine Familie gehabt hatte, wusste sein Rechtsanwalt nichts von ihr.

Was das Motiv betraf, so konnte Green nur Vermutungen anstellen. Er sagte, DeVon Hardy habe eine Wohnung in einem alten Lagerhaus gehabt, aus der er kürzlich auf die Straße gesetzt worden sei.

Eine Zwangsräumung ist ein juristischer Vorgang, für den Anwälte erforderlich sind. Ich konnte mir ziemlich genau vorstellen, welche der zahllosen Kanzleien in Washington Mister aus seiner Wohnung vertrieben hatte.

Green sagte, das Rechtsberatungsbüro in der 14th Street werde durch Spenden finanziert und arbeite ausschließlich für die Obdachlosen. »Früher, als wir noch Bundeszuschüsse bekamen, hatten wir sieben Rechtsanwälte. Inzwischen sind wir nur noch zu zweit.«

Es war kaum verwunderlich, dass das Journal die Story nicht brachte. Wäre einer der neun Justitiare des fünftgrößten Strumpfherstellers des Landes getötet oder auch nur leicht verletzt worden, hätte die Geschichte auf der Titelseite gestanden.

Gott sei Dank war es keine größere Story geworden. Ich saß an meinem Schreibtisch, ich las die Zeitung, ich war heil und unversehrt und hatte jede Menge Arbeit. Und ich hätte ebenso gut neben Mister in der Leichenhalle liegen können.

Polly kam um kurz vor acht und brachte ein breites Lächeln und einen Teller selbst gebackene Kekse mit. Sie war keineswegs überrascht, mich an meinem Schreibtisch zu sehen.

Alle neun Geiseln erschienen zur Arbeit, die meisten

vor dem offiziellen Beginn. Es wäre ein allzu offensichtliches Zeichen von Schwäche gewesen, zu Hause zu bleiben und sich von seiner Frau verwöhnen zu lassen.

»Arthur ist am Telefon«, meldete Polly. Es gab in der Kanzlei mindestens zehn Arthurs, aber nur einen, der ohne Nachnamen auskam. Arthur Jacobs war der Seniorteilhaber, der Vorstandsvorsitzende, die treibende Kraft der Kanzlei, ein Mann, den wir sehr achteten und bewunderten. Wenn die Kanzlei ein Herz, eine Seele besaß, dann war es Arthur. In sieben Jahren hatte ich dreimal mit ihm gesprochen.

Ich sagte ihm, es gehe mir gut. Er gratulierte mir zu meinem Mut und meinem Durchhaltevermögen, und ich fühlte mich fast wie ein Held. Ich fragte mich, wie viel er wusste. Vermutlich hatte er zuerst mit Malamud gesprochen und arbeitete sich nun nach unten vor. Bald würde man sich Geschichten über die Geiselnahme erzählen, und dann Witze. Die Episode mit Umstead und der Vase würde zweifellos viel Heiterkeit erregen.

Arthur wollte sich um zehn mit uns im Konferenzraum treffen und unsere Aussagen auf Video aufnehmen lassen.

»Warum?«, fragte ich.

»Die Jungs von der Prozessabteilung halten das für eine gute Idee«, sagte er. Trotz seiner achtzig Jahre war seine Stimme glasklar. »Seine Familie wird wahrscheinlich die Polizei verklagen.«

»Natürlich«, sagte ich.

»Und uns wohl ebenfalls. Die Leute prozessieren auf Teufel komm raus.«

Zum Glück, hätte ich beinahe gesagt. Wo wären wir ohne Prozesse?

Ich dankte ihm für seine Anteilnahme. Er verabschiedete sich und rief den Nächsten an.

Der Aufmarsch begann bereits vor neun: Ein beständiger Strom von Gratulanten und Neugierigen suchte mich in meinem Büro heim, und alle waren tief besorgt und erkundigten sich nach Einzelheiten. Ich hatte viel Arbeit zu erledigen, doch ich kam nicht dazu. In den ruhigen Augenblicken zwischen zwei Besuchern starrte ich auf die Akten, denen ich mich widmen sollte, und fühlte mich wie betäubt. Meine Hände weigerten sich, nach den Unterlagen zu greifen.

Alles hatte sich verändert. Die Arbeit war nicht mehr so wichtig. Mein Schreibtisch war nicht lebensnotwendig. Ich war dem Tod begegnet, ich hatte ihn beinahe gespürt, und es war naiv von mir gewesen zu denken, ich könnte mit einem Schulterzucken weitermachen, als wäre nichts geschehen.

Ich dachte an DeVon Hardy und die roten Stangen mit dem Gewirr bunter Drähte. Er hatte Stunden damit verbracht, dieses Spielzeug zu bauen und seine Aktion zu planen. Er hatte eine Pistole gestohlen, war in die Kanzlei eingedrungen und hatte einen entscheidenden Fehler gemacht, der ihn das Leben gekostet hatte. Und niemand, nicht ein einziger meiner Kollegen, interessierte sich auch nur flüchtig für ihn.

Schließlich verließ ich die Kanzlei. Der Andrang wurde immer größer, und ich musste mich mit Leuten unterhalten, die ich nicht ausstehen konnte. Zwei Reporter riefen an. Ich sagte Polly, ich hätte außer Haus einiges zu erledigen, und sie erinnerte mich an den Termin mit Arthur. Ich ging zu meinem Wagen, ließ den Motor an, schaltete die Heizung ein und dachte lange darüber nach, ob ich an dieser Rekonstruktion teilnehmen sollte. Wenn ich nicht hinging, würde Arthur verärgert sein. Einen Termin mit Arthur ließ man nicht platzen.

Ich fuhr davon. Es war eine seltene Gelegenheit, etwas Dummes zu tun. Ich war traumatisiert. Ich musste weg hier. Arthur und der Rest der Kanzlei würden für eine Weile auf mich verzichten müssen.

Ich fuhr in Richtung Georgetown, hatte aber kein besonderes Ziel. Die Wolken waren dunkel, die Passanten hasteten durch die Straßen, die Räumfahrzeuge waren in Bereitschaft. In der M Street kam ich an einem Bettler vorbei und fragte mich, ob er DeVon Hardy gekannt hatte. Wohin gingen Obdachlose bei einem Schneesturm?

Ich rief im Krankenhaus an und erfuhr, meine Frau werde noch für Stunden in einer Notoperation sein. Aus unserem romantischen Mittagessen in der Cafeteria des Krankenhauses würde also nichts werden.

Ich kehrte um, fuhr am Logan Circle vorbei nach Northeast, in den weniger schönen Teil der Stadt, und fand das Rechtsberatungsbüro in der 14th Street, Ecke Q Street. Als ich meinen Lexus am Straßenrand parkte, war ich sicher, dass ich ihn nie wieder sehen würde.

Das Büro nahm die Hälfte eines dreistöckigen, roten Backsteinhauses im viktorianischen Stil ein, das seine beste Zeit hinter sich hatte. Die Fenster im obersten Stock waren mit verwitterten Spanplatten vernagelt. Nebenan befand sich ein heruntergekommener Waschsalon. In der Nähe gab es sicher auch Crack-Häuser.

Den Eingang zierte eine leuchtend gelbe Markise. Ich wusste nicht, ob ich klopfen oder einfach hineingehen sollte. Die Tür war nicht verschlossen, und so drehte ich langsam den Knauf und betrat eine neue Welt.

Es war zwar eine Art Kanzlei, doch sie sah ganz anders aus als die von Marmor und Mahagoni beherrschten Räumlichkeiten bei Drake &- Sweeney. In dem großen Raum standen vier Schreibtische aus Stahl, auf denen sich eine Furcht erregende Anzahl von Akten fast einen halben Meter hoch stapelten. Weitere Akten lagen willkürlich auf dem abgetretenen Teppich rings um die Tische verstreut. Die Papierkörbe quollen über, zerknüllte Notizzettel lagen auf dem Boden. Aktenschränke in verschiedenen Farben nahmen eine ganze Wand ein. Die

Computer und Telefone waren zehn Jahre alt. Die Bretter der Bücherregale bogen sich durch. Ein großes, verblasstes Foto von Martin Luther King hing schief an der hinteren Wand. Von diesem großen Raum gingen einige kleinere Zimmer ab.

Es war schmutzig. Es herrschte geschäftiges Treiben. Ich war fasziniert.

Eine energisch wirkende hispanische Frau musterte mich kurz und hörte auf zu tippen. »Suchen Sie was?«, fragte sie mich. Es war eher eine Herausforderung als eine Frage. Für eine solche Begrüßung wäre eine Empfangsdame bei Drake &- Sweeney auf der Stelle gefeuert worden.

Laut dem Namensschild, das an der Seite des Schreibtisches befestigt war, handelte es sich um Sofia Mendoza, und ich sollte bald merken, dass sie weit mehr als eine Empfangsdame war. Aus einem der kleineren Büros drang lautes Gebrüll. Ich zuckte zusammen, während Sofia völlig unbeeindruckt blieb.

»Ich möchte zu Mordecai Green«, sagte ich höflich, und in diesem Augenblick kam der Genannte, von seinem Gebrüll angekündigt, in den großen Raum gestapft. Der Boden erzitterte unter seinen Schritten. Er schrie quer durch den Raum nach jemandem, der Abraham hieß.

Sofia nickte in seine Richtung, betrachtete meinen Wunsch als erledigt und wandte sich wieder ihrem Computer zu. Green war ein riesiger Schwarzer, mindestens einen Meter dreiundneunzig groß und mit einer imposanten Statur. Er war Anfang fünfzig und trug einen grauen Bart und eine Brille mit runden, rot eingefassten Gläsern. Er sah mich kurz an, sagte aber nichts, sondern brüllte weiter nach Abraham, und die Dielenbretter quietschten unter seinen Schritten. Er verschwand in einem der anderen Zimmer und kehrte Sekunden später ohne Abraham zurück.

Er musterte mich abermals und sagte: »Kann ich etwas für Sie tun?«

Ich stellte mich vor.

»Freut mich, Sie kennen zu lernen«, sagte er, doch das war nicht mehr als eine Floskel. »Was führt Sie zu uns?«

»DeVon Hardy«, sagte ich.

Er sah mich einige Sekunden lang an und blickte kurz zu Sofia, die jedoch wieder in ihre Arbeit versunken war. Dann nickte er in Richtung seines Büros, und ich folgte ihm in ein vier mal vier Meter großes fensterloses Zimmer, in dem jeder Quadratzentimeter des Bodens mit Aktenordnern, zerlesenen Gesetzbüchern und Kommentarsammlungen bedeckt war.

Ich gab ihm eine meiner goldgeprägten Visitenkarten von Drake & Sweeney, die er stirnrunzelnd studierte. Er reichte sie mir zurück und sagte: »Sie wollen mal richtig ergreifendes Elend sehen, stimmt's?«

»Nein«, sagte ich und nahm die Karte wieder an mich.

»Was wollen Sie dann?«

»Ich komme in Frieden. Mr. Hardy hätte mich beinah erschossen.«

»Sie waren eine der Geiseln?«

»Ja.«

Er holte tief Luft, und seine Stirn glättete sich. »Setzen Sie sich doch«, sagte er und zeigte auf den einzigen Besucherstuhl. »Aber passen Sie auf, dass Sie sich nicht schmutzig machen.«

Wir saßen uns gegenüber. Meine Knie berührten fast den Tisch, und meine Hände steckten tief in den Manteltaschen. Hinter Green pochte ein Heizkörper. Wir sahen einander an und wandten den Blick wieder ab. Ich hatte ihn aufgesucht, also war ich derjenige, der etwas sagen musste. Doch er ergriff als Erster das Wort.

»Das war ein schlechter Tag, was?«, sagte er. Seine raue Stimme war leiser und klang beinahe mitfühlend.

»Für mich nicht so schlecht wie für Hardy. Ich habe Ihren Namen in der Zeitung gelesen – darum bin ich gekommen.«

»Ich weiß aber noch immer nicht, was Sie von mir wollen.«

»Glauben Sie, dass die Familie klagen wird? Wenn ja, sollte ich vielleicht lieber gehen.«

»Es gibt keine Familie, und es wird wohl auch keine Klage geben. Ich könnte ein bisschen auf die Pauke hauen. Der Polizist, der ihn erschossen hat, ist wahrscheinlich ein Weißer. Die Stadtverwaltung würde vielleicht ein paar Dollar ausspucken, damit ich aufhöre, Lärm zu machen, aber so was macht mir keinen Spaß.« Er wies auf seinen Schreibtisch. »Ich hab weiß Gott genug anderes zu tun.«

»Den Polizisten habe ich gar nicht gesehen«, sagte ich. Diese Tatsache war mir eben erst bewusst geworden.

»Es wird also keine Klage geben. Sind Sie deswegen gekommen?«

»Ich weiß nicht, warum ich gekommen bin. Ich habe mich heute Morgen an den Schreibtisch gesetzt, als wäre das alles nie passiert, aber ich konnte keinen klaren Gedanken fassen. Ich bin einfach in der Gegend herumgefahren. Und jetzt bin ich hier.«

Er schüttelte langsam den Kopf, als falle es ihm schwer, das zu begreifen. »Möchten Sie einen Kaffee?«

»Nein, danke. Sie kannten Mr. Hardy recht gut, nicht?«

»Ja, DeVon war regelmäßig bei uns.«

»Wo ist er jetzt?«

»Wahrscheinlich in der städtischen Leichenhalle des General Hospital.«

»Was geschieht mit ihm, wenn er keine Angehörigen hat?«

»Dann wird er auf Kosten der Stadt beerdigt. In den

Büchern taucht so was als ›Armenbegräbnis‹ auf. In der Nähe des RFK-Stadions liegt ein Friedhof, wo diese Toten unter die Erde gebracht werden. Sie würden sich wundern, wie viele es gibt, auf die niemand Anspruch erhebt.«

»Bestimmt.«

»Sie würden sich wahrscheinlich über jeden Aspekt des Lebens von Obdachlossen wundern.«

Das war eine kleine Spitze, aber für Spiegelfechtereien war ich nicht in Stimmung. »Wissen Sie, ob er AIDS hatte?«

Er legte den Kopf schief, sah zur Decke und dachte ein paar Sekunden über diese Frage nach. »Warum?«

»Ich stand hinter ihm. Sein Hinterkopf wurde in Stücke gerissen. Mein Gesicht war voller Blut. Darum.«

Mit dieser Auskunft war ich nicht mehr einer der Bösen, sondern nur noch ein Durchschnittsweißer.

»Ich glaube nicht, dass er AIDS hatte.«

»Wird das denn nach dem Tod überprüft?«

»Bei Obdachlosen?«

»Ja.«

»Meistens ja. DeVon ist allerdings auf andere Art ums Leben gekommen.«

»Könnten Sie es herausfinden?«

Er zuckte die Schultern und taute noch ein bisschen mehr auf. »Klar«, sagte er zögernd und zog einen Stift aus der Brusttasche. »Sind Sie deswegen gekommen? Weil Sie Angst vor AIDS haben?«

»Ich glaube, das ist einer der Gründe. Hätten Sie keine Angst?«

»Doch.«

Abraham trat ein, ein kleiner, hektischer Mann um die vierzig, dessen ganze Erscheinung geradezu die Karikatur eines Armenanwalts war. Er war Jude, trug einen dunklen Bart, eine Hornbrille, einen verknitterten Blazer, eine ebenso verknitterte khakifarbene Hose und schmutzige Turnschuhe, und er umgab sich mit der gewichtigen Aura eines Mannes, der ausgezogen ist, die Welt zu retten.

Er beachtete mich nicht, und Green hielt offenbar nicht viel von Formalitäten. »Es sind starke Schneefälle angekündigt worden«, sagte Green zu ihm. »Wir müssen dafür sorgen, dass alle verfügbaren Notunterkünfte geöffnet sind.«

»Ich bin bereits dabei«, erwiderte Abraham knapp und war schon wieder draußen.

»Ich weiß, dass Sie viel zu tun haben«, sagte ich.

»War das alles, was Sie wissen wollten? Eine Blutuntersuchung?«

»Ich glaube ja. Haben Sie eine Ahnung, warum er es getan hat?«

Er nahm die Brille ab, putzte sie mit einem Tuch und rieb sich die Augen. »Er war geisteskrank, wie viele dieser Leute. Wenn Sie jahrelang auf der Straße leben, sich ständig betrinken und Crack rauchen, wenn Sie in der Kälte auf dem Bürgersteig schlafen und von Polizisten und kleinen Ganoven herumgestoßen werden, dann werden Sie irgendwann verrückt. Außerdem hatte er noch eine Rechnung offen.«

»Die Zwangsräumung.«

»Ja. Vor ein paar Monaten ist DeVon in ein verlassenes Lagerhaus Ecke New York und Florida gezogen. Irgendjemand hat das Ding mit ein paar Spanplatten in kleine Zimmer unterteilt. Nach Obdachlosenmaßstäben war es nicht mal schlecht: ein Dach über dem Kopf, ein paar Toiletten, fließendes Wasser. Hundert Dollar pro Monat zahlbar an einen ehemaligen Zuhälter, der die Trennwände eingezogen hatte und behauptete, der Besitzer zu sein.«

»Und? War er der Besitzer?«

»Ich glaube, ja.« Er zog einen dünnen Ordner aus einem der Stapel auf seinem Tisch. Wunderbarerweise war es der richtige. Er blätterte darin. »Und da wird es dann kompliziert. Letzten Monat ist das Objekt von einer Gesellschaft namens RiverOaks gekauft worden, einem großen Immobilienkonzern.«

»Und RiverOaks hat alle vor die Tür gesetzt?«

»Ja.«

»Ich nehme an, dass RiverOaks von unserer Kanzlei vertreten worden ist.«

»Da könnten Sie Recht haben.«

»Warum wird es kompliziert?«

»Ich habe gehört, dass der Zwangsräumung keine Benachrichtigung vorausgegangen ist. Die Leute behaupten, sie hätten Miete an den Zuhälter gezahlt, und wenn das stimmt, dann waren sie keine Hausbesetzer. Dann waren sie Mieter und hatten die entsprechenden Rechte.«

»Hausbesetzer haben kein Recht auf eine Benachrichtigung.«

»Nein. So was passiert alle Tage. Obdachlose ziehen in ein verlassenes Gebäude, und meistens kümmert sich kein Mensch darum. Also denken sie, das Haus gehört ihnen. Aber der Besitzer kann sie, wenn er sich die Mühe macht, mal vorbeizuschauen, ohne weiteres rausschmeißen. Als Hausbesetzer hat man keinerlei Rechte.«

»Und wie hat DeVon Hardy herausgefunden, dass unsere Kanzlei daran beteiligt war?«

»Wer weiß? Er war nicht dumm. Er war verrückt, aber nicht dumm.«

»Kennen Sie den Zuhälter?«

»Ja. Vollkommen unzuverlässig.«

»Wo, sagten Sie, war das Lagerhaus?«

»Das Lagerhaus gibt es nicht mehr. Es ist letzte Woche abgerissen worden.«

Ich hatte seine Zeit lange genug in Anspruch genommen. Er sah auf seine Uhr, ich auf die meine. Wir tauschten unsere Telefonnummern aus und versprachen, in Verbindung zu bleiben.

Mordecai Green war ein warmherziger, mitfühlender Mensch, der auf der Straße arbeitete, um die Rechte seiner namenlosen Mandanten zu verteidigen. Sein Verständnis von Recht erforderte mehr innere Kraft, als ich je haben würde.

Auf dem Weg hinaus beachtete ich Sofia nicht, denn sie beachtete mich ebenso wenig. Mein Lexus stand noch am Straßenrand. Der Schnee lag bereits ein paar Zentimeter hoch.

5

Im Schneetreiben fuhr ich durch die Stadt. Ich konnte mich nicht erinnern, wann ich das letztemal ohne Termindruck durch die Straßen von Washington gefahren war. Ich saß warm und geborgen in meinem schweren Luxuswagen, ließ mich einfach treiben und hatte kein Ziel.

In der Kanzlei würde ich mich für eine Weile lieber nicht blicken lassen. Arthur würde wütend auf mich sein, und außerdem würde ich die zahllosen unangekündigten Besucher ertragen müssen, deren erster Satz unweigerlich lautete: »Wie geht's Ihnen?«

Mein Telefon läutete. Es war Polly, sie klang panisch. »Wo stecken Sie denn?«, wollte sie wissen.

»Wer will das wissen?«

»Eine Menge Leute. Arthur zum Beispiel. Rudolph. Dann hat noch ein Reporter angerufen. Ein paar Mandanten wollten einen Rat. Und Claire hat aus dem Krankenhaus angerufen.«

»Was wollte sie?«

»Sie war besorgt, wie alle anderen.«

»Mir geht's gut, Polly. Sagen Sie, ich sei beim Arzt.«

»Und sind Sie beim Arzt?«

»Nein, aber ich könnte es sein. Was hat Arthur gesagt?«

»Er hat nicht angerufen. Aber Rudolph. Sie haben auf Sie gewartet.«

»Sie werden noch länger warten müssen.«

Sie zögerte und sagte dann ganz langsam: »Okay. Wann werden Sie voraussichtlich wieder hier sein?«

»Weiß ich noch nicht. Wenn der Arzt mich lässt. Gehen Sie ruhig nach Hause – schließlich haben wir einen Schneesturm. Ich rufe Sie morgen an.« Damit legte ich auf.

Unsere Wohnung war ein Ort, den ich selten bei Tageslicht gesehen hatte, und die Vorstellung, am Kamin zu sitzen und zuzusehen, wie es schneite, gefiel mir nicht besonders. Und wenn ich in eine Bar ging, würde ich wahrscheinlich dort sitzen bleiben.

Also fuhr ich. Ich reihte mich ein in den Strom der Pendler, die ihren eiligen Rückzug in die Vororte, nach Virginia und Maryland, antraten, und als ich zurück in die Stadt fuhr, waren die Straßen fast leer. Ich fand den Friedhof beim RFK-Stadion, wo diejenigen beerdigt wurden, auf die niemand Anspruch erhob, und kam an der Methodist Mission in der 17th Street vorbei, von der unser ungegessenes Abendessen stammte. Ich fuhr durch Stadtteile, die ich noch nie gesehen hatte und wahrscheinlich auch nie wieder sehen würde.

Um vier war die Stadt praktisch menschenleer. Der Himmel hatte sich verdunkelt, und der Schnee fiel dicht. Er lag bereits mehrere Zentimeter hoch, und im Wetterbericht hieß es, es sei noch viel mehr Schnee zu erwarten.

Natürlich brachte nicht einmal ein Schneesturm die Arbeit der Kanzlei Drake & Sweeney zum Erliegen. Ich kannte Anwälte, die am liebsten sonntags oder spät in der Nacht arbeiteten, weil sie dann nicht von läutenden Telefonen gestört wurden. Ein Schneesturm war ein willkommener Aufschub der blödsinnigen Plackerei endloser Besprechungen und Telefonkonferenzen.

Ein Mann vom Sicherheitsdienst in der Lobby sagte mir, die Sekretärinnen und die meisten anderen Mitarbeiter seien um drei nach Hause geschickt worden. Ich fuhr wieder mit Misters Aufzug.

Ordentlich aufgereiht lagen mitten auf meinem

Schreibtisch ein Dutzend rosafarbene Anrufnotizen, die mich jedoch überhaupt nicht interessierten. Ich ging zu meinem Computer und begann, unser Mandantenverzeichnis zu durchsuchen.

RiverOaks war eine Gesellschaft mit Sitz in Delaware, gegründet 1977, Hauptverwaltung in Hagerstown, Maryland. Sie befand sich in Privatbesitz, sodass nur wenige Informationen über ihre Finanzlage verfügbar waren. Der für RiverOaks zuständige Anwalt hieß N. Braden Chance. Ich hatte den Namen noch nie gehört.

Ich sah in unserer riesigen Datenbank nach. Chance war Teilhaber und arbeitete in der Immobilienabteilung, irgendwo unten in der dritten Etage. Vierundvierzig Jahre alt, verheiratet, College in Gettysburg, danach Jurastudium in Duke. Ein beeindruckender, aber durch und durch geradliniger Werdegang.

Bei achthundert Anwälten, die täglich Druck ausübten und prozessierten, hatte unsere Kanzlei über sechsunddreißigtausend aktive Dateien. Damit unsere Vertretung in New York nicht einen unserer Mandanten in Chicago verklagte, wurde jede neue Datei unverzüglich in der Datenbank abgelegt. Jeder Anwalt, jede Sekretärin, jeder Gehilfe bei Drake & Sweeney hatte einen Computer und somit ungehinderten Zugang zu allen allgemeinen Informationen über Mandanten. Wenn einer unserer Anwälte für Erbschaftsrecht in Palm Beach den Nachlass eines reichen Mandanten regelte, brauchte ich nur ein paar Tasten zu drücken, und schon war ich über die Grundzüge des Falls im Bilde.

Es gab zweiundvierzig RiverOaks-Dateien, und in fast allen Fällen war es um Grundstückskäufe gegangen. Der zuständige Anwalt war jedes Mal Chance gewesen. In vier Fällen war es um Zwangsräumungen gegangen, von denen drei im letzten Jahr stattgefunden hatten. Die erste Phase der Recherche war einfach.

Am 31. Januar hatte RiverOaks ein Objekt an der Florida Avenue erworben. Der Verkäufer war eine Gesellschaft namens TAG, Inc. Am 4. Februar hatte unser Mandant eine Anzahl Hausbesetzer aus dem verlassenen Lagerhaus vertreiben lassen. Einer dieser Hausbesetzer war, wie ich inzwischen wusste, Mister DeVon Hardy gewesen, der die Zwangsräumung persönlich genommen und die verantwortliche Kanzlei aufgespürt hatte.

Ich notierte mir den Namen und die Nummer der Datei und machte mich auf den Weg in die dritte Etage.

Niemand, der in eine große Kanzlei eintrat, hatte das Ziel, Immobilienanwalt zu werden. Schließlich gab es andere, weit prestigeträchtigere Arenen, in denen man sich einen Ruf erwerben konnte. Die Prozessabteilung war seit jeher ein bevorzugtes Ziel, und Prozessanwälte genossen noch immer die größte Bewunderung – zumindest in der Kanzlei. Einige viel versprechende Talente fühlten sich zum Körperschaftsrecht hingezogen – Fusionen und Übernahmen waren begehrte Abteilungen, die Effektenabteilung erfreute sich beständiger Popularität. Auch mein Spezialgebiet – Kartellrecht – war hoch angesehen. Steuerrecht war schrecklich kompliziert, doch wer sich darauf spezialisierte, genoss großen Respekt. Und die Pflege der politischen Landschaft (die Tätigkeit als Lobbyist) war zwar widerwärtig, aber so lohnend, dass jede größere Kanzlei in Washington ganze Rudel von Anwälten beschäftigte, die nichts anderes zu tun hatten, als die Gesetzgebungsmaschinerie an den richtigen Stellen zu schmieren.

Doch niemand hatte das Ziel, Immobilienanwalt zu werden. Ich wusste nicht, wie man einer wurde. Immobilienanwälte blieben unter sich, lasen wahrscheinlich unentwegt das Kleingedruckte in Hypothekenverträgen und galten beim Rest der Kanzlei als irgendwie mittelmäßig.

Bei Drake & Sweeney bewahrte jeder Anwalt die Unterlagen für die aktuellen Fälle in seinem Büro auf, oft in einem verschlossenen Schrank. Nur die erledigten Fälle wurden den anderen Mitarbeitern zugänglich gemacht. Kein Anwalt konnte gezwungen werden, einem anderen Einsicht in die Akten zu geben, es sei denn, ein Seniorteilhaber oder ein Mitglied des Vorstands forderte ihn dazu auf.

Die Akte über die Zwangsräumung trug immer noch den Vermerk ›aktuell‹, und ich war sicher, dass sie jetzt, nach der Mister-Episode, vor jedem Zugriff geschützt sein würde.

An einem Tisch neben dem Schreibzimmer stand ein Gehilfe und scannte Blaupausen ein. Ich fragte ihn nach dem Büro von Braden Chance, und er nickte in Richtung einer offenen Tür auf der anderen Seite des Gangs.

Zu meiner Überraschung saß Chance an seinem Schreibtisch und machte den Eindruck eines sehr beschäftigten Mannes. Er war konsterniert über meinen Besuch, und das mit Recht. Die normale Vorgehensweise wäre gewesen, ihn anzurufen und einen Termin zu vereinbaren. Aber die normale Vorgehensweise interessierte mich im Augenblick nicht.

Er bot mir keinen Stuhl an. Ich setzte mich trotzdem, was seine Laune nicht verbesserte.

»Sie waren eine der Geiseln«, sagte er in ärgerlichem Ton, als ihm dämmerte, warum ich gekommen war.

»Ja.«

»Muss schlimm gewesen sein.«

»Jetzt ist es vorbei. Mr. Hardy, der Mann mit der Pistole, wurde am 4. Februar im Zuge einer Zwangsräumung aus einem Lagerhaus vertrieben. Wurde diese Zwangsräumung von unserer Kanzlei beantragt?«

»Allerdings.« Er war sehr zugeknöpft, und ich nahm an, dass er sich die Akte heute noch einmal vorgenommen hatte. Wahrscheinlich hatte er sie zusammen mit

Arthur und den anderen hohen Tieren gründlich durchgesehen. »Was ist damit?«

»War Hardy ein Hausbesetzer?«

»Darauf können Sie Gift nehmen. Die haben allesamt illegal dort gewohnt. Unser Mandant versucht, diese Plage ein bisschen einzudämmen.«

»Sind Sie sicher, dass er ein Hausbesetzer war?«

Sein Kinn klappte herunter, und seine Augen wurden schmal. Er holte tief Luft. »Was wollen sie eigentlich?«

»Könnte ich die Akte mal sehen?«

»Nein. Der Fall geht Sie nichts an.«

»Vielleicht geht er mich doch etwas an.«

»Wer ist Ihr leitender Teilhaber?« Er zückte einen Stift, als wollte er sich den Namen des Mannes notieren, der mich zurechtweisen würde.

»Rudolph Mayes.«

Er schrieb es in Großbuchstaben auf. »Ich bin sehr beschäftigt«, sagte er. »Würden Sie jetzt bitte gehen?«

»Warum kann ich die Akte nicht sehen?«

»Weil es meine ist und ich es nicht will. Das reicht als Begründung.«

»Vielleicht reicht es nicht.«

»Für Sie reicht es. Und jetzt gehen Sie bitte.« Er stand auf und wies mit zitternder Hand auf die Tür. Ich lächelte ihn an und ging hinaus.

Der Gehilfe hatte alles gehört. Als ich an seinem Tisch vorbeikam, wechselten wir verwunderte Blicke. »Was für ein Idiot«, sagte er so leise, dass ich es von seinen Lippen ablesen musste.

Ich lächelte abermals und nickte. Ein Idiot, und obendrein ungehobelt. Wenn Chance mir freundlich erklärt hätte, Arthur oder irgendein anderes hohes Tier habe angeordnet, die Akte sei unter Verschluss zu halten, hätte ich keinen Verdacht geschöpft. Doch nun war offensichtlich, dass sie irgendetwas Interessantes enthielt.

Es würde nicht leicht sein, die Akte zu bekommen.

Angesichts der vielen elektronischen Kommunikationsgeräte, die Claire und ich besaßen – Handy, Autotelefon, nicht zu vergessen diverse Pager –, hätte es ganz einfach sein müssen, in Verbindung zu bleiben. Doch in unserer Ehe war nichts einfach. Gegen neun Uhr telefonierten wir schließlich miteinander. Sie war erschöpft von einem Arbeitstag, der wie immer weit anstrengender gewesen war, als meine es je sein konnten. Es war ein Spiel, das wir bis an die Grenze ausreizten: Meine Arbeit ist wichtiger, weil ich Ärztin, weil ich Anwalt bin.

Dieses Spiel ging mir langsam auf die Nerven. Ich spürte, wie sehr ihr die Vorstellung gefiel, dass meine Begegnung mit dem Tod Nachwirkungen hatte, dass ich meinen Schreibtisch verlassen hatte und ziellos durch die Straßen von Washington gefahren war. Ihr Tag war zweifellos sehr viel produktiver gewesen als meiner.

Sie hatte den Ehrgeiz, die beste Neurochirurgin des Landes zu werden, eine Ärztin, an die sich sogar Männer wenden würden, wenn es keinerlei Hoffnung mehr gab. Sie war eine ausgezeichnete Studentin, wild entschlossen und mit einem enormen Durchhaltevermögen gesegnet. Sie würde die Männer hinter sich lassen, so wie sie auch mich langsam hinter sich ließ, einen gewieften Aufsteiger mit Durchhaltevermögen. Das Rennen zog sich schon zu lange hin.

Sie fuhr einen Miata Sportwagen ohne Allradantrieb, und angesichts des schlechten Wetters machte ich mir ein wenig Sorgen um sie. Sie würde in einer Stunde fertig sein – etwa die Zeit, die ich brauchte, um zum Georgetown Hospital zu fahren. Ich würde sie abholen, und dann würden wir versuchen, uns auf ein Restaurant zu einigen. Sollte uns das nicht gelingen, würden wir uns etwas beim Chinesen holen. Wir lebten praktisch von chinesischem Essen.

Ich ordnete die Papiere und Gegenstände auf meinem Schreibtisch und übersah dabei geflissentlich die zehn aktuellen Fälle, die dort aufgereiht standen. Ich hatte immer nur zehn Akten auf meinem Tisch – eine Methode, die ich von Rudolph übernommen hatte –, und jede davon studierte ich täglich. Dabei spielten honorarfähige Stunden eine gewisse Rolle. Unter meinen Top Ten waren stets die reichsten Mandanten, ganz gleich, wie dringlich ihre juristischen Probleme waren. Auch dies war ein Trick, den ich von Rudolph gelernt hatte.

Man erwartete, dass ich zweitausendfünfhundert Stunden pro Jahr in Rechnung stellte. Wenn man fünfzig Wochen zugrundelegt, waren das fünfzig Stunden pro Woche. Mein durchschnittlicher Honorarsatz lag bei dreihundert Dollar pro Stunde, und das hieß, dass ich meiner geliebten Kanzlei jährlich siebenhundertfünfzigtausend Dollar einbrachte. Davon bekam ich hundertzwanzigtausend sowie einen Bonus von dreißigtausend. Zweihunderttausend wurden für laufende Kosten aufgewendet, und der Rest ging an die Teilhaber und wurde jährlich nach einem unglaublich komplizierten Schlüssel aufgeteilt, über dessen Festlegung es gewöhnlich zu heftigen Auseinandersetzungen kam.

Ein Teilhaber verdiente selten weniger als eine Million im Jahr, und einige verdienten über zwei Millionen. Und eine Ernennung zum Teilhaber galt auf Lebenszeit. Wenn ich es also bis zu meinem fünfunddreißigsten Lebensjahr schaffte, Teilhaber zu werden – und bei dem Tempo, das ich vorlegte, war das durchaus im Bereich des Möglichen –, dann erwarteten mich dreißig Jahre voll gewaltiger Einkünfte und immensem Reichtum.

Das war der Traum, der uns zu allen Tages- und Nachtzeiten an den Schreibtisch fesselte.

Ich kritzelte diese Zahlen auf ein Blatt Papier. Es war eine Rechnung, die ich oft und gern anstellte, und ich vermutete, das alle Anwälte in unserer Kanzlei das taten. In diesem Augenblick läutete das Telefon. Es war Mordecai Green.

»Mr. Brock?«, sagte er höflich. Seine Stimme war gut zu verstehen, musste sich jedoch gegen viele Hintergrundgeräusche durchsetzen.

»Ja«, sagte ich. »Bitte nennen Sie mich Michael.«

»Gut. Ich habe ein bisschen herumtelefoniert. Sie brauchen sich keine Sorgen zu machen – der Bluttest war negativ.«

»Danke.«

»Keine Ursache. Ich dachte nur, Sie würden das Ergebnis so bald wie möglich wissen wollen.«

»Danke«, sagte ich nochmals. Der Lärm im Hintergrund wurde lauter. »Wo sind Sie?«

»In einer Notunterkunft. Der Schnee treibt die Leute schneller herein, als wir sie füttern können, also sind alle Helfer im Einsatz. Ich muss an die Arbeit.«

Der Tisch war aus altem Mahagoni, der Teppich stammte aus Persien, die Sessel waren mit karminrotem Leder bezogen, alle technischen Geräte waren vom Neuesten und Feinsten. Als ich mein schön ausgestattetes Zimmer betrachtete, fragte ich mich zum ersten Mal, wie viel das alles gekostet haben mochte. Jagten wir nicht bloß dem Geld nach? Warum arbeiteten wir so schwer? Um einen kostbareren Teppich oder einen älteren Schreibtisch zu kaufen?

In meinem warmen, gemütlichen, schönen Zimmer dachte ich an Mordecai Green, der in diesem Augenblick als freiwilliger Helfer in einer überfüllten Notunterkunft Essen an frierende, hungrige Menschen austeilte, zweifellos mit einem warmen Lächeln und einem freundlichen Wort.

Wir hatten beide Jura studiert, hatten dieselben Prüfungen abgelegt und beherrschten die komplizierte Sprache der Juristen. Ich half meinen Mandanten, ihre Konkurrenten zu schlucken, damit die Bilanzsumme mehr Nullen aufwies, und dafür würde ich reich werden. Er half seinen Mandanten, etwas zu essen und ein warmes Bett zu finden.

Ich betrachtete das Gekritzel auf dem Papier – mein Jahreseinkommen, der Weg zum Reichtum – und stellte fest, dass es mich traurig machte. So viel offenkundige, schamlose Gier!

Das Läuten des Telefons riss mich aus meinen Gedanken.

»Warum bist du noch im Büro?«, fragte Claire. Sie sprach sehr langsam und deutlich, und jedes Wort war mit einer Eisschicht überzogen.

Ich sah ungläubig auf meine Uhr. »Ich ... äh ... ein Mandant von der Westküste hat angerufen. Bei denen schneit es nicht.«

Ich glaube, ich hatte diese Lüge schon einmal benutzt. Es spielte keine Rolle.

»Ich warte, Michael. Soll ich lieber zu Fuß gehen?«

»Nein, ich komme so schnell ich kann.«

Ich hatte sie schon öfter warten lassen. Das gehörte zum Spiel: Wir waren viel zu beschäftigt, um pünktlich zu sein.

Ich rannte hinaus in den Schneesturm. Eigentlich machte es mir nicht sehr viel aus, dass wieder einmal ein Abend ruiniert war.

6

Endlich schneite es nicht mehr. Claire und ich saßen am Küchenfenster und tranken Kaffee. Ich las im Licht der strahlenden Morgensonne die Zeitung. Man hatte den Flughafen nicht schließen müssen.

»Lass uns nach Florida fahren«, sagte ich. »Jetzt gleich.«

Sie bedachte mich mit einem vernichtenden Blick. »Florida?«

»Na gut, dann die Bahamas. Wir könnten heute Nachmittag da sein.«

»Geht nicht.«

»Natürlich geht das. Ich werde ein paar Tage nicht arbeiten, und … «

»Warum nicht?«

»Weil ich sonst noch verrückt werde. Und wenn in der Kanzlei jemand verrückt wird, kriegt er ein paar Tage frei.«

»Ich glaube fast, es ist schon so weit.«

»Ich weiß. Eigentlich macht es sogar Spaß. Die Leute machen einem Platz, sie fassen einen mit Samthandschuhen an und sind höflich und zuvorkommend. Ich fange an, es zu genießen.«

Ihr Gesicht wurde wieder hart. »Ich kann nicht.«

Damit war der Vorschlag erledigt. Ich hatte ihn ganz spontan gemacht, obwohl ich wusste, dass sie zu viel zu tun hatte. Es war gemein gewesen, fand ich, als ich mich wieder der Zeitung zuwandte, aber ich bereute es nicht. Claire wäre auch sonst unter keinen Umständen mitgefahren.

Plötzlich hatte sie es eilig: Termine, Seminare, Visiten

– das Leben einer ehrgeizigen jungen Assistenzärztin. Sie duschte, zog sich an und war bereit zu gehen. Ich fuhr sie zum Krankenhaus.

Während der Wagen durch die verschneiten Straßen kroch, wechselten wir kein Wort.

»Ich fahre für ein paar Tage nach Memphis«, sagte ich, als wir am Eingang in der Reservoir Street angekommen waren.

»Ach ja?«, sagte sie ohne eine erkennbare Reaktion.

»Ich will meine Eltern besuchen. Das letzte Mal war ich vor fast einem Jahr bei ihnen, und jetzt ist eine gute Gelegenheit. Ich mag Schnee nicht, und ich bin nicht in der Stimmung zu arbeiten. Ich bin einfach ein bisschen durchgedreht.«

»Tja … ruf mich an.« Sie öffnete die Tür, stieg aus und warf sie zu – kein Kuss, kein Abschied, keine Anteilnahme. Ich sah ihr nach, als sie zum Eingang eilte und verschwand.

Es war vorbei. Mir war unwohl bei dem Gedanken, dass ich es meiner Mutter würde sagen müssen.

Meine Eltern waren Anfang sechzig, erfreuten sich bester Gesundheit und bemühten sich tapfer, die Freuden des vorzeitigen Ruhestands zu genießen. Mein Vater hatte dreißig Jahre lang Passagiermaschinen geflogen, meine Mutter war Filialleiterin einer Bank gewesen. Sie hatten schwer gearbeitet, viel gespart und uns eine Kindheit und Jugend in gesicherten Verhältnissen ermöglicht. Meine beiden Brüder und ich waren auf die besten Privatschulen gegangen, für die wir uns hatten qualifizieren können.

Sie waren solide Menschen, konservativ, patriotisch, ohne schlechte Angewohnheiten und in ihrer Liebe zueinander unerschütterlich. Sie gingen sonntags in die Kirche, sie gingen am Unabhängigkeitstag zur Parade, sie gingen einmal pro Woche zum Rotary Club, und sie verreisten, wann immer sie Lust dazu hatten.

Noch heute, drei Jahre danach, waren sie traurig über die Scheidung meines Bruders Warner. Er war Anwalt in Atlanta und hatte seine Collegeliebe geheiratet, ein Mädchen aus Memphis, dessen Familie wir kannten. Nach zwei Kindern ging die Ehe in die Brüche. Seine Frau bekam das Sorgerecht und zog nach Portland, Oregon. Meine Eltern sahen ihre Enkel einmal im Jahr, wenn es hoch kam. Es war ein Thema, das ich nie anschnitt.

Am Flughafen in Memphis mietete ich mir einen Wagen und fuhr nach Osten in die wuchernden Vorstädte, wo die Weißen lebten. Die Schwarzen hatten die Innenstadt, die Weißen die Vororte. Manchmal übernahmen Schwarze ein paar Straßenblocks, und dann zogen die Weißen fort. Memphis breitete sich in Richtung Osten aus, ein ständiges Zurückweichen und Nachrücken.

Meine Eltern wohnten an einem Golfplatz, in einem neuen Haus mit sehr viel Glas, das so gebaut war, dass man aus jedem Fenster ein Fairway sehen konnte. Ich konnte dieses Haus nicht ausstehen, weil auf den Fairways ständig Spieler waren. Das behielt ich allerdings für mich.

Ich hatte vom Flughafen aus angerufen, und meine Mutter begrüßte mich mit großer Freude. Mein Vater war irgendwo hinten am neunten Loch.

»Du siehst müde aus«, sagte sie, nachdem sie mich umarmt und geküsst hatte. Das war ihre übliche Begrüßung.

»Danke, Mom. Und du siehst großartig aus.« Und das stimmte. Sie war schlank und gebräunt, denn sie verbrachte täglich Stunden auf dem Tennisplatz und in einem Liegestuhl im Country Club.

Sie machte uns einen Eistee, den wir in der Loggia tranken, von wo wir anderen Pensionären dabei zusehen konnten, wie sie in ihren Golfwagen über die Fairways fuhren.

»Was ist los?«, fragte sie, kaum dass wir uns gesetzt hatten und noch bevor ich einen Schluck Tee getrunken hatte.

»Nichts. Mir geht's gut.«

»Wo ist Claire? Ihr ruft uns nie an. Ich habe ihre Stimme seit zwei Monaten nicht gehört.«

»Claire geht's gut, Mom. Wir sind beide gesund und munter und arbeiten sehr viel.«

»Verbringt ihr genug Zeit miteinander?«

»Nein.«

»Verbringt ihr überhaupt Zeit miteinander?«

»Nicht viel.«

Sie runzelte die Stirn, sah mich mit mütterlicher Sorge an und ging zum Angriff über. »Seid ihr in Schwierigkeiten?«, fragte sie.

»Ja.«

»Ich wusste es. Ich wusste es. Ich hab's deiner Stimme angehört, als du vorhin angerufen hast. Aber ihr wollt euch doch wohl nicht scheiden lassen? Habt ihr es mit einer Partnerschaftsberatung probiert?«

»Nein. Beruhige dich, Mom.«

»Aber warum? Sie ist ein wunderbarer Mensch, Michael. In einer Ehe muss man einander alles geben, was man hat.«

»Das versuchen wir ja, Mom. Aber es ist schwierig.«

»Affären? Drogen? Alkohol? Glücksspiel? Irgendwelche schlimmen Sachen?«

»Nein. Nur zwei Menschen, die getrennte Wege gehen. Ich arbeite achtzig Stunden pro Woche. Sie arbeitet die anderen achtzig.«

»Dann arbeitet weniger. Geld ist nicht alles.« Ihre Stimme zitterte ein wenig, und in ihren Augen standen Tränen.

»Es tut mir Leid, Mom. Wenigstens haben wir keine Kinder.«

Sie biss sich auf die Unterlippe und versuchte Haltung zu bewahren, aber in ihr starb etwas. Ich wusste genau, was sie jetzt dachte: Zwei gescheitert, bleibt noch einer. Sie würde meine Scheidung als ihr persönliches Versagen betrachten, genau wie damals bei meinem Bruder. Sie würde eine Möglichkeit finden, die Schuld auf sich zu nehmen.

Ich wollte kein Mitleid. Um zu einem interessanteren Thema überzuleiten, erzählte ich ihr von Mister und spielte die Gefahr, in der ich gewesen war, herunter. Vielleicht hatte die Geschichte nicht in den hiesigen Zeitungen gestanden, und wenn ja, dann hatten meine Eltern sie übersehen.

»Und dir ist nichts passiert?«, fragte sie entsetzt.

»Nein. Die Kugel ist an mir vorbeigeflogen. Ich bin hier.«

»Ja, Gott sei Dank. Ich meine, ob es dir gefühlsmäßig gut geht.«

»Ja, Mom, alles in Ordnung. Ich bin heil und unversehrt. In der Kanzlei wollten sie, dass ich mir ein paar Tage frei nehme, und so bin ich hergekommen.«

»Mein armer Junge. Erst Claire, und dann das.«

»Mir geht's gut, Mom. Wir hatten gestern eine Menge Schnee – es war ein guter Zeitpunkt, um mal rauszukommen.«

»Ist Claire allein sicher?«

»So sicher wie jeder andere in Washington. Sie lebt praktisch im Krankenhaus, und das ist wahrscheinlich der beste Ort, wo man sich aufhalten kann.«

»Wenn ich die Verbrechensstatistiken sehe, mache ich mir immer solche Sorgen um euch. Washington ist eine sehr gefährliche Stadt.«

»Fast so gefährlich wie Memphis.«

Wir sahen, wie ein Ball in der Nähe der Loggia landete und warteten auf seinen Besitzer. Eine dicke Frau stieg aus einem Golfwagen, blieb kurz bei dem Ball stehen und drosch ihn in weitem Bogen ins Gebüsch.

Meine Mutter ging hinaus, um noch Tee zu holen und sich die Augen zu wischen.

Ich weiß nicht, wer enttäuschter war: meine Mutter oder mein Vater. Meine Mutter wünschte sich starke Familien und viele Enkelkinder. Mein Vater wollte, dass seine Jungs schnell Karriere machten und die schwer verdienten Früchte ihres Erfolges genossen.

Später am Nachmittag gingen mein Vater und ich über den Golfplatz. Er spielte neun Löcher, und ich trank Bier und fuhr den Wagen. Golf übte bis jetzt noch keine besondere Faszination auf mich aus. Zwei kalte Biere, und ich wurde redselig. Ich hatte beim Mittagessen noch einmal von der Geiselnahme erzählt, und so nahm mein Vater an, dass ich mir nur eine kleine Auszeit genommen hatte, bevor ich mich mit neuer Energie in die Arbeit stürzte.

»Ich bin diese große Kanzlei langsam leid, Dad«, sagte ich, als wir am dritten Abschlag warten mussten, bis der Vierer vor uns die Bahn freigab. Ich war nervös, und das ärgerte mich. Schließlich war es mein Leben, nicht seins.

»Was meinst du damit?«

»Damit meine ich, dass ich meine Arbeit leid bin.«

»Herzlich willkommen in der Wirklichkeit. Meinst du vielleicht, der Mann, der in der Fabrik an der Drehbank steht, ist seine Arbeit nicht leid? Du wirst wenigstens reich dabei.«

Die erste Runde ging an ihn. Es war fast ein K.-o.-Sieg. Zwei Löcher später sagte er, während wir im Gebüsch nach seinem Ball suchten: »Willst du dir einen neuen Job suchen?«

»Ich denke darüber nach.«

»Und was schwebt dir vor?«

»Ich weiß es nicht. So weit bin ich noch nicht. Ich hab mich noch nicht umgesehen.«

»Wenn du dich noch nicht umgesehen hast, woher weißt du dann, dass ein neuer Job besser sein wird als der alte?« Er hob den Ball auf und ging zurück zum Fairway.

Während er zu seinem Ball ging, fuhr ich allein auf dem schmalen, gepflasterten Weg weiter und fragte mich, warum ich vor diesem weißhaarigen Mann so viel Angst hatte. Er hatte seine Söhne dazu angehalten, sich Ziele zu setzen, hart zu arbeiten, stark zu sein – und das alles, um viel Geld zu verdienen und den amerikanischen Traum zu leben. Alles, was wir brauchten, hatte er bezahlt.

Wie meine Brüder besaß auch ich kein sehr hoch entwickeltes soziales Gewissen. Wir spendeten für die Kollekte, weil in der Bibel viel Wert auf das Almosengeben gelegt wurde. Wir zahlten Steuern, weil das gesetzlich vorgeschrieben war. Sicher wurde mit dem, was wir gaben, irgendwo und irgendwie etwas Gutes getan, und auf diese Weise hatten wir einen Anteil daran. Politik war etwas für Leute, die bereit waren, sich auf dieses Spiel einzulassen – ein ehrlicher Mann konnte dort nicht zu Reichtum kommen. Wir waren dazu erzogen worden, produktiv zu sein. Je mehr Erfolg wir hatten, desto mehr würde die Gesellschaft auf irgendeine Weise davon profitieren. Man setzte sich Ziele, man arbeitete hart, man war fair und brachte es zu Wohlstand.

Das fünfte Loch beendete er mit zwei Schlägen über Par. Als er in den Wagen stieg, schob er die Schuld auf seinen Putter.

»Vielleicht suche ich gar nicht nach einem besseren Job«, sagte ich.

»Warum sagst du nicht einfach, was du sagen willst?«

Wie gewöhnlich fühlte ich mich wie ein Schwächling, weil ich das Thema nicht direkt zur Sprache gebracht hatte.

»Ich überlege, ob ich mich mehr für das Gemeinwohl engagieren soll.«

»Was soll das denn heißen?«

»Das heißt, dass ich mich zum Wohl der Gesellschaft einsetzen und weniger Geld verdienen würde.«

»Was bist du – ein Demokrat? Ich glaube, du bist schon zu lange in Washington.«

„In Washington gibt es jede Menge Republikaner. Sie haben sogar die Regierung übernommen.«

Wir fuhren schweigend zum nächsten Abschlag. Mein Vater war ein guter Golfer, aber seine Schläge wurden immer schlechter. Seine Konzentration war dahin.

Als wir wieder einmal durch das Gebüsch neben dem Fairway stapften, sagte er: »Habe ich das richtig verstanden: Irgendein Säufer von der Straße kriegt eine Kugel durch den Kopf, und du ziehst aus, um die Gesellschaft zu verändern?«

»Er war kein Säufer. Er war in Vietnam.«

Mein Vater hatte in den ersten Kriegsjahren B-52-Bomber geflogen. Meine Bemerkung ließ ihn verstummen – allerdings nur für einen Augenblick. Er war nicht bereit, auch nur einen Zentimeter nachzugeben. »Einer von denen also.«

Ich gab keine Antwort. Der Ball war hoffnungslos verloren, und mein Vater suchte eigentlich gar nicht mehr nach ihm. Er warf einen neuen auf den Fairway und schlug ihn in die Büsche auf der anderen Seite. Wir fuhren weiter.

»Ich will nicht zusehen, wie du eine gute Karriere aufgibst«, sagte er. »Du hast zu schwer gearbeitet. In ein paar Jahren bist du Teilhaber.«

»Vielleicht.«

»Du brauchst Urlaub, das ist alles.«

Alle Welt schien zu glauben, das sei ein Allheilmittel.

Zum Abendessen lud ich sie in ein gutes Restaurant ein. Wir bemühten uns, die Themen Claire, meine Karriere und die Enkelkinder, die sie so selten zu sehen bekamen, zu vermeiden, und sprachen über alte Freunde und die Viertel, in denen wir früher gewohnt hatten. Ich ließ mir den neuesten Klatsch erzählen, der mich nicht im Mindesten interessierte.

Am Freitagmittag, vier Stunden vor meinem Abflug, verabschiedete ich mich von meinen Eltern und wandte mich wieder meinem in Unordnung geratenen Leben in Washington zu.

7

Natürlich war die Wohnung leer, als ich Freitagnacht zurückkam, aber diese Leere hatte eine besondere Qualität. Auf der Küchentheke fand ich einen Zettel: Claire war meinem Beispiel gefolgt und für ein paar Tage zu ihren Eltern nach Providence gefahren. Einen Grund nannte sie nicht. Sie bat mich, sie anzurufen, sobald ich wieder zu Hause war.

Ich rief ihre Eltern an. Dort war man gerade beim Abendessen. Wir quälten uns durch fünf Minuten Geplauder und stellten fest, dass alles gut war: Uns ging es gut, Memphis war gut, Providence war gut, unseren Eltern ging es gut, und Claire würde irgendwann am Sonntagnachmittag wieder in Washington sein.

Ich legte auf, machte mir einen Kaffee und trank ihn am Schlafzimmerfenster. Ich sah die Autos auf der noch immer schneebedeckten P Street dahinkriechen. Wenn etwas von all dem Schnee geschmolzen war, dann war es mit bloßem Auge nicht zu erkennen.

Ich hatte den Verdacht, dass Claire ihren Eltern dieselbe trostlose Geschichte erzählte, die ich meinen Eltern aufgebürdet hatte. Es war traurig und seltsam, im Grunde aber erstaunlich, dass wir unseren Eltern reinen Wein einschenkten, bevor wir einander die Wahrheit eingestanden. Ich hatte genug davon. Sehr bald, vielleicht schon am Sonntag, würden wir uns irgendwo hinsetzen – wahrscheinlich an den Küchentisch – und der Realität ins Auge sehen. Wir würden einander unsere Ängste und Gefühle eingestehen und, da war ich ganz sicher, mit der Planung einer getrennten Zukunft beginnen. Ich wusste, dass sie sich von mir trennen wollte. Ich wusste nur noch nicht, wie sehr sie es wollte.

Ich probte die Worte, die ich zu ihr sagen würde, so lange, bis sie überzeugend klangen, und machte dann einen langen Spaziergang. Es war zwölf Grad minus, und es ging ein scharfer Wind, sodass die Kälte durch meinen Trenchcoat drang. Ich ging an den hübschen Bungalows und gemütlichen Reihenhäusern vorbei, in denen ich echte Familien essen und lachen und die Behaglichkeit ihrer Wohnung genießen sah, und kam schließlich zur M Street, wo sich die drängten, denen zu Hause die Decke auf den Kopf fiel. Selbst an einem kalten Freitagabend war auf der M Street jede Menge los: Die Bars waren gut besucht, in den Restaurants musste man auf einen Tisch warten, und die Cafés waren überfüllt.

Ich stand im knöcheltiefen Schnee vor dem Fenster eines Musikklubs, hörte einen Blues und sah den jungen trinkenden und tanzenden Paaren zu. Zum ersten Mal in meinem Leben fühlte ich mich nicht wie ein junger Mann. Ich war zweiunddreißig, aber in den vergangenen sieben Jahren hatte ich mehr gearbeitet als die meisten anderen in zwanzig Jahren. Ich war müde. Ich war nicht alt, aber ich steuerte auf die Mitte des Lebens zu und musste mir eingestehen, dass ich nicht mehr frisch von der Universität kam. Diese hübschen Mädchen da drinnen würden sich nicht nach mir umdrehen.

Mir war kalt, und es hatte wieder angefangen zu schneien. Ich kaufte mir ein Sandwich, stopfte es in die Tasche und stapfte wieder zurück zu unserer Wohnung. Ich mixte mir einen starken Drink, machte ein kleines Feuer im Kamin, aß im Halbdunkel das Sandwich und fühlte mich sehr allein.

Früher hätte mir Claires Abwesenheit einen Grund geliefert, das Wochenende in der Kanzlei zu verbringen, ohne ein schlechtes Gewissen haben zu müssen. Jetzt, da ich am Kamin saß, fand ich diesen Gedanken abstoßend. Drake & Sweeney würden auch lange nach meinem Abgang noch blühen und gedeihen, und um die Mandanten und ihre Probleme, die mir so unerhört bedeutend erschienen waren, würden sich ganze Trupps junger Anwälte kümmern. Für die Kanzlei würde meine Kündigung nichts als eine kleine, kaum wahrnehmbare Irritation sein. Wenige Minuten nachdem ich mein Büro geräumt hatte, würde es einem anderen zugewiesen werden.

Um kurz nach neun läutete das Telefon und riss mich aus einem langen, düsteren Tagtraum. Es war Mordecai Green, der laut in ein Handy sprach. »Sind Sie sehr beschäftigt?«, fragte er.

»Äh … eigentlich nicht. Wieso?«

»Es ist eiskalt, es schneit wieder, und wir haben hier zu wenig Helfer. Haben Sie ein paar Stunden Zeit?«

»Wofür?«

»Für Arbeit. Wir brauchen wirklich ein paar Leute, die zupacken können. Die Notunterkünfte und Suppenküchen sind brechend voll, und wir haben nicht genug freiwillige Helfer.«

»Ich weiß nicht, ob ich dafür qualifiziert bin.«

»Können Sie Erdnussbuttersandwiches machen?«

»Ich glaube schon.«

»Dann sind Sie qualifiziert.«

»Okay, wohin soll ich kommen?«

»Wir sind hier ungefähr zehn Blocks vom Büro entfernt. An der Kreuzung 13th und Euclid Street steht rechts eine gelbe Kirche, die Ebenezer Christian Fellowship. Wir sind im Keller.«

Ich schrieb mir das auf, und meine Schrift wurde mit jedem Wort zittriger. Es war eine Wegbeschreibung in ein Kampfgebiet. Ich wollte mich schon erkundigen, ob ich eine Pistole einstecken sollte, und fragte mich, ob er eine trug. Aber er war schwarz, und ich nicht. Und was war mit meinem Wagen, meinem schönen Lexus?

»Haben Sie das?«, knurrte er nach einer kurzen Pause.

»Ja. Ich bin in zwanzig Minuten da«, sagte ich tapfer. Mein Herz klopfte schon jetzt wie verrückt.

Ich zog mir Jeans, ein Sweatshirt und Designer-Wanderstiefel an und nahm die Kreditkarten und das meiste Bargeld aus meiner Brieftasche. Ganz oben im Schrank fand ich eine alte, mit Wollstoff gefütterte Jeansjacke, die Kaffee- und Farbflecken hatte, ein Relikt aus meiner Studienzeit. Dann stellte ich mich vor den Spiegel und hoffte, dass ich einen abgerissenen Eindruck machte, doch davon konnte leider keine Rede sein. Wenn ein junger Schauspieler in dieser Aufmachung für das Titelfoto von *Vanity Fair* posiert hätte, wäre sofort ein neuer Trend geboren worden.

Ich wünschte mir eine kugelsichere Weste. Ich hatte Angst, doch als ich die Tür abschloss und hinaus in den Schnee trat, spürte ich auch eine eigenartige Erregung.

Ich wurde weder zur Zielscheibe für Schüsse aus vorbeifahrenden Wagen noch Opfer eines Überfalls irgendeiner Straßengang. Im Augenblick sorgte das Wetter dafür, dass die Straßen leer und sicher waren. Ich fand die Kirche und parkte auf dem Grundstück gegenüber. Die Kirche sah aus wie eine kleine Kathedrale. Sie war mindestens hundert Jahre alt und offenbar von ihrer ursprünglichen Gemeinde aufgegeben worden.

Vor einem Seiteneingang standen dicht aneinander gedrängt einige Männer. Ich schob mich an ihnen vorbei, als wüsste ich genau, wohin ich wollte, und betrat die Welt der Obdachlosen.

Ich wollte eigentlich einfach weitergehen und so tun,

als hätte ich das alles schon oft gesehen und eine Menge Arbeit zu erledigen, doch ich konnte mich nicht rühren. Ich starrte verwundert auf diese Masse von armen Menschen, die sich im Keller drängten. Einige lagen auf dem Boden und versuchten zu schlafen. Andere hockten in Grüppchen beisammen und unterhielten sich leise. Wieder andere saßen auf ihren Klappstühlen oder an langen Tischen und aßen. Entlang der Wände war kein Fuß breit mehr frei: Überall saßen Menschen. Kleine Kinder weinten oder spielten, und ihre Mütter versuchten sie im Auge zu behalten. Betrunkene lagen reglos da und schnarchten. Freiwillige Helfer gingen umher und verteilten Äpfel und Decken.

Die Küche war am anderen Ende des Raums. Hier herrschte geschäftiges Treiben: Das Essen wurde gekocht und ausgegeben. Im Hintergrund sah ich Mordecai, der Fruchtsaft in Pappbecher goss und dabei unaufhörlich redete. An der Ausgabe wartete geduldig eine Menschenschlange.

Es war warm, und die Mischung aus Ausdünstungen, Düften und der Wärme der Gasheizung erzeugte einen starken, nicht unangenehmen Geruch. Ein in mehrere Lagen Kleider gehüllter Obdachloser, der Ähnlichkeit mit Mister hatte, rempelte mich an. Ich musste den Weg freimachen.

Ich ging direkt zu Mordecai, der sich sichtlich freute, mich zu sehen. Wir schüttelten uns die Hände wie alte Freunde, und dann stellte er mich zwei freiwilligen Helfern vor, deren Namen ich noch nie gehört hatte.

»Es ist der Wahnsinn«, sagte er. »Es muss nur einmal lange schneien, es muss nur mal richtig kalt werden, und schon arbeiten wir die ganze Nacht durch. Das Brot ist da drüben.« Er zeigte auf ein Tablett mit geschnittenem Weißbrot. Ich nahm es und folgte ihm zu einem Tisch.

»Es ist sehr kompliziert. Hier ist Wurst, und da sind Senf und Mayo. Die eine Hälfte der Sandwiches machen Sie mit Senf, die andere mit Mayo. Eine Scheibe Wurst, zwei Scheiben Brot. Ab und zu können Sie mal ein Dutzend mit Erdnussbutter machen. Kapiert?«

»Ja.«

»Sie sind ja richtig fix.« Er klopfte mir auf die Schulter und verschwand.

Ich machte schnell zehn Sandwiches und fand mich ausgesprochen tüchtig. Dann ließ ich es langsamer angehen und betrachtete bei der Arbeit die Menschen, die in der Schlange warteten. Sie sahen zu Boden, warfen aber immer wieder Blicke auf das Essen an der Ausgabe. Sie bekamen einen Pappteller, eine Plastikschüssel, einen Löffel und eine Serviette. Die Schüssel wurde mit Suppe gefüllt, auf den Teller kamen ein halbes Sandwich, ein Apfel und ein Keks, und am Ende der Theke gab es einen Pappbecher mit Apfelsaft.

Die meisten sagten leise »Danke« zu den Helfern, die den Saft ausgaben, und gingen weiter. Sie balancierten behutsam den Teller und die Schüssel, und selbst die Kinder waren still und vorsichtig.

Viele aßen langsam und genossen die Wärme und den Geschmack des Essens, den Duft in ihrer Nase. Andere aßen so schnell wie möglich.

Neben mir stand ein Herd mit vier Gasflammen, auf denen vier große Suppentöpfe köchelten. Auf der anderen Seite des Herds war ein Tisch, auf dem Sellerie, Karotten, Zwiebeln, Tomaten und ganze Hühner lagen. Ein Helfer war emsig dabei, mit einem großen Messer das Gemüse zu schneiden und die Hühner zu zerlegen. Zwei weitere standen am Herd. Andere brachten die fertigen Speisen zu den Ausgabetischen. Im Augenblick war ich der einzige Sandwichmann.

»Wir brauchen mehr Erdnussbuttersandwiches«, sagte Mordecai im Vorbeigehen. Er griff unter den Tisch und zog einen Zehn-Liter-Kanister Erdnussbutter hervor. »Kommen Sie damit zurecht?«

»Darin bin ich Experte«, sagte ich.

Er sah mir zu. Die Schlange war gerade nicht sehr lang; er wollte reden.

»Ich dachte, Sie seien Rechtsanwalt«, sagte ich und strich Erdnussbutter auf die Brote.

»Ich bin in erster Linie Mensch und dann erst Rechtsanwalt. Man kann das durchaus miteinander vereinbaren. Nicht so dick, wir müssen sparen.«

»Woher kommt das Essen eigentlich?«

»Von der Lebensmittelsammelstelle. Alles gespendet. Heute Abend haben wir Glück – wir haben Suppenhühner gekriegt. Meistens gibt's nur Gemüse.«

»Das Brot ist nicht gerade frisch.«

»Dafür ist es aber umsonst. Es kommt von einer Großbäckerei – die schicken uns das Zeug vom Vortag. Wenn Sie wollen, können Sie sich ein Sandwich nehmen.«

»Danke, ich hab gerade eins gegessen. Essen Sie auch hier?«

»Selten.« Seiner Leibesfülle nach zu schließen lebte Mordecai nicht von Gemüsesuppe und Äpfeln. Er setzte sich auf die Tischkante und ließ den Blick über die Menge schweifen. »Ist das Ihr erster Besuch in einer Notunterkunft?«, fragte er.

»Ja.«

»Was ist das erste Wort, das Ihnen dazu einfällt?«

»Hoffnungslos.«

»Das war nicht anders zu erwarten. Aber darüber kommen Sie schon hinweg.«

»Wie viele Menschen leben hier?«

»Keiner. Das hier ist nur eine Behelfsunterkunft. Die Küche gibt jeden Tag Mittag- und Abendessen aus, aber eigentlich ist es keine reguläre Notunterkunft. Die Kirche ist so freundlich, die Türen zu öffnen, wenn das Wetter schlecht ist.«

Ich versuchte zu begreifen. »Aber wo leben diese Leute dann?«

»Einige sind Hausbesetzer. Sie leben in verlassenen Gebäuden, und das sind die Glücklichen. Einige leben auf der Straße, in Parks, in Busstationen, unter Brücken. Da können sie überleben, solange das Wetter einigermaßen freundlich ist. Aber heute Nacht würden sie erfrieren.«

»Und wo sind die Notunterkünfte?«

»Über die ganze Stadt verstreut. Es gibt ungefähr zwanzig. Die Hälfte wird privat finanziert, die andere Hälfte bezahlt die Stadt, die dank der Budgetkürzungen demnächst zwei Unterkünfte schließen wird.«

»Wie viele Betten?«

»So um die fünftausend.«

»Und wie viele Obdachlose?«

»Das ist eine gute Frage. Die sind nämlich nicht so leicht zu zählen. Zehntausend ist eine gute Schätzung.«

»Zehntausend?«

»Ja, und das sind nur die, die auf der Straße leben. Es gibt wahrscheinlich noch einmal zwanzigtausend, die bei Familienangehörigen oder Freunden leben und demnächst obdachlos sein werden.«

»Dann sind also mindestens fünftausend Menschen auf der Straße?«, fragte ich ungläubig.

»Mindestens.«

Ein Helfer rief nach mehr Brot. Mordecai half mir, und gemeinsam machten wir noch ein Dutzend Erdnussbuttersandwiches. Dann hielten wir inne und betrachteten die Menschen. Die Tür ging auf, und eine junge Mutter mit einem Baby auf dem Arm trat langsam ein. Drei kleine Kinder folgten ihr. Eines davon trug eine kurze Hose, nicht zusammenpassende Strümpfe und keine Schuhe. Es hatte sich ein Handtuch um die Schultern gelegt. Die anderen beiden hatten zwar Schuhe, waren aber zu dünn angezogen. Das Baby schlief anscheinend.

Die Mutter wirkte benommen und wusste offenbar nicht recht, wohin sie sich wenden sollte. An den Tischen war kein Platz frei. Sie führte ihre Kinder zur Essensausgabe, und zwei Helfer traten lächelnd vor. Der eine führte sie zu einer Ecke in der Nähe der Küche und gab ihnen etwas zu essen, während der andere sie mit Decken versorgte.

Mordecai und ich verfolgten das Geschehen. Ich versuchte, nicht allzu offensichtlich hinzustarren. Andererseits: Wer sollte sich daran stören?

»Was geschieht mit ihr, wenn der Schneesturm vorüber ist?«, fragte ich.

»Wer weiß? Warum fragen Sie sie nicht selbst?«

Damit war ich am Zug. Aber ich war noch nicht bereit, die Initiative zu ergreifen.

»Sind Sie Mitglied in der Anwaltsvereinigung?«, fragte er.

»Ich glaube schon. Warum?«

»Ich war nur neugierig. Die Vereinigung leistet eine Menge Gratisarbeit für die Obdachlosen.«

Er wollte mich anködern, aber ich ließ mich nicht fangen. »Ich arbeite für Todeskandidaten«, sagte ich stolz, und irgendwie stimmte das sogar. Vor vier Jahren hatte ich einem unserer Teilhaber geholfen, eine Eingabe für einen Todeskandidaten in Texas zu verfassen. Die Kanzlei befürwortete durchaus, dass ihre Mitarbeiter Gratisarbeit leisteten, solange das nicht auf Kosten der honorarfähigen Stunden ging.

Wir sahen der Mutter und ihren vier Kindern zu. Die kleinen aßen zuerst ihren Keks und warteten darauf, dass ihre Suppe abkühlte. Die Mutter hatte entweder Drogen genommen oder stand unter Schock.

»Gibt es einen Ort, wo sie für eine Weile wohnen könnten?«, fragte ich.

»Wahrscheinlich nicht«, sagte Mordecai nonchalant und ließ seine großen Füße baumeln. »Gestern standen auf der Warteliste für die Behelfsunterkunft fünfhundert Namen.«

»Behelfsunterkunft?«

»Ja. Es gibt eine städtische Behelfsunterkunft, die gnädigerweise geöffnet wird, wenn die Temperatur unter den Gefrierpunkt fällt. Die wäre ihre einzige Chance, aber ich bin sicher, dass sie jetzt völlig überfüllt ist. Sobald Tauwetter einsetzt, ist die Stadt so freundlich, die Behelfsunterkunft wieder zu schließen.«

Der Hilfskoch konnte nicht länger bleiben, und da ich der einzige Helfer war, der im Augenblick nichts zu tun hatte, wurde ich dienstverpflichtet. Während Mordecai Sandwiches machte, schnitt ich eine Stunde lang Zwiebeln, Sellerie und Karotten, alles unter den wachsamen Augen von Miss Dolly, einer der Gründerinnen dieser Kirchengemeinde. Seit elf Jahren gab sie nun schon Essen an die Obdachlosen aus. Es war ihre Küche. Ich fühlte mich geehrt, hier arbeiten zu dürfen, und erfuhr, dass meine Selleriestücke zu groß seien, worauf sie sehr schnell kleiner wurden. Miss Dollys Schürze war makellos weiß, und sie war sehr stolz auf ihre Arbeit.

»Haben Sie sich eigentlich je an den Anblick dieser Menschen gewöhnt?«, fragte ich sie irgendwann. Wir standen am Herd und waren für einen Augenblick abgelenkt durch einen Streit, der weiter hinten im Gange war. Mordecai und der Pfarrer beruhigten die Gemüter, und bald war wieder Frieden eingekehrt.

»Nein, nie«, sagte sie und wischte sich die Hände an einem Handtuch ab. »Es bricht mir immer noch das Herz. Aber im Buch der Sprüche Salomos heißt es: ›Glücklich der Mann, der die Armen speist.‹ Und das gibt mir Kraft.«

Sie drehte sich um und rührte in der Suppe. »Das Huhn ist fertig«, sagte sie in meine Richtung.

»Und was heißt das?«

»Das heißt, dass Sie den Topf vom Herd nehmen, die Brühe in diesen Topf da abgießen, das Huhn abkühlen lassen und es auslösen.«

Das Auslösen war eine Kunst, jedenfalls wenn man Miss Dollys Methode anwendete. Danach waren meine Hände heiß und voller Blasen.

8

Mordecai führte mich eine dunkle Treppe hinauf in den Vorraum. »Passen Sie auf, wo Sie hintreten«, sagte er im Flüsterton, als wir durch die Schwingtüren in die Kirche traten. Es war halb dunkel, denn überall waren Menschen, die zu schlafen versuchten. Sie hatten sich auf den Bänken ausgestreckt und schnarchten, sie wälzten sich unruhig unter den Bänken. Mütter ermahnten ihre Kinder, leise zu sein. In den Gängen lagen Menschen und ließen nur einen schmalen Pfad frei, auf dem wir in Richtung Kanzel gingen. Selbst die Chorempore war voller Obdachloser.

»Es gibt nicht viele Kirchen, die bereit sind, so etwas zu tun«, flüsterte Mordecai, als wir am Altar standen und die Bankreihen überblickten.

Ich konnte ihre Zurückhaltung verstehen. »Was ist am Sonntag?«, flüsterte ich zurück.

»Kommt auf das Wetter an. Der Pfarrer ist einer von uns. Er hat schon mal den Gottesdienst ausfallen lassen, um die Obdachlosen nicht hinauswerfen zu müssen.«

Ich wusste nicht recht, was »einer von uns« heißen sollte – jedenfalls fühlte ich mich diesem Klub nicht zugehörig. Ein Deckenbalken knarzte, und ich merkte, dass wir unter einer hufeisenförmigen Empore standen. Ich kniff die Augen zusammen und sah, dass auch dort oben dicht an dicht Menschen schliefen. Auch Mordecai blickte hinauf

»Wie viele ...«, sagte ich und brachte es nicht fertig, den Gedanken zu Ende zu denken.

»Wir zählen sie nicht. Wir geben ihnen Essen und ein Dach über dem Kopf.«

Eine Windbö traf die Seite des Gebäudes und ließ die Fenster klirren. In der Kirche war es erheblich kälter als im Keller. Wir stiegen auf Zehenspitzen über die Schlafenden und verließen den Raum durch eine Tür neben der Orgel.

Es war fast elf. Im Keller war es immer noch voll, doch die Schlange an der Essensausgabe war verschwunden. »Kommen Sie mit«, sagte Mordecai.

Er nahm eine Plastikschale und hielt sie einem Helfer hin, damit er sie füllte. »Wollen mal sehen, wie gut Sie kochen können«, sagte er und lächelte.

Wir setzten uns mitten unter die Obdachlosen an einen Klapptisch. Er aß und sprach, als wäre alles in schönster Ordnung, doch ich war dazu nicht fähig. Ich rührte in meiner Suppe, die dank Miss Dollys Bemühungen wirklich sehr gut schmeckte, konnte aber nicht glauben, dass ich, Michael Brock, ein wohl situierter Weißer aus Memphis, Rechtsanwalt in der Kanzlei Drake & Sweeney, in Northwest in einem Kirchenkeller zwischen Obdachlosen saß. Ich hatte nur ein einziges weißes Gesicht gesehen: das eines Säufers mittleren Alters, der etwas gegessen hatte und dann wieder verschwunden war.

Ich war sicher, dass mein Lexus inzwischen gestohlen war und ich außerhalb dieses Gebäudes keine fünf Minuten überleben würde. Insgeheim beschloss ich, mich an Mordecai zu halten, ganz gleich, wann und wie er von hier aufbrechen würde.

»Das ist eine gute Suppe«, erklärte er. »Sie ist jedes Mal anders. Es kommt darauf an, welche Zutaten gerade da sind. Außerdem sind die Rezepte verschieden.«

»Neulich gab's bei Martha's Table Nudeln«, sagte der Mann rechts von mir, dessen Ellbogen meiner Schale näher war als mein eigener.

»Nudeln?«, fragte Mordecai mit gespielter Ungläubigkeit. »In der Suppe?«

»Ja. Ungefähr einmal im Monat gibt's Nudeln. Aber jetzt wissen's alle, und darum ist es ganz schön schwer, da noch einen Tisch zu kriegen.«

Ich wusste nicht, ob er Witze machte oder nicht, aber seine Augen funkelten. Dass ein Obdachloser sich darüber beklagte, wie schwer es sei, in seiner Lieblings-Suppenküche einen Tisch zu bekommen, fand ich jedenfalls ziemlich witzig. Wie oft hatte ich von meinen Freunden in Georgetown gehört, wie schwierig es sei, in diesem oder jenem Restaurant einen Tisch zu bekommen?

Mordecai lächelte. »Wie heißen Sie?«, fragte er. Ich sollte noch merken, dass er immer den Namen seines Gegenübers wissen wollte. Die Obdachlosen, denen er sich verschrieben hatte, waren für ihn mehr als Opfer – sie waren so etwas wie seine Angehörigen.

Auch ich war neugierig. Ich wollte wissen, wie diese Obdachlosen obdachlos geworden waren. Es gab doch ein gut ausgebautes Sozialhilfesystem. Wie konnte es geschehen, dass Amerikaner so arm waren, dass sie unter Brücken leben mussten?

»Proper«, sagte er und kaute auf einem meiner größeren Selleriestücke.

»Proper?«, fragte Mordecai.

»Proper«, wiederholte der Mann.

»Und ihr Nachname?«

»Ich hab keinen. Zu arm.«

»Und wer hat Ihnen den Namen Proper gegeben?«

»Meine Mutter.«

»Wie alt waren Sie denn da?«

»Ungefähr fünf.«

»Und warum Proper?«

»Wir hatten ein Baby, das einfach nie still war. Hat die ganze Zeit geschrien, sodass keiner schlafen konnte. Da hab ich ihm ein bisschen Meister Proper gegeben.« Er rührte in der Suppe. Es war eine gut einstudierte, gut erzählte Geschichte, und ich glaubte ihm kein Wort. Aber die anderen hörten ihm zu, und Proper schien das zu genießen.

»Was ist dann passiert?«, fragte Mordecai und gab Proper damit das Stichwort.

»Das Baby ist gestorben.«

»Das war Ihr Bruder.«

»Nein, meine Schwester.«

»Aha. Dann haben Sie also Ihre Schwester umgebracht.«

»Ja, aber danach konnten wir endlich wieder schlafen.«

Mordecai zwinkerte mir zu, als habe er solche Geschichten schon oft gehört.

»Wo leben Sie?«, fragte ich Proper.

»Hier, in Washington, D.C.«

Mordecai präzisierte meine Frage. »Wo schlafen Sie?«

»Hier und da. Es gibt jede Menge reiche Ladys, die mir Geld geben, damit ich ihnen Gesellschaft leiste.«

Die beiden Männer, die rechts von Proper saßen, fanden das komisch. Der eine kicherte, der andere lachte laut.

»Und wohin lassen Sie sich Ihre Post schicken?«, fragte Mordecai.

»Ans Postamt«, antwortete Proper. Er schien auf jede Frage eine schnelle Antwort parat zu haben. Wir ließen ihn weiteressen.

Nachdem sie den Herd ausgestellt hatte, machte Miss Dolly Kaffee für die freiwilligen Helfer. Die Obdachlosen legten sich schlafen.

Mordecai und ich setzten uns in der dunklen Küche auf die Kante eines Tisches, tranken Kaffee und betrachteten durch das große Fenster der Essensausgabe die in Decken gehüllten Menschen. »Wann fahren Sie nach Hause?«, fragte ich.

Er zuckte die Schultern. »Kommt darauf an. Wenn ein

paar hundert Leute in einem Raum zusammen sind, passiert meistens was. Der Pfarrer möchte, dass ich noch bleibe.«

»Die ganze Nacht?«

»Das hab ich schon oft gemacht.«

Ich hatte nicht vor, hier, unter all diesen Menschen, zu schlafen. Und ebenso wenig hatte ich vor, ohne Mordecais Schutz das Gebäude zu verlassen.

»Sie können gehen, wann immer Sie wollen«, sagte er. Ich hatte nicht viele Optionen, aber das war die schlechteste. Es war Freitag, Mitternacht. Ich war ein Weißer mit einem teuren Wagen, unterwegs in Washington-Northwest. Schnee hin oder her – es war mir zu gefährlich.

»Sind Sie verheiratet?«, fragte ich Mordecai.

»Ja. Meine Frau ist Sekretärin im Arbeitsministerium. Drei Söhne. Einer ist auf dem College, einer in der Armee.« Er ließ den Satz in der Luft hängen, ohne etwas über den dritten Sohn zu sagen. Ich fragte ihn nicht danach.

»Und einen haben wir vor zehn Jahren auf den Straßen von Washington verloren. Streetgangs.«

»Das tut mir Leid.«

»Und was ist mit Ihnen?«

»Verheiratet, keine Kinder.«

Zum ersten Mal seit mehreren Stunden dachte ich an Claire. Wie hätte sie reagiert, wenn sie gewusst hätte, wo ich war? Keiner von uns hatte Zeit für etwas, das auch nur entfernt mit Wohltätigkeit zu tun hatte.

Sie würde murmeln: »Jetzt ist es wirklich so weit«, oder etwas Ähnliches.

Es war mir gleichgültig.

»Was macht Ihre Frau?«, fragte er im Plauderton.

»Sie ist Assistenzärztin auf der chirurgischen Station im Georgetown Hospital.«

»Dann gehen Sie ja herrlichen Zeiten entgegen. Ihre

Frau wird Chirurgin, und Sie werden Teilhaber in einer großen Kanzlei. Und wieder ist ein amerikanischer Traum Wirklichkeit geworden.«

»Kann sein.«

Mit einemmal stand der Pfarrer neben uns und zog Mordecai zum Ende der Küche, um in gedämpftem Ton mit ihm zu sprechen. Ich nahm vier Kekse aus der Schüssel und ging zu der Ecke, in der die junge Mutter saß und schlief. Sie hatte sich ein Kissen unter den Kopf geschoben und hielt das Baby im Arm. Die beiden kleineren Kinder lagen reglos unter ihren Decken, doch das Älteste, ein Junge, war wach.

Ich hockte mich neben ihm hin und bot ihm einen Keks an. Seine Augen leuchteten, und er griff danach und aß ihn bis auf den letzten Krümel auf. Dann wollte er noch einen.

Der Kopf der Mutter sackte nach vorn, und sie fuhr hoch, sah mich mit müden, traurigen Augen an und merkte, dass ich den guten Onkel spielte. Sie lächelte schwach und rückte ihr Kissen zurecht.

»Wie heißt du?«, flüsterte ich dem kleinen Jungen zu. Nach zwei Keksen war er mein Freund fürs Leben.

»Ontario«, sagte er langsam und deutlich.

»Wie alt bist du?«

Er hielt vier Finger hoch, bog einen und streckte ihn dann wieder.

»Vier?«, fragte ich.

Er nickte und streckte die Hand nach einem weiteren Keks aus, den ich ihm gern gab. Ich hätte ihm alles gegeben.

»Wo schlaft ihr sonst?«, flüsterte ich.

»In einem Wagen«, flüsterte er zurück.

Es dauerte einen Augenblick, bis ich begriffen hatte, was er da sagte. Ich wusste nicht, was ich als Nächstes fragen sollte, und er war zu sehr mit dem Keks beschäftigt, um sich um die Fortsetzung dieser Unterhaltung zu kümmern. Ich hatte drei Fragen gestellt und drei ehrliche Antworten bekommen. Sie lebten in einem Wagen.

Am liebsten wäre ich zu Mordecai gerannt und hätte ihn gefragt, was man tun musste, wenn man Menschen fand, die in einem Wagen lebten, doch ich blieb und lächelte Ontario zu. Er lächelte zurück. Schließlich sagte er: »Kann ich noch mehr Apfelsaft?«

»Klar«, sagte ich, ging in die Küche und füllte zwei Becher.

Den ersten trank er in einem Zug aus. Ich reichte ihm den zweiten.

»Wie heißt das Zauberwort?«, sagte ich.

»Danke«, sagte er und streckte die Hand nach einem Keks aus. Ich trieb einen Klappstuhl auf und setzte mich neben Ontario an die Wand. Zeitweise war es ruhig im Keller, wenn auch nicht still. Wer kein Bett hat, schläft nicht friedlich. Hin und wieder stieg Mordecai über Schlafende hinweg, um einen Streit zu schlichten. Er war so groß und einschüchternd, dass niemand es wagte, seine Autorität in Frage zu stellen.

Ontarios Bauch war wieder gefüllt, und er nickte ein. Sein kleiner Kopf lag auf den Füßen seiner Mutter. Ich schlich in die Küche, schenkte mir noch eine Tasse Kaffee ein und setzte mich wieder auf meinen Stuhl in der Ecke.

Dann begann das Baby zu schreien. Sein jämmerliches Weinen war von erstaunlicher Lautstärke und schien sich in Wellen im ganzen Raum auszubreiten. Die Mutter war benommen, müde und verärgert, weil sie geweckt worden war. Sie sagte dem Baby, es solle den Mund halten, legte es sich auf die Schulter und wiegte sich vor und zurück. Es schrie nur noch mehr, und unter den anderen Schlafenden wurde wütendes Gemurmel laut.

Ohne nachzudenken beugte ich mich vor und nahm ihr das Kind ab. Dabei lächelte ich sie an, um ihr Vertrauen zu gewinnen. Es war ihr gleichgültig – sie war froh, das Kind loszuwerden.

Das Baby wog so gut wie nichts und war tropfnass. Das merkte ich allerdings erst, als ich es an meine Schulter legte und ihm beruhigend auf den Rücken klopfte. Ich ging in die Küche und suchte verzweifelt nach Mordecai oder einem anderen Helfer, der mich retten würde. Miss Dolly war vor einer Stunde nach Hause gegangen.

Zu meiner Überraschung und Erleichterung verstummte das Baby, als ich um den Herd herumging, ihm auf den Rücken klopfte, beruhigende Laute von mir gab und nach einem Handtuch oder etwas Ähnlichem suchte. Meine Hand war feucht.

Wo war ich? Was, zum Teufel, machte ich hier eigentlich? Was würden meine Freunde denken, wenn sie sehen könnten, wie ich in dieser dunklen Küche umherging, dem Baby einer Obdachlosen etwas vorsummte und betete, dass die Windel nur nass war?

Ich roch nichts Schlimmeres als Urin, aber ich spürte förmlich, wie Läuse vom Kopf des Kindes auf meinen umstiegen. Mein bester Freund Mordecai erschien und schaltete das Licht an. »Wie süß«, sagte er.

»Gibt's hier irgendwo Windeln?«, flüsterte ich.

»Pipi oder Kaka?«, fragte er freundlich und ging zu einem Schrank.

»Weiß ich nicht. Machen Sie schnell.«

Er holte eine Packung Windeln aus dem Schrank, und ich drückte ihm das Baby in den Arm. Meine Jeansjacke hatte einen großen, nassen Fleck an der linken Schulter. Mit beeindruckender Geschicklichkeit legte er das Kind auf die Arbeitsfläche, zog ihm die nasse Windel aus – wobei sich herausstellte, dass es sich um ein Mädchen handelte –, wischte es mit einem Öltuch ab und zog ihm eine frische Windel an. »Hier«, sagte er stolz und gab es mir zurück. »So gut wie neu.«

»Was man beim Jurastudium doch alles nicht lernt«, sagte ich.

Ich ging eine Stunde lang auf und ab, bis das Baby eingeschlafen war. Dann wickelte ich es in meine Jacke und legte es vorsichtig zwischen seine Mutter und Ontario.

Inzwischen war es fast drei Uhr morgens. Ich musste gehen. Mein gerade erst wiedererwachtes Gewissen konnte nur ein bestimmtes Quantum Elend pro Tag verkraften. Mordecai begleitete mich bis zur Tür, dankte mir für mein Kommen und schickte mich ohne Jacke hinaus in die Nacht. Mein Wagen stand dort, wo ich ihn geparkt hatte. Er war schneebedeckt.

Als ich davonfuhr, stand Mordecai vor der Kirche und sah mir nach.

9

Seit dem vergangenen Dienstag, als ich Mister begegnet war, hatte ich für Drake & Sweeney keine einzige Stunde in Rechnung gestellt. In fünf Jahren hatte ich im Durchschnitt zweihundert Stunden pro Monat berechnet, also acht Stunden am Tag, sechs Tage pro Woche, und noch ein paar Extrastunden hier und da. Kein Tag durfte vergeudet werden, und nur sehr wenige Stunden erschienen auf keiner Abrechnung. Wenn ich, was nur selten vorkam, hinter meinem Durchschnitt zurückblieb, arbeitete ich am Samstag zwölf Stunden und am Sonntag vielleicht noch einmal zwölf. Wenn ich nicht unter dem Durchschnitt lag, arbeitete ich samstags nur sieben bis acht Stunden und noch ein paar am Sonntag. Kein Wunder, dass Claire lieber Medizin studierte.

Als ich am späten Samstagmorgen an die Schlafzimmerdecke starrte, fühlte ich mich wie gelähmt. Ich wollte nicht in die Kanzlei fahren. Schon bei dem Gedanken daran sträubte sich alles in mir. Wenn ich an die ordentlichen Reihen rosafarbener Telefonnotizen dachte, die Polly auf meinen Schreibtisch gelegt hatte, an die Memos von den Teilhabern aus den oberen Etagen, die sich nach meinem Befinden erkundigten und mit mir sprechen wollten, an die neugierigen Fragen der Gerüchteköche und das unvermeidliche: »Wie geht's?« von Freunden, ehrlich Besorgten und vollkommen Uninteressierten, packte mich das Grauen. Und vor der Arbeit graute es mir am meisten. Kartellfälle waren lang und schwierig, und die Akten waren so dick, dass sie in Kartons aufbewahrt werden mussten. Und wozu das Ganze?

Eine milliardenschwere Gesellschaft kämpfte gegen eine andere, und hundert Rechtsanwälte waren damit beschäftigt, bedrucktes Papier zu produzieren.

Ich gestand mir ein, dass ich meine Arbeit noch nie geliebt hatte. Sie war ein Mittel zum Zweck. Wenn ich mich hineinkniete und zu einem Experten wurde, würde ich eines Tages ein gefragter Anwalt sein. Mein Spezialgebiet hätte ebenso gut Steuerrecht, Arbeitsrecht oder Prozessführung sein können. Wer konnte sich schon für Kartellrecht begeistern?

Unter Aufbietung aller Willenskraft schaffte ich es, aufzustehen und unter die Dusche zu gehen.

Mein Frühstück bestand aus einem Croissant von einer Bäckerei in der M Street und einer Tasse starkem Kaffee. Ich aß und trank mit einer Hand am Steuer und fragte mich, was Ontario wohl zum Frühstück bekam, ermahnte mich aber, mich nicht selbst zu quälen. Ich hatte das Recht zu essen, ohne mich schuldig zu fühlen, doch zugleich verlor Essen für mich immer mehr an Bedeutung.

Im Radio hieß es, die Tagestemperaturen würden voraussichtlich zwischen minus sieben und minus siebzehn Grad liegen; mit Schnee sei erst in einer Woche wieder zu rechnen.

Erst in der Lobby wurde ich von einem meiner Brüder im Geiste angesprochen. Bruce Soundso von der Abteilung für Öffentlichkeitsarbeit trat mit mir in den Aufzug und sagte ernst: »Wie geht's Ihnen, mein Freund?«

»Prima. Und Ihnen?«, gab ich zurück.

»Okay. Wir hängen uns für Sie rein. Bleiben Sie am Ball.«

Ich nickte, als wäre seine Unterstützung von entscheidender Bedeutung. Zum Glück stieg er in der ersten Etage aus, allerdings nicht ohne mir auf die Schulter zu klopfen wie ein Basketballspieler im Umkleideraum. Mach sie fertig, Bruce.

Ich war angeschlagen. Meine Schritte wurden langsamer, als ich an Madame Deviers Tisch und dem Konferenzraum vorbeiging. Ich bog in einen mit Marmor ausgekleideten Gang ein; in meinem Büro angekommen, ließ ich mich erschöpft in den lederbezogenen Drehsessel fallen.

Polly hatte mehrere Methoden, meine Telefonnotizen anzuordnen. Wenn ich die Anrufe gewissenhaft beantwortete und sie mit meinen Bemühungen zufrieden war, fand ich nur ein oder zwei Notizen neben meinem Telefon. Wenn ich jedoch nachlässig war und sie daher Grund zu Beanstandungen hatte, bereitete es ihr Freude, die Zettel in chronologischer Reihenfolge und mitten auf meinem Schreibtisch zu einem Meer von Rosa auszulegen.

Ich zählte neununddreißig Zettel, einige davon mit dem Vermerk ›Dringend‹, einige mit Nachrichten von oben. Nach der von Polly gelegten Spur schien insbesondere Rudolph irritiert. Ich las die Notizen langsam, sammelte sie ein und legte sie beiseite. Erst wollte ich meinen Kaffee austrinken, in Ruhe und ohne Druck, und so saß ich an meinem Schreibtisch, die Tasse in beiden Händen, starrte ins Leere und hatte vermutlich große Ähnlichkeit mit einem Mann am Rand des Abgrunds, als Rudolph hereinkam.

Die Späher mussten ihm Bescheid gesagt haben: irgendein Gehilfe, der nach mir Ausschau halten sollte, oder vielleicht auch Bruce aus dem Aufzug. Vielleicht war die ganze Kanzlei in Alarmbereitschaft versetzt worden. Nein – die Leute waren zu beschäftigt.

»Hallo, Mike«, sagte er knapp, setzte sich, schlug die Beine übereinander und war bereit für ein ernstes Gespräch.

»Hallo, Rudy«, sagte ich. Ich hatte ihn noch nie Rudy genannt, immer nur Rudolph. Seine derzeitige Frau und die Teilhaber nannten ihn Rudy, sonst niemand.

»Wo haben Sie gesteckt?«, fragte er ohne die leiseste Andeutung von Mitgefühl.

»In Memphis.«

»In Memphis?«

»Ja. Ich musste meine Eltern mal wieder sehen. Außerdem ist dort unser Psychiater.«

»Psychiater?«

»Ja. Er hat mich für ein paar Tage unter Beobachtung gehabt.«

»Unter Beobachtung?«

»Ja, in einer dieser hübschen kleinen Kliniken mit Orientteppichen in den Zimmern und Räucherlachs zum Frühstück. Tausend Dollar pro Tag.«

»Zwei Tage? Sie waren zwei Tage dort?«

»Ja.« Das Lügen fiel mir leicht – ich hatte kein schlechtes Gewissen. Wenn sie es für angebracht hielt, konnte die Kanzlei hart, ja rücksichtslos sein, und ich hatte nicht vor, mich von Rudolph zusammenstauchen zu lassen. Er hatte einen Marschbefehl vom Vorstand und würde wenige Minuten, nachdem er mein Büro verlassen hatte, seinen Bericht abfassen. Sollte es mir gelingen, sein Herz zu rühren, würde der Bericht wohlwollend ausfallen, und die Herren dort oben würden sich wieder entspannen. Für eine kurze Zeit würde das Leben leichter sein.

»Sie hätten anrufen sollen«, sagte er, noch immer hart, doch es zeigten sich bereits die ersten Sprünge.

»Ich bitte Sie, Rudolph. Ich war völlig abgeschnitten. Kein Telefon.« In meiner Stimme lag etwas Gequältes, das ihn rühren würde.

Nach einer langen Pause sagte er: »Fühlen Sie sich wieder gut?«

»Ja.«

»Es geht Ihnen gut?«

»Der Psychiater hat gesagt, es geht mir gut.«

»Hundert Prozent?«

»Hundertzehn Prozent. Kein Problem, Rudolph. Ich

hab bloß ein paar Tage ausspannen müssen, das ist alles. Mir geht's gut. Ich bin wieder voll da.«

Das war alles, was Rudolph hören wollte. Er lächelte, entspannte sich und sagte: »Wir haben viel zu tun.«

»Ich weiß. Ich kann's kaum erwarten.«

Er rannte praktisch aus meinem Büro. Wahrscheinlich würde er gleich zum Telefon greifen und melden, dass eine der vielen Produktivkräfte der Kanzlei wieder auf dem Posten war.

Ich schloss die Tür, schaltete das Licht aus und verbrachte eine qualvolle Stunde damit, meinen Schreibtisch mit beschriebenem Papier zu bedecken. Es kam zwar nichts dabei heraus, aber ich leistete honorarfähige Arbeit.

Als ich es nicht mehr aushielt, stopfte ich die Telefonnotizen in meine Jackentasche und ging hinaus. Ich konnte ungesehen entkommen.

Ich hielt an einer großen Discount-Drogerie an der Massachusetts Avenue und gab mich einem angenehmen Kaufrausch hin: Schokolade und kleine Spielzeuge für die Kinder, Seife und Toilettenartikel für alle, Strümpfe und Jogginghosen in verschiedenen Kindergrößen, eine große Packung Windeln. Ich hatte noch nie so viel Spaß daran gehabt, zweihundert Dollar auszugeben.

Und ich würde auch das nötige Geld ausgeben, um ihnen einen warmen, trockenen Platz zu verschaffen. Wenn sie für einen Monat in ein Motel ziehen mussten – kein Problem. Sie würden bald meine Mandanten sein, und ich würde mit Freuden so lange drohen und prozessieren, bis sie eine angemessene Wohnung hatten. Ich konnte es kaum erwarten, jemanden zu verklagen.

Ich parkte gegenüber der Kirche und hatte weniger Angst als in der Nacht zuvor, war aber auf der Hut. Es erschien mir klüger, meine Geschenkpakete im Wagen zu lassen. Wenn ich hier auftrat wie der Weihnachtsmann, würde es einen Tumult geben. Ich wollte die Familie abholen, in ein Motel fahren, dafür sorgen, dass alle gewaschen und entlaust wurden, sie mit Essen voll stopfen und auf Krankheiten untersuchen lassen, vielleicht Schuhe und warme Kleider für sie kaufen und ihnen dann wieder etwas zu essen vorsetzen, und es spielte keine Rolle, wie lange es dauern und wie viel es kosten würde.

Ebenso wenig wie es eine Rolle spielte, ob die Leute dachten, ich sei bloß irgendein reicher Weißer, der versuchte, sein Gewissen ein bisschen zu besänftigen.

Miss Dolly freute sich, mich zu sehen. Sie begrüßte mich und zeigte auf einen Haufen Gemüse, das geputzt werden musste. Bevor ich mich an die Arbeit machte, sah ich mich nach Ontario und seiner Familie um, konnte sie aber nirgends entdecken. Sie waren nicht an ihrem Platz. Ich suchte den ganzen Keller ab und stieg über Dutzende von Obdachlosen hinweg. Auch im Kirchenraum und auf der Empore sah ich sie nicht.

Während ich Kartoffeln schälte, unterhielt ich mich mit Miss Dolly. Sie erinnerte sich an die Familie von gestern Nacht, sagte aber, als sie heute gegen neun Uhr gekommen sei, seien sie schon nicht mehr hier gewesen.

»Wohin könnten sie gegangen sein?«, fragte ich sie.

»Mein Lieber, diese Leute sind ständig in Bewegung. Sie gehen von Suppenküche zu Suppenküche, von Notunterkunft zu Notunterkunft. Vielleicht hat die Mutter gehört, dass es drüben in Brightwood heute Käse gibt, oder irgendwo anders Decken. Vielleicht hat sie sogar einen Job bei McDonald's und lässt die Kinder bei ihrer Schwester. Man kann es nicht wissen. Aber sie bleiben nie lange an einem Ort.«

Ich bezweifelte sehr, dass Ontarios Mutter einen Job hatte, aber das wollte ich nicht mit Miss Dolly in ihrer Küche diskutieren.

Als sich die Schlange für das Mittagessen bildete, erschien Mordecai. Ich sah ihn, bevor er mich bemerkte, und als sein Blick auf mich fiel, strahlte er über das ganze Gesicht.

Ein neuer Helfer schmierte Brote; Mordecai und ich arbeiteten an der Ausgabe, tauchten Kellen in Töpfe und füllten Suppe in Plastikschalen. Das war eine regelrechte Kunst: Zu viel Brühe, und der Empfänger runzelte finster die Stirn, zu viel Gemüse, und im Topf würde bald nur noch Brühe sein. Mordecai hatte seine Technik schon vor Jahren perfektioniert, ich dagegen bekam eine Reihe wütender Blicke, bevor ich den Bogen heraus hatte. Mordecai sagte zu jedem, der eine Schüssel Suppe bekam, ein freundliches Wort: Hallo, guten Morgen, wie geht's, schön, Sie mal wieder zu sehen. Einige lächelten zurück, andere sahen nicht einmal auf.

Als der Mittag näherrückte, stand die Tür nicht mehr still, und die Schlange wurde länger. Weitere Helfer erschienen aus dem Nichts, und in der Küche herrschte die rege Geschäftigkeit gut gelaunter Menschen, die mit Freude bei der Arbeit waren. Ich hielt weiter nach Ontario Ausschau. Der kleine Bursche wusste noch nicht, dass der Weihnachtsmann auf ihn wartete.

Als die Schlange verschwunden war, füllten wir uns selbst je eine Schale. Die Tische waren allesamt besetzt, und so aßen wir in der Küche, im Stehen und an die Spüle gelehnt.

»Erinnern Sie sich an die Windel, die Sie gestern gewechselt haben?«, fragte ich Mordecai.

»Wie könnte ich das vergessen?«

»Ich hab die Familie heute noch nicht gesehen.«

Er kaute und dachte einen Augenblick lang nach. »Als ich heute Morgen kam, waren sie noch hier.«

»Um wie viel Uhr war das?«

»Um sechs. Sie waren da drüben, in der Ecke, und haben tief geschlafen.«

»Wohin sind sie wohl gegangen?«

»Das kann man nicht wissen.«

»Der kleine Junge hat mir erzählt, dass sie in einem Wagen wohnen.«

»Sie haben mit ihm gesprochen?«

»Ja.«

»Und jetzt wollen Sie ihn finden, stimmt's?«

»Ja.«

»Rechnen Sie lieber nicht damit.«

Nach dem Mittagessen brach die Sonne durch die Wolken, und in die Menge kam Bewegung. Einer nach dem anderen ging an der Ausgabe vorbei, nahm sich einen Apfel oder eine Orange und verließ den Keller.

»Obdachlose sind rastlos«, erklärte Mordecai, während wir zusahen. »Sie streifen herum. Sie haben Gewohnheiten und Rituale, sie haben Lieblingsplätze, Freunde und Dinge, die sie erledigen wollen. Sie gehen wieder in ihre Parks und Gassen und suchen sich ein schneefreies Fleckchen.«

»Draußen sind es minus fünf Grad. Gestern Nacht waren es minus zwanzig.«

»Sie kommen wieder. Warten Sie, bis es dunkel wird, dann ist es hier wieder brechend voll. Kommen Sie – wir fahren ein bisschen herum.«

Wir sagten Miss Dolly Bescheid, die uns für eine Weile beurlaubte. Mordecais ziemlich mitgenommener Ford Taurus stand neben meinem Lexus. »Der wird hier nicht alt werden«, sagte er und zeigte auf meinen Wagen. »Wenn Sie vorhaben, einen Teil Ihrer Zeit in dieser Gegend zu verbringen, würde ich Ihnen empfehlen, sich was Billigeres zu suchen.«

Nicht im Traum würde ich mich von meinem wunderschönen Wagen trennen. Ich war beinahe beleidigt.

Wir stiegen in seinen Taurus und fuhren aus der Parklücke. Schon nach wenigen Sekunden war mir klar, dass

Mordecai ein entsetzlicher Fahrer war. Ich wollte den Sicherheitsgurt anlegen, doch das Schloss funktionierte nicht. Mordecai schien es nicht zu bemerken.

Wir fuhren durch die gut geräumten Straßen von Northwest, vorbei an Blocks von Mietshäusern, die mit Brettern vernagelt waren, an Sozialsiedlungen, die so verrufen waren, dass Krankenwagenfahrer sich weigerten, hierher zu kommen, an Schulen, deren Zäune von Stacheldraht gekrönt waren, durch Gegenden, in denen Unruhen unauslöschliche Narben hinterlassen hatten. Mordecai war ein beeindruckender Führer. Hier gehörte jeder Quadratzentimeter zu seinem Revier, jede Ecke, jede Straße hatte eine Geschichte zu erzählen. Wir kamen an anderen Notunterkünften und Suppenküchen vorbei. Er kannte die Köchinnen und die Pfarrer. Die Kirchen waren entweder gut oder schlecht – Zwischentöne gab es nicht. Entweder öffneten sie den Obdachlosen ihre Türen oder sie hielten sie verschlossen. Er zeigte mir die Law School in Howard, einen Ort, der ihn mit immensem Stolz erfüllte. Sein Studium hatte fünf Jahre gedauert. Er hatte abends gelernt und außerdem einen Voll- und einen Teilzeitjob gehabt. Er zeigte mir ein ausgebranntes Mietshaus, in dem früher Crack verkauft worden war. Sein dritter Sohn Cassius war auf dem Bürgersteig vor dem Haus gestorben.

Als wir in der Nähe seines Büros waren, fragte er mich, ob ich etwas dagegen hätte, wenn er kurz nach seiner Post sehe. Ich hatte überhaupt nichts dagegen. Schließlich gab es für mich ja ohnehin nichts zu tun.

Das Büro war dämmrig, kalt und leer. Er schaltete das Licht an und sagte: »Wir sind zu dritt: Sofia Mendoza, Abraham Lebow und ich. Sofia ist eigentlich Sozialarbeiterin, aber sie versteht mehr vom Sozialrecht als Abraham und ich zusammen.« Ich folgte ihm zwischen den mit Papier übersäten Schreibtischen hindurch. »Früher waren hier sieben Anwälte zusammengepfercht.

Können Sie sich das vorstellen? Damals kriegten Rechtsbeistände von Bedürftigen einen Zuschuss vom Staat. Jetzt sind die Republikaner am Ruder, und wir bekommen keinen Cent mehr. Da drüben sind drei Büros, und hier sind noch einmal drei.« Er zeigte in verschiedene Richtungen. »Jede Menge Platz.«

Was zusätzliches Personal betraf, gab es vielleicht genug Platz, doch es war schwer, sich hier zu bewegen, ohne über einen Korb voller Akten oder einen Stoß verstaubter juristischer Fachbücher zu stolpern.

»Wem gehört das Haus?«, fragte ich.

»Der Cohen-Stiftung. Leonard Cohen war der Gründer einer großen New Yorker Kanzlei. Er ist 1968 gestorben – muss fast hundert Jahre alt gewesen sein. Er hatte nie etwas anderes getan als Geld zu scheffeln, und gegen Ende seines Lebens beschloss er, dass er nicht mit all diesem Geld sterben wollte. Also hat er es verteilt, und eine seiner zahlreichen Stiftungen ist für Anwälte bestimmt, die Obdachlosen helfen. So ist dieses Büro entstanden. Die Stiftung unterhält drei Büros: in New York, in Newark und hier. Ich wurde 1983 eingestellt und 1984 zum Direktor befördert.«

»Alles Geld stammt aus einer einzigen Quelle?«

»Praktisch alles. Im letzten Jahr hat uns die Stiftung hundertzehntausend Dollar gegeben. Im Jahr davor waren es hundertfünfzigtausend gewesen, also mussten wir einen Anwalt entlassen. Der Betrag wird jedes Jahr kleiner. Die Stiftungsgelder werden nicht gut verwaltet, und jetzt fressen die Kosten langsam das Kapital auf. Ich bezweifle, dass wir in fünf Jahren noch hier sein werden. Vielleicht können wir noch drei Jahre durchhalten.«

»Können Sie nicht anderswo Geld auftreiben?«

»Klar. Letztes Jahr haben wir neuntausend Dollar zusammengekriegt. Aber das kostet Zeit. Entweder wir leisten juristische Hilfe, oder wir versuchen Spenden zu sammeln. Sofia kann nicht gut mit Leuten umgehen.

Abraham ist New Yorker, und man weiß ja, wie verbindlich die sind. Bleiben also nur ich und meine charismatische Persönlichkeit.«

»Wie hoch sind die laufenden Kosten?« Ich war neugierig, fand mich aber nicht aufdringlich. Fast jedes nicht gewinnorientierte Unternehmen legte jährlich einen Bericht vor, in dem alle relevanten Zahlen standen.

»Zweitausend im Monat. Nach Abzug aller Unkosten und einer kleinen Reserve haben wir drei uns neunundachtigtausend Dollar geteilt. Zu gleichen Teilen. Sofia betrachtet sich als Teilhaberin, und wir haben, ehrlich gesagt, Angst, uns mit ihr zu streiten. Ich habe also fast dreißigtausend Dollar verdient, was, soviel ich weiß, für einen Armenanwalt völlig normal ist. Willkommen auf der Straße.«

Wir hatten endlich sein Büro erreicht. Ich setzte mich ihm gegenüber.

»Haben Sie vergessen, die Heizungsrechnung zu bezahlen?«, fragte ich beinahe zitternd.

»Wahrscheinlich. Wir arbeiten nicht oft am Wochenende. Das spart Geld. Dieses Büro lässt sich weder vernünftig heizen noch kühl halten.«

Auf diesen Gedanken war bei Drake & Sweeney noch nie jemand gekommen: Am Wochenende ist die Kanzlei geschlossen – das spart Geld. Und rettet Ehen.

»Und wenn es zu gemütlich ist, bleiben unsere Mandanten einfach hier sitzen. Darum ist es im Winter kalt und im Sommer heiß – das hält uns die Laufkundschaft vom Hals. Möchten Sie einen Kaffee?«

»Nein, danke.«

»Das war natürlich nur ein Witz. Wir würden nichts tun, was diese Leute davon abhalten würde, zu uns zu kommen. Das Klima macht uns nichts aus. Unsere Mandanten frieren und haben Hunger – warum sollten wir uns also darüber beklagen? Hatten Sie ein schlechtes Gewissen, als Sie heute Morgen gefrühstückt haben?«

»Ja.«

Er lächelte mich an wie ein weiser alter Mann, dem nichts fremd ist. »Das ist ganz normal. Früher haben hier eine ganze Menge junger Anwälte aus großen Kanzleien ausgeholfen – ich nenne sie immer ›Gratisenthusiasten‹ –, und alle haben mir erzählt, dass sie als Erstes das Interesse am Essen verloren haben.« Er tätschelte seinen dicken Bauch. »Aber das geht vorbei.«

»Was haben diese Gratisenthusiasten gemacht?«, fragte ich. Ich wusste, dass ich mich dem Köder näherte, und Mordecai wusste, dass ich es wusste.

»Wir haben sie in die Notunterkünfte geschickt. Sie haben mit den Mandanten gesprochen, und wir haben die Supervision der Fälle übernommen. Die meisten sind einfach: Der Anwalt ruft irgendeinen schwerfälligen Bürokraten an und macht ihm Beine. Da geht es um Lebensmittelmarken, Veteranenpensionen, Mietzuschüsse, medizinische Versorgung, Beihilfen für Kinder, und so weiter. Ein Viertel unserer Arbeit hat mit Beihilfen zu tun.«

Ich hörte aufmerksam zu. Mordecai konnte offenbar meine Gedanken lesen und begann, die Schnur einzuholen.

»Die Obdachlosen haben keine Stimme. Niemand hört ihnen zu, niemand kümmert sich um sie, und sie erwarten auch gar keine Hilfe. Wenn sie also versuchen, ihren Anspruch telefonisch durchzusetzen, kommen sie nicht weit. Sie landen in der Warteschleife, und da bleiben sie dann. Niemand ruft zurück. Sie haben keine Adresse. Den Bürokraten sind sie egal – die schikanieren die Menschen, denen sie eigentlich helfen sollten. Ein erfahrener Sozialarbeiter kann so einen Beamten wenigstens dazu bringen, dass er zuhört, mal einen Blick in die Akten wirft und einen Telefonanruf macht. Aber sobald ein Anwalt am Apparat ist, der laut wird und diesem Burschen die Hölle heiß macht, passiert plötzlich was. Der Beamte ist motiviert, Akten werden bearbeitet. Die Adresse fehlt? Kein Problem – schicken Sie den Scheck an mich, und ich leite ihn an meinen Mandanten weiter.«

Er sprach lauter und gestikulierte mit beiden Händen. Offenbar war Mordecai der geborene Geschichtenerzähler. Ich hatte den Verdacht, dass er es verstand, Geschworene sehr wirkungsvoll zu bearbeiten.

»Eine komische Geschichte«, sagte er. »Vor ungefähr einem Monat ging einer meiner Mandanten zum Sozialamt, um sich einen Antrag für eine Unterstützung zu holen. Eigentlich eine Routinesache. Er ist sechzig Jahre alt und hat chronische Rückenschmerzen. Wenn man zehn Jahre lang auf Parkbänken und Steinböden schläft, kriegt man die. Er musste zwei Stunden vor der Tür stehen. Drinnen musste er noch einmal eine Stunde warten. Schließlich wurde er aufgerufen. Er versuchte, der Beamtin zu erklären, was er wollte, und wurde von der Frau, die anscheinend einen schlechten Tag hatte, auf übelste Weise abgekanzelt. Sie machte auch eine Bemerkung über seinen Körpergeruch. Er war natürlich gedemütigt und ging ohne seinen Antrag. Dann rief er mich an. Ich machte ein paar Telefonanrufe, und letzten Mittwoch gab es dann im Sozialamt eine nette kleine Zeremonie. Mein Mandant und ich waren da. Die Beamtin war da, ihr Vorgesetzter und der Vorgesetzte ihres Vorgesetzten waren da, der Leiter des Washingtoner Sozialamtes und ein großes Tier vom Sozialministerium waren ebenfalls da. Die Beamtin stand vor meinem Mandanten und las ihm eine lange Entschuldigung vor. Es war sehr schön, richtig rührend. Dann gab sie meinem Mandanten den Antrag, und alle Anwesenden versicherten, dass dieser sogleich bearbeitet werden würde. Das ist Gerechtigkeit, Michael, das ist es, was ein Armenanwalt bewirken kann. Die Achtung der Menschenwürde.«

Es folgten noch mehr Geschichten, eine nach der anderen, und in allen war der Armenanwalt der Held, und seine Mandanten trugen den Sieg davon. Ich wusste, dass zu seinem Repertoire mindestens ebenso viele, vielleicht sogar noch mehr herzzerreißende Geschichten gehörten, aber im Augenblick leistete er nur die Vorarbeit.

Ich achtete nicht auf die Zeit. Er erwähnte seine Post mit keinem Wort. Schließlich gingen wir wieder hinaus und fuhren zur Notunterkunft.

In einer Stunde würde es dunkel sein – eine gute Zeit, fand ich, um sich in dem gemütlichen Kirchenkeller zu verkriechen, bevor finstere Gestalten die Straßen unsicher machten. Ich stellte fest, dass ich in Mordecais Gesellschaft langsam und sorglos ging. Wäre ich allein gewesen, dann wäre ich vornübergebeugt durch den Schnee gestapft, mit schnellen, nervösen Schritten.

Miss Dolly hatte irgendwo einen ganzen Berg Suppenhühner aufgetrieben und wartete bereits auf mich. Sie kochte die Hühner, und ich zerlegte sie.

Mordecais Frau JoAnne half uns, als der Andrang am größten war. Sie war ebenso freundlich wie ihr Mann und hatte beinahe seine Statur. Beide Söhne waren über zwei Meter groß. Cassius war zwei Meter zehn groß gewesen, ein heftig umworbener Basketballspieler, als er mit siebzehn Jahren erschossen worden war.

Um Mitternacht fuhr ich nach Hause. Von Ontario und seiner Familie keine Spur.

10

Der Sonntag begann am späten Vormittag mit einem Anruf von Claire und einem neuerlichen gezwungenen Geplauder, mit dem sie kaschierte, dass sie mir nur ihre Ankunftszeit mitteilen wollte. Ich schlug vor, in unserem Lieblingsrestaurant zu Abend zu essen, doch dazu hatte sie keine Lust. Ich fragte sie nicht, ob irgendetwas sie bedrückte. Darüber waren wir hinaus.

Unsere Wohnung lag in der zweiten Etage, und es war mir noch nicht gelungen, eine zufrieden stellende Lösung für die Zustellung der Sonntagsausgabe der *Washington Post* zu finden. Wir hatten es mit verschiedenen Methoden probiert, aber oft genug suchte ich vergeblich nach unserer Zeitung.

Ich duschte und zog mehrere Schichten Kleider an. Der Wetterbericht sagte Höchsttemperaturen von minus fünf Grad voraus, und kurz bevor ich die Wohnung verlassen wollte, begann die Sprecherin mit der Top-Story des Morgens. Es traf mich wie ein Hammerschlag – ich hörte die Worte, doch ihre Bedeutung wurde mir erst nach und nach bewusst. Ich ging zu dem Fernseher, der auf der Küchentheke stand; meine Füße waren schwer, mir wurde kalt ums Herz, und mein Mund stand in ungläubigem Entsetzen offen.

Gegen elf Uhr nachts hatten Polizeibeamte in einer gefährlichen Gegend beim Fort Totten Park in Northeast einen kleinen Wagen überprüft, dessen abgefahrene Reifen im Schneematsch steckten. Sie fanden eine junge Mutter und ihre vier Kinder, allesamt erstickt. Man nahm an, dass die Familie in dem Wagen gelebt hatte und den Motor hatte laufen lassen, um die Heizung in

Gang zu halten. Der Auspuff des Wagens war durch Schnee, der von der Straße gepflügt worden war, verstopft worden. Es gab noch ein paar Details, aber keine Namen.

Ich rannte hinaus. Auf dem Bürgersteig wäre ich fast ausgerutscht, doch ich fing mich wieder und lief die P Street hinunter zur Wisconsin Avenue und hinüber zur Ecke 34th Street, wo es einen Zeitungskiosk gab. Erregt und außer Atem griff ich mir eine Sonntagszeitung und fand ganz unten auf der ersten Seite eine kleine, offenbar in letzter Minute eingefügte Notiz. Auch hier keine Namen.

Ich schlug den Lokalteil auf und ließ den Rest der Zeitung auf den nassen Boden fallen. Die Story wurde auf Seite 14 fortgesetzt: ein paar Standard-Verlautbarungen der Polizei sowie die üblichen Warnungen vor verstopften Auspuffrohren. Dann kamen die furchtbaren Einzelheiten: Die Mutter war zweiundzwanzig und hieß Lontae Burton. Das Baby hieß Temeko. Die beiden Kleinkinder, Alonzo und Dante, waren Zwillinge. Der ältere Junge hieß Ontario und war vier Jahre alt.

Ich muss ein seltsames Geräusch von mir gegeben haben, denn ein Jogger sah mich misstrauisch an, als könnte ich gefährlich werden. Ich setzte mich langsam in Bewegung, stieg über die anderen zwanzig Teile der Zeitung und hielt dabei den Lokalteil aufgeschlagen vor mich.

»He, Sie!«, rief mir eine ziemlich unangenehme Stimme nach. »Würden Sie die Zeitung gefälligst bezahlen?« Ich ging einfach weiter.

Er lief mir nach und rief: »He, Mister!« Ich blieb stehen, zog einen Fünf-Dollar-Schein aus der Tasche und warf ihn, ohne den Mann anzusehen, auf den Boden.

In der P Street, in der Nähe meiner Wohnung, lehnte ich mich an die Gartenmauer eines gepflegten Reihenhauses. Der Bürgersteig war makellos sauber. Langsam las ich den Artikel noch einmal, in der verzweifelten Hoffnung, er könnte diesmal anders enden. Fragen und Gedanken stürmten so schnell auf mich ein, dass ich gar nicht mehr nachkam, doch zwei davon tauchten immer wieder auf: Warum waren sie nicht in die Notunterkunft zurückgekehrt? Und: War das Baby in meine Jeansjacke gewickelt gewesen?

Das Denken war schwer genug – ich konnte fast keinen Fuß vor den anderen setzen. Nach dem ersten Schock kamen die Schuldgefühle. Warum hatte ich nicht schon Freitag nacht, als ich sie kennen gelernt hatte, etwas für sie getan? Ich hätte sie doch auf der Stelle in ein warmes Motel bringen und ihnen zu essen geben können.

Als ich die Wohnung betrat, läutete das Telefon. Es war Mordecai. Er fragte mich, ob ich den Artikel gelesen hätte, und ich fragte ihn, ob er sich an die nasse Windel erinnerte. »Es war dieselbe Familie«, sagte ich. Er hatte die Namen noch nie gehört. Ich erzählte ihm von meiner Unterhaltung mit Ontario.

»Es tut mir so Leid, Michael«, sagte er, nun noch viel trauriger.

»Mir auch.«

Ich brachte nicht viel heraus, mir fehlten die Worte. Wir verabredeten uns für später. Ich ging zum Sofa und blieb eine Stunde lang reglos sitzen.

Dann ging ich zum Wagen und holte die Tüten voller Lebensmittel, Spielzeug und Kleidung heraus, die ich für sie gekauft hatte.

Mordecai kam aus reiner Neugier gegen Mittag in mein Büro. Er hatte viele große Kanzleien kennen gelernt, aber er wollte die Stelle sehen, wo Mister erschossen worden war. Ich machte einen kurzen Rundgang mit ihm und erzählte ihm, wie die Geiselnahme abgelaufen war.

Wir nahmen seinen Wagen. Ich war dankbar für den spärlichen Sonntagsverkehr, denn Mordecai achtete nicht sonderlich auf andere Verkehrsteilnehmer.

»Lontae Burtons Mutter ist achtunddreißig und sitzt gerade eine zehnjährige Strafe wegen Dealens mit Crack ab«, sagte er mir. Er hatte ein wenig herumtelefoniert. »Sie hatte zwei Brüder, beide im Gefängnis. Sie selbst hatte Vorstrafen wegen Drogen und Prostitution. Keine Ahnung, wer der Vater oder die Väter der Kinder sind.«

»Woher wissen Sie das?«

»Ich hab ihre Großmutter aufgetrieben – sie wohnt in einer Sozialsiedlung. Als sie Lontae das letzte Mal gesehen hat, hatte die nur drei Kinder und verkaufte zusammen mit ihrer Mutter Drogen. Die Großmutter sagt, dass sie wegen dieser Drogengeschäfte den Kontakt zu ihrer Tochter und ihrer Enkelin abgebrochen hat.«

»Wer sorgt für die Beerdigung?«

»Dieselben Leute, die sich um die von DeVon Hardy gekümmert haben.«

»Und wie viel würde ein anständiges Begräbnis kosten?«

»Das ist Verhandlungssache. Würden Sie die Kosten übernehmen?«

»Ich möchte, dass sie anständig bestattet werden.«

Wir waren auf der Pennsylvania Avenue und fuhren, im Hintergrund das Capitol, an den riesigen Gebäuden des Kongresses vorbei, und ich schickte in Gedanken ein oder zwei Flüche in Richtung der Dummköpfe, die Monat für Monat Milliarden verschwendeten, obwohl es so viele Obdachlose gab. Wie konnte es geschehen, dass vier unschuldige Kinder auf der Straße, praktisch im Schatten des Capitols, starben, nur weil sie keine Wohnung hatten?

In der Gegend, in der ich wohnte, gab es Leute, die sagen würden, es wäre besser gewesen, wenn sie gar nicht erst geboren worden wären.

Die Leichname waren zur Leichenhalle gebracht worden, einem zweistöckigen, braunen Gebäude aus Fertigteilen, das neben dem General Hospital stand. Dort würden sie bleiben, es sei denn, jemand erhob Anspruch auf sie. Wenn sich innerhalb von achtundvierzig Stunden niemand meldete, würde man sie, wie es vorgeschrieben war, einbalsamieren, in einen billigen Sarg legen und sie umgehend auf dem Friedhof beim RFK-Stadion begraben.

Mordecai parkte auf einem Behindertenparkplatz, zögerte einen Augenblick und sagte: »Sind Sie sicher, dass Sie da reingehen wollen?«

»Ich glaube ja.«

Er war nicht zum ersten Mal hier und hatte vorher ein paar Telefongespräche geführt. Ein Mann in der schlecht sitzenden Uniform des Sicherheitsdienstes wagte es, uns aufzuhalten, und Mordecai fuhr ihn so laut an, dass ich ängstlich zusammenzuckte. Ich hatte ohnehin ein Gefühl im Magen, als hätte ich einen Stein verschluckt.

Der Mann vom Sicherheitsdienst zog sich zurück und war froh, aus der Schusslinie zu sein. Auf einer großen Doppeltür aus Glas stand in schwarzer Schrift LEICHENHALLE, und Mordecai trat ein, als sei die ganze Dienststelle sein Privatbesitz.

»Ich bin Mordecai Green, Anwalt der Familie Burton«, knurrte er den jungen Mann hinter dem Tresen an. Es klang weniger wie eine Feststellung als vielmehr wie eine Drohung.

Der junge Mann blätterte die Papiere auf einem Klemmbrett durch und wühlte in weiteren Unterlagen.

»Was machen Sie da eigentlich?«, raunzte Mordecai ihn an.

Der junge Mann sah auf und machte ein Gesicht, als wollte er Widerworte geben, doch dann wurde ihm mit einemmal bewusst, wie groß sein Gegenüber war. »Einen Moment«, sagte er und trat an den Computer.

Mordecai wandte sich zu mir und sagte laut: »Man könnte meinen, die haben hier tausend Leichen.«

Mir wurde klar, dass er für Beamte und Staatsangestellte keinerlei Geduld aufbrachte. Die Geschichte über die Entschuldigung der Beamtin beim Sozialamt fiel mir ein. Die Hälfte von Mordecais Anwaltstätigkeit bestand aus Einschüchtern und Drohen.

Ein blasser Mann mit schlecht gefärbtem schwarzen Haar und einem feuchtkalten Händedruck erschien und stellte sich als Bill vor. Er trug einen blauen Laborkittel und Schuhe mit dicken Gummisohlen. Wo fand man Leute, die in der Leichenhalle arbeiten wollten?

Wir folgten ihm durch eine Tür und einen kahlen Gang entlang, in dem es deutlich kühler war, und kamen schließlich zum Hauptsaal.

»Wie viele haben Sie heute?«, fragte Mordecai, als käme er regelmäßig hier vorbei, um die Leichen zu zählen.

Bill öffnete die Tür und sagte: »Zwölf.«

»Alles in Ordnung?«, fragte Mordecai mich.

»Ich weiß nicht.«

Bill schob die schwere Metalltür auf, und wir traten ein. Die Luft war eiskalt und roch nach Desinfektionsmittel. Der Boden war weiß gekachelt, und das Licht kam von bläulichen Neonröhren. Ich folgte Mordecai mit gesenktem Kopf und versuchte, nicht nach rechts oder links zu sehen, doch es war unmöglich. Die Leichen waren mit weißen Tüchern zugedeckt wie im Fernsehen. Wir kamen an zwei weißen Füßen vorbei, am Zeh baumelte ein Schildchen. Dann kamen zwei braune Füße.

Wir bogen ab und blieben in einer Ecke stehen. Links war eine Bahre, rechts ein Tisch.

»Lontae Burton«, sagte Bill und zog mit dramatischer Geste das Laken bis zu ihrer Taille herunter. Es war Ontarios Mutter. Sie trug ein schlichtes weißes Leichenhemd. Der Tod hatte keine Spuren auf ihrem Gesicht zurückgelassen – sie hätte ebenso gut schlafen können. Ich konnte nicht aufhören, sie anzusehen.

»Das ist sie«, sagte Mordecai, als würde er sie schon seit Jahren kennen. Er sah mich Bestätigung heischend an. Ich konnte nur nicken. Bill drehte sich um, und ich hielt den Atem an. Die Kinder lagen alle unter einem Laken.

Sie lagen dicht nebeneinander in einer Reihe, die Hände über den Leichenhemden gefaltet – schlafende Cherubim, kleine Straßensoldaten, die endlich Frieden gefunden hatten.

Ich wollte Ontario berühren, ich wollte ihn streicheln und ihm sagen, wie Leid es mir tat. Ich wollte ihn wecken und mit nach Hause nehmen, ihm etwas zu essen vorsetzen und alles geben, was er nur haben wollte.

Ich trat einen Schritt vor, um ihn besser ansehen zu können. »Nicht anfassen«, sagte Bill.

Ich nickte, und Mordecai sagte: »Das sind sie.«

Als Bill sie wieder zudeckte, sprach ich in Gedanken ein kurzes Gebet um Gnade und Vergebung. Sorg dafür, dass es nicht wieder geschieht, sagte Gott zu mir.

In einem Raum am Ende des Gangs zeigte uns Bill zwei große Drahtkörbe, in denen sich die persönliche Habe der Familie befand. Er stellte sie auf den Tisch, und gemeinsam machten wir eine Aufstellung. Die Kleider waren schmutzig und abgetragen. Meine Jeansjacke war das am besten erhaltene Stück. Außerdem waren in den Körben drei Decken, eine Handtasche, ein paar billige Spielsachen, Milchpulver, ein Handtuch, weitere schmutzige Kleider, eine Schachtel Kekse mit Vanillegeschmack, eine ungeöffnete Dose Bier, ein paar Zigaretten, zwei Kondome und etwa zwanzig Dollar in Scheinen und Kleingeld.

»Der Wagen ist in der städtischen Verwahrstelle«, sagte Bill. »Angeblich voller Abfall.«

»Wir werden uns darum kümmern«, sagte Mordecai.

Wir unterschrieben die Empfangsbestätigung und nahmen die persönliche Habe der Familie Burton mit.

»Was machen wir nun mit diesem Zeug?«, fragte ich.

»Wir bringen es zur Großmutter. Wollen Sie die Jacke zurück haben?«

»Nein.«

Das Beerdigungsinstitut gehörte einem Priester. Mordecai kannte ihn und mochte ihn nicht besonders, weil seine Kirche nicht sehr freundlich zu den Obdachlosen war, aber er kam mit ihm zurecht.

Wir parkten vor der Kirche an der Georgia Avenue in der Nähe der Howard University, einem saubereren Teil der Stadt, wo nicht so viele Fenster mit Brettern vernagelt waren.

»Sie bleiben lieber im Wagen«, sagte Mordecai. »Unter vier Augen kann ich besser mit ihm reden.«

Ich wollte eigentlich nicht allein im Wagen sitzen bleiben, aber andererseits vertraute ich Mordecai ja ohnehin mein Leben an. »Na gut«, sagte ich, rutschte ein wenig tiefer und sah mich um.

»Ihnen passiert schon nichts.«

Er ging, und ich verriegelte die Türen. Nach ein paar Minuten entspannte ich mich und begann nachzudenken. Mordecai wollte aus geschäftlichen Gründen allein mit dem Priester sprechen. Meine Anwesenheit hätte die Dinge nur kompliziert. Wer war ich, und welches Interesse hatte ich an der Familie? Der Preis wäre sofort gestiegen.

Die Straße war belebt. Ich sah, wie die Menschen im schneidend kalten Wind vorübereilten. Eine Mutter mit zwei Kindern ging vorbei. Alle waren hübsch angezogen und hielten sich an den Händen. Wo waren sie gestern Nacht gewesen, als Ontario und seine Familie sich in dem kalten Wagen aneinander gedrängt und das geruchlose Kohlenmonoxid eingeatmet hatten, bis sie davongeschwebt waren? Wo waren wir anderen alle gewesen?

Die Welt ging den Bach hinunter. Nichts ergab einen Sinn. In weniger als einer Woche hatte ich sechs tote Obdachlose gesehen, und ich hatte nicht die innere Statur, um mit diesem Schock fertig zu werden. Ich war ein gebildeter weißer Anwalt, wohlhabend und gut ernährt, und steuerte zielstrebig auf echten Reichtum und all die schönen Dinge zu, die er mir bescheren würde. Meine Ehe stand zwar vor dem Ende, aber darüber würde ich schnell hinwegkommen. Es gab so viele schöne Frauen. Ich brauchte mir keine Sorgen zu machen.

Ich verfluchte Mister, der mich aus der Bahn geworfen hatte. Ich verfluchte Mordecai, der mir ein schlechtes Gewissen machte. Und ich verfluchte Ontario, der mir das Herz gebrochen hatte.

Jemand klopfte ans Fenster. Ich schreckte hoch. Meine Nerven waren nicht die besten. Mordecai stand am Rand des Bürgersteigs im Schnee. Ich öffnete das Fenster einen Spalt breit.

»Er sagt, er macht's für zweitausend Dollar, alle fünf.«

»Einverstanden«, antwortete ich, und Mordecai ging wieder hinein.

Wenig später kam er zurück, setzte sich ans Steuer und gab Gas. »Der Gottesdienst ist am Dienstag, hier in der Kirche. Holzsärge, aber schöne. Er wird noch Blumen besorgen, damit alles ein bisschen hübsch aussieht. Ursprünglich wollte er dreitausend, aber ich habe ihm gesagt, dass die Presse dabei sein wird und er vielleicht ins Fernsehen kommt. Das hat ihm gefallen. Zweitausend ist nicht schlecht.«

»Danke Mordecai.«

»Ist alles in Ordnung?«

»Nein.«

Auf dem Weg zu meinem Büro sprachen wir nur sehr wenig.

Bei Claires jüngerem Bruder James war die Hodgkin-Krankheit festgestellt worden – daher also die Einberufung des Familienrats nach Providence. Es hatte gar nichts mit mir zu tun. Sie erzählte mir von dem Wochenende, von dem Schock, als sie die Nachricht erhalten hatte, von den Tränen und Gebeten, mit denen sie James, seine Frau und sich selbst getröstet hatten. In Claires Familie weinte und umarmte man sich ständig, und ich war ihr dankbar, dass sie mich nicht dorthin mitgeschleppt hatte. Die Behandlung würde sofort beginnen, und die Prognose war gut.

Sie freute sich, wieder zu Hause zu sein und mit jemandem reden zu können. Wir tranken Wein vor dem offenen Kamin, eine Decke über den Füßen. Es war beinahe romantisch, auch wenn ich viel zu mitgenommen war, um auf irgendwelche sentimentalen Gedanken zu kommen. Ich gab mir redliche Mühe, ihr zuzuhören, den armen James gehörig zu bedauern und an den richtigen Stellen angemessene Bemerkungen zu machen.

Es war nicht das, was ich erwartet hatte, und ich wusste nicht recht, ob es das war, was ich wollte. Ich hatte gedacht, wir würden ein paar Scheingefechte führen und uns vielleicht sogar einige echte Scharmützel liefern. Bald würde der Streit ernst und heftig werden, aber dann würden wir uns hoffentlich wieder besinnen und wie erwachsene Menschen mit unserer Trennung umgehen. Nach meinem Erlebnis mit Ontario war ich jedoch nicht imstande, mich mit irgendeinem Problem auseinanderzusetzen, bei dem Gefühle mitspielten. Ich war ausgelaugt. Claire sagte mir mehrmals, ich sähe müde aus. Fast hätte ich mich bei ihr bedankt.

Ich hörte ihr aufmerksam zu, und dann kamen wir langsam auf mich und mein Wochenende zu sprechen.

Ich erzählte ihr alles: von meinem neuen Leben als freiwilliger Helfer in einer Notunterkunft, von Ontario und seiner Familie. Ich zeigte ihr den Zeitungsartikel.

Sie war ehrlich berührt, aber auch verwirrt. Ich war nicht mehr der, der ich vor einer Woche gewesen war, und sie wusste nicht, ob ihr das neue Modell besser gefiel als das Alte. Ich wusste es ebenso wenig.

11

Als junge Workaholics brauchten Claire und ich keinen Wecker, schon gar nicht montags morgens, wenn eine ganze Woche voller Herausforderungen auf uns wartete. Wir standen um fünf Uhr auf, aßen um halb sechs ein Müsli-Frühstück und jagten dann in verschiedene Richtungen davon, als hätte der gewonnen, der als Erster das Haus verließ.

Dank des Weins hatte ich schlafen können, ohne von dem Albtraum des Wochenendes heimgesucht zu werden, und auf dem Weg zur Kanzlei beschloss ich, etwas mehr Distanz zwischen mich und die Obdachlosen zu legen. Ich würde die Beerdigung hinter mich bringen. Ich würde irgendwie Zeit finden, Gratisarbeit für Obdachlose zu leisten. Ich würde meine Freundschaft zu Mordecai vertiefen und ihn vielleicht sogar regelmäßig in seinem Rechtsberatungsbüro besuchen. Ich würde gelegentlich bei Miss Dolly vorbeischauen und ihr helfen, die Hungrigen zu speisen. Ich würde für die Armen spenden und helfen, weitere Spenden zu sammeln. Jemand, der Geldquellen auftat, war gewiss nützlicher als ein weiterer Armenanwalt.

Während ich im Dunkeln zur Kanzlei fuhr, kam ich zu dem Schluss, dass ich ein paar Achtzehn-Stunden-Tage brauchte, um meine Prioritäten wieder klar ins Auge zu fassen. Wenn ich mich in die Arbeit stürzte, würde der kleine Knick, den meine Karriere bekommen hatte, bald wieder beseitigt sein. Nur ein Dummkopf würde die Zukunftsperspektive, die sich mir bot, aufgeben.

Diesmal nahm ich einen anderen Aufzug. Mister war

Vergangenheit. Ich sah nicht zu dem Konferenzraum hin, in dem er gestorben war. In meinem Büro legte ich Mantel und Aktentasche auf einem Stuhl ab und holte mir einen Kaffee. Es war noch nicht einmal sechs Uhr morgens, und ich ging mit federnden Schritten durch die Gänge, sprach hier mit einem Kollegen, dort mit einem Gehilfen, zog mein Jackett aus und krempelte die Ärmel hoch – es war eine Freude, wieder hier zu sein.

Ich blätterte zunächst das *Wall Street Journal* durch, teils weil ich wusste, dass darin ganz gewiss nichts über erstickte Obdachlose in Washington stand. Danach kam die Post an die Reihe. Auf der ersten Seite des Lokalteils standen ein kurzer Artikel über Lontae Burtons Familie und ein Foto der weinenden Großmutter vor dem Hintergrund eines Hochhauses mit Sozialwohnungen. Ich las den Artikel und legte die Zeitung beiseite. Ich wusste mehr als der Reporter und war entschlossen, mich nicht ablenken zu lassen.

Unter der *Post* lag ein unscheinbarer Aktendeckel, wie es ihn in der Kanzlei millionenfach gab. Er war allerdings nicht beschriftet und damit ungewöhnlich. Er lag einfach da, mitten auf meinem Schreibtisch. Irgendjemand hatte ihn dorthin gelegt. Ich schlug ihn langsam auf

Er enthielt nur zwei Bögen Papier: eine Kopie des gestrigen Artikels in der *Post,* den ich zehnmal gelesen und Claire gezeigt hatte, sowie die Kopie eines Schriftstücks, das aus einer offiziellen Drake & Sweeney-Akte stammte. Die Überschrift lautete: ZWANGSRÄUMUNG – RIVEROAKS/TAG, INC.

Links standen untereinander die Zahlen von eins bis siebzehn. Nummer vier war DeVon Hardy. Hinter Nummer fünfzehn stand: »Lontae Burton und drei oder vier Kinder.«

Ich legte das Blatt langsam auf den Tisch, stand auf, ging zur Tür, schloss sie ab und lehnte mich dagegen.

Ein paar Minuten vergingen in absoluter Stille. Ich starrte die Liste auf meinem Schreibtisch an. Dass sie stimmte und vollständig war, konnte ich annehmen. Warum hätte sich irgendjemand so etwas ausdenken sollen? Ich nahm die Liste wieder in die Hand und bemerkte, dass mein unbekannter Informant mit Bleistift auf die Innenseite des Aktendeckels geschrieben hatte: »Die Zwangsräumung war illegal und moralisch falsch.«

Es waren Druckbuchstaben, damit ich auch durch eine Schriftanalyse nicht herausfinden konnte, wer der Verfasser war. Die Schrift war ganz schwach – der Stift hatte kaum die Pappe des Aktendeckels berührt.

Ich ließ die Tür für eine Stunde verschlossen. In dieser Zeit stand ich am Fenster, betrachtete den Sonnenaufgang, setzte mich dann wieder an den Schreibtisch und starrte die Liste an. Auf dem Gang gingen immer mehr Leute vorbei, und schließlich hörte ich Pollys Stimme. Ich öffnete die Tür, begrüßte sie, als wäre alles in bester Ordnung, und folgte der täglichen Routine.

Der Vormittag war angefüllt mit Konferenzen und Besprechungen, zwei davon mit Rudolph und Mandanten. Ich hielt mich gut, auch wenn ich nachher nicht mehr wusste, was wir gesagt oder getan hatten. Rudolph war stolz, seinen Star wieder mit voller Kraft arbeiten zu sehen.

Zu denen, die sich mit mir über die Geiselnahme und ihre Nachwirkungen unterhalten wollten, war ich beinahe grob. Nach außen war ich wieder ganz der alte, arbeitswütig wie immer, und so lösten sich die Bedenken in Bezug auf mein seelisches Gleichgewicht in Wohlgefallen auf. Am späten Vormittag rief mein Vater an. Ich konnte mich nicht erinnern, wann er mich zuletzt in der Kanzlei angerufen hatte. Er sagte, in Memphis regne es. Er sitze zu Hause herum und langweile sich, und … na ja, meine Mutter und er machten sich

Gedanken um mich. Ich sagte ihm, Claire gehe es gut, und um sicheren Boden unter den Füßen zu bekommen, erzählte ich ihm von ihrem Bruder James, dem er nur einmal, bei unserer Hochzeit, begegnet war. Ich sprach mit angemessener Sorge über Claires Familie, und das gefiel ihm.

Mein Vater war froh, dass er mich in der Kanzlei erreicht hatte: Ich war da, verdiente viel Geld und arbeitete darauf hin, noch mehr zu verdienen. Er bat mich, gelegentlich anzurufen.

Eine halbe Stunde später rief mein Bruder Warner aus seinem Büro hoch über der Innenstadt von Atlanta an. Er war sechs Jahre älter als ich und Teilhaber einer anderen Megakanzlei, ein mit allen Wassern gewaschener Prozessanwalt. Wegen des Altersunterschieds waren Warner und ich uns in unserer Kindheit nie sehr nahe gewesen, aber wir kamen sehr gut miteinander aus. Als seine Ehe vor drei Jahren geschieden worden war, hatte er mir wöchentlich sein Herz ausgeschüttet.

Seine Zeit war, wie die meine, nach honorarfähigen Stunden bemessen, und so wusste ich, dass das Gespräch kurz sein würde. »Ich hab mit Dad gesprochen«, sagte er. »Er hat mir alles erzählt.«

»Das kann ich mir vorstellen.«

»Ich verstehe, wie du dich fühlst. Wir alle machen das irgendwann mal durch. Man arbeitet schwer, man macht das große Geld und vergisst vollkommen, den kleinen Leuten zu helfen. Dann passiert etwas, und man denkt an seine Studienzeit, an die ersten Semester, als man voller Ideale war und als Rechtsanwalt die Menschheit retten wollte. Weißt du noch?«

»Ja. Ist lange her.«

»Genau. Als ich mit dem Studium angefangen habe, wurde bei uns eine Umfrage gemacht. Über die Hälfte der Erstsemester wollte ihr Wissen in den Dienst des Gemeinwohls stellen. Drei Jahre später, nach dem Abschluss, waren alle nur noch hinter dem Geld her. Ich weiß auch nicht, was da passiert ist.«

»Ganz einfach: Ein Jurastudium macht geldgierig.«

»Wahrscheinlich. In unserer Kanzlei gibt es die Möglichkeit, ein Jahr Urlaub zu nehmen, ein Sabbatjahr sozusagen, und sich mit Musterprozessen für das Gemeinwohl auszutoben. Nach zwölf Monaten kommt man zurück, als wäre nie etwas gewesen. Gibt's das bei euch auch?«

Typisch Warner. Ich hatte ein Problem – er hatte die hübsche, saubere Patentlösung. Zwölf Monate, und ich wäre ein neuer Mensch. Ein kleiner Umweg, aber meine Zukunft wäre nach wie vor gesichert.

»Nicht für Mitarbeiter«, sagte ich. »Ich hab mal gehört, dass der eine oder andere Teilhaber in irgendeinem Ministerium gearbeitet hat und nach ein paar Jahren wieder in die Kanzlei zurückgekehrt ist. Aber für einfache Mitarbeiter gilt das nicht.«

»Aber dein Fall liegt anders. Du bist traumatisiert und wärst um ein Haar umgebracht worden, bloß weil du bei Drake & Sweeney arbeitest. Ich würde mal ein bisschen auf den Putz hauen und ihnen sagen, dass du Abstand brauchst. Lass dich für ein Jahr beurlauben – danach bist du wieder voll da.«

»Das könnte funktionieren«, sagte ich, um ihn zu beschwichtigen. Er war ein Alpha-Männchen, das anderen immer zusetzte und immer bereit war, sich zu streiten, besonders innerhalb der Familie. »Ich hab jetzt einen Termin«, sagte ich. Ihm ging es nicht anders. Wir versprachen, demnächst wieder zu telefonieren.

Das Mittagessen nahm ich mit Rudolph und einem Mandanten in einem teuren Restaurant ein. Es war ein Arbeitsessen, was bedeutete, dass wir keinen Alkohol tranken und dem Mandanten die Zeit für das Essen in Rechnung stellen würden. Rudolph kostete vierhundert Dollar pro Stunde, ich dreihundert. Wir aßen und arbeiteten zwei Stunden lang, so dass dieses Mittagessen unseren Mandanten vierzehnhundert Dollar kostete. Die Kanzlei hatte ein Konto bei diesem Restaurant. Das Essen würde also zunächst von Drake & Sweeney bezahlt werden, aber die Erbsenzähler im Untergeschoss würden sicher eine Möglichkeit finden, dem Mandanten auch die Kosten für das Essen in Rechnung zu stellen.

Der Nachmittag bestand aus Telefongesprächen und Konferenzen. Ich setzte mein professionelles Gesicht auf und brachte ihn durch reine Willenskraft hinter mich – es waren honorarfähige Stunden. Das Kartellrecht war mir noch nie so hoffnungslos stumpfsinnig und langweilig erschienen.

Es war fast fünf Uhr, als ich endlich ein paar Minuten für mich hatte. Ich wünschte Polly einen schönen Abend, verschloss meine Tür, schlug den mysteriösen Aktendeckel auf und machte mir Notizen: Kritzeleien und Diagramme mit Pfeilen, die aus allen Richtungen auf »RiverOaks« und »Drake & Sweeney« zielten. Braden Chance, der Teilhaber aus der Abteilung Immobilien, den ich nach der Akte gefragt hatte, bekam die meisten Pfeile ab.

Mein Hauptverdächtiger war sein Gehilfe, der junge Mann, der unseren scharfen Wortwechsel gehört und Chance wenig später, als ich aus seinem Zimmer getreten war, als Idioten bezeichnet hatte. Er kannte sicher alle Einzelheiten des Zwangsräumungsverfahrens und hatte Zugang zu der entsprechenden Akte.

Um eine etwaige Überwachung der Hausleitung zu umgehen, rief ich mit meinem Handy einen Gehilfen in der Abteilung Kartellrecht an, dessen Büro nur wenige Schritte von meinem entfernt war. Er leitete mich an einen anderen weiter, und binnen kurzem hatte ich ohne viel Mühe herausgefunden, dass der Mann, den ich suchte, Hector Palma hieß. Er arbeitete seit etwa drei Jahren bei uns, und zwar ausschließlich in der Immobilienabteilung. Ich beschloss, mit ihm zu sprechen, allerdings außerhalb der Kanzlei.

Mordecai rief mich an und fragte, ob ich schon irgendwelche Pläne für ein Abendessen hätte. »Ich lade Sie ein«, sagte er.

»Zu einer Suppe?«

Er lachte. »Natürlich nicht. Ich kenne ein hervorragendes Restaurant.«

Wir verabredeten uns für sieben Uhr. Claire befand sich im Chirurgen-Orbit und verschwendete keinen Gedanken an Zeit, Essen oder Ehemann. Sie hatte irgendwann am Nachmittag angerufen, um »mal kurz hallo zu sagen«. Sie habe keine Ahnung, wann sie heimkommen werde, sicher sehr spät. Für das Abendessen war also jeder auf sich selbst gestellt. Ich machte ihr keinen Vorwurf – immerhin hatte sie diesen Lebensstil von mir gelernt.

Wir trafen uns in einem Restaurant in der Nähe des Dupont Circle. Die Bar am Eingang war voller gut bezahlter Regierungstypen, die noch einen Drink nahmen, bevor sie aus der Stadt flohen. Wir setzten uns weiter hinten in eine enge Nische und bestellten etwas zu trinken.

»Die Burton-Story wird groß und größer«, sagte Mordecai und nahm einen Schluck Bier.

»Tut mir Leid, aber ich war in den vergangenen zwölf Stunden vollkommen abgeschnitten von der Welt. Was ist passiert?«

»Viel Presse. Eine Mutter und vier tote Kinder in einem Wagen, der ihre Wohnung war. Und das eine Meile vom Capitol Hill entfernt, wo sie gerade dabei sind, das Sozialwesen zu reformieren und noch mehr Mütter auf die Straße zu setzen. Das ist doch mal was.«

»Dann wird die Beerdigung also eine große Veranstaltung werden.«

»Aber ja. Ich hab heute mit einem Dutzend Initiativgruppen gesprochen. Die kommen alle, und sie werden die Leute, die sie betreuen, mitbringen. Die Kirche wird voller Obdachloser sein. Und voller Presseleute natürlich. Vier kleine Särge neben dem der Mutter – das werden sich die Sechs-Uhr-Nachrichten nicht entgehen lassen. Vorher gibt's eine Kundgebung und danach einen Demonstrationszug.«

»Dann hat ihr Tod vielleicht doch noch etwas Gutes.«

»Vielleicht.«

Als erfahrener Anwalt wusste ich, dass hinter jeder Einladung zum Mittag- oder Abendessen eine Absicht steckte. Mordecai hatte etwas vor, das merkte ich schon daran, wie er mich ansah.

»Haben Sie eine Ahnung, warum sie obdachlos waren?«, fragte ich sondierend.

»Nein. Wahrscheinlich das Übliche. Ich hab keine Zeit gehabt, Fragen zu stellen.«

Auf dem Weg hierher war ich zu dem Schluss gekommen, dass ich ihm nichts von dem mysteriösen Aktendeckel und seinem Inhalt sagen durfte. Das war vertraulich, und ich wusste nur davon, weil ich bei Drake & Sweeney arbeitete. Wenn ich ihm gesagt hätte, was ich über die Aktivitäten eines Mandanten in Erfahrung gebracht hatte, wäre das eine schwere Verletzung der Schweigepflicht gewesen. Schon der Gedanke an eine solche Enthüllung machte mir Angst. Außerdem hatte ich noch nichts überprüft.

Der Ober brachte unsere Salate, und wir begannen zu essen. »Wir haben heute Nachmittag eine Kanzleikonferenz abgehalten«, sagte er zwischen zwei Bissen. »Sofia, Abraham und ich. Wir brauchen Hilfe.«

Das überraschte mich nicht. »Was für eine Art von Hilfe?«

»Noch einen Anwalt.«

»Ich dachte, Sie sind pleite.«

»Wir haben eine kleine Reserve. Und eine neue Marketingstrategie.«

Die Vorstellung, dass das Rechtsberatungsbüro in der 14th Street über eine Marketingstrategie verfügte, belustigte mich, und das hatte er auch beabsichtigt. Wir lächelten.

»Wenn ein Anwalt bereit wäre, zehn Stunden pro Woche damit zu verbringen, Spendengelder aufzutreiben, würde er sich selbst finanzieren.«

Wieder beiderseitiges Lächeln.

»So ungern ich es auch zugebe: Unser Überleben wird davon abhängen, ob wir es schaffen, Geld aufzutreiben«, fuhr er fort. »Die Cohen-Stiftung geht den Bach runter. Bisher konnten wir uns den Luxus leisten, nicht zu betteln, aber das ist jetzt vorbei.«

»Und woraus besteht der Rest der Arbeit?«

»Aus der Vertretung von Menschen, die auf der Straße leben. Sie haben ja schon einen gewissen Eindruck davon bekommen. Und Sie haben unser Büro gesehen. Es ist ein Loch. Sofia ist eine Kratzbürste, Abraham ist ein Sturkopf, die Mandanten riechen schlecht, und das Gehalt ist ein Witz.«

»Wie viel?«

»Wir könnten Ihnen dreißigtausend im Jahr anbieten, aber garantieren können wir Ihnen nur die erste Hälfte, die ersten sechs Monate.«

»Warum?«

»Das Geschäftsjahr der Stiftung endet am 30. Juni. Dann erfahren wir, wie viel Geld wir für das nächste Jahr kriegen, das mit dem 1. Juli beginnt. Wir haben genug Reserven, um Sie für die nächsten sechs Monate zu bezahlen. Danach werden wir vier uns teilen, was nach Abzug der laufenden Kosten übrig bleibt.«

»Abraham und Sofia waren einverstanden?«

»Ja, nachdem ich eine kleine Ansprache gehalten hatte. Wir nehmen an, dass Sie gute Kontakte zu den höheren Etagen der Juristerei haben, und da Sie gebildet, intelligent, präsentabel und so weiter sind, dürfte es Ihnen nicht schwer fallen, Geld aufzutreiben.«

»Und wenn ich keins auftreiben will?«

»Dann schrauben wir vier unsere Gehälter noch weiter herunter, vielleicht auf zwanzigtausend. Später dann auf fünfzehn. Und wenn die Stiftung pleite ist, stehen wir auf der Straße wie unsere Mandanten. Obdachlose Anwälte.«

»Dann liegt die Zukunft des Rechtsberatungsbüros in der 14th Street also in meinen Händen?«

»Zu diesem Schluss sind wir jedenfalls gekommen. Sie werden Teilhaber. Ich bin gespannt, ob Drake & Sweeney da mithalten kann.«

»Ich bin gerührt«, sagte ich. Doch ich hatte auch ein bisschen Angst. Das Angebot kam nicht überraschend, aber es öffnete eine Tür, vor der ich zurückschreckte.

Der Ober brachte schwarze Bohnensuppe, und wir bestellten noch mehr Bier.

»Woher kommt Abraham?«, fragte ich.

»Er ist aus einer jüdischen Familie in Brooklyn. Kam nach Washington, um in Senator Moynihans Stab zu arbeiten. Hat ein paar Jahre auf dem Capitol Hill verbracht und ist dann auf der Straße gelandet. Äußerst intelligent. Er verbringt die meiste Zeit damit, Prozessstrategien und -termine mit Gratisanwälten aus den großen Kanzleien abzusprechen. Im Augenblick klagt er gegen das Amt für Statistik, um durchzusetzen, dass Obdachlose ebenfalls gezählt werden. Und er verklagt die Schulbehörde von Washington, D.C., um sicherzustellen, dass obdachlose Kinder eine Schulausbildung bekommen. Was seinen Umgang mit Menschen betrifft, hat er noch viel zu lernen, aber als Hinterzimmerstratege ist er erstklassig.«

»Und Sofia?«

»Eine engagierte Sozialarbeiterin, die seit elf Jahren

Abendseminare für Jura besucht. Sie denkt und handelt wie eine Anwältin, besonders, wenn sie Beamten die Hölle heiß macht. Sie sagt zehnmal am Tag: ›Guten Tag, hier ist Sofia Mendoza. Ich bin Anwältin.‹«

»Ist sie auch die Sekretärin?«

»Nein. Wir haben keine Sekretärin. Für das Schreiben, Abheften und Kaffeekochen ist jeder selbst zuständig.« Er beugte sich ein wenig vor und senkte die Stimme. »Wir drei arbeiten schon sehr lange zusammen, und jeder hat seine kleine Nische. Um ehrlich zu sein: Wir brauchen ein neues Gesicht und neue Ideen.«

»Das Gehalt ist wirklich verführerisch«, sagte ich. Es war ein ziemlich flauer Witz.

Er grinste trotzdem. »Sie werden das nicht wegen des Geldes tun. Sie tun es für Ihre Seele.«

Meine Seele hielt mich den größten Teil der Nacht wach. Hatte ich wirklich den Mumm, einfach zu gehen? Zog ich einen Job, bei dem ich so wenig verdiente, wirklich ernsthaft in Erwägung? Wenn ich mich dafür entschied, ließ ich mir buchstäblich Millionen Dollar entgehen.

Meine jetzigen Wünsche würden dann nur noch eine ferne Erinnerung sein.

Der Zeitpunkt war nicht schlecht gewählt. Meine Ehe lag in Scherben, und es erschien mir irgendwie angemessen, auch an anderen Fronten drastische Veränderungen vorzunehmen.

12

Am Dienstag meldete ich mich krank. »Wahrscheinlich eine Grippe«, sagte ich zu Polly, die, wie sie es gelernt hatte, sofort nach Details fragte: Fieber, Gliederschmerzen, Halsschmerzen, Kopfschmerzen? Ja. Sowohl als auch – mir war es egal. Man musste schon sehr krank sein, um die Arbeit liegen zu lassen. Polly würde ein Formular ausfüllen und es an Rudolph schicken. Ich musste also mit einem Anruf von ihm rechnen und machte am frühen Morgen einen Spaziergang durch Georgetown. Der Schnee schmolz jetzt rapide dahin, die Tageshöchsttemperaturen würden zwischen zehn und fünfzehn Grad liegen. Ich schlug eine Stunde am Hafen tot, wo ich in verschiedenen Cafés Cappuccinos trank und den frierenden Ruderern auf dem Potomac zusah.

Um zehn Uhr machte ich mich auf den Weg zur Beerdigung.

Der Bürgersteig vor der Kirche war abgesperrt. Polizeibeamte gingen auf und ab und hatten ihre Motorräder auf der Straße abgestellt. Ein Stück weiter standen die Übertragungswagen der Fernsehsender.

Als ich vorbeifuhr, lauschte die Menge einem Redner, der in ein Mikrofon brüllte. Einige hielten hastig gemalte Plakate hoch, damit sie gut ins Bild kamen. Nachdem ich drei Blocks weiter in einer Seitenstraße geparkt hatte, eilte ich zurück zur Kirche, vermied aber den Haupteingang und steuerte auf einen Nebeneingang zu, der von einem älteren Mann bewacht wurde. Ich fragte ihn, ob es einen Platz auf der Galerie gebe. Er wollte wissen, ob ich Reporter sei.

Er führte mich hinein und zeigte auf eine Tür. Ich dankte ihm, trat ein, stieg eine wacklige Treppe hinauf und gelangte auf eine Galerie, von der aus man den schönen Kirchenraum überblicken konnte. Der Teppich war dunkelrot, die Bänke waren aus dunklem Holz, die Buntglasfenster waren sauber. Einen Augenblick lang konnte ich verstehen, warum der Pfarrer seine Kirche nicht für Obdachlose öffnen wollte.

Ich war allein und konnte mir meinen Platz aussuchen. Leise ging ich zu einem Platz über dem Portal, von wo aus ich über den Mittelgang bis zur Kanzel sehen konnte. Draußen, auf der Eingangstreppe, begann ein Chor zu singen. Ich saß in der friedlichen, leeren Kirche, und von draußen wehte die Musik herein.

Dann klang sie aus, die Türen wurden geöffnet, und der Ansturm begann. Der Boden der Galerie bebte, als die Trauergemeinde in die Kirche strömte. Der Chor stellte sich hinter der Kanzel auf. Der Pfarrer wies den verschiedenen Gruppen ihre Plätze zu: die Fernsehteams in eine Ecke, die kleine Familie in die erste Bank, die Initiativgruppen und die Obdachlosen in die Mitte. Mordecai war in Begleitung von zwei Männern, die ich nicht kannte. Eine Seitentür wurde geöffnet, und die Gefangenen marschierten herein: Lontaes Mutter und zwei Brüder in blauer Gefängnismontur, an Händen und Füßen gefesselt, aneinander gekettet und von vier bewaffneten Wärtern bewacht. Sie setzten sich in die zweite Reihe, hinter die Großmutter und die wenigen anderen Verwandten.

Als Ruhe eingekehrt war, begann die Orgel, eine leise, traurige Melodie zu spielen. In den Reihen unter mir gab es einen Streit, und alle Köpfe wandten sich um. Der Pfarrer stieg auf die Kanzel und hieß uns aufstehen.

Weiß behandschuhte Angestellte des Beerdigungsinstitutes rollten die Särge durch den Mittelgang und stellten sie, Lontaes in der Mitte, vor dem Altar auf. Der Sarg des Babys war winzig, nicht einmal einen Meter lang. Ontarios, Alonzos und Dantes Särge waren mittelgroß. Es war ein furchtbarer Anblick, und Klageschreie wurden laut. Die Chorsänger begannen zu summen und sich hin und her zu wiegen.

Die Männer stellten Blumengebinde auf, und einen schrecklichen Augenblick lang dachte ich, sie würden die Särge öffnen. Ich war noch nie bei einer Trauerfeier in einer schwarzen Gemeinde gewesen und wusste nicht, was dabei üblich war, aber ich hatte in den Nachrichten Filmberichte von anderen Beerdigungen gesehen, bei denen manchmal der Sarg geöffnet worden war, damit die Hinterbliebenen den Leichnam küssen konnten. Die Geier mit den Kameras standen bereit.

Doch die Särge blieben geschlossen, und so erfuhr die Welt nicht, was ich wusste: dass Ontario und seine Familie sehr friedlich aussahen.

Wir setzten uns, und der Pfarrer sprach ein langes Gebet. Dann kamen ein Solo von Schwester Soundso und eine Schweigeminute. Der Pfarrer las eine Bibelstelle und hielt seine Predigt. Darauf folgte eine Aktivistin von einer Obdachloseninitiative, die Attacken gegen eine Gesellschaft und ihre Politiker ritt, die solche Dinge geschehen ließen. Sie gab dem Kongress und besonders den Republikanern die Schuld, aber auch der Stadt, die nichts unternahm, sowie den Gerichten und der Verwaltung. Die schärfsten Angriffe aber richteten sich gegen die Oberschicht, gegen die Menschen, die zwar Macht und Geld besaßen, aber nichts für die Armen und Kranken taten. Sie war zornig, rhetorisch geschickt und, wie ich fand, sehr mitreißend, auch wenn Beerdigungen nicht ihr eigentliches Wirkungsfeld zu sein schienen.

Als sie geendet hatte, bekam sie Beifall. Dann wetterte der Pfarrer lange gegen alle, die weiß waren und Geld hatten.

Noch ein Solo, noch mehr Bibelstellen, und dann begann der Chor mit einem Lied, das mir die Tränen in die Augen trieb. Es bildete sich eine Schlange von Menschen, die ihre Hand auf die Särge legen wollten, doch binnen kurzem herrschte ein heilloses Durcheinander. Die Trauernden begannen zu klagen und streckten die Hände nach den Särgen aus. »Macht sie auf«, rief einer, aber der Pfarrer schüttelte den Kopf. Sie drängten sich um die Kanzel und die Särge und schrien und schluchzten, und der Chor legte noch mehr Gefühl in seinen Gesang. Die Großmutter schrie am lautesten und wurde von den anderen gestreichelt und getröstet.

Ich konnte es nicht glauben. Wo waren all diese Leute in den letzten Monaten von Lontaes Leben gewesen? Die Kinder, die da in den Särgen lagen, hatten zu Lebzeiten nie so viel Liebe erfahren wie jetzt.

Die Kameras schoben sich näher und näher, und mehr und mehr Trauernde brachen unter der Last ihres Schmerzes zusammen. Das Ganze war im wesentlichen Show.

Schließlich sorgte der Pfarrer für Ruhe. Er predigte noch einmal, und im Hintergrund spielte die Orgel. Als er geendet hatte, zog die Trauergemeinde in einer langen Reihe ein letztes Mal an den Särgen vorbei.

Der Gottesdienst hatte eineinhalb Stunden gedauert. Für zweitausend Dollar gar nicht so schlecht. Ich war stolz.

Draußen gab es weitere Ansprachen, und dann begann der Demonstrationszug in Richtung Capitol Hill. Mordecai war unter den Anführern, und als sie um eine Ecke verschwanden, fragte ich mich, bei wie vielen Märschen und Demonstrationen er schon mitgemacht hatte. Seine Antwort hätte wahrscheinlich gelautet: »Bei zu wenigen.«

Rudolph Mayes war im Alter von dreißig Jahren Teilhaber von Drake & Sweeney geworden – ein noch immer ungebrochener Rekord. Und wenn sein Leben weiterhin wie geplant verlief, würde er eines Tages der älteste aktive Teilhaber sein. Die Juristerei war sein Leben, das konnten seine drei geschiedenen Frauen bezeugen. Alles andere, was er anfasste, geriet ihm zur Katastrophe, doch als Teammitglied in einer großen Kanzlei war Rudolph unübertroffen.

Er empfing mich um sechs Uhr abends in seinem Büro, hinter einem Berg von Akten. Polly und die anderen Sekretärinnen waren gegangen, ebenso wie die meisten anderen Bürokräfte und Gehilfen. Nach halb sechs nahm der Verkehr auf den Gängen deutlich ab.

Ich schloss die Tür und setzte mich. »Ich dachte, Sie seien krank«, sagte er.

»Ich kündige, Rudolph«, sagte ich so entschlossen wie möglich. Dennoch hatte ich ein flaues Gefühl im Magen.

Er schob ein paar Bücher beiseite und schraubte die Kappe auf seinen teuren Füllhalter. »Ich höre.«

»Ich kündige. Ich habe ein Angebot von einer Kanzlei, die für Bedürftige arbeitet.«

»Seien Sie nicht töricht, Michael.«

»Ich bin nicht töricht. Ich habe es mir gut überlegt. Und ich möchte möglichst wenig Staub aufwirbeln, wenn ich gehe.«

»In drei Jahren sind Sie Teilhaber.«

»Ich habe ein besseres Angebot.«

Darauf fiel ihm keine Antwort ein. Er verdrehte entnervt die Augen. »Jetzt hören Sie schon auf, Mike. Sie werden sich doch von so einem Zwischenfall nicht aus der Bahn werfen lassen.«

»Ich bin nicht aus der Bahn geworfen, Rudolph. Ich wende mich nur einem neuen Betätigungsfeld zu.«

»Keine von den anderen acht Geiseln reagiert so extrem.«

»Na prima. Es freut mich für sie, dass sie mit ihrem

Leben zufrieden sind. Außerdem sind sie allesamt Prozessanwälte, eine seltsame Gattung.«

»Wohin wollen Sie gehen?«

»In ein Rechtsberatungsbüro in der Nähe des Logan Circle. Die Mandanten sind hauptsächlich Obdachlose.«

»Obdachlose?«

»Ja.«

»Wie viel zahlen die Ihnen?«

»Ein Vermögen. Wie wär's mit einer Spende?«

»Sie sind verrückt.«

»Es ist bloß eine kleine Krise, Rudolph. Ich bin erst zweiunddreißig, zu jung für eine echte Midlife-Crisis. Ich hab mir gedacht, ich bringe meine lieber früh hinter mich.«

»Nehmen Sie einen Monat Urlaub. Arbeiten Sie mit Obdachlosen, schwitzen Sie's aus, und kommen Sie dann wieder zurück. Das ist ein sehr ungünstiger Moment, den Sie sich da ausgesucht haben, Mike. Sie wissen ja, wie sehr wir schon im Verzug sind.«

»So funktioniert das nicht, Rudolph. Mit Sicherheitsnetz macht es einfach keinen Spaß.«

»Spaß? Sie machen das zum Spaß?«

»Aber natürlich. Denken Sie nur daran, wie viel mehr Spaß die Arbeit macht, wenn man dabei nicht auf die Stoppuhr sehen muss.«

»Und was ist mit Claire?«, fragte er und enthüllte damit das ganze Ausmaß seiner Verzweiflung. Er kannte Claire kaum und war in der ganzen Kanzlei der Letzte, der in der Lage gewesen wäre, in Partnerschaftskrisen gute Ratschläge zu geben.

»Claire geht's gut«, sagte ich. »Ich möchte am Freitag aufhören.«

Stöhnend gab er sich geschlagen, schloss die Augen und schüttelte langsam den Kopf. »Ich kann es nicht fassen.«

»Es tut mir Leid, Rudolph.«

Wir gaben uns die Hand und verabredeten uns zu einem frühen Frühstück, bei dem wir die Einzelheiten meiner nicht abgeschlossenen Fälle besprechen würden.

Ich wollte nicht, dass Polly es von jemand anderem erfuhr, und so ging ich in mein Büro und rief sie an. Sie war zu Hause, in Arlington, und kochte gerade das Abendessen. Ich verdarb ihr die ganze Woche.

Auf dem Heimweg kaufte ich thailändisches Essen. Ich legte Wein in den Kühlschrank, deckte den Tisch und probte meinen Text.

Wenn Claire einen Hinterhalt erwartet hatte, ließ sie es sich nicht anmerken. Im Lauf der Jahre hatten wir uns angewöhnt, uns nicht mehr zu streiten, sondern einander einfach zu ignorieren. Daher war unsere taktische Finesse eher unterentwickelt.

Aber mir gefiel der Gedanke, eine volle Breitseite abzufeuern, mit kühler Berechnung einen Schock zu versetzen und dann noch ironische Bemerkungen parat zu haben. Ich fand das hübsch unfair und im Rahmen einer in die Brüche gehenden Ehe vollkommen angemessen.

Es war fast zehn; sie hatte schon vor Stunden gegessen, und so gingen wir gleich mit unseren Weingläsern ins Wohnzimmer. Ich zündete ein Feuer im Kamin an, und wir setzten uns in unsere Lieblingssessel. Nach kurzem Schweigen sagte ich: Mir müssen reden.«

»Worum geht es?«, fragte sie ganz arglos.

»Ich spiele mit dem Gedanken, bei Drake & Sweeney zu kündigen.«

»Tatsächlich?« Sie trank einen Schluck Wein. Ich bewunderte ihre Gelassenheit. Entweder hatte sie damit gerechnet, oder sie wollte den Eindruck erwecken, das Ganze lasse sie kalt.

»Ja. Ich kann dort nicht weiter arbeiten.«

»Warum nicht?«

»Ich brauche eine Veränderung. Diese Kartellrechtsfälle erscheinen mir mit einem Mal so langweilig und unwichtig, und ich will etwas tun, was den Menschen dient.«

»Das ist schön.« Sie dachte bereits an Geld, und ich war gespannt, wie lange sie brauchen würde, um diesen Aspekt der Sache anzusprechen. »Das ist geradezu bewundernswert, Michael.«

»Ich hab dir doch von Mordecai Green erzählt. Er hat mir einen Job in seinem Rechtsberatungsbüro angeboten. Ich fange am Montag an.«

»Nächsten Montag?«

»Ja.«

»Dann hast du deine Entscheidung ja schon getroffen.«

»Ja.«

»Ohne sie mit mir zu besprechen. Ich habe in dieser Sache offenbar nichts zu sagen.«

»Ich kann nicht zurück, Claire. Ich habe es Rudolph heute Abend gesagt.«

Noch ein Schluck Wein, ein leises Zähneknirschen, ein kleines Aufflammen von Wut, doch sonst nichts. Ihre Selbstbeherrschung war wirklich bemerkenswert.

Wir sahen ins Feuer, hypnotisiert von den orangeroten Flammen. Sie brach das Schweigen. »Darf ich fragen, was das finanziell für uns bedeutet?«

»Es verändert einiges.«

»Wie hoch ist dein neues Gehalt?«

»Dreißigtausend im Jahr.«

»Dreißigtausend im Jahr«, wiederholte sie. Dann sagte sie es noch einmal, und irgendwie klang der Betrag jetzt noch lächerlicher. »Das ist weniger, als ich verdiene.«

Ihr Gehalt betrug einunddreißigtausend und würde in den kommenden Jahren deutlich ansteigen. Nicht mehr lange, und sie würde viel Geld verdienen. Was diese Diskussion betraf, so war ich entschlossen, keine

Sympathien für irgendwelche Klagen über Geld zu haben.

»Man setzt sich nicht für Obdachlose ein, um damit Geld zu verdienen«, sagte ich und versuchte, nicht allzu salbungsvoll zu klingen. »Wenn ich mich recht erinnere, hast du dein Medizinstudium nicht angefangen, weil du viel Geld verdienen wolltest.«

Wie jeder andere Medizinstudent hatte sie anfangs geschworen, der Gedanke an Geld habe bei der Wahl ihres Studienfaches überhaupt keine Rolle gespielt. Sie wolle den Menschen helfen. Dasselbe behaupteten Jurastudenten von sich. Wir hatten allesamt gelogen.

Sie sah ins Feuer und rechnete die Sache im Kopf durch. Ich nahm an, dass sie an die Miete dachte. Es war eine sehr hübsche Wohnung. Für zweitausendvierhundert im Monat hätte sie noch viel hübscher sein sollen. Die Möbel waren elegant. Wir waren stolz auf unsere Wohnung – die richtige Adresse, ein schönes Reihenhaus, ein gepflegtes Viertel –, aber wir verbrachten hier viel zu wenig Zeit. Und wir luden nur selten Gäste ein. Ein Umzug würde auch ein Umbruch sein, doch den konnten wir verkraften.

Über unsere Finanzen hatten wir immer offen gesprochen, es gab keine versteckten Kassen. Sie wusste, dass wir etwa einundfünfzigtausend Dollar in Investmentfondspapieren besaßen und zwölftausend auf dem Girokonto hatten. Ich war erstaunt, wie wenig wir in sechs Jahren Ehe gespart hatten. Wenn man als ehrgeiziger junger Anwalt in einer großen Kanzlei arbeitet, kommt es einem so vor, als würde der Geldstrom nie versiegen.

»Ich nehme an, es wird einige Veränderungen geben«, sagte Claire und musterte mich mit kaltem Blick. Das Wort ›Veränderungen‹ hatte mehrere Untertöne.

»Das nehme ich auch an.«

»Ich bin müde«, verkündete sie. Sie trank ihr Glas aus und ging ins Schlafzimmer.

Wie armselig, dachte ich. Wir brachten noch nicht einmal genug Wut auf, um uns einen ordentlichen Streit zu liefern.

Ich sah natürlich, was für ein Bild ich abgab. Es war eine wunderbare Geschichte: Junger, ehrgeiziger Jurist wird zum Anwalt der Armen und kehrt der Geldmaschine den Rücken, um für einen Apfel und ein Ei zu arbeiten. Auch wenn sie den Eindruck hatte, dass ich im Begriff war, den Verstand zu verlieren, fiel es Claire schwer, einen Heiligen zu kritisieren.

Ich legte noch ein Scheit aufs Feuer, schenkte mir ein zweites Glas Wein ein und schlief auf dem Sofa.

13

Die Teilhaber hatten ihr eigenes Kasino in der siebenten Etage, und bei den Angestellten galt es als Ehre, dorthin eingeladen zu werden. Rudolph gehörte zu den Menschen, die dachten, eine Schale irische Haferflocken um sieben Uhr morgens, eingenommen in diesen heiligen Hallen, würde mir helfen, wieder zur Besinnung zu kommen. Wie konnte ich mich einer Zukunft verweigern, in der mich Kraftfrühstücke dieser Art erwarteten?

Er hatte gute Nachrichten. Gestern Abend habe er mit Arthur gesprochen, und man habe vor, mir eine zwölfmonatige Abwesenheit zu genehmigen. Die Kanzlei werde das Gehalt, das ich in meinem neuen Job verdiente, entsprechend aufstocken. Es sei ein ehrenwertes Unterfangen, und sie seien der Meinung, man müsse mehr tun, um die Rechte der Armen zu verteidigen. Man werde mich also ein ganzes Jahr lang als Gratisanwalt betrachten, und alle Beteiligten würden zufrieden sein. Wenn ich meine anderen Interessen zur Genüge verfolgt hätte, würde ich mit neuer Energie zu Drake & Sweeney zurückkehren und meine Talente wieder voll und ganz in den Dienst der Kanzlei stellen.

Ich war beeindruckt und gerührt von diesem Angebot, das ich nicht einfach ablehnen konnte. Ich versprach ihm, darüber nachzudenken und eine schnelle Entscheidung zu treffen. Er wies mich darauf hin, dass diese Regelung, da ich kein Teilhaber sei, noch vom Vorstand abgesegnet werden müsse. Einen solchen Urlaub für einen Mitarbeiter habe es bei Drake & Sweeney bisher noch nie gegeben.

Rudolph versuchte verzweifelt, mich zu halten, und

das hatte nur wenig mit Freundschaft zu tun. Unsere Abteilung für Kartellrecht war vollkommen überlastet. Eigentlich hätten wir noch zwei weitere Mitarbeiter mit meiner Erfahrung gebraucht. Es war der denkbar ungünstigste Moment, um die Kanzlei zu verlassen, aber das war mir gleichgültig. In dieser Kanzlei arbeiteten achthundert Anwälte. Man würde eine Möglichkeit finden, die Lücke zu schließen.

Im Vorjahr hatte ich knapp siebenhundertfünfzigtausend Dollar in Rechnung gestellt. Darum bekam ich ein Frühstück in diesem hübschen Raum serviert und durfte mir anhören, womit sie mich zum Bleiben bewegen wollten. Und darum mochte es sinnvoll erscheinen, mein Jahresgehalt den Obdachlosen oder irgendeiner Hilfsorganisation zu spenden und mich so nach Ablauf eines Jahres wieder in die Kanzlei zu locken.

Nachdem er mir den Vorschlag, ich könne ein Sabbatjahr nehmen, unterbreitet hatte, wandten wir uns den dringlichsten Fällen auf meinem Schreibtisch zu. Wir stellten gerade eine Liste der Dinge zusammen, die sofort erledigt werden mussten, als Braden Chance sich an einen Tisch in unserer Nähe setzte. Zunächst bemerkte er mich nicht. Etwa ein Dutzend anderer Teilhaber frühstückten hier, die meisten allein und in Zeitungen vertieft. Ich versuchte, ihn zu ignorieren, aber schließlich sah ich zu ihm hinüber und merkte, dass er mich wütend anstarrte.

»Guten Morgen, Braden«, sagte ich so laut, dass er zusammenzuckte und Rudolph sich umdrehte, um zu sehen, wen ich begrüßte.

Chance nickte, sagte aber nichts und war plötzlich sehr mit seinem Toast beschäftigt.

»Kennen Sie ihn?«, fragte Rudolph leise.

»Flüchtig«, antwortete ich. Bei unserer kurzen Begegnung in seinem Büro hatte er mich nach meinem leitenden Teilhaber gefragt, und ich hatte Rudolphs Namen genannt. Offenbar hatte er sich nicht über mich beschwert.

»Ein Idiot«, sagte Rudolph kaum hörbar. Das war anscheinend das einhellige Urteil. Er blätterte in seinem Notizbuch und würdigte Chance keines Gedankens mehr. Auf meinem Schreibtisch lag eine Menge unerledigte Arbeit.

Ich dagegen stellte fest, dass mir Chance und seine Unterlagen über die Zwangsräumung nicht mehr aus dem Kopf gingen. Er machte einen weichlichen Eindruck: Seine Haut war blass, er hatte ein zartes Gesicht, und seine Gesten wirkten gekünstelt. Ich konnte ihn mir nicht auf der Straße vorstellen, wie er verlassene Lagerhäuser voller Obdachloser in Augenschein nahm, sich die Hände schmutzig machte, um sich zu vergewissern, dass seine Arbeit gründlich erledigt wurde. Natürlich brauchte er das auch nicht zu tun – dafür gab es schließlich Gehilfen. Chance saß am Schreibtisch, erledigte den Papierkram und berechnete ein paar hundert Dollar pro Stunde, während die Hector Palmas sich um die unappetitlichen Einzelheiten kümmerten. Chance ging mit den Direktoren von RiverOaks zum Essen und spielte mit ihnen Golf. Das war seine Aufgabe als Teilhaber.

Er kannte wahrscheinlich nicht einmal die Namen derer, die aus dem Lagerhaus vertrieben worden waren, und warum sollte er auch? Es waren bloß Hausbesetzer – namenlos, gesichtslos, obdachlos. Er war nicht dabei gewesen, als die Polizisten sie aus ihren improvisierten Wohnungen gezerrt und auf die Straße gesetzt hatten. Hector Palma dagegen hatte es vermutlich gesehen.

Und solange Chance die Namen von Lontae Burton und ihren Kindern nicht kannte, konnte er auch keine Verbindung zwischen der Zwangsräumung und ihrem Tod sehen. Aber vielleicht sah er sie inzwischen. Vielleicht hatte es ihm jemand erzählt.

Die Antwort auf diese Fragen würde Hector Palma

mir bald geben müssen. Heute war Mittwoch. Freitag war mein letzter Tag.

Rudolph beendete unser Frühstück um acht, gerade rechtzeitig für eine Besprechung mit sehr wichtigen Leuten. Ich setzte mich an den Schreibtisch und las die *Washington Post*. Im Lokalteil waren ein herzzerreißendes Foto der fünf geschlossenen Särge in der Kirche und ein ausführlicher Artikel über den Gottesdienst und die anschließende Demonstration.

Außerdem brachte die *Post* einen Kommentar, einen gut geschriebenen Appell an alle, die ein Dach über dem Kopf und genug zu essen hatten, über die vielen Lontae Burtons in unserer Stadt nachzudenken. Sie würden nicht einfach verschwinden. Man konnte sie nicht einsammeln und an irgendeinem entlegenen Ort aussetzen, wo man sie nicht sehen würde. Sie lebten in Autos, hausten in Hütten und froren in improvisierten Zelten, sie schliefen auf Parkbänken und standen Schlange für ein Bett in einer der überfüllten und manchmal gefährlichen Notunterkünfte. Sie lebten in derselben Stadt wie wir, sie gehörten zu unserer Gesellschaft. Wenn wir ihnen nicht halfen, würde ihre Zahl sich vervielfachen. Und sie würden weiterhin auf den Straßen unserer Stadt sterben.

Ich schnitt den Kommentar aus, faltete ihn zusammen und steckte ihn in die Brieftasche.

Über andere Gehilfen gelang es mir, ein Treffen mit Palma zu vereinbaren. Es wäre unklug gewesen, ihn offen anzusprechen – Chance lag vermutlich auf der Lauer.

Wir trafen uns in der Hauptbibliothek in der zweiten Etage zwischen Bücherregalen, weit entfernt von Überwachungskameras und neugierigen Blicken. Er war extrem nervös.

»Haben Sie mir den Aktendeckel auf den Tisch gelegt?«, fragte ich ihn geradeheraus. Wir hatten keine Zeit für langwierige Eröffnungen.

»Was für einen Aktendeckel?«, erwiderte er und warf gehetzte Blicke in alle Richtungen, als wären Scharfschützen dabei, uns ins Visier zu nehmen.

»Die Zwangsräumung für RiverOaks/TAG, Sie waren damit befasst, stimmt's?«

Er war sich nicht sicher, wie viel oder wie wenig ich wusste. »Ja«, sagte er.

»Wo ist die Akte?«

Er zog ein Buch aus dem Regal und tat so, als vertiefte er sich darin. »Chance hat alle Akten unter Verschluss.«

»In seinem Büro?«

»Ja. In einem verschlossenen Aktenschrank.« Wir sprachen im Flüsterton. Ich war vor diesem Treffen nicht nervös gewesen, doch nun ertappte ich mich dabei, dass ich mich prüfend umsah. Jeder, der uns beobachtete, würde sofort wissen, dass hier irgendwelche Heimlichkeiten vor sich gingen.

»Was steht in der Akte?«, fragte ich.

»Schlimme Sachen.«

»Zum Beispiel?«

»Ich habe eine Frau und vier Kinder, und ich will meinen Job behalten.«

»Sie haben mein Wort.«

»Sie gehen bald. Ihnen kann's egal sein.«

Gerüchte sprachen sich schnell herum. Ich war nicht überrascht. Schon oft hatte ich mich gefragt, wer wohl die größten Klatschmäuler waren – die Anwälte oder die Sekretärinnen. Wahrscheinlich die Anwaltsgehilfen.

»Warum haben Sie mir die Liste auf den Tisch gelegt?«, fragte ich.

Er griff nach einem anderen Buch, und seine rechte Hand zitterte sichtlich. »Ich weiß nicht, wovon Sie reden.«

Er blätterte in dem Buch und ging zum Ende des Regals. Ich folgte ihm und überzeugte mich, dass wir allein waren. Er blieb stehen und suchte noch ein Buch heraus; offenbar wollte er das Gespräch nicht abbrechen.

»Ich brauche die Akte«, sagte ich.

»Ich hab sie nicht.«

»Wie kann ich sie bekommen?«

»Sie werden sie klauen müssen.«

»Gut. Wo ist der Schlüssel.«

Er musterte mein Gesicht und versuchte herauszufinden, wie ernst ich es meinte. »Ich habe keinen Schlüssel«, sagte er.

»Wie sind Sie dann an die Liste gekommen?«

»Ich weiß nicht, wovon Sie reden.«

»Doch, Sie wissen es. Sie haben sie mir auf den Schreibtisch gelegt.«

»Sie sind verrückt«, sagte er und ließ mich stehen. Ich sah ihm nach: Diesmal hielt er nirgends an, sondern ging an den Regalen, an den mit Büchern beladenen Lesetischen und der Ausleihe vorbei zum Ausgang und verschwand.

Ganz gleich, was ich Rudolph glauben gemacht hatte – ich hatte nicht die Absicht, in meinen letzten drei Tagen in der Kanzlei bis zur Erschöpfung zu arbeiten. Stattdessen breitete ich Unterlagen zu verschiedenen Kartellfällen auf meinem Tisch aus, schloss die Tür, sah die Wand an und lächelte bei dem Gedanken an das, was ich hinter mir ließ. Mit jedem Atemzug ließ der Druck nach. Ich würde nicht mehr mit der Stoppuhr um den Hals arbeiten. Ich würde nicht mehr achtzig Stunden pro Woche schuften, nur weil meine ehrgeizigen Kollegen fünfundachtzig herunterrissen. Ich würde keine Vorgesetzten mehr umschmeicheln. Ich würde keine Albträume mehr haben, in denen mir die Teilhaberschaft verweigert wurde.

Ich rief Mordecai an und nahm die Stelle an. Er lachte

und machte Witze darüber, dass wir nun nur noch einen Weg finden müssten, mich zu bezahlen. Ich sollte am Montag anfangen, aber er bat mich, schon vorher vorbeizukommen, damit er mich kurz einweisen könne. Ich dachte an die Räumlichkeiten des Rechtsberatungsbüros in der 14th Street und fragte mich, welches der unbenutzten, vollgestellten Zimmer ich bekommen würde. Als gäbe es da Unterschiede.

Den späten Nachmittag verbrachte ich hauptsächlich damit, mir von Freunden und Kollegen, die überzeugt waren, dass ich den Verstand verloren hatte, ernst die Hand schütteln zu lassen.

Ich trug es mit Fassung. Schließlich war ich dabei, ein Heiliger zu werden.

Inzwischen suchte meine Frau den Rat einer Scheidungsanwältin, die in dem Ruf stand, aus den Ehemännern ihrer Mandantinnen erbarmungslos das Äußerste herauszupressen.

Claire erwartete mich in der Küche, als ich gegen sechs, also recht früh, nach Hause kam. Der Küchentisch war mit Notizzetteln und Computerausdrucken bedeckt. Ein Taschenrechner lag bereit. Sie war kühl und gut vorbereitet. Diesmal lief ich in einen Hinterhalt.

»Ich schlage vor, wir lassen uns wegen unüberbrückbarer Differenzen scheiden«, begann sie freundlich. »Wir streiten uns nicht. Wir waschen keine schmutzige Wäsche. Wir gestehen uns ein, was wir uns bisher nicht eingestanden haben: dass unsere Ehe vorbei ist.«

Sie hielt inne und wartete darauf, dass ich etwas sagte. Ich konnte nicht so tun, als wäre ich überrascht. Sie hatte sich entschieden, und irgendwelche Einwände würden nichts ändern. Ich musste einen ebenso kaltblütigen Eindruck wie sie machen. »Gut«, sagte ich so nonchalant wie möglich. Dass wir endlich ehrlich waren, hatte etwas Erleichterndes. Mich störte nur, dass sie mehr als ich auf eine Scheidung drängte.

Um die Initiative nicht aus der Hand zu geben, erwähnte sie die Zusammenkunft mit ihrer Anwältin, Jacqueline Hume, deren Namen sie wie eine Mörsergranate auf mich abfeuerte, und gab dann die abgedroschenen Ansichten zum Besten, die ihre neue Vertreterin geäußert hatte.

»Warum hast du dir eine Anwältin genommen?«, unterbrach ich sie.

»Ich wollte sicher sein, dass ich nicht übervorteilt werde.«

»Glaubst du denn, dass ich dich übervorteilen würde?«

»Du bist Anwalt. Also brauche ich ebenfalls einen Anwalt. So einfach ist das.«

»Du hättest dir einen Haufen Geld sparen können«, sagte ich und versuchte, streitlustig zu wirken. Immerhin ging es hier um eine Scheidung.

»Trotzdem fühle ich mich jetzt viel wohler.«

Sie reichte mir Beweisdokument A, eine Aufstellung unserer Aktiva und Passiva. Beweisdokument B war ein schriftlicher Vorschlag, wie diese geteilt werden sollten. Es überraschte mich keineswegs, dass sie den größeren Teil haben wollte. Wir hatten zwölftausend Dollar auf dem Girokonto, und davon wollte sie die Hälfte, um den Bankkredit für ihren Wagen zu tilgen. Ich sollte zweitausendfünfhundert vom Rest bekommen. Die sechzehntausend, die ich noch für meinen Lexus abbezahlen musste, waren ihr keine Erwähnung wert. Von den einundfünfzigtausend, die wir in Investmentfonds angelegt hatten, wollte sie vierzigtausend. Dafür durfte ich meinen Rentenanspruch behalten.

»Das ist nicht gerade eine gerechte Teilung«, sagte ich.

»Das soll sie auch gar nicht sein«, sagte sie mit dem Selbstvertrauen eines Menschen, der sich gerade einen Pit Bull gemietet hat.

»Und warum nicht?«

»Weil ich nicht derjenige bin, der eine Midlife-Crisis hat.«

»Dann ist es also meine Schuld?«

»Wir reden nicht von Schuld. Wir teilen die Vermögenswerte. Aus Gründen, die nur du verstehst, hast du dich entschlossen, neunzigtausend Dollar weniger zu verdienen. Warum sollte ich die Konsequenzen dafür tragen? Meine Anwältin ist zuversichtlich, dass sie den Richter wird überzeugen können, dass deine Handlungsweise uns in den finanziellen Ruin treibt. Wenn du ausflippen willst, bitte. Aber erwarte nicht, dass ich hungere.«

»Das wird nicht nötig sein.«

»Ich will mich nicht mit dir streiten.«

»Das würde ich auch nicht wollen, wenn ich alles bekäme.« Ich fühlte mich verpflichtet, sie ein bisschen zu ärgern. Wir waren nicht imstande, zu schreien oder mit Gegenständen zu werfen. Wir würden ganz sicher nicht weinen. Affären oder Drogenabhängigkeit konnten wir uns auch nicht unter die Nase reiben. Und das sollte eine Scheidung sein?

Offenbar eine sehr sterile. Claire ignorierte meinen Einwand und hielt sich, zweifellos von ihrer Anwältin präpariert, an ihre Notizen. »Der Mietvertrag läuft am 30. Juni aus. Bis dahin bleibe ich hier. Das macht zehntausend an Miete.«

»Und wann soll ich ausziehen?«

»So bald wie möglich.«

»Gut.« Wenn sie mich aus dem Haus haben wollte, würde ich nicht darum betteln, bleiben zu dürfen. Es war ein Wettkampf: Wer von uns beiden konnte sich geringschätziger geben?

Beinahe hätte ich etwas Dummes gesagt, wie: »Soll hier dann ein anderer einziehen?« Ich wollte sie aufrütteln, ich wollte zusehen, wie ihr Eis in Sekundenschnelle taute.

Stattdessen blieb ich kühl und gelassen. »Bis zum Wochenende bin ich weg«, sagte ich. Darauf hatte sie keine Antwort, aber sie runzelte auch nicht die Stirn.

»Wieso glaubst du, dass dir achtzig Prozent von dem Investmentgeld zustehen?«, fragte ich.

»Ich kriege ja keine achtzig Prozent. Ich werde zehntausend für die Miete ausgeben, weitere dreitausend für Nebenkosten und zweitausend für unsere gemeinsamen Kreditkarten. Und unsere gemeinsame Steuerschuld wird etwa sechstausend betragen. Macht zusammen einundzwanzigtausend.«

Beweisdokument C war eine lückenlose Aufstellung der gemeinsamen Güter, angefangen beim Wohnzimmer bis hin zum leeren Gästeschlafzimmer. Keiner von uns wollte sich die Blöße geben, Übertöpfe und Pfannen zu streiten, und so erfolgte diese Teilung in bestem Einvernehmen. »Nimm, was du willst«, sagte ich mehrmals, besonders wenn es um Dinge wie Handtücher und Bettzeug ging. Ein paar Sachen tauschten wir mit Finesse. Meine Haltung gegenüber bestimmten Möbelstücken war mehr von der Abneigung, sie zu transportieren bestimmt, als von einem vorhandenen oder nicht vorhandenen Gefühl des Besitzerstolzes.

Ich wollte den Fernseher und ein paar Teller. Das Leben als Junggeselle sprang mich recht unvermittelt an, und ich hatte Schwierigkeiten, mir die Ausstattung einer neuen Wohnung vorzustellen. Claire dagegen hatte bereits Stunden in der Zukunft verbracht.

Aber sie war fair. Wir brachten Beweisdokument C hinter uns und erklärten uns für einvernehmlich getrennt. Wir würden eine Trennungsvereinbarung unterschreiben, sechs Monate warten, gemeinsam vor Gericht erscheinen und unsere Ehe nach den gesetzlichen Bestimmungen scheiden lassen.

Keinem von uns war nach einem kleinen Gedankenaustausch zumute. Ich nahm meinen Mantel, machte einen langen Spaziergang durch die Straßen von Georgetown und dachte darüber nach, wie dramatisch sich mein Leben verändert hatte.

Der Niedergang unserer Ehe war ein langsamer, aber unaufhaltsamer Prozess gewesen. Die Veränderung auf dem beruflichen Sektor aber hatte mich wie ein Schuss aus dem Hinterhalt getroffen. Alles geschah viel zu schnell, aber ich war nicht imstande, es anzuhalten.

14

Das Sabbatjahr wurde vom Vorstand abgelehnt. Obgleich angeblich niemand wusste, was bei diesen Konferenzen hinter verschlossener Tür gesagt wurde, teilte mir ein sehr düsterer Rudolph mit, man habe befürchtet, einen Präzedenzfall zu schaffen. Wenn eine so große Kanzlei einem ihrer Mitarbeiter ein Jahr Urlaub gewährte, konnte das eine Welle von ähnlichen Anträgen anderer Unzufriedener nach sich ziehen.

Es würde also kein Sicherheitsnetz geben. Die Tür würde, kaum dass ich hindurchgegangen war, hinter mir ins Schloss fallen.

Er stand vor meinem Schreibtisch. »Sind Sie sicher, dass Sie wissen, was Sie tun?«, fragte er. Polly packte bereits meine Sachen in zwei große Kartons.

»Ja, ich bin sicher«, sagte ich. »Machen Sie sich um mich keine Sorgen.«

»Ich habe versucht, Ihnen zu helfen.«

»Danke, Rudolph.« Er ging kopfschüttelnd hinaus.

Nach Claires gestriger Breitseite hatte ich nicht mehr über das Sabbatjahr nachdenken können. Dringlichere Fragen hatten mich beschäftigt. Ich stand vor der Scheidung, ich war allein und ebenfalls obdachlos.

Meine Gedanken kreisten um eine neue Wohnung, meinen neuen Job, mein Büro, meine Karriere. Ich schloss die Tür und studierte die Wohnungsanzeigen.

Ich würde den Wagen verkaufen und mir die monatliche Ratenzahlung von vierhundertachtzig Dollar sparen. Ich würde eine alte Schrottkiste kaufen, sie hoch versichern und darauf warten, dass sie in der Finsternis der Gegend, in der ich in Zukunft leben würde, verschwand. Bald wurde mir klar, dass ich für eine anständige Wohnung den größten Teil meines neuen Gehalts würde ausgeben müssen.

Ich machte früh Mittagspause, fuhr zwei Stunden lang in Washington herum und sah mir Lofts an. Das billigste war eine Bruchbude für elfhundert im Monat, zu teuer für einen Armenanwalt.

Als ich wieder ins Büro kam, erwartete mich ein neuer Aktendeckel, unbeschriftet und am selben Platz wie der Erste. Als ich ihn aufschlug, sah ich zwei Schlüssel, die mit Klebeband auf der linken Seite befestigt waren. Auf die rechte Seite war ein Zettel geheftet.

> Der obere Schlüssel ist für Chances Tür, der untere für den Aktenschrank unter dem Fenster. Machen Sie Kopien und legen Sie das Original wieder zurück. Vorsicht, Chance ist sehr misstrauisch. Lassen Sie die Schlüssel verschwinden.

In diesem Augenblick trat Polly ein, wie sie es oft tat: ohne anzuklopfen und so geräuschlos wie eine plötzliche Geistererscheinung. Sie schmollte und ignorierte mich. Wir arbeiteten seit vier Jahren zusammen, und sie tat, als wäre sie durch meinen Weggang am Boden zerstört. In Wirklichkeit standen wir uns gar nicht so nahe. In wenigen Tagen würde sie in einem anderen Vorzimmer sitzen. Sie war ein sehr netter Mensch, aber im Augenblick hatte ich andere Sorgen.

Ich klappte den Aktendeckel schnell zu und wusste nicht, ob sie ihn gesehen hatte. Während sie sich mit den Pappkartons beschäftigte, wartete ich auf eine Bemerkung von ihr, doch es kam keine – ein sicheres Zeichen, dass sie nichts gemerkt hatte. Doch da sie den Gang vor meinem Büro ständig im Auge hatte, konnte ich mir nicht vorstellen, wie Hector oder irgendjemand anders ungesehen hatte kommen und gehen können.

Mein Freund Barry Nuzzo, der ebenfalls zu den Geiseln gehört hatte, schaute herein, um mit mir zu reden. Er schloss die Tür hinter sich und kam im Slalom um die Kartons herum zu meinem Schreibtisch. Ich wollte nicht über mein Ausscheiden aus der Kanzlei sprechen, und so erzählte ich ihm von Claire. Seine Frau stammte wie Claire aus Providence, was in Washington eigenartig bedeutsam erschien. Wir hatten uns im Lauf der Jahre einige Male gegenseitig eingeladen, doch das war ebenso eingeschlafen wie meine Ehe.

Er war erst überrascht und dann traurig, schien es aber ganz gut zu verkraften. »Das ist ein schlechter Monat«, sagte er. »Es tut mir Leid für dich.«

»Es war ein langer, langsamer Niedergang.«

Wir sprachen über alte Zeiten und die Kollegen, die gekommen und gegangen waren. Wir hatten uns nicht die Zeit genommen, die Mister-Sache bei einem Bier zu bereden, und das erschien mir seltsam. Zwei Freunde sehen dem Tod ins Auge, kommen aber davon und sind dann zu beschäftigt, um einander zu helfen, damit fertig zu werden.

Schließlich kamen wir doch darauf zu sprechen. Angesichts der Kartons, die mitten im Zimmer standen, war es schwierig, das Thema zu vermeiden. Mir wurde bewusst, dass die Geiselnahme der Grund für diese Unterhaltung war.

»Es tut mir Leid, dass ich dich habe hängen lassen«, sagte er.

»Ach, komm schon, Barry.«

»Nein, wirklich. Ich hätte dir helfen sollen.«

»Warum?«

»Weil es offensichtlich ist, dass du den Verstand verloren hast«, sagte er lachend.

Ich versuchte, das Thema so locker zu behandeln wie

er. »Ja, ich bin im Augenblick vielleicht ein bisschen verrückt, aber darüber komme ich schon hinweg.«

»Nein, im Ernst: Ich hatte gehört, dass du Probleme hast. Letzte Woche wollte ich mit dir reden, aber du warst nicht da. Ich hab mir Sorgen um dich gemacht, aber du weißt ja, ich hatte bei Gericht zu tun, das Übliche.«

»Ich weiß.«

»Ich habe wirklich ein schlechtes Gewissen, weil ich nicht mit dir gesprochen habe, Mike. Es tut mir Leid.«

»Jetzt hör schon auf.«

»Wir alle hatten eine Riesenangst, aber du hättest wirklich getroffen werden können.«

»Er hätte uns alle umbringen können, Barry. Wenn es echtes Dynamit gewesen wäre und der Schuss ihn verfehlt hätte, wären wir in die Luft geflogen. Lass uns das nicht noch mal durchkauen.«

»Das Letzte, was ich gesehen habe, als wir zur Tür hinausstürzten, warst du, schreiend und voller Blut. Ich dachte, du wärst getroffen. Wir schafften es hinaus auf den Gang, die Leute packten uns und schrien auf uns ein, und ich wartete auf die Explosion. Ich dachte: Mike ist noch da drinnen, und er ist verletzt. Bei den Aufzügen blieben wir stehen. Irgendjemand schnitt die Seile an unseren Handgelenken durch, und als ich mich umsah, schleppten dich die Polizisten gerade hinaus. Ich werde nie das viele Blut vergessen. Dieses viele Blut.«

Ich sagte nichts. Er brauchte das. Es würde irgendwie sein Gewissen beruhigen. Er würde Rudolph und den anderen sagen können, er habe wenigstens versucht, es mir auszureden.

»Auf dem Weg nach unten hab ich immer wieder gefragt: ›Ist Mike verletzt? Ist Mike verletzt?‹ Keiner wusste es. Es kam mir vor wie eine Stunde, bis endlich jemand sagte, dass du unverletzt bist. Ich wollte dich anrufen, sobald ich zu Hause war, aber die Kinder haben mir keine Ruhe gelassen. Ich hätte es tun sollen.«

»Vergiss es.«

»Es tut mir Leid, Mike.«

»Bitte sag es nicht noch einmal. Es ist vorbei, erledigt. Wir hätten tagelang darüber reden können, und es wäre ganz genauso gekommen.«

»Wann hast du beschlossen, aus der Kanzlei auszuscheiden?«

Darüber musste ich kurz nachdenken. Die Wahrheit wäre gewesen: in jenem Augenblick am vergangenen Sonntag, als Bill das Laken zurückgezogen und ich meinen Freund Ontario gesehen hatte, wie er in Frieden ruhte. In diesem Augenblick, in der städtischen Leichenhalle, war ich ein anderer Mensch geworden.

»Am Wochenende«, sagte ich, ohne es weiter zu erklären. Er brauchte keine Erklärung.

Er schüttelte den Kopf, als wäre es in erster Linie seine Schuld, dass die Pappkartons hier standen. Ich beschloss, es ihm leichter zu machen. »Du hättest mich nicht davon abhalten können, Barry. Niemand hätte mich davon abhalten können.«

Er nickte – irgendwie verstand er es. Eine Pistole wird auf deinen Kopf gerichtet, die Zeit steht still, das Wichtigste stürzt auf dich ein: Gott, Familie, Freunde. Geld ist mit einemmal völlig unbedeutend. Die Kanzlei und die Karriere lösen sich in nichts auf, während die Sekunden verstreichen und dir bewusst wird, dass dies der letzte Tag deines Lebens sein könnte.

»Wie steht's mit dir?«, fragte ich ihn. »Wie kommst du damit zurecht?«

Die Kanzlei und die Karriere treten für ein paar Stunden in den Hintergrund.

»Wir haben am Dienstag einen Prozess begonnen. Auf den haben wir uns vorbereitet, als Mister hereinplatzte. Wir konnten den Richter nicht um einen neuen

Termin bitten, weil unser Mandant schon vier Jahre lang auf diesen Prozess gewartet hatte. Und es war ja niemand verletzt. Nicht körperlich jedenfalls. Also haben wir Gas gegeben, uns in den Prozess gestürzt und ganze Arbeit geleistet. Der Prozess hat uns gerettet.«

Natürlich. Arbeit ist Therapie – bei Drake & Sweeney ist sie sogar Erlösung. Ich hätte ihn am liebsten angeschrien, denn noch vor zwei Wochen hätte ich wahrscheinlich dasselbe gesagt.

»Gut«, sagte ich. Wie schön. »Dann geht es dir also gut?«

»Ja.« Er war Prozessanwalt, ein Krieger mit einer Teflonhaut. Außerdem hatte er drei Kinder, und darum kam der Luxus eines Karriereknicks mit dreißigtausend Dollar im Jahr für ihn nicht in Betracht.

Plötzlich tickte in seinem Kopf wieder die Stoppuhr. Wir schüttelten uns die Hand, umarmten uns und gaben uns die üblichen Versprechen, miteinander in Verbindung zu bleiben.

Ich ließ die Tür geschlossen, damit ich den Aktendeckel anstarren und entscheiden konnte, was ich tun sollte. Ich stellte eine Reihe von Hypothesen auf. Erstens: Die Schlüssel passten. Zweitens: Es war keine Falle; ich hatte keine Feinde und würde ohnehin in wenigen Tagen aus der Kanzlei ausgeschieden sein. Drittens: Die Akte befand sich tatsächlich in Chances Büro, im Aktenschrank unter dem Fenster. Viertens: Es war möglich, an sie heranzukommen, ohne erwischt zu werden. Fünftens: Sie konnte innerhalb kurzer Zeit kopiert werden. Sechstens: Ich konnte sie zurücklegen, so dass niemand Verdacht schöpfen würde. Siebentens, und das war der entscheidende Punkt: Die Akte enthielt tatsächlich Beweise für dunkle Machenschaften.

Das alles notierte ich auf einem Blatt Papier. Die Entwendung einer Akte war ein Grund für eine fristlose

Kündigung, aber das war mir egal. Dasselbe galt natürlich, wenn ich mit einem Schlüssel, den ich von Rechts wegen gar nicht haben durfte, in Chances Büro angetroffen wurde.

Die eigentliche Schwierigkeit war das Kopieren. Da es in der Kanzlei keine Akte gab, die weniger als drei Zentimeter dick war, würde ich, wenn ich über die gesamte Akte verfügen wollte, wahrscheinlich hundert Seiten kopieren müssen. Ich würde, für alle sichtbar, minutenlang am Kopiergerät stehen müssen. Das war zu gefährlich. Kopien machten nicht Anwälte, sondern Sekretärinnen und Gehilfen. Die Geräte waren hochmodern und kompliziert und warteten nur darauf, einen Papierstau zu produzieren, kaum dass ich auf einen Knopf gedrückt hatte. Außerdem waren sie kodiert: Man musste eine bestimmte Ziffernfolge eingeben, damit die Kopien einem Klienten in Rechnung gestellt werden konnten. Und zu allem Überfluss waren sie von allen Seiten zugänglich – mir fiel kein einziges Kopiergerät ein, das in einer Ecke stand. Vielleicht gab es in einer anderen Abteilung der Kanzlei eines, aber dort würde meine Anwesenheit auffallen.

Ich würde also mit der Akte das Gebäude verlassen müssen, und das grenzte, auch wenn ich sie nicht stahl, sondern nur auslieh, an eine strafbare Handlung.

Um vier ging ich mit aufgekrempelten Ärmeln und einem dicken Aktenbündel durch die Immobilienabteilung, als hätte ich dort etwas Wichtiges zu tun. Hector war nicht an seinem Tisch. Braden Chance war in seinem Büro. Er telefonierte, und die Tür stand einen Spalt breit offen, so dass ich seine belfernde Stimme hörte. Eine Sekretärin lächelte mich an. Ich sah keine Überwachungskameras. In einigen Etagen gab es sie, in anderen nicht. Wem würde es schon einfallen, ausgerechnet in der Immobilienabteilung gegen die Sicherheitsbestimmungen zu verstoßen?

Um fünf Uhr verließ ich die Kanzlei. In einem Feinkostgeschäft kaufte ich ein paar Sandwiches, dann fuhr ich zu meinem neuen Büro.

Meine Teilhaber waren noch da und erwarteten mich. Sofia lächelte sogar, als sie mir die Hand schüttelte, wenn auch nur für einen Augenblick.

»Willkommen an Bord«, sagte Abraham ernst, als wäre ich dabei, ein sinkendes Schiff zu betreten. Mordecai wies mit einer ausladenden Geste auf einen kleinen Raum neben dem seinen.

»Wie wär's damit?«, fragte er. »Das ist Suite E.«

»Ausgezeichnet«, sagte ich und betrat mein neues Reich. Das Zimmer war etwa halb so groß wie das bei Drake & Sweeney. Mein Schreibtisch hätte nicht hineingepasst. An einer Wand standen vier Aktenschränke, jeder in einer anderen Farbe. Das Licht kam von einer nackten Glühbirne an der Decke. Ich sah kein Telefon.

»Gefällt mir«, sagte ich, und das war nicht gelogen.

»Morgen besorgen wir Ihnen ein Telefon«, sagte Mordecai und zog das Rollo über die in das Fenster eingebaute Klimaanlage. »Der Letzte, der dieses Zimmer benutzt hat, war ein Anwalt namens Banebridge.«

»Wieso hat er aufgehört?«

»Er kam mit dem vielen Geld nicht zurecht.«

Es wurde langsam dunkel, und Sofia wollte anscheinend gern gehen. Abraham zog sich in sein Büro zurück. Mordecai und ich aßen an seinem Schreibtisch zu Abend: die mitgebrachten Sandwiches und seinen schlechten Kaffee.

Das Kopiergerät war ein Klotz aus den achtziger Jahren, ohne Knöpfe für Codeeingaben und den Schickschnack, der in meiner ehemaligen Kanzlei so geschätzt wurde. Ich saß in einer Ecke des großen Zimmers neben einem der vier unter alten Akten begrabenen Schreibtische.

»Wann gehen Sie heute nach Hause?«, fragte ich Mordecai.

»Ich weiß nicht. Vielleicht in einer Stunde. Warum?«

»Ich bin bloß neugierig. Ich fahre noch für ein paar Stunden zu Drake & Sweeney – wichtige Dinge, die ich noch abschließen soll. Danach würde ich gern mein Bürozeug herbringen. Geht das?«

Kauend zog er eine Schublade auf, holte einen Ring mit drei Schlüsseln hervor und warf ihn mir zu. »Sie können kommen und gehen, wie Sie wollen.«

»Ist die Gegend sicher?«

»Nein. Seien Sie also vorsichtig. Parken Sie so nah an der Tür wie möglich. Gehen Sie schnell. Und schließen Sie die Tür hinter sich ab.«

Er musste die Furcht in meinen Augen gesehen haben, denn er sagte: »Seien Sie vernünftig. Gewöhnen Sie sich daran.«

Um halb sieben ging ich mit schnellen Schritten zu meinem Wagen. Der Bürgersteig war verlassen – keine Straßengangster, keine Schüsse, kein Kratzer an meinem Lexus. Als ich aufschloss und davonfuhr, war ich stolz. Vielleicht würde ich es ja doch schaffen, auf der Straße zu überleben.

Für die Fahrt zu Drake & Sweeney brauchte ich elf Minuten. Wenn das Kopieren dreißig Minuten dauerte, würde die Akte insgesamt eine Stunde nicht in Chances Büro sein. Vorausgesetzt, alles ging glatt. Er würde es gar nicht merken. Ich wartete bis acht und schlenderte dann hinunter in die Immobilienabteilung, wieder mit aufgekrempelten Ärmeln, als wäre ich sehr beschäftigt.

Auf den Gängen war niemand. Ich klopfte an Chances Tür. Keine Antwort. Sie war verschlossen. Dann versuchte ich es an den anderen Türen: Ich klopfte erst leise, dann lauter und drehte schließlich den Griff. Etwa die Hälfte war verschlossen. An jeder Ecke sah ich mich nach Überwachungskameras um. Ich öffnete die Türen zu Konferenzzimmern und Sekretärinnenpools. Keine Menschenseele.

Der Schlüssel zu Chances Tür sah genauso aus wie meiner, er hatte dieselbe Größe und Farbe. Er passte perfekt, und plötzlich stand ich in einem dunklen Büro und war mit der Frage konfrontiert, ob ich das Licht anschalten sollte oder nicht. Jemand, der vorbeifuhr, konnte nicht wissen, welches Büro plötzlich erleuchtet war, und ich bezweifelte, dass man auf dem Gang einen Lichtschein unter der Tür sehen konnte. Außerdem war es sehr dunkel, und ich hatte keine Taschenlampe mitgebracht. Ich verriegelte die Tür, schaltete das Licht an, ging zu dem Aktenschrank unter dem Fenster und öffnete ihn mit dem zweiten Schlüssel. Ich kniete nieder und zog leise die Schublade heraus.

Es waren Dutzende von Akten darin, die allesamt etwas mit RiverOaks zu tun hatten und nach irgendeinem System geordnet waren. Chance und seine Sekretärin waren gut organisiert, und das schätzte man in dieser Kanzlei. Ein dicker Ordner trug die Aufschrift »RiverOaks/TAG, Inc.« Ich zog ihn heraus und blätterte darin, denn ich wollte mich zunächst davon überzeugen, dass ich die richtige Akte hatte.

Auf dem Gang rief eine männliche Stimme: »He!« Mir blieb fast das Herz stehen.

Von etwas weiter entfernt antwortete ein anderer Mann. Die beiden blieben nicht weit von Chances Tür stehen und unterhielten sich. Es ging um Basketball, um die Washington Bullets und die New York Knicks.

Mit weichen Knien ging ich zur Tür, schaltete das Licht aus und lauschte auf ihre Stimmen. Dann saß ich zehn Minuten lang auf Chances teurem Ledersofa. Wenn ich gesehen wurde, wie ich das Büro mit leeren Händen verließ, würde nichts geschehen. Morgen war ohnehin mein letzter Tag. Allerdings hätte ich dann auch nicht die Akte.

Und wenn mich jemand mit der Akte hinausgehen sah? Sobald man mich zur Rede stellte, wäre ich geliefert.

Ich dachte verzweifelt nach, und in jedem Szenario, das ich entwarf, wurde ich geschnappt. Geduld, ermahnte ich mich. Sie werden nicht lange bleiben. Nach Basketball ging es um Mädchen. Die beiden klangen nicht, als wären sie verheiratet. Wahrscheinlich waren es Jurastudenten aus Georgetown, die hier nachts als Hilfskräfte arbeiteten. Bald waren ihre Stimmen verklungen.

Ich schloss den Aktenschrank im Dunkeln ab und nahm die Akte. Fünf Minuten, sechs, sieben, acht. Ich öffnete leise die Tür und spähte durch den Spalt den Gang hinauf und hinunter. Niemand. Ich huschte hinaus, an Hectors Tisch vorbei, und ging in zügigem Tempo in Richtung Empfangsbereich, wobei ich mich bemühte, einen gelassenen Eindruck zu machen.

»He!«, rief jemand hinter mir. Während ich um eine Ecke bog, wandte ich mich rasch um und sah, dass ein Mann mir folgte. Die nächste Tür führte in eine kleine Bibliothek. Ich schlüpfte hinein; zu meinem Glück war es hier dunkel. Zwischen den Bücherregalen hindurch ging ich zur gegenüberliegenden Wand, wo ich eine zweite Tür entdeckte. Ich öffnete sie und sah über einer Tür am Ende eines kurzen Gangs ein beleuchtetes Schild mit der Aufschrift »Ausgang«. Ich riss sie auf und befand mich im Treppenhaus. Da ich schneller hinunter als hinauf laufen konnte, rannte ich in Richtung Erdgeschoss, obgleich mein Büro zwei Etagen höher lag. Wenn der Mann mich durch Zufall erkannt hatte, würde er mich vielleicht dort suchen.

Außer Atem kam ich im Erdgeschoss an. Ich trug keine Jacke und wollte nicht gesehen werden, am wenigsten von dem Mann des Sicherheitsdienstes, der den

Aufzug bewachte, damit nicht noch weitere Obdachlose hereinkamen. Ich ging zu einem Seiteneingang – denselben, den Polly und ich benutzt hatten, um nicht den Reportern über den Weg zu laufen. Es war eiskalt, und es nieselte, als ich zu meinem Wagen rannte.

Die Gedanken eines dilettantischen Ersttäters. Es war eine Dummheit. Eine gigantische Dummheit. Hatte man mich erkannt? Niemand hatte mich Chances Büro verlassen sehen. Niemand wusste, dass ich im Besitz einer Akte war, die mir nicht gehörte.

Ich hätte nicht davonrennen sollen. Ich hätte stehen bleiben und mich mit ihm unterhalten sollen, als wäre alles in schönster Ordnung, und wenn er die Akte hätte sehen wollen, hätte ich sein Ansinnen empört von mir weisen und ihn wegschicken sollen. Wahrscheinlich war es bloß eine der Hilfskräfte gewesen, deren Unterhaltung ich zuvor mitangehört hatte.

Aber warum hatte er gerufen? Wenn er mich nicht kannte, warum hatte er dann versucht, mich vom anderen Ende des Ganges aus anzuhalten? Ich fuhr auf die Massachusetts Avenue – ich hatte es eilig, die Akte zu kopieren und irgendwie wieder an ihren Platz zu stellen. Ich hatte schon des öfteren die Nacht durchgearbeitet, und wenn ich bis drei Uhr warten musste, um in Chances Büro zu schleichen, dann würde ich eben warten.

Ich entspannte mich ein wenig. Die Heizung lief auf vollen Touren.

Ich konnte nicht wissen, dass eine Polizeiaktion schief gegangen und ein Polizist angeschossen worden war. Ich konnte nicht wissen, dass der Jaguar eines Dealers die 18th Street entlangraste. An der Ampel an der New Hampshire Avenue hatte ich grünes Licht, aber die Kerle, die auf den Polizisten geschossen hatten, kümmerten sich nicht um die Straßenverkehrsordnung. Der Jaguar war nur ein verschwommenes Etwas zu meiner Linken. Im nächsten Augenblick nahm mir der Airbag die Sicht.

Als ich zu mir kam, drückte die Fahrertür in meine linke Schulter. Schwarze Gesichter starrten mich durch das zersplitterte Fenster an. Ich hörte Sirenen, dann wurde wieder alles verschwommen.

Der eine Sanitäter löste meinen Sicherheitsgurt, und gemeinsam zogen sie mich über die Mittelkonsole und durch die Beifahrertür. »Ich seh gar kein Blut«, sagte jemand.

»Können Sie gehen?«, fragte einer der Sanitäter. Meine Schulter und Rippen schmerzten. Ich versuchte zu stehen, aber meine Beine gaben unter mir nach.

»Alles in Ordnung«, sagte ich und setzte mich auf eine Bahre. Hinter mir war Lärm, aber ich konnte mich nicht umdrehen. Sie schnallten mich auf die Bahre, und als ich in den Krankenwagen gehoben wurde, sah ich den Jaguar. Er lag auf dem Dach und war umringt von Polizisten und Sanitätern.

Während sie meinen Blutdruck maßen, sagte ich immer wieder: »Alles in Ordnung, alles in Ordnung.« Wir fuhren mit ausgeschalteter Sirene los.

Sie brachten mich zur Notaufnahme des George Washington University Medical Center. Die Röntgenbilder zeigten keine Brüche. Ich hatte lediglich sehr schmerzhafte Prellungen davongetragen. Man gab mir Schmerztabletten und legte mich in ein Einzelzimmer.

Irgendwann in der Nacht erwachte ich. Claire saß schlafend auf einem Stuhl neben meinem Bett.

15

Sie ging, bevor es hell wurde. In einem liebevollen Brief auf dem Nachttisch erklärte sie mir, sie müsse ihre Visite machen und werde später am Morgen wieder kommen. Sie habe mit den behandelnden Ärzten gesprochen. Es deute alles darauf hin, dass ich es überstehen würde.

Man hätte meinen können, wir wären ein ganz normales, glückliches Paar und einander liebevoll zugetan. Während ich wieder einschlief, fragte ich mich, warum wir uns eigentlich scheiden lassen wollten.

Eine Schwester weckte mich um sieben und gab mir den Brief. Ich las ihn noch einmal durch, während sie über das Wetter sprach – Schnee und Schneeregen – und meinen Blutdruck maß. Ich bat sie um eine Zeitung. Sie brachte sie eine halbe Stunde später, zusammen mit dem Frühstück. Die Story war auf der ersten Seite des Lokalteils. Der V-Mann hatte mehrere Kugeln abbekommen; sein Zustand war kritisch. Einen der Dealer hatte er erschossen. Der zweite Dealer war der Fahrer des Jaguars. Er war am Unfallort gestorben, unter Umständen, die noch ermittelt wurden. Ich wurde nicht erwähnt, was mir sehr recht war.

Wäre ich nicht beteiligt gewesen, dann wäre die Geschichte für mich nichts weiter ein Scharmützel zwischen Polizisten und Dealern gewesen – ich hätte den Artikel wahrscheinlich nicht einmal gelesen. Willkommen auf der Straße. Ich versuchte mir einzureden, dass so etwas jedem Anwalt in Washington hätte passieren können, doch das war schwer zu glauben. Wenn man nach Einbruch der Dunkelheit in diesem Teil der Stadt unterwegs war, musste man mit Ärger rechnen.

Mein linker Oberarm war geschwollen und lief bereits blau an. Die linke Schulter und das Schlüsselbein waren steif und druckempfindlich. Meine Rippen schmerzten so sehr, dass ich mich so wenig wie möglich bewegte. Am schlimmsten war es, wenn ich atmete. Ich schaffte es bis ins Badezimmer, wo ich auf die Toilette ging und mein Gesicht im Spiegel betrachtete. Ein Airbag ist eine kleine Bombe. Wenn er sich aufbläst, trifft er mit voller Wucht auf Gesicht und Brust. Dennoch war der Schaden minimal: Nase und Augenpartie waren leicht geschwollen, die Oberlippe hatte eine neue Form. Nichts, was nicht über das Wochenende verschwinden würde.

Die Schwester kam und brachte noch mehr Tabletten. Ich ließ mir zu jeder einzelnen detailliert Auskunft geben und lehnte dann alle ab. Es waren schmerzlindernde und krampflösende Mittel, doch ich brauchte einen klaren Kopf. Der Arzt sah um halb acht vorbei und untersuchte mich kurz. Da ich keine Brüche oder schweren Verletzungen davongetragen hatte, würde ich bald entlassen werden. Er schlug eine zweite Serie von Röntgenaufnahmen vor, nur zur Sicherheit. Ich wollte Einwände machen, aber er hatte die Sache bereits mit meiner Frau besprochen.

Und so humpelte ich eine halbe Ewigkeit in meinem Zimmer herum, betastete vorsichtig die verletzten Körperpartien, schaute mir das Frühstücksfernsehen an und hoffte, dass nicht plötzlich jemand hereinkam und mich in meinem gelben Krankenhausnachthemd sah.

Es war erstaunlich zeitraubend, in Washington einen abgeschleppten Wagen zu finden, besonders so kurz nach dem Unfall. Ich begann mit dem Telefonbuch, dem einzigen Verzeichnis, das mir zur Verfügung stand. Die Hälfte der Anschlüsse im Straßenverkehrsamt war unbesetzt. Bei der anderen Hälfte begegnete man meiner Anfrage mit großer Gleichgültigkeit. Es war noch früh, das Wetter war schlecht, und außerdem war Freitag – warum sich also mit Arbeit belasten?

Die meisten Unfallwagen wurden zu einer städtischen Verwahrstelle an der Rasco Road in Northeast gebracht. Das erfuhr ich von einer Sekretärin im Polizeipräsidium, die – ich probierte inzwischen aufs Geratewohl alle möglichen Durchwahlen – in der Abteilung für Tierverwahrung arbeitete. Manche Wagen, sagte sie, landeten aber woanders, und es könne durchaus sein, dass meiner noch bei dem Abschleppunternehmer herumstehe. Diese Unternehmen seien in privater Hand, erklärte sie mir, und das habe schon immer Probleme bereitet. Sie habe früher bei der Verkehrspolizei gearbeitet, ihre Arbeit aber von Herzen gehasst.

Mir fiel Mordecai ein, meine neue Quelle für alle Informationen, die irgendetwas mit den Straßen von Washington zu tun hatten. Ich wartete bis neun, dann rief ich ihn an. Ich erzählte ihm die Geschichte, sagte ihm, ich sei zwar im Krankenhaus, aber in blendender Verfassung, und fragte ihn, ob er wisse, wie man einen abgeschleppten Unfallwagen finden könne. Er sagte, er habe da eine Idee.

Danach rief ich Polly an und erzählte ihr dasselbe.

»Heißt das, Sie kommen nicht?«, fragte sie bestürzt.

»Polly, ich habe Ihnen doch gerade gesagt, dass ich im Krankenhaus liege.«

Sie zögerte und bestätigte damit meine Befürchtungen. Ich sah die Torte geradezu vor mir, daneben eine Schüssel mit Punsch, das Ganze wahrscheinlich in einem Konferenzzimmer, und fünfzig Leute standen herum, brachten Toasts aus und hielten kurze Reden darüber, was für ein wunderbarer Mensch ich war. Ich war auf einigen dieser Partys gewesen. Sie waren grässlich. Ich wollte bei meinem Abschied nicht dabei sein.

»Wann werden Sie entlassen?«, fragte sie.

»Weiß ich nicht. Vielleicht morgen.« Das war gelogen. Ich würde noch vor Mittag gehen, mit oder ohne Einverständnis des behandelnden Arztes.

Abermaliges Zögern. Die Torte, der Punsch, die wichtigen Reden furchtbar beschäftigter Männer, vielleicht auch ein, zwei Geschenke. Was sollte sie tun?

»Das tut mir Leid«, sagte sie.

»Mir auch. Hat jemand nach mir gefragt?«

»Nein. Noch nicht.«

»Gut. Sagen Sie Rudolph bitte, dass ich einen Unfall hatte. Ich werde ihn später anrufen. Ich muss jetzt aufhören. Die wollen noch ein paar Untersuchungen machen.«

Und so fand meine einst viel versprechende Karriere bei Drake & Sweeney ein unspektakuläres Ende. Ich schwänzte meine eigene Abschiedsfeier. Ich war zweiunddreißig und hatte die Fesseln der Sklavenarbeit für eine große Kanzlei abgeschüttelt. Das Geld hatte ich ebenfalls abgeschüttelt. Ich konnte tun, was mein Gewissen mir befahl. Es war ein großartiges Gefühl – wenn ich nur nicht bei jeder Bewegung ein Messer zwischen den Rippen gespürt hätte.

Claire kam kurz nach elf und beriet sich auf dem Gang mit dem behandelnden Arzt. Dann traten sie ein und verkündeten meine Entlassung. Ich zog die Kleider an, die Claire mir mitgebracht hatte, und dann fuhr sie mich nach Hause. Während der kurzen Fahrt sprachen wir nur wenig. Es gab keine Versöhnung. Warum hätte ein simpler Autounfall irgendetwas ändern sollen? Sie tat das alles nicht als Ehefrau, sondern als Freundin und Ärztin.

Zu Hause kochte sie mir eine Tomatensuppe und deckte mich auf dem Sofa zu. Dann reihte sie meine Tabletten auf der Küchentheke auf, gab mir ein paar ärztliche Anweisungen und ging.

Ich blieb zehn Minuten liegen, aß die Hälfte der Suppe und ein paar Salzcräcker und griff zum Telefon. Mordecai hatte nichts in Erfahrung bringen können.

Ich schlug die Mietangebote in der Zeitung auf und sprach mit Maklern und Hausverwaltern. Dann rief ich eine Mietwagenfirma an, bestellte einen Wagen mit Fahrer und duschte ausgiebig, um die verspannten Muskeln zu lockern.

Mein Fahrer hieß Leon. Ich setzte mich auf den Beifahrersitz und versuchte, nicht bei jedem Schlagloch zu stöhnen und das Gesicht zu verziehen.

Wenn ich mir auch keine schöne Wohnung leisten konnte, so sollte sie doch wenigstens in einer sicheren Gegend liegen. Leon hatte ein paar Vorschläge. Wir hielten an einem Zeitungsstand und ließen uns zwei Gratis-Broschüren über den Grundstücksmarkt in Washington geben.

Nach Leons Meinung war Adams-Morgan, nördlich des Dupont Circle, eine gute Wohngegend – allerdings könne sich das, warnte er mich, innerhalb eines halben Jahres ändern. Es war ein bekanntes Viertel, in dem ich schon viele Male gewesen war, ohne das Verlangen zu verspüren, mich dort umzusehen. Entlang der Straßen standen Reihenhäuser aus der Jahrhundertwende, die allesamt bewohnt waren – es war also ein für Washingtoner Verhältnisse belebtes Viertel. Die Bars und Klubs in dieser Gegend waren im Augenblick sehr beliebt, und laut Leon befanden sich hier auch die besten neuen Restaurants der Stadt. Die übleren Stadtteile lagen gleich um die Ecke, und natürlich musste man äußerst vorsichtig sein. Wenn so bedeutende Leute wie Senatoren auf dem Capitol Hill ausgeraubt wurden, war wirklich niemand mehr sicher.

Auf dem Weg nach Adams-Morgan tauchte vor uns

plötzlich ein Schlagloch auf, das größer war als unser Wagen. Wir rumpelten hindurch, hoben für zehn Sekunden – so lang kam es mir jedenfalls vor – ab und landeten hart. Ich schrie auf. Meine ganze linke Seite schmerzte rasend.

Leon erschrak. Ich musste ihm die Wahrheit sagen und erzählte ihm, wo ich die gestrige Nacht verbracht hatte. Er fuhr erheblich langsamer und verwandelte sich in meinen Makler. Er half mir die Treppe zum ersten Objekt hinauf, einer heruntergekommen Wohnung, von deren Teppich ein unverkennbarer Geruch nach Katzenurin aufstieg. Leon sagte dem Vermieter, er solle sich schämen, die Wohnung in einem solchen Zustand anzubieten.

Die zweite Wohnung war in einem Loft im vierten Stock, fast hätte ich es nicht die Treppe hinauf geschafft. Kein Aufzug. Und die Heizung war nicht der Rede wert. Leon dankte dem Verwalter höflich.

Das nächste Loft war im dritten Stock, aber das Haus verfügte über einen schönen, sauberen Aufzug. Es lag an der Wyoming Avenue, einer hübschen, schattigen Straße, die von der Connecticut Avenue abging. Die Miete betrug fünfhundertfünfzig pro Monat, und ich hatte praktisch schon zugesagt, bevor ich die Wohnung überhaupt gesehen hatte. Ich baute rapide ab, dachte immer öfter an die Schmerztabletten, die ich zu Hause gelassen hatte, und hätte jede halbwegs akzeptable Wohnung genommen.

Drei winzige Zimmer in einem Dachgeschoss mit schrägen Wänden, ein Badezimmer mit anscheinend funktionierenden sanitären Anlagen, saubere Fußböden und so etwas wie eine Aussicht auf die Straße.

»Wir nehmen sie«, sagte Leon zum Vermieter. Ich lehnte an einem Türrahmen und war kurz davor zusammenzubrechen. In einem kleinen Zimmer im Untergeschoss überflog ich den Mietvertrag, unterschrieb ihn und stellte einen Scheck über die Kaution und die erste Monatsmiete aus.

Ich hatte Claire gesagt, ich würde bis zum Wochenende ausgezogen sein, und war entschlossen, diese Ankündigung wahr zu machen.

Wenn Leon sich wunderte, wieso ich vom schicken Georgetown in ein Drei-Zimmer-Loch in Adams-Morgan zog, so ließ er sich nichts anmerken. Dazu war er zu professionell. Er brachte mich nach Hause und wartete im Wagen, während ich meine Tabletten nahm und ein kleines Nickerchen machte.

Irgendwo im Schmerztablettennebel läutete ein Telefon. Ich stolperte umher, fand den Apparat und murmelte: »Hallo?«

»Ich dachte, Sie wären im Krankenhaus«, sagte Rudolph.

Ich hörte seine Stimme und erkannte sie auch, doch der Nebel lichtete sich nur langsam. »War ich auch«, sagte ich. »Jetzt nicht mehr. Was wollen Sie?«

»Wir haben Sie heute Nachmittag vermisst.«

Ach ja. Die Torte und der Punsch. »Bitte vielmals um Entschuldigung, Rudolph. Ich hatte nicht vor, einen Autounfall zu haben.«

»Eine Menge Leute wollten sich von Ihnen verabschieden.«

»Sie können mir ja eine Karte schreiben. Sagen Sie ihnen, sie sollen mir faxen.«

»Es geht Ihnen nicht besonders gut, nicht?«

»Genau. Ich fühle mich, als hätte ich einen Autounfall gehabt.«

»Hat man Ihnen Schmerztabletten gegeben?«

»Wieso interessiert Sie das?«

»Entschuldigung. Übrigens war Braden Chance vor einer Stunde bei mir. Er wollte Sie unbedingt sprechen. Eigenartig, nicht?«

Der Nebel lichtete sich – mein Kopf war schon viel klarer. »Weswegen wollte er mich sprechen?«

»Das hat er nicht gesagt. Aber er sucht Sie.«

»Sagen Sie ihm, ich bin ausgeschieden.«

»Das habe ich. Tut mir Leid, dass ich Sie gestört habe. Schauen Sie doch mal wieder vorbei. Sie haben hier immer noch Freunde.«

»Danke, Rudolph.«

Ich steckte die Schmerztabletten ein. Leon schlief im Wagen. Als wir losfuhren, rief ich Mordecai an. Er hatte den Unfallbericht ausfindig gemacht, und dort war vermerkt, dass mein Wagen von einer Firma namens Hundley Towing abgeschleppt worden war. Bei Hundley Towing hatte er den Anrufbeantworter erreicht. Die Straßen waren glatt, es gab jede Menge Unfälle, und wer einen Abschleppwagen besaß, hatte viel zu tun. Gegen drei hatte sich schließlich ein Mechaniker gemeldet, der ihm jedoch nicht hatte weiterhelfen können.

Leon fand die Firma an der Rhode Island Avenue in der Nähe der 7th Street. In besseren Tagen war hier einmal eine Tankstelle gewesen, doch jetzt betrieb man eine Werkstatt und ein Abschleppunternehmen, verkaufte Gebrauchtwagen und vermietete Lieferwagen. Alle Fenster des Gebäudes waren mit schwarzen Gitterstäben gesichert. Leon parkte so nah wie möglich am Eingang. »Geben Sie mir Deckung«, sagte ich und ging mit schnellen Schritten hinein. Die Tür schlug zurück, als ich sie aufstieß, und prallte gegen meinen linken Arm. Ich krümmte mich vor Schmerzen. Ein Mechaniker in ölverschmiertem Overall bog um eine Ecke und starrte mich feindselig an.

Ich erklärte ihm, warum ich gekommen war. Er nahm ein Klemmbrett und studierte die Zettel, die darauf befestigt waren. In einem der hinteren Räume hörte ich fluchende Männerstimmen – sicher spielten sie Würfel und tranken Whiskey, und wahrscheinlich wurde hier auch Crack verkauft.

»Der Wagen ist noch bei den Bullen«, sagte der Mechaniker.

»Und wissen Sie auch, warum?«, fragte ich ihn.

»Eigentlich nicht. Hat die Sache irgendwas mit einem Verbrechen oder so zu tun?«

»Ja, aber mein Wagen war nicht darin verwickelt.«

Er sah mich ausdruckslos an. Offenbar hatte er seine eigenen Probleme.

»Haben Sie eine Ahnung, wo er sein könnte?«, fragte ich und versuchte, freundlich zu bleiben.

»Wenn ein Wagen beschlagnahmt wird, bringen sie ihn meistens zu einer Verwahrstelle an der Georgia Avenue, nördlich der Howard University.«

»Wie viele Verwahrstellen hat die Stadt?«

Er zuckte die Schultern und wandte sich zum Gehen. »Mehr als die eine jedenfalls«, sagte er und verschwand.

Diesmal öffnete ich die Tür vorsichtiger. Ich eilte zum Wagen.

Als wir die Verwahrstelle gefunden hatten, war es bereits dunkel. Ein halber Block war mit Maschen- und Stacheldraht eingezäunt. Dahinter standen Hunderte von Unfallwagen kreuz und quer durcheinander. Manche waren sogar übereinander gestapelt.

Leon stand neben mir auf dem Bürgersteig und spähte durch den Zaun. »Da drüben«, sagte ich und zeigte auf meinen Lexus, der neben einem Schuppen mit dem Kühler uns zugewandt stand. Links vorne hatte die Wucht des Aufpralls alles demoliert. Der Kotflügel war abgerissen, der Motor lag frei und war nur noch Schrott.

»Sie haben ein Riesenglück gehabt«, sagte Leon.

Neben meinem Wagen stand der Jaguar. Das Dach war plattgedrückt, sämtliche Fenster waren zersplittert.

In dem Schuppen befand sich eine Art Büro, doch es

war abgeschlossen und dunkel. Die Tore waren mit schweren Ketten gesichert. Der Stacheldraht glitzerte im Regen. An der nächsten Ecke lungerten einige dunkle Gestalten herum. Ich konnte spüren, dass sie uns beobachteten.

»Lassen Sie uns hier verschwinden«, sagte ich.

Leon fuhr mich zum National Airport, den einzigen Ort in dieser Stadt, von dem ich wusste, dass man dort einen Wagen mieten konnte.

Der Tisch war gedeckt, und auf dem Herd stand mitgebrachtes Essen vom Chinesen. Claire wartete auf mich und hatte sich Sorgen gemacht, auch wenn sie mir nicht verriet, wie viel Sorgen sie sich gemacht hatte. Ich sagte ihr, ich hätte auf Anraten meiner Versicherung einen Wagen gemietet. Sie untersuchte mich gewissenhaft und ließ mich eine Tablette schlucken.

»Ich dachte, du wolltest dich ausruhen«, sagte sie.

»Ich hab's versucht, aber es ging nicht. Ich habe Hunger.«

Dies würde unser letztes gemeinsames Essen als Ehepaar sein. Unsere Beziehung endete, wie sie begonnen hatte: mit einer schnellen Mahlzeit, die jemand anderes zubereitet hatte.

»Kennst du einen Hector Palma?«, fragte sie während des Essens.

Ich schluckte. »Ja.«

»Er hat vor einer Stunde angerufen und gesagt dass er dich unbedingt sprechen muss. Wer ist er?«

»Ein Anwaltsgehilfe aus der Kanzlei. Ich sollte heute Morgen einen meiner Fälle mit ihm durchgehen. Er steht ganz schön unter Druck.«

»Scheint so. Er will sich heute Abend um neun mit dir treffen, bei Nathan's in der M Street.«

»Warum in einer Bar?«, fragte ich.

»Hat er nicht gesagt. Es klang verdächtig.«

Mir verging der Appetit, doch ich aß weiter, um mir nichts anmerken zu lassen. Es war eine unnötige Vorsichtsmaßnahme. Claire war das alles vollkommen gleichgültig.

Ich ging zu Fuß zur M Street, in einem leichten Regen, der sich immer mehr mit Schnee vermischte, und unter ziemlich großen Schmerzen. Freitags abends war es praktisch unmöglich, dort einen Parkplatz zu finden. Außerdem brauchte ich ein bisschen Bewegung und einen klaren Kopf.

Dieses Treffen konnte nur bedeuten, dass es Schwierigkeiten gab, und ich bereitete mich innerlich darauf vor. Ich dachte mir Lügen aus, mit denen ich meine Spur verwischen würde, und weitere Lügen, um die zuerst ausgedachten abzusichern. Jetzt, da ich etwas gestohlen hatte, erschienen mir diese Lügen wie eine Kleinigkeit. Hector handelte vielleicht im Auftrag der Kanzlei; es bestand die Möglichkeit, dass er verkabelt war. Ich würde aufmerksam zuhören und so wenig wie möglich sagen.

Die Bar war erst halb voll. Ich kam zehn Minuten zu früh, aber Hector erwartete mich bereits in einer kleinen Nische. Als ich näher kam, sprang er auf und streckte mir die Hand hin. »Sie müssen Michael sein. Ich bin Hector Palma aus der Immobilienabteilung. Freut mich, Sie kennen zu lernen.«

Es war wie ein Überfall, eine Überschwänglichkeit, die mich wachsam werden ließ. Ich schüttelte ihm die Hand und sagte etwas wie: »Freut mich ebenfalls.«

Er zeigte auf die Nische. »Setzen wir uns doch«, sagte er mit einem herzlichen Lächeln. Ich ging vorsichtig in die Knie und zwängte mich zwischen Tisch und Bank.

»Was ist mit Ihrem Gesicht passiert?«, fragte er.

»Ich habe einen Airbag geküsst.«

»Ja, ich hab von dem Unfall gehört«, sagte er schnell. Sehr schnell. »Ist alles in Ordnung? Nichts gebrochen?«

»Nein«, sagte ich langsam und versuchte, mir ein Bild von ihm zu machen.

»Ich habe gehört, den anderen hat's erwischt«, sagte er einen Sekundenbruchteil, nachdem ich geantwortet hatte. Er bestimmte den Kurs dieses Gesprächs – ich sollte ihm folgen.

»Ja, es war irgendein Dealer.«

»Was für eine Stadt!«, sagte er, als der Ober erschien. »Was möchten Sie trinken?«, fragte Hector mich.

»Einen Kaffee, schwarz, bitte«, sagte ich. In diesem Augenblick, während er darüber nachdachte, was er trinken wollte, stieß Hector mich mit der Schuhspitze an.

»Was für Bier haben Sie?«, fragte er den Ober, eine Frage, die sie hassten. Der Ober sah starr geradeaus und rasselte die Marken herunter.

Ich sah Hector an. Seine Hände lagen gefaltet auf dem Tisch. Während der Ober uns abschirmte, krümmte Hector den rechten Zeigefinger und zeigte auf seine Brust.

»Molson«, sagte er plötzlich, und der Ober verschwand.

Er war verkabelt, und wir wurden beobachtet. Egal, wo sie saßen: Der Ober hatte uns verdeckt. Instinktiv wollte ich mich nach den anderen Leuten in der Bar umdrehen, doch ich widerstand der Versuchung, unter anderem, weil mein Hals so steif wie ein Brett war.

Das erklärte die herzliche Begrüßung, bei der er sich benommen hatte, als wären wir uns noch nie begegnet. Hector war den ganzen Tag verhört worden und hatte alles geleugnet.

»Ich bin Gehilfe in der Immobilienabteilung«, erklärte er. »Sie kennen sicher Braden Chance, einen unserer Teilhaber.«

»Ja.« Da meine Antworten aufgezeichnet wurden, beschloss ich, so wenig wie möglich zu sagen.

»Ich arbeite hauptsächlich für ihn. Wir haben ein paar Worte gewechselt, als Sie letzte Woche in seinem Büro waren.«

»Wenn Sie es sagen … ich kann mich nicht erinnern, Sie gesehen zu haben.«

Ich bemerkte ein ganz schwaches Lächeln, eine Entspannung der Muskeln rings um die Augen – nichts, was man auf dem Film einer geheimen Überwachungskamera sehen würde. Ich stieß ihn mit dem Fuß an und hoffte, dass wir zur selben Melodie tanzten.

»Ich wollte mit Ihnen sprechen, weil eine Akte aus Bradens Büro fehlt.«

»Und ich soll der Dieb sein?«

»Nein, aber Sie sind einer der Verdächtigen. Es handelt sich um die Akte, nach der Sie gefragt hatten, als Sie letzte Woche in sein Büro geplatzt sind.«

»Dann werde ich also tatsächlich beschuldigt«, sagte ich wütend.

»Noch nicht. Regen Sie sich nicht auf. Die Kanzlei untersucht den Fall sehr gründlich, und wir reden einfach mit allen, die in Frage kommen könnten. Da ich gehört habe, wie Sie Braden nach der Akte gefragt haben, wurde ich beauftragt, mit Ihnen zu sprechen. So einfach ist das.«

»Und ich weiß nicht, wovon Sie eigentlich reden. So einfach ist das.«

»Sie wissen nichts von dieser Akte?«

»Natürlich nicht. Warum sollte ich eine Akte aus dem Büro eines Teilhabers stehlen?«

»Würden Sie sich einem Lügendetektortest unterziehen?«

»Selbstverständlich«, sagte ich entschlossen, ja indigniert. Selbstverständlich würde ich mich unter keinen Umständen einem Lügendetektortest unterziehen.

»Gut. Jeder, der jemals mit dieser Akte zu tun gehabt hat, wird gebeten werden, diesen Test zu machen.«

Das Bier und der Kaffee wurden gebracht, und so entstand eine kurze Pause, in der wir das Gesagte und das weitere Vorgehen überdenken konnten. Hector hatte mir gerade zu verstehen gegeben, dass er in großen Schwierigkeiten steckte. Ein Lügendetektortest würde ihm das Genick brechen. Haben Sie Michael Brock gekannt, bevor er aus der Kanzlei ausschied? Haben Sie mit ihm über die fehlende Akte gesprochen? Haben Sie ihm Kopien von Schriftstücken aus der Akte gegeben? Haben Sie ihm geholfen, die Akte an sich zu bringen? Ja oder nein. Schwierige Fragen mit simplen Antworten. Er würde nicht lügen können. Er würde den Test nicht überstehen.

»Sie nehmen auch Fingerabdrücke«, sagte er. Das sagte er leiser – nicht um das versteckte Mikrofon zu überlisten, sondern um den Schlag zu abzumildern.

Es traf mich dennoch hart. Weder vor noch nach dem Diebstahl hatte ich jemals daran gedacht, dass ich überall meine Fingerabdrücke hinterließ. »Schön für sie«, sagte ich.

»Den ganzen Nachmittag lang haben sie einen Fingerabdruck nach dem anderen gefunden. An der Tür, am Lichtschalter, am Aktenschrank. Jede Menge Fingerabdrücke.«

»Hoffentlich finden sie den, der's war.«

»Es ist schon ein toller Zufall: Braden hatte über hundert aktuelle Akten in seinem Büro, und die Einzige, die fehlt, ist die, auf die Sie so scharf waren.«

»Was soll das heißen?«

»Nur das, was ich gesagt habe. Ein toller Zufall.« Das war für die Ohren der Mithörer bestimmt.

Ich fand, dass ich vielleicht auch ein bisschen schauspielern sollte. »Die Art, wie Sie das sagen, gefällt mir nicht«, schrie ich ihn fast an. »Falls Sie mir etwas vorwerfen wollen, dann gehen Sie zur Polizei und lassen Sie mich festnehmen. Falls nicht, behalten Sie Ihren Blödsinn für sich.«

»Die Polizei ist ja schon eingeschaltet«, sagte er sehr kühl, und meine aufgesetzte Empörung fiel in sich zusammen. »Es geht immerhin um einen Diebstahl.«

»Natürlich geht es um einen Diebstahl. Finden Sie den Dieb und verschwenden Sie Ihre Zeit nicht mit mir.«

Er trank einen großen Schluck. »Hat Ihnen jemand die Schlüssel zu Bradens Büro gegeben?«

»Selbstverständlich nicht.«

»Man hat nämlich einen leeren Aktendeckel auf Ihrem Schreibtisch gefunden, zusammen mit einer Notiz, in der irgendwas von zwei Schlüsseln stand. Einer für die Tür und einer für einen Aktenschrank.«

»Davon weiß ich nichts«, sagte ich so arrogant wie möglich, während ich versuchte, mich daran zu erinnern, wohin ich den Aktendeckel gelegt hatte. Die Indizien deuteten immer mehr auf mich. Ich hatte gelernt, wie ein Rechtsanwalt zu denken, nicht wie ein Verbrecher.

Hector nahm noch einen großen Schluck. Ich nippte an meinem Kaffee.

Er hatte genug gesagt. Die Botschaften waren übermittelt worden – eine von der Kanzlei, die andere von Hector. Die Kanzlei wollte die Akte zurück, und zwar vollständig, und Hector wollte mich wissen lassen, dass seine Beteiligung ihn den Job kosten konnte.

Ich konnte ihn retten. Ich konnte die Akte zurückgeben, alles gestehen und Stillschweigen geloben. Wahrscheinlich würde die Kanzlei mir verzeihen. Niemand würde zu Schaden kommen. Ich konnte sogar die Bedingung stellen, dass Hector seinen Job behielt.

»Sonst noch etwas?«, fragte ich. Plötzlich hielt es mich nicht mehr hier.

»Nein. Wann können Sie den Lügendetektortest machen?«

»Ich rufe Sie an.«

Ich nahm meinen Mantel und ging.

16

Aus Gründen, die ich bald verstehen sollte, hegte Mordecai eine heftige Abneigung gegen Washingtoner Polizisten, auch wenn die meisten davon Schwarze waren. Seiner Meinung nach war ihr Verhalten Obdachlosen gegenüber unnötig hart, und das war der Maßstab, nach dem er die Menschen beurteilte.

Doch mit einigen Polizisten war er bekannt. Einer davon war Sergeant Peeler, den er mit den Worten charakterisierte, er sei ›von der Straße‹. In einem Jugendzentrum nicht weit von der Kanzlei arbeitete Peeler mit gefährdeten Jugendlichen, und außerdem gehörten Mordecai und er derselben Kirchengemeinde an. Peeler hatte Verbindungen und würde sie spielen lassen, damit ich Zugang zu meinem Wagen bekam.

Am Samstagmorgen kam er um neun in die Kanzlei. Mordecai und ich tranken gerade Kaffee und versuchten, uns zu wärmen. Peeler hatte samstags dienstfrei. Ich hatte den Eindruck, dass er gern länger im Bett geblieben wäre.

Ich saß hinten. Mordecai fuhr den Wagen und redete in einem fort, während wir auf schnee- und eisglatten Straßen nach Northeast fuhren. Statt des vorausgesagten Schnees fiel kalter Regen. Der Verkehr war spärlich. Es war ein ungemütlicher Februarmorgen, und nur die Entschlossenen wagten sich auf die Straße.

Wir parkten vor dem mit Vorhängeschlössern gesicherten Tor der städtischen Verwahrstelle an der Georgia Avenue. »Warten Sie hier«, sagte Peeler. Ich konnte die Überreste meines Lexus sehen.

Peeler ging zum Tor und drückte auf den Klingelknopf am Pfosten. Die Schuppentür öffnete sich. Ein kleiner, dünner Polizist trat mit einem Regenschirm heraus, und die beiden redeten kurz miteinander.

Peeler kam zurück, schlug die Tür zu und streifte die Regentropfen von den Schultern. »Er erwartet Sie«, sagte er.

Ich stieg aus, spannte meinen Regenschirm auf und ging rasch zum Tor, wo Officer Winkle ohne eine Spur von Freundlichkeit oder Sympathie auf mich wartete. Er holte ein paar Dutzend Schlüssel hervor, fand irgendwie die drei, die zu den schweren Vorhängeschlössern passten, und sagte, während er das Tor öffnete: »Hier entlang.« Ich folgte ihm und wich dabei den tiefen, mit braunem Wasser und Matsch gefüllten Löchern aus. Bei jeder Bewegung hatte ich Schmerzen, und so waren meine Sprünge recht unbeholfen. Er ging geradewegs zu meinem Wagen.

Ich sah sogleich auf dem Beifahrersitz nach. Keine Akte. Nach einem Augenblick der Panik fand ich sie unbeschädigt auf dem Boden hinter dem Fahrersitz. Ich hob sie auf und wandte mich zum Gehen, denn ich war nicht in der Stimmung, mir das Wrack, dem ich entronnen war, genauer anzusehen. Das Einzige, was zählte, war, dass ich diesen Unfall ohne größere Verletzungen überstanden hatte. Nächste Woche würde ich mich mit der Versicherungsgesellschaft auseinandersetzen müssen.

»Ist das alles?«, fragte Winkle.

»Ja«, sagte ich und wäre am liebsten losgerannt.

»Kommen Sie mit.«

Wir traten in den Schuppen, wo ein zischender Gasbrenner in der Ecke Wärme verströmte. Winkle nahm eins von zehn Klemmbrettern von der Wand und starrte auf die Akte, die ich in der Hand hielt. »Ein brauner Aktenordner«, sagte er, während er schrieb. »Etwa fünf Zentimeter dick.« Ich umklammerte die Akte, als wäre sie aus purem Gold. »Steht da ein Name drauf?«

Ich war nicht in der Lage, Einwände zu erheben. Eine einzige schnoddrige Bemerkung, und man würde mich nie wieder sehen. »Wozu brauchen Sie den?«, fragte ich.

»Legen Sie die Akte auf den Tisch.«

Ich legte sie auf den Tisch. »RiverOaks Schrägstrich TAG, Inc.«, sagte er und schrieb. »Nummer TBC–96–3381.« Die Spur, die ich hinterließ, wurde immer breiter.

»Gehört das Ihnen?«, fragte er und sah mich mit unverhohlenem Misstrauen an.

»Ja.«

»Gut. Sie können gehen.«

Ich bedankte mich und erhielt keine Antwort. Am liebsten wäre ich zum Tor gerannt, doch das Gehen fiel mir schon schwer genug. Winkle schloss hinter mir die Vorhängeschlösser ab.

Als ich wieder im Wagen saß, drehten Mordecai und Peeler sich um und sahen die Akte an. Keiner von beiden wusste, worum es ging. Ich hatte Mordecai lediglich gesagt, sie sei sehr wichtig, und ich müsse sie holen, bevor sie zusammen mit dem Wagen vernichtet würde.

So viel Aufwand für eine Akte?

Auf dem Rückweg war ich in Versuchung, sie durchzublättern, tat es aber nicht.

Ich dankte Peeler, verabschiedete mich von Mordecai und fuhr vorsichtig zu meiner neuen Wohnung.

Es ging um Bundesgelder, was in Washington nichts Ungewöhnliches war. Die Post plante eine neue Verteilstelle für zwanzig Millionen Dollar, und RiverOaks war eine der aggressiv auftretenden Immobiliengesellschaften, die sich Hoffnungen machten, diese Stelle bauen, vermieten und verwalten zu dürfen. Mehrere Standorte, allesamt in ärmeren, heruntergekommenen Vierteln, waren in Erwägung gezogen worden. Im vorigen Dezember hatte RiverOaks schließlich eine Liste mit drei

Standorten vorgelegt und begonnen, die billigen Grundstücke aufzukaufen, die man brauchen würde.

TAG war eine rechtmäßig eingetragene Gesellschaft, deren alleiniger Besitzer Tillman Gantry war, ein zweifach vorbestrafter ehemaliger Zuhälter und Kleinkrimineller, wie es in einer Aktennotiz hieß. Leute wie er waren in dieser Stadt nichts Ungewöhnliches. Nach seiner gescheiterten Karriere als Krimineller hatte Gantry sich auf Gebrauchtwagen und Grundstücksgeschäfte verlegt. Er kaufte verlassene Häuser auf, ließ sie oberflächlich renovieren und verkaufte oder vermietete sie als Gewerberäume. Es waren vierzehn Objekte aufgelistet, die sich im Besitz von TAG befanden. Als die Post eine neue Verteilstelle brauchte, hatten sich die Wege von RiverOaks und Gantry gekreuzt.

Am 6. Januar hatte die Postdirektion RiverOaks per Einschreiben davon in Kenntnis gesetzt, dass die Gesellschaft den Zuschlag bekommen habe und der Erbauer, Eigentümer und Vermieter der neuen Verteilstelle sein werde. Eine schriftliche Vereinbarung sah jährliche Mietzahlungen in Höhe von 1,5 Millionen Dollar vor, und zwar über einen garantierten Zeitraum von zwanzig Jahren. In dem Brief stand auch, dass der Vertrag zwischen der Postdirektion und RiverOaks spätestens am 1. März unterschrieben sein müsse, was auf eine für Regierungsbehörden völlig unübliche Hast hindeutete. Nach sieben Jahren des Erwägens und Planens sollte die neue Verteilstelle praktisch über Nacht gebaut werden.

RiverOaks und ihre Anwälte und Makler machten sich an die Arbeit. Im Januar kaufte die Gesellschaft vier Grundstücke an der Florida Avenue, in der Nähe des Lagerhauses, wo die Zwangsräumung erfolgt war. In der Akte befanden sich zwei Karten der Gegend, auf denen die Grundstücke, die man bereits erworben hatte oder über die man noch verhandelte, farbig markiert waren.

Bis zum 1. März war es nur noch eine Woche. Kein Wunder, dass Chance die Akte so schnell vermisst hatte: Er bearbeitete sie wahrscheinlich täglich.

Das Lagerhaus an der Florida Avenue hatte TAG im vergangenen Juli für eine nicht genannte Summe erworben. Am 31. Januar hatte RiverOaks es für zweihunderttausend Dollar gekauft, vier Tage vor der Zwangsräumung, in deren Verlauf DeVon Hardy und die Familie Burton auf die Straße gesetzt worden waren.

Auf dem nackten Holzboden des Raums, der mein Wohnzimmer werden sollte, nahm ich ein Dokument nach dem anderen aus dem Ordner, las es sorgfältig durch und machte mir detaillierte Notizen, damit ich die Akte später wieder zusammenfügen konnte. Ich fand die übliche Ansammlung von Papieren, wie sie wohl zu jedem Grundstücksgeschäft gehörten: Steuerbescheide für die vorangegangenen Jahre, eine chronologisch geordnete Reihe von Besitzurkunden und Kaufverträgen, einen neuen Kaufvertrag, Korrespondenz mit dem Makler, abschließende Briefe. Weil das Geschäft in bar abgewickelt worden war, gab es keine Bankunterlagen.

Auf der linken Innenseite des Aktenordners befand sich das Journal, ein Vordruck, auf dem jeder Bestandteil der Akte mit Datum und kurzer Beschreibung eingetragen wurde. Anhand der Genauigkeit der Einträge im Journal ließ sich das Organisationsvermögen einer Sekretärin bei Drake & Sweeney beurteilen. Alles, was in die Akte aufgenommen wurde – jedes Stück Papier, jede Karte, jedes Foto, jede Grafik –, musste im Journal verzeichnet sein, das war uns in der Einarbeitungszeit eingehämmert worden. Die meisten hatten es auf die harte Tour lernen müssen: Es gab nichts Frustrierenderes, als eine dicke Akte durchzublättern und nach einem Dokument zu suchen, dessen Beschreibung im Journal nicht genau genug war. Der einschlägige Lehrsatz lautete: Wenn man es nicht innerhalb von dreißig Sekunden finden kann, ist es nutzlos.

Chances Akte war penibel geführt; seine Sekretärin war eine Frau, die auf Details achtete. Doch irgendjemand hatte sich daran zu schaffen gemacht.

Am 22. Januar war Hector Palma allein zum Lagerhaus gegangen, um es routinemäßig vor dem Kauf in Augenschein zu nehmen. Als er durch eine als Eingang gekennzeichnete Tür getreten war, hatten ihn zwei Straßenräuber überfallen, mit einem Stock niedergeschlagen, ihm ein Messer unter die Nase gehalten und sich mit seiner Brieftasche und seinem Geld aus dem Staub gemacht. Hector war am 23. zu Hause geblieben und hatte den Überfall in einer Aktennotiz beschrieben. Der letzte Satz war: »Werde das Objekt am Montag, dem 27. Januar, in Begleitung eines Wachmanns besichtigen.« Die Aktennotiz war ordentlich eingeheftet.

Über seinen zweiten Besuch gab es jedoch keine Aktennotiz. Am 27. Januar dagegen war ins Journal eingetragen worden: »AN von HP – Objektbesichtigung, Inspektion des Geländes.«

Hector war am 27. in Begleitung eines Wachmanns zum Lagerhaus gegangen, hatte es besichtigt, zweifellos festgestellt, dass es bewohnt war, und eine Aktennotiz geschrieben, die, nach den anderen von ihm verfassten Unterlagen zu urteilen, recht ausführlich gewesen war.

Diese Aktennotiz war entfernt worden. Das war natürlich kein Verbrechen – auch ich hatte zigmal irgendwelchen Akten irgendwelche Unterlagen entnommen, ohne das im Journal zu vermerken. Allerdings hatte ich immer darauf geachtet, diese Unterlagen wieder einzuheften. Wenn ein Dokument im Journal eingetragen war, musste es in der Akte aufzufinden sein.

Das Geschäft wurde am 31. Januar, einem Freitag, abgewickelt. Am darauf folgenden Dienstag kehrte Hector zum Lagerhaus zurück, um die Hausbesetzer auf die

Straße zu setzen. Er wurde von einem Angestellten eines privaten Sicherheitsdienstes, einem Polizisten und vier harten Jungs von einer Räumungsfirma begleitet. Laut seiner zwei Seiten umfassenden Aktennotiz dauerte die Aktion drei Stunden. Hector hatte versucht, seine Gefühle zu verbergen, doch es wurde deutlich, dass Zwangsräumungen nicht nach seinem Geschmack waren.

Mein Herz stockte, als ich las: »Die Frau hatte vier Kinder, eins davon im Säuglingsalter. Die Familie lebte in einer Zwei-Zimmer-Wohnung ohne sanitäre Installationen und schlief auf zwei Matratzen auf dem Boden. Während die Mutter dem Polizisten Widerstand leistete, sahen die Kinder zu. Die Wohnung wurde schließlich geräumt.«

Also hatte Ontario gesehen, wie seine Mutter sich gegen den Polizisten gewehrt hatte.

Eine Liste der Betroffenen war beigefügt. Es waren siebzehn Namen, die Namen der Erwachsenen – dieselbe Liste, die man mir am Montagmorgen zusammen mit einer Kopie des Artikels in der *Washington Post* auf den Schreibtisch gelegt hatte.

Am Ende der Akte waren die Räumungsaufforderungen an die siebzehn Betroffenen eingeheftet. Sie waren weder im Journal eingetragen noch benutzt worden. Hausbesetzer hatten keinerlei Rechte, nicht einmal das auf eine Benachrichtigung. Die Aufforderungen waren im Nachhinein eingefügt worden, um die Sache zu vertuschen. Wahrscheinlich waren sie nach dem Mister-Vorfall von Chance höchstpersönlich dort platziert worden, für den Fall, dass er sie brauchte.

Die Manipulation war offenkundig und dumm. Andererseits war Chance Teilhaber. Dass ein Teilhaber eine seiner Akten dem Vorstand hatte vorlegen müssen, war noch nie vorgekommen.

Sie war auch nicht vorgelegt, sondern gestohlen worden. Das war eine kriminelle Handlung, und man war dabei, Beweismaterial zu sammeln. Der Dieb war ein Idiot.

Vor sieben Jahren, als ich eingestellt worden war, hatte ein privater Sicherheitsdienst meine Fingerabdrücke genommen. Es würde ein Leichtes sein, sie mit denen an Chances Aktenschrank zu vergleichen. Das würde nur wenige Minuten in Anspruch nehmen, und ich war sicher, dass man es bereits getan hatte. Würde man einen Haftbefehl gegen mich erlassen? Es war unvermeidlich.

Nach drei Stunden hatte ich die Akte, deren Inhalt den ganzen Boden des Zimmers bedeckte, durchgearbeitet. Sorgfältig heftete ich alles in der richtigen Reihenfolge wieder ein. Dann fuhr ich zum Rechtsberatungsbüro und kopierte alles.

Auf dem Zettel stand, sie sei einkaufen gegangen. Wir hatten schönes Gepäck, ein gemeinsamer Besitz, den wir bei unserer Aufteilung gar nicht berücksichtigt hatten. Claire würde in der näheren Zukunft häufiger verreisen als ich, und darum nahm ich das billigere Zeug: eine Reisetasche und ein paar kleinere Sporttaschen. Ich wollte nicht mit ihr zusammentreffen, und so warf ich die Grundausstattung auf das Bett: Socken, Unterwäsche, T-Shirts, Waschzeug und Schuhe, allerdings nur die, die ich im Lauf des vergangenen Jahres getragen hatte. Mit den anderen konnte sie machen, was sie wollte. Danach räumte ich rasch die Schubladen und meine Hälfte des Badezimmerschränkchens aus. Ich litt körperliche und seelische Qualen, als ich die Taschen nach unten trug, im Mietwagen verstaute und wieder hinaufging, um meine Anzüge zu holen. Ich stieß auf meinen alten Schlafsack, den ich vor mindestens fünf Jahren zum letzten Mal benutzt hatte, und lud ihn, eine Bettdecke und ein Kopfkissen in den Wagen. Außerdem hatte ich Anrecht auf einen Wecker, ein Radio, einen tragbaren CD-

Spieler und ein paar CDs, den kleinen Fernseher auf der Küchentheke, eine Kaffeekanne, einen Föhn und einen Satz blauer Handtücher.

Als der Wagen voll war, schrieb ich auf einen Zettel, ich sei ausgezogen, und legte ihn neben ihren. Ich las ihn nicht noch einmal durch. Meine Gefühle waren gemischt und lauerten dicht unter der Oberfläche, und ich war im Augenblick nicht imstande, mich mit ihnen auseinander zu setzen. Ich war noch nie aus einer gemeinsamen Wohnung ausgezogen und wusste nicht, wie man das machte.

Ich schloss die Tür und ging die Treppe hinunter. In ein paar Tagen würde ich zurückkehren, um meine restlichen Sachen zu holen, und doch hatte ich das Gefühl, es sei das letzte Mal.

Claire würde den Zettel lesen, in den Schränken und Schubladen nachsehen, was ich mitgenommen hatte, und sich dann, wenn feststand, dass ich tatsächlich ausgezogen war, ins Wohnzimmer setzen und ein paar Tränen vergießen. Vielleicht würde sie tatsächlich weinen. Aber sie würde schnell darüber hinwegkommen und sich in den nächsten Abschnitt ihres Lebens stürzen.

Als ich davonfuhr, fühlte ich mich nicht befreit. Ich fand es nicht erregend, wieder allein stehend zu sein. Claire und ich hatten beide verloren.

17

Ich schloss mich im Büro ein. Es war Sonntag, und hier drinnen war es noch kälter als gestern. Ich trug einen dicken Pullover, eine Kordhose und Wintersocken und las die Zeitung an meinem Schreibtisch, auf dem eine dampfende Tasse Kaffee stand. Es gab eine Heizung, aber ich hatte nicht vor, an der Temperatureinstellung etwas zu ändern.

Mir fehlte mein lederbezogener Chefsessel, auf dem ich nach Belieben wippen und herumrollen konnte. Mein neuer Bürosessel war nur wenig besser als ein Klappstuhl, wie man ihn für eine Gartenparty mieten würde. An guten Tagen würde er wohl nur unbequem sein, doch in meiner gegenwärtigen Verfassung war er das reinste Folterinstrument.

Der Tisch war ramponiert und aus zweiter Hand. Er hatte ursprünglich vermutlich in einer Schule gestanden, war viereckig wie eine Schachtel und verfügte rechts und links über je drei Schubladen, die sich wirklich öffnen ließen, wenn auch nur unter Anwendung von Gewalt. Die beiden Stühle für die Mandanten waren tatsächlich Klappstühle – der eine war schwarz, der andere hatte eine grünliche Farbe, die ich noch nie zuvor gesehen hatte.

Die Wände waren verputzt und vor Jahrzehnten gestrichen worden, doch inzwischen war aus dem ursprünglichen Weiß eine Art blasses Zitronengelb geworden. Der Putz hatte Risse, und in den oberen Ecken hatten Spinnen ihre Netze gespannt. Der einzige Wandschmuck war ein gerahmtes Plakat von 1988, das zu einem Marsch für Gerechtigkeit auf der Mall aufrief.

Der Boden bestand aus uralten Eichendielen, deren Kanten abgeschliffen waren, was auf starke Beanspruchung in früheren Jahren hindeutete. Er war kürzlich gefegt worden. Besen und Kehrblech standen noch in der Ecke – ein zarter Wink. Wenn es mir hier zu schmutzig werden sollte, würde ich mich selbst darum kümmern müssen.

Ach, wie tief war ich gefallen! Wenn mein lieber Bruder Warner mich so hätte sehen können – es war Sonntag, ich saß frierend an meinem jämmerlichen kleinen Schreibtisch, starrte auf die Risse im Putz und hatte die Tür verschlossen, damit meine potentiellen Mandanten nicht hereinkommen und mich ausrauben konnten –, dann hätte er mich mit so deftigen und ausgefallenen Schimpfwörtern bedacht, dass ich sie unbedingt hätte aufschreiben müssen.

Die Reaktion meiner Eltern konnte ich mir nicht einmal vorstellen. Ich würde sie bald anrufen und ihnen den doppelten Schock meiner beiden Adressenänderungen versetzen müssen.

Ein lautes Klopfen an der Tür jagte mir einen Heidenschreck ein. Ich fuhr hoch und wusste nicht, was ich tun sollte. Waren irgendwelche Straßenräuber hinter mir her? Während ich zur Tür ging, klopfte es wieder, und ich konnte eine Gestalt erkennen, die durch die Gitterstäbe und das dicke Glas der Vordertür zu spähen versuchte.

Es war Barry Nuzzo. Er zitterte und hatte es eilig, in die Sicherheit des Büros zu kommen. Ich schloss auf und ließ ihn ein.

»Was für ein Loch!«, sagte er freundlich und sah sich um, während ich die Tür wieder abschloss.

»Ein bisschen verstaubt, nicht?«, sagte ich. Ich war vollkommen überrascht von seinem Erscheinen und fragte mich, was es zu bedeuten hatte.

»Was für eine Bruchbude!« Er amüsierte sich über die

Räumlichkeiten, trat an Sofias Schreibtisch und zog langsam die Handschuhe aus, berührte jedoch nichts, aus Angst, eine Aktenlawine auszulösen.

»Wir halten die laufenden Kosten so niedrig wie möglich, damit wir mehr Geld nach Hause tragen können«, sagte ich. Es war ein alter Witz bei Drake & Sweeney. Die Teilhaber nörgelten ständig wegen der hohen laufenden Kosten, dabei dachten die meisten ununterbrochen über die Ausstattung ihrer Büros nach.

»Dann hast du also wegen des Geldes gewechselt?«, fragte er, noch immer amüsiert.

»Natürlich.«

»Du bist verrückt.«

»Ich habe meine Berufung gefunden.«

»Berufung? Du meinst, du hörst Stimmen?«

»Bist du deshalb gekommen? Um mir zu sagen, dass ich verrückt bin?«

»Ich hab mit Claire telefoniert.«

»Und was hat sie gesagt?«

»Dass du ausgezogen bist.«

»Stimmt. Wir werden uns scheiden lassen.«

»Was ist mit deinem Gesicht passiert?«

»Ein Airbag.«

»Ach ja, stimmt, das hatte ich vergessen. Ich hab gehört, es war nur ein Blechschaden.«

»Ja, nur ein Blechschaden.«

Er legte seinen Mantel über einen Stuhl, zog ihn jedoch rasch wieder an. »Habt ihr bei eurem Sparkurs vielleicht vergessen, die Heizung zu bezahlen?«

»Hin und wieder lassen wir mal einen Monat aus.«

Er schlenderte herum und sah in die kleinen Büros, die von dem Hauptraum abgingen. »Wer bezahlt diesen Laden?«

»Eine Stiftung.«

»Eine Stiftung auf dem absteigenden Ast?«

»Ja, auf dem steil absteigenden Ast.«

»Wie hast du diesen Laden gefunden?«

»Mister war öfter hier. Die Leute hier waren seine Anwälte.«

»Der gute alte Mister«, sagte er. Er unterbrach seine Inspektion und starrte an die Wand. »Glaubst du, er hätte uns wirklich umgebracht?«

»Nein. Aber keiner hat ihm zugehört. Er war bloß irgendein Obdachloser. Er wollte gehört werden.«

»Hast du dir überlegt, ob du versuchen sollst, ihn zu überwältigen?«

»Nein, aber ich habe mit dem Gedanken gespielt, ihm die Pistole zu entreißen und Rafter zu erschießen.«

»Hättest du's nur getan.«

»Vielleicht beim nächsten Mal.«

»Kann ich einen Kaffee haben?«

»Klar. Setz dich.«

Die Küche ließ viel zu wünschen übrig, und darum wollte ich nicht, dass Barry mir dorthin folgte. Ich fand einen Becher, wusch ihn aus und füllte ihn mit Kaffee. Dann bat ich Barry in mein Büro.

»Hübsch«, sagte er und sah sich um.

»Hier werden die wirklich wichtigen Fälle besprochen«, sagte ich stolz. Wir setzten uns einander gegenüber an den Schreibtisch. Die Stühle quietschten und standen anscheinend kurz vor dem Zusammenbruch.

»Hast du *davon* geträumt, als du auf der Uni warst?«, fragte er.

»An die Uni kann ich mich nicht mehr erinnern. Ich hab seitdem zu viele honorarfähige Stunden abgerissen.«

Endlich sah er mich an, ohne zu grinsen oder zu lächeln, und wurde ernst. Es war ein schlimmer Gedanke, und doch fragte ich mich unwillkürlich, ob Barry wohl verkabelt war. Sie hatten Hector geschickt, um ein bisschen auf den Busch zu klopfen, und ein Mikrofon unter seinem Hemd versteckt, bei Barry würden sie dasselbe tun. Er würde sich nicht freiwillig dazu hergeben, aber sie konnten ja Druck ausüben. Ich war der Feind.

»Dann bist du also auf den Spuren von Mister hierher gekommen?«, sagte er.

»Ich glaube schon.«

»Und was hast du gefunden?«

»Stellst du dich dumm, Barry? Was ist in der Kanzlei los? Habt ihr schon eine Wagenburg gebildet? Habt ihr meine Verfolgung aufgenommen?«

Er trank rasche, kleine Schlucke von seinem Kaffee und dachte nach. »Dieser Kaffee schmeckt entsetzlich«, sagte er und machte ein Gesicht, als wollte er ihn ausspucken.

»Wenigstens ist er heiß.«

»Die Sache mit Claire tut mir Leid.«

»Danke, aber ich möchte lieber nicht darüber sprechen.«

»Eine Akte ist gestohlen worden, und alle haben dich im Verdacht.«

»Wer weiß, dass du hier bist?«

»Meine Frau.«

»Hat die Kanzlei dich geschickt?«

»Absolut nicht.«

Ich glaubte ihm. Seit sieben Jahren war er ein guter, manchmal sogar ein sehr guter Freund. Leider waren wir die meiste Zeit zu beschäftigt gewesen, um unsere Freundschaft zu pflegen.

»Warum haben sie mich im Verdacht?«

»Die Akte hat irgendwas mit Mister zu tun. Du bist zu Braden Chance gegangen und hast Einsicht verlangt. In der Nacht, in der sie gestohlen wurde, bist du in der Nähe seines Büros gesehen worden. Es gibt Indizien dafür, dass jemand dir Schlüssel gegeben hat, die du vielleicht nicht hättest haben dürfen.«

»Ist das alles?«

»Und es gibt Fingerabdrücke.«

»Fingerabdrücke?«, fragte ich und versuchte, ein überraschtes Gesicht zu machen.

»Überall in Chances Büro. An der Tür, am Lichtschalter, am Aktenschrank. Es sind deine. Du warst da, Michael. Du hast die Akte an dich genommen. Was willst du jetzt tun?«

»Was weißt du von dieser Sache?«

»Mister ist von einem unserer Immobilienmandanten auf die Straße gesetzt worden. Er war ein Hausbesetzer. Er hat durchgedreht und uns zu Tode erschreckt, und du hättest fast eine Kugel abgekriegt. Und dann bist du durchgedreht.«

»Ist das alles?«

»Das ist alles, was sie uns gesagt haben.«

»Und ›sie‹ sind?«

»›Sie‹ sind die großen Tiere aus der Vorstandsetage. Am Freitag kurz vor Büroschluss kam ein Rundschreiben an alle Mitarbeiter der Kanzlei – Anwälte, Sekretärinnen, Gehilfen, alle –, in dem man uns davon in Kenntnis setzte, dass eine Akte gestohlen worden sei, dass du der Hauptverdächtige seist und dass sämtlichen Mitarbeitern der Kanzlei jeglicher Kontakt mit dir verboten sei. Ich dürfte eigentlich gar nicht hier sein.«

»Ich werde es niemandem verraten.«

»Danke.«

Wenn Braden Chance die Verbindung zwischen der Zwangsräumung und Lontae Burton gesehen hatte, würde er es nicht zugeben. Nicht einmal gegenüber den anderen Teilhabern. Aber Barry sagte die Wahrheit. Wahrscheinlich dachte er, ich sei nur wegen DeVon Hardy an dieser Akte interessiert.

»Warum bist du dann gekommen?«

»Weil ich dein Freund bin. Im Augenblick geht alles drunter und drüber. Mein Gott, am Freitag hatten wir die Polizei im Haus, kannst du dir das vorstellen? Vor einer Woche war's das Einsatzkommando, und wir waren Geiseln. Und jetzt bist du über die Klippe gegangen. Und dann die Sache mit Claire. Lass uns doch mal eine Pause machen, ein paar Wochen irgendwo Urlaub machen. Wir nehmen unsere Frauen mit.«

»Wohin?«

»Was weiß ich? Ist doch egal. Nach Hawaii.«

»Und was würde das bringen?«

»Wir könnten zum Beispiel mal ein bisschen Sonnenenergie tanken. Tennis spielen. Schlafen. Unsere Batterien aufladen.«

»Auf Kosten der Kanzlei?«

»Auf meine Kosten.«

»Claire brauchst du nicht einzuplanen. Es ist vorbei, Barry. Es hat lange gedauert, aber jetzt ist es vorbei.«

»Na gut, dann eben nur wir beide.«

»Aber dir ist jeglicher Kontakt mit mir verboten.«

»Ich habe eine Idee: Ich gehe zu Arthur und spreche mit ihm. Wir können die Sache regeln. Du bringst die Akte zurück und vergisst alles, was drinsteht, die Firma vergibt und vergisst ebenfalls, du und ich spielen zwei Wochen Tennis auf Maui, und wenn wir zurückkommen, setzt du dich wieder in dein schönes Büro, wo du hingehörst.«

»Sie haben dich geschickt, stimmt's?«

»Nein. Ich schwöre es.«

»Es wird nicht gehen, Barry.«

»Nenn mir einen guten Grund. Bitte.«

»Rechtsanwalt zu sein, bedeutet mehr als honorarfähige Stunden zu berechnen und Geld zu scheffeln. Warum sollten wir uns zu Huren des großen Geldes machen? Ich habe es satt, Barry. Ich will etwas bewirken.«

»Du klingst wie ein Erstsemester.«

»Genau. Wir haben Jura studiert, weil wir dachten, das Recht sei eine edle, erhabene Sache. Wir wollten gegen Ungerechtigkeiten und soziale Missstände angehen und alle möglichen großen Taten vollbringen, denn wir waren ja Rechtsanwälte. Früher haben wir unser Handeln an Idealen ausgerichtet. Was hält uns davon ab, das wieder zu tun?«

»Ratenzahlungen.«

»Ich will dich nicht auf meine Seite ziehen. Du hast drei Kinder – Claire und ich haben zum Glück keine. Ich kann es mir leisten, ein bisschen verrückt zu sein.«

Ein Heizkörper in der Ecke, den ich bisher gar nicht bemerkt hatte, begann zu rasseln und zu zischen. Wir sahen ihn an und hofften auf ein wenig Wärme. Eine Minute verging. Dann zwei.

»Sie werden dich drankriegen, Michael«, sagte er und starrte noch immer auf den Heizkörper, ohne ihn wirklich zu sehen.

»›Sie‹? Du meinst ›wir‹?«

»Ja. Die Kanzlei. Du kannst nicht hingehen und eine Akte stehlen. Denk an den Mandanten. Er hat ein Recht auf Vertraulichkeit. Wenn eine Akte verschwindet, bleibt der Kanzlei gar nichts anderes übrig, als sie wiederzubeschaffen.«

»Strafanzeige?«

»Wahrscheinlich. Sie sind fuchsteufelswild, Michael. Und das kann man ihnen auch nicht verdenken. Ein Disziplinarverfahren vor dem Standesgericht der Anwaltskammer ist ebenfalls im Gespräch. Vermutlich wird es eine einstweilige Verfügung geben. Rafter arbeitet schon daran.«

»Warum konnte Mister nicht ein bisschen tiefer zielen?«

»Sie wollen dir ans Leder.«

»Die Kanzlei hat mehr zu verlieren als ich.«

Er musterte mich. Offenbar wusste er nicht, was in der Akte stand. »Es geht um mehr als um Mister?«, fragte er.

»Um viel mehr. Die Kanzlei bewegt sich auf sehr dünnem Eis. Wenn die mich drankriegen wollen, werde ich sie ebenfalls drankriegen.«

»Du kannst eine gestohlene Akte nicht als Beweismaterial verwenden. Kein Gericht im ganzen Land würde das zulassen. Du hast keine Ahnung von Prozessführung.«

»Ich lerne. Sag ihnen, sie sollen mich in Ruhe lassen. Denk daran: Ich hab die Akte, und da ist viel Schmutz drin.«

»Es waren bloß ein paar Hausbesetzer, Michael.«

»Die Sache ist viel komplizierter. Jemand sollte sich mal mit Braden Chance zusammensetzen und die Wahrheit aus ihm herauspressen. Sag Rafter, er soll seine Hausaufgaben machen, sonst könnte sein Schuss nach hinten losgehen. Glaub mir, Barry, das wird Schlagzeilen machen. Wenn das rauskommt, werdet ihr euch nicht mehr aus dem Haus trauen.«

»Du schlägst also einen Waffenstillstand vor? Du behältst die Akte, und wir lassen dich in Ruhe?«

»Für den Augenblick jedenfalls. Was nächste oder übernächste Woche sein wird, weiß ich nicht.«

»Warum soll ich nicht mit Arthur sprechen? Ich mache den Vermittler. Wir drei setzen uns zusammen, schließen die Tür ab und klären diese Angelegenheit. Was meinst du?«

»Dafür ist es zu spät. Es hat Tote gegeben.«

»Mister hat es nicht anders gewollt.«

»Es gibt noch andere.« Damit hatte ich genug gesagt. Er war zwar mein Freund, aber über den größten Teil unseres Gespräches würde er seinen Bossen berichten.

»Könntest du mir das erklären?«

»Nein. Das ist vertraulich.«

»Aus dem Mund eines Anwalts, der Akten stiehlt, klingt das ein bisschen aufgesetzt.«

Der Heizkörper gluckste und gurgelte, und für eine Weile war es leichter, ihn anzusehen als zu sprechen.

Keiner von uns wollte etwas sagen, das er später bereuen würde.

Er fragte nach den anderen Mitarbeitern des Rechtsberatungsbüros. Ich führte ihn herum. Mehr als einmal murmelte er: »Unglaublich.«

»Wollen wir in Verbindung bleiben?«, fragte er an der Tür.

»Klar.«

18

Meine Einweisung dauerte etwa dreißig Minuten. Das war die Fahrtzeit vom Büro zum Samaritan House in Northeast. Mordecai fuhr und redete, und ich saß da, umklammerte meine Aktentasche und war so nervös wie ein Anfänger vor seiner ersten Bewährungsprobe. Ich trug Jeans, ein weißes Hemd und Krawatte, einen alten marineblauen Blazer, weiße Socken und alte Nike Turnschuhe. Ich hatte mich nicht rasiert. Als Armenanwalt konnte ich mich kleiden, wie ich wollte.

Mordecai war die Veränderung meines Erscheinungsbildes natürlich in dem Augenblick aufgefallen, in dem ich ins Büro trat und verkündete, ich wolle mit der Arbeit anfangen. Er sagte nichts, aber sein Blick verweilte bei den Turnschuhen. Er kannte das schon: Irgendwelche Typen von den großen Kanzleien kamen aus den Bürohochhäusern, um ein paar Stunden bei den Armen zu verbringen. Aus irgendeinem Grund fühlten sie sich verpflichtet, sich einen Bart wachsen zu lassen und Jeans zu tragen.

»Ihre Mandanten lassen sich nach Dritteln klassifizieren«, sagte er. Er fuhr, und das erbärmlich, mit einer Hand, hielt in der anderen einen Becher Kaffee und achtete nicht auf die Fahrzeuge um uns herum. »Etwa ein Drittel hat Arbeit, ein Drittel sind Familien mit Kindern, ein Drittel ist geistig zurückgeblieben, und ein Drittel sind Veteranen. Und etwa ein Drittel von denen, die Anrecht auf eine Sozialwohnung haben, wohnen auch tatsächlich in einer. In den letzten fünfzehn Jahren sind zweieinhalb Millionen Sozialwohnungen vom Markt verschwunden, und die Bundeszuschüsse dafür sind um siebzig Prozent gekürzt worden. Kein Wunder, dass die Leute auf der Straße leben. Alle Regierungen sparen auf Kosten der Armen.«

Mühelos rasselte er Statistiken herunter. Dies war sein Leben, sein Beruf. Als Anwalt war ich darauf getrimmt, alles sorgfältig zu notieren, und ich musste gegen den Impuls ankämpfen, meine Aktentasche aufzureißen und mitzuschreiben. Ich saß nur da und hörte zu.

»Diese Leute arbeiten für Mindestlohn. Die normalen Mietwohnungen vom freien Markt kommen für sie also nicht in Frage. Nicht mal im Traum. Und ihre Löhne haben mit der Entwicklung der Mietpreise nicht Schritt gehalten. Also wird die Kluft immer größer, und gleichzeitig werden immer mehr Hilfsprogramme eingestellt. Stellen Sie sich vor: Nur vierzehn Prozent der obdachlosen Behinderten bekommen die Behindertenrente, die ihnen zusteht. Vierzehn Prozent! Sie werden eine Menge solcher Fälle zu sehen bekommen.«

Mit quietschenden Reifen kamen wir an einer roten Ampel zum Stehen. Mordecais Wagen ragte weit in die Kreuzung hinein. Ringsum ertönten Hupen. Ich ließ mich tiefer in den Sitz sinken und wartete auf den Aufprall. Mordecai merkte gar nicht, dass sein Wagen den Berufsverkehr blockierte. Er starrte ins Leere und war in einer anderen Welt.

»Das Beängstigende an der Obdachlosigkeit ist das, was man nicht auf der Straße sieht. Etwa die Hälfte aller Armen muss siebzig Prozent ihres Einkommens dafür aufwenden, um ihre Wohnung zu halten. Nach der offiziellen Statistik dürfte die Wohnung aber nur ein Drittel des Einkommens kosten. Es gibt in dieser Stadt Zehntausende, die am Rande der Obdachlosigkeit stehen – ein verspäteter Gehaltsscheck, ein unerwarteter Krankenhausaufenthalt, ein unvorhergesehener Notfall, und sie verlieren ihre Wohnung.«

»Und wohin gehen sie dann?«

»Meistens nicht direkt in die Notunterkünfte. Zuerst wohnen sie bei Verwandten, dann bei Freunden. Die Belastung ist gewaltig, denn diese Verwandten und Freunde wohnen ebenfalls in Sozialwohnungen, und in den Verträgen ist genau festgelegt, wie viele Menschen dort wohnen dürfen. Wer hilft, ist also gezwungen, gegen seinen Vertrag zu verstoßen, und das ist ein Kündigungsgrund. Sie wohnen also mal hier, mal da. Ein Kind lassen sie bei der Schwester, ein anderes bei einer Freundin. Es geht immer weiter bergab. Viele Obdachlose haben Angst vor den Notunterkünften und tun alles, um nicht dort zu landen.«

Er hielt inne und nahm einen Schluck Kaffee. »Warum?«, fragte ich.

»Nicht alle Notunterkünfte sind sicher. Es hat Schlägereien gegeben, Überfälle, ja sogar Vergewaltigungen.«

Und hier sollte ich also den Rest meines Berufslebens verbringen. »Ich habe vergessen, meinen Revolver einzustecken«, sagte ich.

»Ihnen passiert nichts. Es gibt hier Hunderte freiwilliger Helfer, und ich habe noch nie gehört, dass einem von ihnen was passiert wäre.«

»Das freut mich.« Wir fuhren weiter, ein wenig sicherer als zuvor.

»Etwa die Hälfte der Leute hat irgendwelche Drogenprobleme, wie Ihr Freund DeVon Hardy. Das kommt sehr häufig vor.«

»Was können wir für sie tun?«

»Leider nicht allzu viel. Es gibt noch ein paar Hilfsprogramme, aber es ist schwer, einen Platz zu finden. Hardy konnten wir in einer Rehabilitationsklinik für Kriegsveteranen unterbringen, aber er hat die Therapie abgebrochen. Der Süchtige entscheidet, wann er seine Sucht loswerden will.«

»Und welche Droge wird am häufigsten gebraucht?«

»Alkohol. Der ist am erschwinglichsten. Außerdem viel Crack, weil das ebenfalls billig ist. Man sieht so ziemlich alles. Designerdrogen sind zu teuer und darum eher selten.«

»Worum wird es bei meinen ersten fünf Fällen gehen?«

»Sie sind nervös, stimmt's?«

»Ja, und ich habe keine Ahnung, was mich erwartet.«

»Nur die Ruhe. Die Fälle sind nicht kompliziert, aber Sie werden Geduld brauchen. Dem einen wird eine ihm zustehende Unterstützung, wahrscheinlich Lebensmittelgutscheine, verweigert. Der andere will sich scheiden lassen. Einer hat eine Beschwerde gegen seinen Vermieter. Oder gegen den Arbeitgeber. Außerdem werden Sie garantiert auch ein Strafverfahren kriegen.«

»Was für eine Art von Strafverfahren?«

»Kleinkram. Der Trend geht dahin, Obdachlosigkeit zu kriminalisieren. In den großen Städten sind Verordnungen erlassen worden, die sich ausschließlich gegen Menschen richten, die auf der Straße leben: Man darf nicht betteln, nicht auf einer Bank schlafen, nicht unter einer Brücke kampieren, keine persönlichen Gegenstände in einem öffentlichen Park lagern, nicht auf dem Bürgersteig sitzen, nicht in der Öffentlichkeit essen. Viele dieser Verordnungen sind von Gerichten aufgehoben worden. Abraham hat großartige Arbeit geleistet, als er Bundesrichter davon überzeugt hat, dass diese miesen Verordnungen gegen den ersten Verfassungszusatz verstoßen. Also sind die Städte dazu übergegangen, allgemein gehaltene Gesetze anzuwenden: gegen Herumlungern, gegen Landstreicherei, gegen Trunkenheit in der Öffentlichkeit. Damit zielt man auf die Obdachlosen. Wenn ein Typ in einem schicken Anzug sich in einer Bar betrinkt und draußen an die Wand pinkelt, interessiert das niemanden. Wenn ein Obdachloser an dieselbe Wand pinkelt, wird er wegen öffentlichen Urinierens festgenommen. Razzien sind an der Tagesordnung.«

»Razzien?«

»Ja. Sie nehmen sich eine bestimmte Gegend der Stadt vor, sammeln alle Obdachlosen ein und karren sie irgendwo anders hin. Das haben sie vor den Olympischen Spielen in Atlanta gemacht. All diese Armen sollten nicht unter den Augen der ganzen Welt betteln und auf Parkbänken schlafen. Also haben sie die Einsatzkommandos losgeschickt und das Problem beseitigt. Und dann hat die Stadt damit geprahlt, wie hübsch alles aussah.«

»Wohin haben sie die Leute gebracht?«

»Jedenfalls nicht in Notunterkünfte – die gibt es dort nämlich nicht. Sie haben sie einfach hin und her geschoben, von einem Stadtteil zum anderen, und sie auf- und abgeladen wie Müll.« Er nahm einen Schluck Kaffee und verstellte den Heizungsregler. Fünf Sekunden ohne eine Hand am Steuer. »Vergessen Sie nicht, Michael: Jeder muss irgendwo sein. Diese Leute haben keine Alternative. Wenn man hungrig ist, bettelt man, um essen zu können. Wenn man müde ist, schläft man, wo man einen Platz findet. Auch wenn man obdachlos ist, muss man irgendwo leben.«

»Werden sie verhaftet?«

»Jeden Tag, und das ist eine idiotische Politik. Stellen Sie sich einen Mann vor, der auf der Straße lebt. Mal schläft er in einer Notunterkunft, mal nicht. Er arbeitet irgendwo und bekommt den Mindestlohn, und er gibt sich alle Mühe, wieder Tritt zu fassen und sein Leben in den Griff zu bekommen. Dann wird er verhaftet, weil er unter einer Brücke geschlafen hat – aber jeder muss irgendwo schlafen. Er ist schuldig, weil der Stadtrat in seiner unendlichen Weisheit beschlossen hat, dass es ein Verbrechen ist, obdachlos zu sein. Er muss dreißig Dollar bezahlen, um aus dem Gefängnis zu kommen, und noch einmal dreißig Dollar Strafe. Sechzig Dollar aus einer sehr dünnen Brieftasche. Und der Mann rutscht noch eine Stufe tiefer. Man hat ihn verhaftet, erniedrigt und bestraft, und er soll nun seinen Fehler einsehen und sich eine Wohnung suchen. Er soll nicht auf der Straße sein. Das passiert in den meisten Städten.«

»Wäre er im Gefängnis nicht besser dran?«

»Waren Sie in letzter Zeit mal im Gefängnis?«

»Nein.«

»Gehen Sie lieber nicht hin. Die Polizisten sind nicht ausgebildet für den Umgang mit Obdachlosen, besonders was die Geistesgestörten und Süchtigen betrifft. Die Gefängnisse sind überfüllt. Das Strafvollzugssystem ist ein Albtraum ganz eigener Art, und dadurch, dass man die Obdachlosen verfolgt, belastet man es nur noch mehr. Und das Idiotischste ist: Ein Häftling kostet pro Tag fünfundzwanzig Prozent mehr als Unterkunft, Essen, Beförderung und Beratung eines Obdachlosen. Diese Hilfs- und Beratungsdienste hätten einen langfristigen Nutzen und wären natürlich sinnvoller. Fünfundzwanzig Prozent. Und darin sind die Kosten für die Verhaftung und das bürokratische Verfahren noch gar nicht enthalten. Die meisten Städte sind sowieso pleite, besonders Washington – deswegen schließen sie ja die Notunterkünfte –, und doch werfen sie Geld zum Fenster hinaus, indem sie Obdachlose zu Kriminellen machen.«

»Das riecht nach einer Klage«, sagte ich, doch er brauchte kein Stichwort.

»Wir klagen wie verrückt. Im ganzen Land gehen Rechtsanwälte gegen diese Verordnungen an. Die verdammten Stadtverwaltungen geben für Rechtsanwälte mehr Geld aus als für Notunterkünfte. Man muss dieses Land lieben. New York, die reichste Stadt der Welt, kann seinen Bürgern kein Dach über dem Kopf garantieren.

Also schlafen viele Menschen auf den Straßen und betteln in der Fifth Avenue, und das empört die feinfühligen New Yorker, die Rudy Soundso wählen, weil er ihnen verspricht, die Straßen sauber zu halten, und der lässt seine erlauchten Stadträte dann eine Verordnung verabschieden, nach der Obdachlosigkeit verboten ist, einfach so: betteln, auf dem Bürgersteig sitzen, obdachlos sein – alles verboten. Sie kürzen Ausgaben wie verrückt, sie schließen Notunterkünfte und streichen Zuschüsse, und gleichzeitig werfen sie New Yorker Anwälten, die diese Art von Armutsbekämpfung verteidigen, ein Vermögen in den Rachen.«

»Wie schlimm ist es in Washington?«

»Nicht so schlimm wie in New York, aber auch nicht viel besser, fürchte ich.« Wir waren in einem Teil der Stadt, durch den ich noch vor zwei Wochen nicht einmal bei Tageslicht in einem gepanzerten Wagen gefahren wäre. Die Geschäfte waren mit schweren Gittern gesichert. Die Wohnhäuser waren hoch und wirkten leblos, und auf den Balkonen hing Wäsche. Die Gebäude waren grau und geprägt von jener architektonischen Fadheit, die eine Voraussetzung für eilig vergebene Bundesgelder zu sein scheint.

»Washington ist eine Stadt mit einem hohen Anteil von Schwarzen und Wohlfahrtsempfängern«, fuhr Mordecai fort. »Es kommen eine Menge Leute hierher, die eine Veränderung wollen, eine Menge Aktivisten und Radikale. Leute wie Sie.«

»Ich bin doch wohl kaum ein Aktivist oder Radikaler.«

»Es ist Montagmorgen. Wo haben Sie in den letzten sieben Jahren den Montagmorgen verbracht?«

»Art meinem Schreibtisch.«

»An einem sehr schönen Schreibtisch.«

»Ja.«

»In einem sehr eleganten Büro.«

»Ja.«

Er grinste mich breit an und sagte: »Dann sind Sie jetzt ein Radikaler.«

Und damit war meine Einweisung beendet.

Rechts an einer Straßenecke standen ein paar dick vermummte Männer um einen tragbaren Gasofen. Wir bogen ab und parkten am Randstein. Das Gebäude war einst, vor vielen Jahren, ein Kaufhaus gewesen. Auf einem handgemalten Schild stand: Samaritan House.

»Es ist eine private Unterkunft«, sagte Mordecai. »Neunzig Betten, anständiges Essen, finanziert von einem Verband von Kirchengemeinden in Arlington. Wir kommen seit sechs Jahren hierher.«

Ein Lieferwagen einer Lebensmittelsammelstelle stand vor dem Eingang; freiwillige Helfer luden kistenweise Gemüse und Obst aus. Mordecai sprach mit einem älteren Mann, der an der Tür stand, und wir durften eintreten.

»Ich werde Sie kurz herumführen«, sagte Mordecai. Während wir durch das Erdgeschoss gingen, hielt ich mich dicht bei ihm. Es war ein Labyrinth aus kurzen Korridoren, mit kleinen Räumen zu beiden Seiten, deren Wände aus Spanplatten bestanden. Jeder Raum hatte eine mit einem Schloss versehene Tür. Eine stand offen. Mordecai warf einen Blick in das Zimmer und sagte: »Guten Morgen.«

Ein kleiner Mann mit wildem Blick saß auf der Bettkante und starrte uns an, sagte aber nichts. »Das ist ein gutes Zimmer«, sagte Mordecai. »Ein abschließbarer Raum mit einem Bett, Platz für persönliche Dinge und Elektrizität.« Er betätigte einen Schalter neben der Tür, und die Glühbirne einer kleinen Lampe erlosch. Der Raum war für einen Augenblick dunkel, dann schaltete Mordecai das Licht wieder an. Der wilde Blick des Mannes blieb unverändert.

Das Zimmer war nach oben offen; die Decke des alten Kaufhauses war zehn Meter über uns.

»Gibt es Badezimmer?«, fragte ich.

»Die sind hinten. Private Badezimmer gibt es nur in wenigen Unterkünften. Schönen Tag noch«, sagte er zu dem Mann auf dem Bett. Der nickte nur.

Ein paar Radios waren eingeschaltet; einige brachten Musik, andere Nachrichten. Menschen gingen umher. Es war Montagmorgen, und sie mussten zur Arbeit oder hatten andere Dinge zu erledigen.

»Ist es schwer, hier einen Platz zu bekommen?«, fragte ich und ahnte bereits die Antwort.

»So gut wie unmöglich. Die Warteliste ist kilometerlang, und jeder, der hier einziehen will, muss sich einem Drogentest unterziehen.«

»Und wie lange bleiben die Leute hier?«

»Das ist unterschiedlich. Im Durchschnitt ungefähr drei Monate. Es ist eine der besseren Unterkünfte – hier ist man sicher. Sobald sich einer wieder gefangen hat, versucht man, eine bezahlbare Wohnung für ihn zu finden.«

Er stellte mich der Leiterin vor, einer jungen Frau in schwarzen Militärstiefeln. Ich war ›unser neuer Anwalt‹. Sie hieß mich willkommen. Die beiden unterhielten sich über einen Mandanten, der verschwunden war, und ich schlenderte durch die Korridore, bis ich die Abteilung für Familien gefunden hatte. Ich hörte ein Baby weinen und kam an eine offene Tür. Dieser Raum war größer als die anderen und in zwei kleine Zimmer unterteilt. Eine untersetzte Frau, nicht älter als fünfundzwanzig, saß mit nacktem Oberkörper auf einem Stuhl und stillte einen Säugling. Meine Gegenwart schien sie nicht im Mindesten zu stören. Auf dem Bett tobten zwei Kleinkinder herum, und aus dem Radio kam Rap.

Die Frau legte die Hand an ihre freie Brust und bot sie

mir an. Ich floh den Korridor entlang und fand Mordecai.

Die Mandanten erwarteten uns bereits. Unsere Beratung fand in einer Ecke des Speisesaals statt, neben der Küche. Wir liehen uns vom Koch einen Klapptisch, Mordecai schloss einen Aktenschrank auf, der in der Ecke stand, und damit war die Kanzlei geöffnet. Auf an der Wand aufgereihten Stühlen saßen sechs Leute.

»Wer ist der Erste?«, fragte Mordecai, und eine Frau nahm ihren Stuhl und setzte sich uns gegenüber. Wir hielten Block und Bleistift bereit und waren ihre Anwälte – der eine ein Veteran, der andere völlig unbeleckt.

Sie hieß Waylene und war siebenundzwanzig Jahre alt. Unverheiratet, zwei Kinder.

»Die eine Hälfte wohnt hier«, sagte Mordecai, während er sich Notizen machte, »die andere kommt von der Straße.«

»Und wir nehmen jeden?«

»Jeden, der obdachlos ist.«

Waylenes Problem war nicht kompliziert. Sie hatte in einer Imbissstube gearbeitet, bevor sie, aus Gründen, die Mordecai unerheblich fand, gekündigt hatte. Es standen noch zwei Gehaltsschecks aus: Weil sie keinen festen Wohnsitz hatte, waren sie von ihrem Arbeitgeber an die falsche Adresse geschickt worden. Die Schecks waren verschwunden, doch das war Waylenes ehemaligem Boss vollkommen egal.

»Wo werden Sie in der nächsten Woche unterkommen?«, fragte Mordecai.

Das wusste sie noch nicht. Vielleicht hier, vielleicht dort. Sie suchte Arbeit, und wenn sie eine gefunden hatte, würden vielleicht bestimmte andere Dinge passieren, und dann könnte sie möglicherweise bei Soundso einziehen. Oder sich sogar eine eigene Wohnung leisten.

»Ich werde Ihnen Ihr Geld verschaffen. Ich lasse die

Schecks an unser Büro schicken.« Er gab ihr eine Visitenkarte. »Rufen Sie mich in einer Woche unter dieser Nummer an.«

Sie nahm die Karte, bedankte sich und eilte davon.

»Rufen Sie ihren Boss an«, sagte Mordecai zu mir, »und stellen Sie sich als ihr Anwalt vor. Seien Sie erst einmal nett und freundlich, aber hauen Sie kräftig auf den Putz, wenn er nicht kooperationsbereit ist. Wenn es sein muss, fahren Sie hin und holen Sie die Schecks persönlich ab.«

Ich schrieb diese Anweisungen mit, als wären sie kompliziert. Waylene hatte zweihundertzehn Dollar zu bekommen. Der letzte Fall, den ich bei Drake & Sweeney bearbeitet hatte, war ein Kartellverfahren gewesen, bei dem es um neunhundert Millionen Dollar gegangen war.

Der zweite Mandant konnte kein bestimmtes juristisches Problem vorbringen. Er wollte nur mit jemandem reden. Er war betrunken oder geistesgestört oder beides, und Mordecai ging mit ihm in die Küche und schenkte ihm einen Kaffee ein.

»Einige dieser armen Teufel können einer Schlange einfach nicht widerstehen«, sagte er.

Nummer drei war eine Hausbewohnerin, und zwar seit zwei Monaten, so dass das Adressenproblem noch leichter zu lösen war. Sie war achtundfünfzig, gepflegt, die Witwe eines Veteranen. Aus den Unterlagen, die ich durchsah, während mein Kollege mit ihr sprach, ergab sich, dass ihr eine Veteranenrente zustand. Allerdings gingen die Schecks auf ein Konto bei einer Bank in Maryland, zu dem sie keinen Zugang hatte. Sie erklärte die Gründe dafür. Die Schriftstücke belegten ihre Angaben. Mordecai sagte: »Die Leute bei der Veteranenverwaltung sind in Ordnung. Wir werden dafür sorgen, dass die Schecks hierher transferiert werden.«

Während wir fachkundig einen Mandanten nach dem

anderen berieten, wurde die Schlange der Wartenden länger. Für Mordecai war das alles nichts Neues: Lebensmittelgutscheine kamen mangels eines festen Wohnsitzes nicht mehr an, ein Vermieter wollte die Kaution nicht herausrücken, ein Vater weigerte sich, Unterhalt zu zahlen, es lag ein Haftbefehl wegen ungedeckter Schecks vor, ein Antrag auf Sozialhilfe wurde nicht bearbeitet. Nach zwei Stunden und zehn Mandanten setzte ich mich ans andere Ende des Tisches und beriet meine Mandanten selbst. An meinem ersten richtigen Arbeitstag als Armenanwalt war ich bereits auf mich allein gestellt; ich machte mir Notizen und trat ebenso gewichtig auf wie mein Kollege.

Mein erster Mandant war Marvis. Er wollte sich scheiden lassen. Ich ebenfalls. Nachdem ich mir seine Leidensgeschichte angehört hatte, wäre ich am liebsten zu Claire gefahren und hätte ihr die Füße geküsst. Mavis' Frau war eine Prostituierte, die früher einmal Klasse gehabt hatte – bis sie Crack entdeckte. Durch das Crack landete sie erst bei einem Dealer, dann bei einem Zuhälter und schließlich auf der Straße. Im Verlauf dieses Niedergangs hatte sie gestohlen, was nicht niet- und nagelfest war, den gemeinsamen Besitz verkauft und Schulden angehäuft, die an Marvis hängen geblieben waren. Er hatte einen Offenbarungseid geleistet, sie hatte die beiden Kinder genommen und war zu ihrem Zuhälter gezogen.

Marvis hatte ein paar allgemeine Fragen zum Ablauf eines Scheidungsverfahrens, und da ich dieses selbst nur in den Grundzügen kannte, mogelte ich mich durch, so gut es ging. Während ich mir Notizen machte, sah ich vor meinem inneren Auge plötzlich Claire, die eben jetzt im eleganten Büro ihrer Anwältin saß und die Auflösung unserer Ehe plante.

»Wie lange wird es dauern?«, fragte er und riss mich aus meinem kurzen Tagtraum.

»Sechs Monate«, antwortete ich. »Glauben Sie, dass sie die Scheidung anfechten wird?«

»Wie meinen Sie das?«

»Wird sie in die Scheidung einwilligen?«

»Darüber haben wir noch nicht gesprochen.«

Sie war vor einem Jahr ausgezogen, und das klang für mich nach einem klaren Fall von böswilligem Verlassen. Der Ehebruch kam noch hinzu. Meiner Meinung nach war der Fall schon so gut wie gewonnen.

Marvis war seit einer Woche hier. Er nahm keine Drogen, war nüchtern und suchte Arbeit. Ich genoss die halbe Stunde, die unser Gespräch dauerte, und schwor mir, seine Scheidung durchzusetzen.

Der Morgen verging schnell, und meine Nervosität verschwand. Ich half Menschen mit echten Problemen, armen Menschen, die keine andere Möglichkeit hatten, juristischen Beistand zu bekommen. Sie hatten nicht nur vor mir Ehrfurcht, sondern auch vor der riesigen Welt der Gesetze und Verordnungen, der Gerichte und Behörden. Ich lernte zu lächeln und ihnen das Gefühl zu vermitteln, willkommen zu sein. Manche entschuldigten sich dafür, dass sie nicht imstande waren, mich zu bezahlen. Geld sei nicht wichtig, sagte ich ihnen. Geld war nicht wichtig.

Um zwölf gaben wir den Tisch frei, damit das Mittagessen serviert werden konnte. An der Ausgabe stand eine Schlange. Die Suppe war fertig.

Da wir ohnehin in der Gegend waren, hielten wir am Florida Avenue Grill, wo es karibisches Essen gab. Ich war der einzige Weiße in dem gut besetzten Restaurant, doch mit diesem Umstand kam ich immer besser zurecht. Bis jetzt hatte noch niemand versucht, mich zu ermorden. Ob ich weiß war oder nicht, schien keinen zu kümmern.

Sofia trieb einen funktionierenden Telefonapparat für mich auf. Er befand sich unter einem Stapel Akten auf dem Tisch bei der Tür. Ich dankte ihr und zog mich in mein Büro zurück. Acht Leute warteten still und geduldig darauf, dass Sofia, die keine Rechtsanwältin war, ihnen juristische Ratschläge gab. Mordecai schlug vor, ich solle mir am Nachmittag die Fälle vornehmen, die wir morgens im Samaritan House angenommen hatten. Es waren insgesamt neunzehn. Er legte mir auch nahe, zügig zu arbeiten, damit ich Sofia helfen konnte.

Wenn ich gedacht hatte, das Arbeitspensum eines Armenanwalts würde kleiner sein, so hatte ich mich getäuscht. Mit einemmal steckte ich bis zum Hals in den Problemen anderer Leute. Als eingefleischter Arbeitssüchtiger war ich dieser Aufgabe jedoch glücklicherweise gewachsen.

Mein erster Anruf ging allerdings an Drake & Sweeney. Ich fragte nach Hector Palma in der Immobilienabteilung und kam in die Warteschleife. Nach fünf Minuten legte ich auf und versuchte es erneut. Schließlich bekam ich eine Sekretärin an den Apparat, die mich jedoch abermals warten ließ. Unvermittelt bellte Braden Chances raue Stimme in mein Ohr. »Kann ich Ihnen helfen?«

Ich schluckte und sagte: »Ja, ich versuche, Hector Palma zu erreichen.« Ich sprach mit hoher Stimme und verschliff die Worte.

»Und wer sind Sie?«, wollte er wissen.

»Rick Hamilton. Ich bin ein alter Schulfreund von Hector.«

»Tut mir Leid, er arbeitet nicht mehr hier.« Chance legte auf, und ich starrte das Telefon an und überlegte, ob ich Polly anrufen und sie bitten sollte, sich mal umzuhören, was aus Hector geworden war. Es würde nicht lange dauern, bis sie es in Erfahrung gebracht hatte. Ich konnte auch Rudolph anrufen oder Barry Nuzzo oder meinen ehemaligen Gehilfen. Doch dann wurde mir bewusst, dass sie nicht mehr meine Freunde waren. Ich war draußen. Ich war gesperrt. Ich war der Feind. Ich hatte Ärger gemacht, und die Großmächtigen hatten verboten, mit mir auch nur zu sprechen.

Im Telefonbuch standen drei Hector Palmas. Ich wollte sie anrufen, aber die Leitungen waren besetzt. Das Rechtsberatungsbüro hatte zwei Leitungen, aber vier Mitarbeiter.

19

Am Ende meines ersten Arbeitstages hatte ich es nicht sehr eilig, das Büro zu verlassen. Mein Zuhause war eine leere Mansardenwohnung, nicht größer als drei Kammern im Samaritan House. Mein Zuhause war ein Schlafzimmer ohne Bett, ein Wohnzimmer mit einem Fernseher ohne Kabelanschluss und eine Küche mit einem Klapptisch und ohne Kühlschrank. Ich hatte unbestimmte und nicht sehr dringliche Pläne, die Wohnung zu renovieren und einzurichten.

Sofia ging pünktlich um fünf, wie immer. Die Gegend, in der sie wohnte, war gefährlich, und darum wollte sie bei Einbruch der Dunkelheit zu Hause und hinter verschlossenen Türen sein. Mordecai ging um sechs, nachdem er mit mir eine halbe Stunde lang die Fälle des heutigen Tages besprochen hatte. »Bleiben Sie nicht zu lange«, warnte er mich, »und gehen Sie am besten nicht allein.« Er hatte Abraham Lebow gefragt, der vorhatte, bis um neun zu arbeiten, und riet uns, gemeinsam aufzubrechen. Parken Sie in der Nähe. Gehen Sie schnell. Behalten Sie die Umgebung im Auge.

»Und? Wie gefällt es Ihnen?«, fragte er und blieb auf dem Weg hinaus an der Tür stehen.

»Ich finde die Arbeit faszinierend. Und der zwischenmenschliche Kontakt hat etwas Beflügelndes.«

»Hin und wieder wird es Ihnen das Herz brechen.«

»Das hat es schon.«

»Das ist gut. Wenn Sie an den Punkt kommen, wo es nicht mehr wehtut, ist es an der Zeit aufzuhören.«

»Ich habe doch gerade erst angefangen.«

»Ich weiß, und ich freue mich darüber. Einen Angehörigen der weißen Oberschicht haben wir dringend gebraucht.«

»Ich freue mich, ein Quotenmann zu sein.«

Er ging, und ich schloss die Tür zu meinem Büro wieder. Ich hatte festgestellt, dass hier unausgesprochen eine Politik der offenen Tür herrschte. Ich hatte mich den ganzen Nachmittag über Sofia amüsiert, die am Telefon vor den Ohren aller Anwesenden einem Bürokraten nach dem anderen die Hölle heiß gemacht hatte. Auch Mordecai war am Telefon der reinste Kettenhund, der mit tiefer, rauer Stimme Forderungen stellte und üble Drohungen ausstieß. Abraham war viel leiser, aber auch seine Tür stand immer offen.

Da ich noch nicht wusste, was ich hier eigentlich tat, hielt ich die meine geschlossen. Bestimmt würden die anderen Geduld mit mir haben.

Ich rief die drei Hector Palmas aus dem Telefonbuch an. Der Erste war nicht der Hector, den ich sprechen wollte. Bei der zweiten Nummer hob niemand ab. Die dritte Nummer bescherte mir nur einen Anrufbeantworter. Die Nachricht war kurz und bündig: »Es ist niemand zu Hause – bitte hinterlassen Sie eine Nachricht, wir rufen Sie zurück.«

Es war Hectors Stimme.

Die Kanzlei hatte zahllose Verbindungen, und es gab viele Orte, wo man Hector Palma verstecken konnte. Drake & Sweeney beschäftigte achthundert Anwälte und hundertsiebzig Gehilfen und unterhielt Filialen in New York, Chicago, Los Angeles, Portland, Palm Springs, London und Hongkong. Sie waren nicht so dumm, ihn zu entlassen – er wusste zu viel. Also würden sie sein Gehalt verdoppeln, ihn befördern und in eine Filiale in einer anderen Stadt versetzen, wo er obendrein eine größere Wohnung bekommen würde.

Ich schrieb die Adresse aus dem Telefonbuch ab. Wenn der Anrufbeantworter noch funktionierte, war er vielleicht noch nicht umgezogen. Ich war mir sicher, dass ich ihn mit Hilfe meines frisch erworbenen Straßenwissens würde ausfindig machen können.

Jemand klopfte leise an die Tür, die dabei aufschwang. Die Falle des Schlosses war alt und schnappte nicht mehr richtig ein. Abraham trat ein. »Haben Sie eine Minute Zeit?«, fragte er und setzte sich.

Das war seine Begrüßung, sein Höflichkeitsbesuch. Er war ein stiller, zurückhaltender Mensch mit einer intellektuellen, intensiven Ausstrahlung, die mich eingeschüchtert hätte, wenn ich nicht die letzten sieben Jahre in einer Kanzlei mit vierhundert Anwälten aller möglicher Couleur verbracht hätte. Ich kannte ein Dutzend Abrahams – ernste, distanzierte Menschen, die von geschmeidigen Umgangsformen nicht viel hielten.

»Ich wollte Sie willkommen heißen«, sagte er und begann sogleich mit einer leidenschaftlichen Rechtfertigung der Arbeit für die Belange der Öffentlichkeit. Er stammte aus der Mittelschicht von Brooklyn, hatte auf der Columbia University Jura studiert, drei grässliche Jahre in einer Kanzlei in der Wall Street, vier Jahre in Atlanta bei einer Initiative gegen die Todesstrafe und zwei frustrierende Jahre auf dem Capitol Hill verbracht. Dann war sein Blick auf eine Kleinanzeige in einer Anwaltszeitschrift gefallen: Ein Rechtsberatungsbüro in der 14th Street suchte einen Anwalt.

»Das Recht ist eine Berufung«, sagte er. »Es kann nicht nur darum gehen, Geld zu scheffeln.« Und dann kam die nächste Rede, eine Tirade gegen die großen Kanzleien und berühmten Anwälte, die Millionen an Honoraren kassierten. Ein Freund aus Brooklyn verdiente zehn Millionen Dollar pro Jahr mit Prozessen gegen Firmen, die Brustimplantate herstellten. »Zehn Millionen pro Jahr! Damit könnte man jedem einzelnen Obdachlosen in Washington Essen und ein Dach über dem Kopf bezahlen!«

Jedenfalls freute er sich, dass ich auf den rechten Weg

gefunden hatte. Die Sache mit Mister tat ihm allerdings Leid.

»Was machen Sie eigentlich genau?«, fragte ich. Die Unterhaltung gefiel mir. Er war intelligent und begeisterungsfähig und verfügte über einen enormen Wortschatz.

»Zweierlei. Politisches Zeug. Ich arbeite mit anderen Anwälten zusammen, um Einfluss auf die Gesetzgebung zu nehmen. Und ich dirigiere Verfahren, hauptsächlich Sammelklagen. Wir haben das Wirtschaftsministerium verklagt, weil die Obdachlosen bei der Volkszählung 1990 krass unterrepräsentiert waren. Wir haben die Schulbehörde von Washington verklagt, weil sie obdachlose Kinder nicht zum Unterricht zulassen wollte. Wir haben eine Sammelklage eingereicht, weil die Stadtverwaltung mehrere tausend Wohnzuschüsse ohne die erforderliche Anhörung gestrichen hat. Wir sind gegen viele der Verordnungen angegangen, mit denen die Obdachlosigkeit kriminalisiert werden soll. Wenn Obdachlose benachteiligt werden, gehen wir auf die Barrikaden.«

»Das sind ziemlich komplizierte Verfahren.«

»Stimmt, aber glücklicherweise gibt es hier in Washington viele sehr gute Anwälte, die bereit sind, uns ihre Zeit zur Verfügung zu stellen. Ich bin der Trainer. Ich entwerfe die Taktik, mache die Mannschaftsaufstellung und betreue das Spiel.«

»Sie sprechen nicht mit den Mandanten?«

»Nur gelegentlich. Ich bin am besten, wenn ich allein in meinem kleinen Büro da drüben sitzen kann. Darum freue ich mich auch so, dass Sie hier sind. Wir brauchen Verstärkung für die Laufkundschaft.«

Er sprang auf – die Unterhaltung war vorüber. Wir verabredeten, um Punkt neun Uhr zu gehen, und schon war er wieder draußen. Während einer seiner Reden war mir aufgefallen, dass er keinen Ehering trug.

Er hatte sein Leben dem Kampf um Gerechtigkeit verschrieben. Das alte Bonmot, dass die Juristerei eine eifersüchtige Geliebte sei, hatte durch Leute wie Abraham und mich eine neue Dimension bekommen.

Die Juristerei war alles, was wir hatten.

Die Polizei wartete bis ein Uhr morgens und schlug dann in einer rollkommandoartigen Aktion zu. Die Beamten läuteten und begannen unmittelbar danach, mit den Fäusten an die Tür zu hämmern. Als Claire sich gefasst und einen Bademantel angezogen hatte, bearbeiteten sie die Tür bereits mit den Füßen und waren drauf und dran, sie einzutreten. »Polizei!«, schrien sie, als Claire ängstlich fragte, wer da sei. Sie öffnete langsam die Tür und wich entsetzt zurück, als vier Männer – zwei Uniformierte, zwei in Zivil – hereinstürmten, als stünden Menschenleben auf dem Spiel.

»Zurück an die Wand!«, fuhr einer der Männer sie an. Sie brachte kein Wort heraus.

»Zurück an die Wand!«, schrie er sie an.

Sie knallten die Tür hinter sich zu. Der Einsatzleiter trug einen billigen, eng sitzenden Anzug und hieß Lieutenant Gasko. Er trat vor und zog ein paar zusammengefaltete Formulare aus der Tasche. »Sind Sie Claire Brock?«, fragte er in schlechtestem Columbo-Stil.

Sie stand mit offenem Mund da und nickte nur.

»Ich bin Lieutenant Gasko. Wo ist Michael Brock?«

»Er wohnt nicht mehr hier«, brachte sie heraus. Die anderen drei standen da, als wären sie drauf und dran, sich auf irgendetwas zu stürzen.

Gasko glaubte ihr kein Wort, doch er war nicht gekommen, um mich zu verhaften, sondern um die Wohnung zu durchsuchen. »Ich habe einen Durchsuchungsbefehl für diese Wohnung, ausgestellt um siebzehn Uhr von Richter Kisner.« Er entfaltete die Formulare und hielt sie ihr hin, als wäre dies der geeignete Augenblick, um das Kleingedruckte zu lesen und zu verstehen.

»Treten Sie bitte zurück«, sagte er. Claire trat noch weiter zurück.

»Wonach suchen Sie eigentlich?«, fragte sie.

»Steht alles da drin«, antwortete Gasko und warf die Papiere auf die Küchentheke. Die vier Männer schwärmten in der Wohnung aus.

Das Handy lag neben meinem Kopf, und der lag auf dem Kissen, das ich am Kopfende des Schlafsacks auf den Boden gelegt hatte. Es war meine dritte Nacht auf dem Fußboden – ich versuchte, mich in das Leben meiner Mandanten einzufühlen. Ich aß wenig, schlief noch weniger und sah Parkbänke und Bürgersteige mit neuen Augen. Die linke Körperhälfte war bis hinunter zum Knie grün und blau und schmerzte, weswegen ich auf der rechten Seite schlief.

Der Preis erschien mir nicht zu hoch. Ich hatte ein Dach über dem Kopf, ich hatte einen Job und die Gewissheit, dass ich auch morgen satt werden würde. Ich hatte eine Zukunft.

Ich tastete nach dem Handy und sagte: »Ja?«

»Michael!«, zischte Claire im Flüsterton. »Die Polizei ist hier und durchsucht die Wohnung.«

»Was?«

»Die Polizei ist hier. Vier Beamte, und sie haben einen Durchsuchungsbefehl.«

»Und wonach suchen sie?«

»Nach einer Akte.«

»Ich bin in zehn Minuten da.«

»Bitte beeil dich.«

Ich stürmte in die Wohnung wie ein Besessener. Als Erstes traf ich auf Gasko. »Ich bin Michael Brock. Wer, zum Teufel, sind Sie?«

»Lieutenant Gasko«, sagte er mit einem bösen Grinsen.

»Zeigen Sie mir Ihren Ausweis.« Ich wandte mich zu

Claire, die, eine Tasse Kaffee in der Hand, am Kühlschrank lehnte. »Hol mir ein Stück Papier«, sagte ich.

Gasko zog seinen Dientstausweis aus der Jackentasche und hielt ihn hoch.

»Larry Gasko«, sagte ich. »Sie sind der Erste, den ich morgen früh um neun verklagen werde. Wen haben Sie mitgebracht?«

»Es sind noch drei andere«, sagte Claire und reichte mir ein Blatt Papier. »Ich glaube, sie sind in den Schlafzimmern.«

Ich ging nach hinten, gefolgt von Gasko und, in einigem Abstand, von Claire. Im Gästezimmer hockte ein Beamter in Zivil auf allen vieren und spähte unter das Bett. »Ihren Ausweis!«, schrie ich ihn an. Er sprang auf und nahm die Fäuste hoch. Ich trat einen Schritt vor, biss die Zähne zusammen und knurrte: »Ausweis, aber schnell!«

»Wer sind Sie?«, fragte er, wich einen Schritt zurück und sah zu Gasko.

»Michael Brock. Wer sind Sie?«

Er zog seinen Dienstausweis hervor. »Darrell Clark«, las ich laut und notierte mir den Namen. »Beklagter Nummer zwei.«

»Sie können mich nicht verklagen«, sagte er.

»Sie werden's erleben, Sie Schlaumeier. In acht Stunden werde ich Sie vor einem Bundesgericht wegen Hausfriedensbruchs auf eine Million Dollar Schmerzensgeld verklagen. Und ich werde gewinnen und mir einen Titel auf ihr Vermögen und Ihren Besitz besorgen und Ihnen so lange in den Arsch treten, bis Sie einen Offenbarungseid leisten.«

Die anderen beiden Beamten kamen aus meinem früheren Schlafzimmer. Ich war von Polizisten umringt.

»Claire«, sagte ich, »hol die Videokamera. Ich will das hier gefilmt haben.« Sie verschwand im Wohnzimmer.

»Wir haben einen von einem Richter ausgestellten Durchsuchungsbefehl«, sagte Gasko. Er wirkte jetzt deutlich weniger forsch. Die anderen drei traten einen Schritt vor und machten den Kreis enger.

»Die Durchsuchung ist unrechtmäßig«, sagte ich bitter. »Ich werde den Unterzeichner verklagen. Ich werde jeden von Ihnen verklagen. Sie werden vom Dienst suspendiert werden, wahrscheinlich ohne Bezüge, und ich werde ein Zivilverfahren gegen Sie anstrengen.«

»Wir sind durch das Gesetz gedeckt«, sagte Gasko und sah seine Kollegen an.

»Einen Scheiß sind Sie.«

Claire kam mit der Kamera. »Hast du ihnen gesagt, dass ich nicht mehr hier wohne?«, fragte ich sie.

»Ja«, sagte sie und hob die Kamera ans Auge.

»Und trotzdem haben Sie mit der Durchsuchung begonnen, obwohl sie von diesem Zeitpunkt an unrechtmäßig war. Sie wussten, dass Sie hätten umkehren müssen, aber dann hätten Sie ja keinen Spaß gehabt. Es macht doch einen Mordsspaß, in den Privatsachen anderer Leute herumzuschnüffeln, nicht? Sie hätten umkehren können, aber Sie haben's nicht getan, und jetzt werden Sie die Konsequenzen tragen müssen.«

»Sie sind ja verrückt«, sagte Gasko. Sie versuchten, sich keine Angst anmerken zu lassen, aber sie wussten, dass ich Rechtsanwalt war. Sie hatten mich nicht in der Wohnung angetroffen, und vielleicht war ich ja tatsächlich im Recht. Das war ich nicht, aber in diesem Augenblick klang das, was ich sagte, verdammt gut.

Das juristische Eis, auf dem ich mich bewegte, war sehr dünn.

Ich beachtete ihn nicht. »Ihre Namen, bitte«, sagte ich zu den beiden uniformierten Polizisten. Sie zeigten mir ihre Dienstausweise: Ralph Lilly und Robert Blower. »Danke«, sagte ich wie ein richtiger Schleimscheißer. »Das sind dann also die Beklagten Nummer drei und vier. Und jetzt wäre der richtige Augenblick, um zu verschwinden.«

»Wo ist die Akte?«, fragte Gasko.

»Die Akte ist nicht hier, weil ich nicht mehr hier wohne. Darum werde ich Sie ja auch verklagen, Lieutenant Gasko.«

»Ich werde andauernd verklagt. Keine große Sache.«

»Gut. Wer ist Ihr Anwalt?«

In der entscheidenden Sekunde, die meiner Frage folgte, fiel ihm kein Name ein. Ich ging ins Wohnzimmer. Sie folgten mir.

»Gehen Sie«, sagte ich. »Die Akte ist nicht hier.«

Claire hielt die Kamera auf sie gerichtet, und so beschränkten sich ihre Einwände auf ein Minimum. Auf dem Weg zur Tür murmelte Blower etwas über Rechtsanwälte.

Als sie hinaus waren, las ich mir den Durchsuchungsbefehl durch. Claire saß am Küchentisch, nippte an ihrem Kaffee und sah mir zu. Sie hatte den Schock überwunden und war wieder sehr zurückhaltend, ja eisig. Sie würde nicht zugeben, dass sie Angst gehabt hatte, sie würde es nicht wagen, auch nur ein bisschen Verletzlichkeit zu zeigen, und ganz gewiss würde sie mir nicht den Eindruck vermitteln, dass sie irgendeine Art von Hilfe brauchte.

»Was steht in der Akte?«, fragte sie.

Sie wollte es eigentlich gar nicht wissen. Claire wollte lediglich die Zusicherung, dass so etwas nicht noch einmal vorkommen würde.

»Das ist eine lange Geschichte«, sagte ich. Mit anderen Worten: Frag lieber nicht. Sie verstand.

»Willst du sie wirklich verklagen?«

»Nein. Ich habe keine Handhabe für eine Klage. Ich wollte sie nur loswerden.«

»Es hat funktioniert. Werden sie noch einmal kommen?«

»Nein.«

»Das freut mich zu hören.«

Ich faltete den Durchsuchungsbefehl zusammen und steckte ihn in die Tasche. Er betraf nur einen Gegenstand: Die RiverOaks/TAG-Akte, die sich jetzt, zusammen mit einer Kopie, in einer Zwischenwand meiner neuen Wohnung befand.

»Hast du ihnen gesagt, wo ich wohne?«, fragte ich Claire.

»Ich weiß nicht, wo du wohnst«, antwortete sie. Dann trat eine Pause ein, in der sie mich danach hätte fragen können. Sie tat es nicht.

»Es tut mir sehr Leid, Claire.«

»Schon gut. Versprich mir nur, dass es nicht noch einmal vorkommt.«

»Ich verspreche es.«

Wir verabschiedeten uns ohne Umarmung, ohne Kuss, ohne irgendeine Berührung. Ich sagte einfach: »Gute Nacht«, und ging hinaus. Das war genau das, was sie wollte.

20

Dienstag war Beratungstag bei der Community for Creative Non-Violence, die die bei weitem größte Notunterkunft der Stadt unterhielt. Auch diesmal setzte sich Mordecai ans Steuer. Er hatte vor, mich während meiner ersten Woche zu begleiten und dann auf die Stadt loszulassen.

Meine Drohungen und Mahnungen waren auf taube Ohren gestoßen. Drake & Sweeney wollte die Sache offenbar nicht gütlich regeln, und das überraschte mich nicht. Die Durchsuchung meiner ehemaligen Wohnung in den frühen Morgenstunden war eine unfreundliche Warnung vor dem, was noch kommen würde. Ich musste Mordecai sagen, was ich getan hatte.

Als wir im Wagen saßen und losfuhren, sagte ich: »Meine Frau und ich haben uns getrennt. Ich bin ausgezogen.«

Um acht Uhr morgens war der arme Kerl noch nicht auf so düstere Neuigkeiten eingestellt. »Das tut mir Leid«, sagte er, sah mich an und hätte um ein Haar einen unvorsichtigen Fußgänger überfahren.

»Braucht es aber nicht. Heute in den frühen Morgenstunden war die Polizei in meiner ehemaligen Wohnung und hat nach mir und besonders nach einer Akte gesucht, die ich aus der Kanzlei mitgenommen habe.«

»Was für eine Akte?«

»Die DeVon-Hardy-und Lontae-Burton-Akte.«

»Ich bin ganz Ohr.«

»Wie wir inzwischen wissen, hat DeVon Hardy Geiseln genommen und ist dabei erschossen worden, weil Drake & Sweeney ihn auf die Straße gesetzt hat. Und zwar zusammen mit sechzehn anderen sowie einigen Kindern. Lontae und ihre Familie gehörten ebenfalls dazu.«

Er dachte darüber nach und sagte dann: »Diese Stadt ist wirklich klein.«

»Das ehemalige Lagerhaus stand zufällig auf einem Grundstück, auf dem RiverOaks eine neue Postverteilstelle bauen wollte. Das ist ein 20-Millionen-Projekt.«

»Ich kenne das Gebäude. Da waren schon immer Besetzer.«

»Nur dass es in diesem Fall keine Besetzer waren. Jedenfalls glaube ich das nicht.«

»Ist das eine Vermutung? Oder wissen Sie das genau?«

»Im Augenblick ist es nur eine Vermutung. An der Akte ist manipuliert worden – es sind Unterlagen entfernt und hinzugefügt worden. Ein Gehilfe namens Hector Palma hat die schmutzige Arbeit erledigt – die Inspektionen und die Zwangsräumung –, und er ist auch meine Quelle. Er hat mir einen anonymen Brief geschrieben, in dem stand, dass die Zwangsräumung nicht rechtens war. Er hat mir bestimmte Schlüssel gegeben, damit ich mir die Akte holen konnte. Seit gestern arbeitet er nicht mehr in der Washingtoner Kanzlei.«

»Wo ist er?«

»Das würde ich auch gern wissen.«

»Er hat Ihnen die Schlüssel gegeben?«

»Nicht direkt. Er hat sie zusammen mit einer Notiz auf meinen Schreibtisch gelegt.«

»Und Sie haben sie benutzt?«

»Ja.«

»Um eine Akte zu stehlen?«

»Ich wollte sie ja nicht stehlen. Ich war unterwegs zu unserem Büro, um sie zu kopieren, als irgendein Idiot eine rote Ampel überfahren hat und ich im Krankenhaus gelandet bin.«

»Ist das die Akte, die wir aus Ihrem Wagen geholt haben?«

»Ja. Ich wollte sie kopieren und bei Drake & Sweeney wieder an ihren Platz stellen. Niemand hätte etwas gemerkt.«

»Ich weiß nicht, ob das klug war.« Am liebsten hätte er mich einen Dummkopf genannt, aber dafür kannten wir uns noch nicht lange genug.

»Was fehlt aus der Akte?«, fragte er.

Ich fasste die Geschichte von RiverOaks und ihren Bemühungen um den Post-Auftrag kurz zusammen. »Es wurde also Druck ausgeübt, um das Grundstück möglichst schnell in die Hand zu bekommen. Palma wollte sich das Lagerhaus ansehen und wurde überfallen. Das steht in einer Aktennotiz. Er ging noch mal hin, diesmal mit einem Wachmann, aber die entsprechende Aktennotiz fehlt. Sie war ordnungsgemäß eingeheftet worden, ist aber entfernt worden, wahrscheinlich von Braden Chance.«

»Und was steht in dieser Aktennotiz?«

»Weiß ich nicht. Aber ich habe so ein Gefühl, dass Hector das Lagerhaus inspizieren wollte und dabei auf die Besetzer in ihren Behelfswohnungen gestoßen ist. Er hat mit ihnen gesprochen und erfahren, dass sie Tillman Gantry Miete zahlten. Sie waren also keine Besetzer, sondern Mieter mit sämtlichen entsprechenden Rechten. Aber die Abrissbirne war schon unterwegs, das Geschäft musste abgeschlossen werden, Gantry wollte ein Vermögen verdienen, und so wurde die Aktennotiz ignoriert und die Zwangsräumung durchgeführt.«

»Es waren siebzehn Leute?«

»Ja, und einige Kinder.«

»Kennen Sie die Namen der anderen?«

»Ja. Jemand – ich nehme an, es war Palma – hat mir eine Liste gegeben. Er hat sie auf meinen Schreibtisch gelegt. Wenn wir diese Leute finden, haben wir unsere Zeugen.«

»Vielleicht. Wahrscheinlicher ist, dass Gantry ihnen eine Heidenangst eingejagt hat. Er ist ein Riesenkerl mit einer Riesenkanone und hält sich für eine Art Paten. Wenn er den Leuten sagt, sie sollen den Mund halten, dann halten sie ihn auch, sonst fischt man sie irgendwann aus dem Fluss.«

»Aber Sie haben doch keine Angst vor ihm, oder? Los, wir finden ihn und nehmen ihn ein bisschen in die Zange. Er wird zusammenbrechen und alles gestehen.«

»Wie viel Zeit haben Sie eigentlich auf der Straße verbracht? Herrgott, ich habe einen Dummkopf angestellt.«

»Wenn er uns sieht, macht er sich vor Angst in die Hose.«

Um diese Uhrzeit funktionierte mein Humor noch nicht. Ebenso wenig wie die Heizung von Mordecais Wagen. Das Gebläse lief auf Hochtouren, und doch war es eiskalt.

»Wie viel hat Gantry für das Gebäude gekriegt?«, fragte er.

»Zweihunderttausend. Er hatte es sechs Monate vorher gekauft. Aus den Unterlagen geht nicht hervor, wie viel er damals dafür bezahlt hat.«

»Von wem hat er es denn gekauft?«

»Von der Stadt. Es stand leer.«

»Dann hat er wahrscheinlich fünftausend dafür bezahlt. Höchstens zehntausend.«

»Kein schlechter Gewinn.«

»Allerdings. Und für Gantry ist das ein Schritt auf der Karriereleiter. Bisher hat er nur Kleinkram gemacht: Garagen, Autowaschanlagen, kleine Gemüseläden – nichts Großes.«

»Warum hat er ein Lagerhaus gekauft und billig vermietet?«

»Um an Bargeld zu kommen. Nehmen wir mal an, er

hat fünftausend dafür bezahlt und noch mal tausend für ein paar Wände und ein paar Toiletten hineingesteckt. Er lässt den Strom wieder anschließen, und schon ist er im Geschäft. Es spricht sich herum, Mieter tauchen auf, er kassiert hundert Dollar pro Monat, und zwar in bar. Seine Mieter halten sowieso wenig von Papierkram. Er sorgt dafür, dass das Haus weiterhin verkommen aussieht, damit er, wenn die Stadt ihm auf die Schliche kommt, sagen kann, dass diese Leute nur Besetzer sind. In diesem Fall verspricht er, sie rauszuschmeißen, aber das hat er in Wirklichkeit nicht vor. So was passiert andauernd. Die amtliche Bezeichnung dafür ist ›ungeschützte Zurverfügungstellung von Wohnraum‹.«

Fast hätte ich gefragt, warum die Stadt nicht eingriff und ihre Verordnungen durchsetzte, doch zum Glück besann ich mich rechtzeitig. Die Antwort gaben die Schlaglöcher, die zu zahlreich waren, um sie zählen oder ihnen ausweichen zu können, die Polizeiwagen, von denen ein Drittel eine Gefährdung des Straßenverkehrs darstellte, die Schulen, deren Dächer durchhingen, die Krankenhäuser, in denen man Patienten in Abstellkammern unterbringen musste, und die fünfhundert obdachlosen Mütter mit ihren Kindern, die keine Unterkunft fanden. Diese Stadt funktionierte einfach nicht mehr.

Und ein Mann, der unrechtmäßig Wohnraum vermietete und somit Obdachlosen ein Dach über dem Kopf bot, hatte nicht gerade erste Priorität.

»Wie wollen Sie Hector Palma finden?«, fragte Mordecai.

»Ich nehme an, die Kanzlei ist so schlau, ihn nicht zu entlassen. Es gibt sieben Filialen, also werden sie ihn in irgendeiner davon untergebracht haben. Ich werde ihn schon auftreiben.«

Wir waren mittlerweile in der Innenstadt. Er zeigte nach vorn und sagte: »Sehen Sie die Wohncontainer, die da drüben aufgestapelt sind? Das ist Mount Vernon Square.«

Das Gelände umfasste einen halben Block. Es war hoch umzäunt, damit man nicht hineinsehen konnte. Die Container waren verschieden lang und groß, manche wirkten heruntergekommen, und alle waren schmutzig.

»Das ist die schlechteste Notunterkunft in der ganzen Stadt. Es sind alte Container der Post, ein Geschenk der Regierung an die Stadt, die auf die brillante Idee gekommen ist, sie als Notbehausungen für Obdachlose zu verwenden. Die sitzen da drinnen wie Sardinen in der Dose.«

An der Ecke 2nd Street und Avenue D zeigte er mir ein langes, dreistöckiges Gebäude, in dem eintausenddreihundert Menschen wohnten.

Das CCNV war in den frühen siebziger Jahren von Kriegsgegnern gegründet worden, die sich in Washington versammelt hatten, um der Regierung Dampf zu machen. Sie lebten gemeinsam in einem Haus in Northwest. Bei ihren Protesten rings um das Capitol lernten sie obdachlose Veteranen kennen und nahmen sie bei sich auf. Ihre Zahl wuchs, und sie zogen in größere Quartiere an verschiedenen Stellen der Stadt. Nach dem Krieg wandten sie ihre Aufmerksamkeit den Obdachlosen von Washington zu. In den frühen achtziger Jahren setzte sich ein Mann namens Mitch Snyder an die Spitze der Organisation und machte sich bald einen Namen als leidenschaftlicher und lautstarker Kämpfer für die Sache der Obdachlosen.

Das CCNV entdeckte ein leer stehendes College-Gebäude, das mit staatlichen Mitteln gebaut worden war und sich immer noch in Bundesbesitz befand, und besetzte es mit sechshundert Obdachlosen. Es wurde das Hauptquartier des CCNV und ein Heim für Obdachlose. Man unternahm verschiedene Versuche, sie zu vertreiben, doch alle waren erfolglos. 1984 trat Snyder in einen einundfünfzig Tage dauernden Hungerstreik, um auf die menschenunwürdige Behandlung der Obdachlosen aufmerksam zu machen. Einen Monat vor der Wahl erklärte Präsident Reagan mit großer Gebärde, er werde das Gebäude in eine Modellunterkunft für Obdachlose umwandeln. Snyder beendete seinen Streik. Alle waren zufrieden. Nach seiner Wiederwahl vergaß Reagan sein Versprechen. Es folgten viele hässliche Gerichtsverfahren.

1989 baute die Stadt in Southeast, weit vom Zentrum entfernt, eine neue Notunterkunft und wollte die Unterstützer des CCNV dorthin umsiedeln, musste jedoch feststellen, dass diese recht widerspenstig waren. Sie hatten nicht die Absicht umzuziehen. Snyder verkündete, sie seien dabei, die Fenster zu verbarrikadieren und sich auf eine Belagerung vorzubereiten. Die Gerüchte überschlugen sich: Dort drinnen seien achthundert Obdachlose; man habe Waffen gehortet; es werde ein Blutbad geben.

Die Stadt nahm ihr Ultimatum zurück und schloss Frieden. Das CCNV verfügte schließlich über dreizehnhundert Betten. 1990 beging Snyder Selbstmord. Die Stadt benannte eine Straße nach ihm.

Als wir ankamen, war es fast halb neun, die Zeit, zu der die Obdachlosen das Haus verlassen mussten. Viele hatten Jobs, und die anderen würden den Tag draußen verbringen. Hundert Männer standen vor dem Haupteingang herum und genossen nach einer warmen, ruhigen Nacht ein kleines Schwätzchen in der kühlen Morgenluft.

Im Erdgeschoss sprach Mordecai mit dem Pförtner in seinem Glaskasten. Er trug sich in ein Buch ein, und dann gingen wir durch die Lobby, gegen den Strom von Männern, die auf dem Weg nach draußen waren. Ich bemühte mich, die Tatsache zu vergessen, dass ich ein Weißer war, aber es war unmöglich. Ich war einigermaßen gut gekleidet, mit Jackett und Krawatte, ich hatte mein bisheriges Leben in Wohlstand verbracht und trieb nun in einem Meer von Schwarz: junge, abgebrühte Burschen, von denen die meisten vorbestraft waren und die wenigsten mehr als drei Dollar in der Tasche hatten. Bestimmt würde einer von ihnen über mich herfallen und mir die Brieftasche abnehmen. Ich vermied direkten Blickkontakt und sah stirnrunzelnd zu Boden. Wir warteten vor dem Aufnahmeraum.

»Bei Besitz von Waffen oder Drogen wird ein lebenslanges Hausverbot ausgesprochen«, sagte Mordecai, während wir zusahen, wie die Männer zum Ausgang strömten. Ich fühlte mich ein wenig sicherer.

»Werden Sie hier drinnen nicht manchmal nervös?«, fragte ich ihn.

»Man gewöhnt sich daran.« Er hatte leicht reden – schließlich beherrschte er die Sprache.

An einem Klemmbrett neben der Tür hing eine Anmeldeliste für die Rechtsberatung. Mordecai und ich studierten die Namen unserer Mandanten. Bislang waren es dreizehn. »Etwas unter dem Durchschnitt«, sagte er. Während wir auf den Schlüssel warteten, gab er mir eine kleine Einführung. »Da drüben ist die Poststelle. Zu unseren frustrierenderen Aufgaben gehört es, den Kontakt mit unseren Mandanten zu halten. Adressen wechseln häufig. In den guten Unterkünften dürfen die Leute Post schicken und empfangen.« Er deutete auf eine andere Tür in der Nähe. »Das ist die Kleiderkammer. Jede Woche werden hier dreißig bis vierzig neue Männer aufgenommen. Der erste Schritt ist eine medizinische Untersuchung – im Augenblick ist Tuberkulose die größte Gefahr. Die zweite Station ist die Kleiderkammer, wo man drei Garnituren Unterwäsche, Socken und übrige Kleidung bekommt. Einmal im Monat kann man sich einen neuen Anzug abholen, sodass man am Ende des Jahres eine anständige Garderobe hat. Und zwar keine alten, abgetragenen Sachen. Die Leute hier bekommen mehr Kleiderspenden, als sie je verwenden können.«

»Ein Jahr?«

»Ja, nach einem Jahr müssen sie das Haus verlassen. Auf den ersten Blick erscheint das vielleicht hart, aber das ist es nicht. Das Ziel heißt Selbstständigkeit. Wenn ein Mann hier aufgenommen wird, weiß er, dass er ein Jahr Zeit hat, seine Sucht loszuwerden, ein paar Fertigkeiten zu erlernen und einen Job zu finden. Die meisten gehen, bevor das Jahr um ist. Ein paar würden am liebsten für immer bleiben.«

Ein Mann namens Ernie erschien mit einem beeindruckenden Schlüsselbund. Er schloss die Tür zum Beratungsraum auf und verschwand wieder. Wir rückten ein paar Tische zurecht und waren bereit, juristischen Beistand zu leisten. Mordecai ging mit dem Klemmbrett zur Tür und rief unseren ersten Mandanten auf: »Luther Williams.«

Luther passte kaum durch die Tür, und der Stuhl ächzte, als er sich darauf niederließ. Er trug einen grünen Arbeitsanzug, weiße Socken und orangefarbene Gummisandalen und arbeitete in der Nachtschicht in einem Heizungskeller unter dem Pentagon. Seine Freundin hatte ihn verlassen, alles mitgenommen und jede Menge Schulden gemacht. Er hatte seine Wohnung verloren und schämte sich, in einer Obdachlosenunterkunft zu wohnen. »Ich brauch bloß 'ne neue Chance«, sagte er. Er tat mir Leid.

Er hatte viele Schulden. Kreditagenturen waren hinter ihm her. Im Augenblick versteckte er sich beim CCNV.

»Wir machen einen Offenbarungseid«, sagte Mordecai zu mir. Ich hatte keine Ahnung, wie man dabei vorging, und nickte stirnrunzelnd. Luther schien zufrieden.

Zwanzig Minuten lang füllten wir Formulare aus, und dann verließ er uns als glücklicher Mann.

Der nächste Mandant war Tommy. Er glitt elegant herein und streckte uns eine Hand entgegen, deren Fingernägel knallrot lackiert waren. Ich schüttelte sie, Mordecai nicht. Tommy machte eine stationäre Entziehungskur – Crack und Heroin – und hatte Steuerschulden. Er hatte seit drei Jahren keine Steuererklärung abgegeben, und das Finanzamt hatte dieses Versäumnis bemerkt. Außerdem schuldete er ein paar tausend Dollar Unterhaltszahlungen. Ich war einigermaßen erleichtert zu hören, dass er Vater war, jedenfalls so eine Art. Die Entziehungskur war intensiv – er verbrachte praktisch seine gesamte Zeit in der Klinik –, sodass an eine geregelte Arbeit nicht zu denken war.

»Steuerschulden und Unterhaltszahlungen sind von einem Offenbarungseid nicht betroffen«, sagte Mordecai.

»Tja, ich kann nicht arbeiten, weil ich einen Entzug mache, und wenn ich den abbreche, haue ich mir in null Komma nichts wieder was rein. Wenn ich nicht arbeiten kann und keinen Offenbarungseid leisten kann, was kann ich denn dann tun?«

»Nichts. Machen Sie sich keine weiteren Gedanken. Bringen Sie Ihren Entzug zu Ende und suchen Sie sich einen Job. Und dann setzen Sie sich mit meinem Kollegen Michael Brock in Verbindung.«

Tommy lächelte, zwinkerte mir zu und schwebte hinaus.

»Ich glaube, er mag Sie«, sagte Mordecai.

Ernie brachte uns noch ein Anmeldeformular mit elf weiteren Namen. Vor der Tür hatte sich eine Schlange gebildet. Wir beschlossen, getrennt zu marschieren: Ich setzte mich an einen Tisch am anderen Ende des Raums, und Mordecai blieb, wo er war, sodass wir zwei Mandanten gleichzeitig beraten konnten.

Der Erste war ein junger Mann, der einem Drogenverfahren entgegensah. Ich schrieb alles auf, damit ich Mordecai den Fall später genau schildern konnte.

Der nächste Mandant schockierte mich. Er war ein Weißer um die vierzig, ohne Tätowierungen, Narben, abgebrochene Zähne, Ohrringe, blutunterlaufene Augen oder rote Nase. Sein Bart war eine Woche alt, und sein Kopf war vor etwa einem Monat rasiert worden. Als wir uns begrüßten, fiel mir auf, wie weich und zart seine Hand war. Er hieß Paul Pelham und wohnte seit drei Monaten hier. Früher war er Arzt gewesen.

Drogen, Scheidung, Offenbarungseid, Entzug der Approbation – das alles war vorbei und nur noch ein Haufen frischer, aber rasch verblassender Erinnerungen. Er wollte sich nur mit jemandem unterhalten, möglichst mit jemandem, der weiß war. Hin und wieder warf er Mordecai einen ängstlichen Blick zu.

Pelham war in Scranton, Pennsylvania, ein allseits geachteter Gynäkologe gewesen – großes Haus, Mercedes, hübsche Frau, reizende Kinder. Anfangs nahm er Valium, doch bald stieg er auf härtere Drogen um und wurde süchtig. Er entdeckte seine Vorliebe für Kokain und die Körper von Sprechstundenhilfen. Außerdem spekulierte er mit Grundstücken und hatte viele Bankkredite. Dann ließ er bei einer komplikationslosen Entbindung das Baby fallen. Es starb. Der Vater, ein angesehener Pfarrer, war bei der Geburt anwesend. Ein demütigendes Gerichtsverfahren, noch mehr Drogen, noch mehr Sprechstundenhilfen – und dann brach alles zusammen. Er steckte sich bei einer Patientin mit Herpes an und gab ihn an seine Frau weiter. Sie bekam bei der Scheidung alles und zog nach Florida.

Ich lauschte wie gebannt. Bei jedem Mandanten, mit dem ich in meiner kurzen Laufbahn als Armenanwalt gesprochen hatte, hatte ich die traurigen Details seiner Geschichte hören wollen. Ich wollte die Zusicherung, dass mir so etwas nicht passieren konnte, dass Leute aus meiner Gesellschaftsschicht solche Schicksalsschläge nicht zu befürchten hatten.

Pelham faszinierte mich, weil ich bei ihm zum ersten Mal sagen konnte: ja, das könnte ich sein. Auf irgendeine Art konnte das Leben jeden zerstören. Und er war durchaus bereit, darüber zu sprechen.

Vielleicht, deutete er an, sei noch nicht alles verloren. Ich hatte ihm lange genug zugehört und wollte ihn gerade fragen, warum er eigentlich einen Anwalt brauche, als er sagte: »Ich hab bei meinem Offenbarungseid ein paar Sachen verschwiegen.«

Während wir beiden weißen Jungs dasaßen und plauderten, herrschte bei Mordecai ein reges Kommen und Gehen. Ich begann, mir Notizen zu machen. »Was für Sachen?«

Sein damaliger Anwalt sei ein Halsabschneider gewesen, sagte er und erzählte, die Banken hätten die Zwangsvollstreckung zu früh beantragt und ihn ruiniert. Er sprach leise, und jedes Mal, wenn Mordecai herübersah, verstummte er.

»Und noch was«, sagte er.

»Was?«

»Das ist doch ein vertrauliches Gespräch, oder? Ich meine, ich habe schon oft mit Anwälten geredet, aber ich habe sie immer bezahlt. Und wie ich sie bezahlt habe!«

»Selbstverständlich ist das Gespräch höchst vertraulich«, sagte ich ernst. Ich arbeitete zwar umsonst, aber ob ich bezahlt wurde oder nicht, spielte für die Vertraulichkeit des Verhältnisses zu meinen Mandanten keine Rolle.

»Sie verraten es keiner Menschenseele?«

»Kein Wort.« Mir kam der Gedanke, dass man sich in einer Obdachlosenunterkunft in Washington, unter dreizehnhundert anderen Obdachlosen, hervorragend verstecken konnte.

Das schien ihn zu beruhigen. »Als ich noch ganz oben war«, sagte er noch leiser als zuvor, »kam ich dahinter, dass meine Frau einen Geliebten hatte. Eine meiner Patientinnen hat's mir verraten. Wenn man nackte Frauen untersucht, erzählen sie einem alles. Ich war am Boden zerstört. Ich beauftragte einen Privatdetektiv, und tatsächlich – es stimmte. Und dieser Geliebte ist dann eines Tages, na, sagen wir: verschwunden.« Er hielt inne und wartete auf meine Reaktion.

»Verschwunden?«

»Ja. Seitdem hat ihn niemand mehr gesehen.«

»Ist er tot?«, fragte ich bestürzt.

Er nickte leicht.

»Wissen Sie, wo er ist?«

Wieder ein Nicken.

»Wann war das?«

»Vor vier Jahren.«

Meine Hände zitterten, als ich das alles aufschrieb.

Er beugte sich vor und flüsterte: »Er war ein FBI-Agent. Ein alter Freund aus College-Zeiten. Penn State.«

»Soll das ein Witz sein?« Ich war mir wirklich nicht sicher, ob er die Wahrheit sagte.

»Sie sind hinter mir her.«

»Wer?«

»Das FBI. Die jagen mich seit vier Jahren.«

»Und was soll ich jetzt tun?«

»Ich weiß nicht. Vielleicht einen Deal mit denen machen. Ich bin's leid, gejagt zu werden.«

Ich dachte einen Augenblick lang darüber nach, während Mordecai sich von einem Mandanten verabschiedete und den Nächsten hereinrief. Pelham ließ ihn nicht aus den Augen.

»Ich brauche mehr Informationen«, sagte ich. »Kennen Sie den Namen des FBI-Agenten?«

»Ja. Und ich weiß, wann und wo er geboren ist.«

»Und wann und wo er gestorben ist.«

»Ja.«

Er hatte keinerlei Unterlagen dabei.

»Kommen Sie in mein Büro und bringen Sie alles Nötige mit. Dann können wir uns weiter unterhalten.«

»Ich werd's mir überlegen«, sagte er und sah auf die Uhr. Er erklärte mir, er habe einen Teilzeitjob als Hausmeister in einer Kirche und sei bereits spät dran. Wir schüttelten uns die Hand, und dann war er verschwunden.

Ich lernte schnell, dass man als Armenanwalt vor allem die Fähigkeit besitzen musste zuzuhören. Viele meiner Mandanten wollten nur mit jemandem sprechen. Sie alle waren auf irgendeine Weise gestoßen und getreten worden, und wenn juristische Beratung gratis zu haben war, warum dann nicht das alles bei einem Anwalt abladen? Mordecai beherrschte meisterhaft die Kunst, die Geschichten vorsichtig darauf abzutasten, ob es sich um ein echtes juristisches Anliegen handelte. Ich war noch immer beeindruckt davon, wie arm Menschen sein konnten.

Außerdem lernte ich, dass die besten Fälle die waren, die sich an Ort und Stelle klären ließen, ohne dass man sich noch einmal damit befassen musste. Ich hatte einen Umschlag mit Anträgen für Lebensmittelgutscheine, Wohngeld, medizinische Versorgung, Sozialversicherungskarten und sogar Führerscheine. Im Zweifelsfall füllte ich einfach ein Formular aus.

Bis zum Mittag hatten wir mit sechsundzwanzig Mandanten gesprochen. Als wir die Beratung beendeten, waren wir erschöpft.

»Gehen wir spazieren«, sagte Mordecai, als wir vor dem Gebäude standen. Der Himmel war blau, und nach drei Stunden in einem stickigen, fensterlosen Raum war die kalte, windige Luft erfrischend. Gegenüber war das Bundesgericht für Steuersachen, ein hübsches, modernes Gebäude. Tatsächlich war das CCNV von ansprechenderen Bauten neueren Datums umgeben. An der Ecke 2nd Street und Avenue D blieben wir stehen.

»Der Mietvertrag läuft in vier Jahren aus«, sagte Mordecai. »Die Immobiliengeier kreisen bereits. Zwei Blocks weiter ist ein neues Kongresszentrum geplant.«

»Das wird ein harter Kampf«, sagte ich.

»Das wird ein Krieg.«

Wir überquerten die Straße und gingen in Richtung Capitol.

»Der weiße Typ vorhin – was hat er Ihnen erzählt?«, fragte Mordecai.

Der einzige Weiße war Pelham gewesen. »Eine erstaunliche Geschichte«, sagte ich und wusste nicht, wo ich anfangen sollte. »Er war mal Arzt in Pennsylvania.«

»Und wer ist jetzt hinter ihm her?«

»Was?«

»Und wer ist jetzt hinter ihm her?«

»Das FBI.«

»Interessant. Beim letzten Mal war es die CIA.«

Ich blieb stehen, er nicht. »Kennen Sie ihn?«

»Ja, er macht die Runde. Peter Soundso.«

»Paul Pelham.«

»Auch der Name ist nicht immer derselbe«, sagte Mordecai über seine Schulter. »Aber er erzählt seine Geschichte ganz hervorragend, finden Sie nicht?«

Ich brachte kein Wort heraus. Ich stand da und sah Mordecai nach, der die Hände tief in den Taschen seines Trenchcoats vergraben hatte und dessen Schultern zuckten, weil er so lachen musste.

21

Als ich den Mut aufbrachte, Mordecai zu erklären, dass ich einen freien Nachmittag brauchte, setzte er mich recht barsch davon in Kenntnis, dass ich den anderen Mitarbeitern absolut gleichgestellt sei, dass niemand die Anzahl meiner Stunden kontrolliere und dass ich mir, wenn ich einen freien Nachmittag brauchte, doch einfach freinehmen solle. Ich verließ eilends das Büro. Nur Sofia schien es zu bemerken.

Ich verbrachte eine Stunde beim Sachbearbeiter meiner Versicherung. Der Lexus war ein Totalschaden. Die Versicherung bot 21 480 Dollar gegen Abtretung aller Ansprüche, damit sie die Angelegenheit mit der Versicherung des Jaguars regulieren konnte. Ich schuldete der Bank 16 000 Dollar, und so bekam ich einen Scheck über 5000 Dollar und ein bisschen Kleingeld; auf jeden Fall genug, um mir einen Wagen zu kaufen, der zu meiner neuen Position eines Armenanwalts passte und keine Autodiebe in Versuchung führen würde.

Eine weitere Stunde vertat ich im Wartezimmer meines Arztes. Als viel beschäftigter Anwalt mit Handy und vielen Mandanten kochte ich innerlich, während ich in Illustrierten blätterte und dem Ticken der Uhr zuhörte.

Eine Sprechstundenhilfe sagte mir, ich solle mich bis auf die Unterhose ausziehen, und dann saß ich zwanzig Minuten lang auf einem kalten Untersuchungstisch. Die Prellungen waren jetzt dunkelbraun. Der Arzt tastete sie ab und machte alles nur noch schlimmer, bevor er mich für weitere zwei Wochen krankschrieb.

Um Punkt vier Uhr betrat ich die Kanzlei von Claires Anwältin und wurde von einer maskulin gekleideten

Empfangsdame mit steinernem Gesicht begrüßt. Alles verströmte eine Atmosphäre der Auflehnung gegen männliche Dominanz, alle Geräusche waren Manifeste gegen die Welt der Männer: die abrupte, rauchige Stimme der Telefonistin, der Gesang der Countrysängerin, der aus den Lautsprechern schmalzte, der gelegentliche spitze Schrei aus den Büros am Ende des Korridors. Die Kanzlei war in sanften Pastelltönen gehalten: Lavendel, Rosa und Beige. Die Illustrierten auf den Couchtischen legten Zeugnis ab: knallharte Frauenthemen, ohne Glamour oder Klatsch. Die Besucher sollten sie nicht lesen, sondern bewundern.

Jacqueline Hume hatte eine Menge Geld damit verdient, gegen Ärzte zu prozessieren, die vom rechten Weg abgekommen waren. Anschließend hatte sie sich einen Ruf wie Donnerhall erworben, indem sie ein paar ehebrecherische Senatoren fertig gemacht hatte. Die bloße Erwähnung ihres Namens ließ jedem unglücklich verheirateten Washingtoner mit gutem Einkommen die Haare zu Berge stehen. Ich wollte nur rasch die nötigen Papiere unterschreiben und wieder verschwinden.

Stattdessen durfte ich eine halbe Stunde warten und war kurz davor, eine hässliche Szene zu machen, als eine Mitarbeiterin mich abholte und in ein Büro führte. Dort überreichte sie mir die Trennungserklärung, und zum ersten Mal sah ich der Realität ins Auge. Die Überschrift lautete: »Claire Addison Brock gegen Michael Nelson Brock«.

Vor einem Scheidungsurteil mussten wir sechs Monate getrennt sein. Ich las die Erklärung sorgfältig, unterschrieb sie und ging. Zum Erntedankfest würde ich offiziell wieder Junggeselle sein.

Meine vierte Station an diesem Nachmittag war der Parkplatz von Drake & Sweeney, wo Polly mich um fünf Uhr mit zwei Kartons mit persönlichen Dingen aus meinem ehemaligen Büro erwartete. Sie war höflich und verbindlich, sagte aber sehr wenig und war selbstverständlich in Eile. Wahrscheinlich war sie verdrahtet.

Ich ging einige Blocks weit, blieb an einer Straßenecke stehen, lehnte mich an die Wand und wählte Barry Nuzzos Nummer. Er war, wie üblich, in einer Besprechung. Ich nannte meinen Namen und sagte, es handle sich um einen Notfall, und dreißig Sekunden später war Barry am Apparat.

»Können wir miteinander reden?«, fragte ich. Ich nahm an, dass das Gespräch abgehört wurde.

»Klar.«

»Ich bin ein Stück weit die Straße hinunter, an der Ecke K und Connecticut. Lass uns einen Kaffee trinken.«

»Ich kann erst in einer Stunde.«

»Nein. Entweder jetzt oder gar nicht.« Ich wollte den Jungs keine Zeit für irgendwelche Pläne geben. Auch nicht für versteckte Mikrofone.

»Na gut, mal sehen ... ja, es geht. Ich komme.«

»Ich bin bei Bingler's Coffee.«

»Das kenne ich.«

»Ich warte. Und komm allein.«

»Du hast zu viele Filme gesehen, Mike.«

Zehn Minuten später saßen wir am Fenster des gut besuchten kleinen Cafés, hatten heiße Kaffeetassen in der Hand und betrachteten die Passanten auf der Connecticut Avenue.

»Wozu die Haussuchung?«, fragte ich.

»Es ist unsere Akte. Du hast sie, wir wollen sie zurückhaben. Ganz einfach.«

»Ihr werdet sie nicht finden. Also hört auf mit diesen verdammten Durchsuchungen.«

»Wo wohnst du jetzt?«

Ich gab ein Knurren von mir und schenkte ihm mein schönstes freches Lächeln. »Normalerweise kommt erst der Haussuchungsbefehl und dann der Haftbefehl«, sagte ich. »Wird das in diesem Fall auch so sein?«

»Ich bin nicht befugt, das zu sagen.«

»Herzlichen Dank, alter Kumpel.«

»Pass auf, Mike: Lass uns mal davon ausgehen, dass du im Unrecht bist. Du hast etwas genommen, das nicht dir gehört. Das ist lupenreiner Diebstahl. Und damit hast du dich gegen die Kanzlei gestellt. Und ich, dein Freund, arbeite für diese Kanzlei. Du kannst von mir nicht erwarten, dass ich dir bei Handlungen helfe, die sich zum Nachteil der Kanzlei auswirken können. Du hast den Karren in den Dreck gefahren, nicht ich.«

»Braden Chance hat euch nicht alles gesagt. Der Kerl ist ein Wurm, ein arroganter kleiner Wichser, der seine Sorgfaltspflicht verletzt hat und jetzt versucht, die Sache zu vertuschen. Er will euch weismachen, dass es bloß um den Diebstahl einer Akte geht und ihr mir ruhig auf den Pelz rücken könnt. Aber der Inhalt dieser Akte kann sich für die Kanzlei zu einer schweren Belastung auswachsen.«

»Worauf willst du hinaus?«

»Pfeift die Polizei zurück. Tut nichts Unüberlegtes.«

»Wie zum Beispiel dich verhaften zu lassen?«

»Zum Beispiel. Ich hab mich den ganzen Tag immer wieder umgesehen, und das macht mir keinen Spaß.«

»Du hättest nicht stehlen sollen.«

»Ich wollte die Akte ja gar nicht stehlen. Ich wollte sie kopieren und wieder zurückbringen, aber das hab ich nicht mehr geschafft.«

»Dann gibst du also zu, dass du sie hast?«

»Ja. Aber ich kann es genauso gut abstreiten.«

»Du spielst, Michael, aber das hier ist kein Spiel. Du wirst auf die Nase fallen.«

»Nicht, wenn ihr stillhaltet. Nur für ein paar Tage. Ich schlage einen Waffenstillstand für eine Woche vor. Keine Durchsuchungsbefehle. Kein Haftbefehl.«

»Okay, und was bietest du als Gegenleistung?«

»Dass ich die Kanzlei nicht bloßstellen werde.«

Barry schüttelte den Kopf und trank einen Schluck Kaffee. »Ich bin bloß ein kleiner Mitarbeiter und nicht ermächtigt, irgendwelche Abkommen zu treffen.«

»Hat Arthur das Sagen?«

»Natürlich.«

»Dann sag Arthur, dass ich nur mit dir rede.«

»Du gehst von falschen Voraussetzungen aus, Michael. Du nimmst an, dass die Kanzlei mit dir reden will. Es will aber niemand mit dir reden. Sie sind empört darüber, dass du die Akte gestohlen hast und sie nicht herausgeben willst, und das kann man ihnen nicht verdenken.«

»Du musst sie aufrütteln, Barry. Das ist Material für Schlagzeilen. Für riesengroße Schlagzeilen und viele, viele Journalisten, die sich an die Story anhängen. Wenn ich verhaftet werde, rufe ich sofort die *Post* an.«

»Du bist verrückt.«

»Kann sein. Chance hatte einen Gehilfen namens Hector Palma. Schon mal von ihm gehört?«

»Nein.«

»Du bist nicht auf dem Laufenden.«

»Hab ich auch nie behauptet.«

»Palma weiß zu viel über die Akte. Gestern hat er nicht mehr dort gearbeitet, wo er letzte Woche gearbeitet hat. Ich weiß nicht, wo er ist, aber es wäre interessant, es herauszufinden. Frag Arthur.«

»Gib die Akte doch einfach zurück, Michael. Ich weiß nicht, was du damit vorhast. Vor Gericht kannst du sie sowieso nicht verwenden.«

Ich trank meinen Kaffee aus und stand auf. »Eine Woche Waffenstillstand«, sagte ich im Gehen. »Und sag Arthur, er soll dich auf dem Laufenden halten.«

»Arthur nimmt von mir keine Befehle entgegen«, rief er mir nach.

Ich verließ schnell das Café, wand mich zwischen den anderen Passanten auf dem Bürgersteig hindurch und rannte fast zum Dupont Circle. Ich wollte Barry und alle, die man vielleicht auf mich angesetzt hatte, abschütteln.

Laut Telefonbuch handelte es sich bei Hector Palmas Adresse um ein Apartmenthaus in Bethesda. Da ich es nicht eilig hatte und ohnehin nachdenken musste, fuhr ich, Stoßstange an Stoßstange mit Millionen anderer, auf dem Schnellstraßenring einmal rund um die Stadt.

Ich nahm an, dass meine Chancen, innerhalb einer Woche verhaftet zu werden, fünfzig zu fünfzig standen. Die Kanzlei hatte keine andere Wahl, als mir nachzusetzen, und wenn Braden Chance tatsächlich sowohl Arthur als auch den Vorstand belogen hatte, würden sie nichts dabei finden, die Sache auf die harte Tour zu spielen. Es gab ausreichende Indizien für meine Täterschaft, um einen Haftrichter zu überzeugen.

Der Mister-Vorfall hatte die Kanzlei aufgeschreckt. Chance war vor den Vorstand zitiert und nach allen Regeln der Kunst ausgequetscht worden, und es war unvorstellbar, dass er irgendwelche krummen Machenschaften zugegeben hatte. Er hatte gelogen, in der Hoffnung, die Akte so manipulieren zu können, dass er mit weißer Weste dastand. Seine Opfer waren ja bloß ein paar obdachlose Hausbesetzer.

Wie war es ihm gelungen, Hector Palma so schnell loszuwerden? Geld spielte keine Rolle – Chance war immerhin Teilhaber. An seiner Stelle hätte ich Hector als Zuckerbrot eine Menge Bargeld und als Peitsche die fristlose Kündigung angeboten. Und ich hätte einen Freund und Teilhaber, beispielsweise in Denver, angerufen und um einen Gefallen gebeten: einen schnellen Wechsel für einen Anwaltsgehilfen. Es wäre nicht sehr schwer gewesen.

Hector war irgendwo untergebracht worden, wo ich oder sonst wer, der ihm Fragen stellen wollte, ihn nicht finden würde. Er arbeitete noch immer für die Kanzlei, und sein Einkommen hatte sich wahrscheinlich verbessert.

Und was war mit dem Lügendetektortest? War das bloß eine Drohung gewesen, die die Kanzlei gegen mich und Hector einsetzte? Hatte er den Test absolviert und bestanden? Wohl kaum.

Chance brauchte Hector, um die Wahrheit zu vertuschen. Hector brauchte Chance, um seinen Job zu behalten. An irgendeinem Punkt hatte der Teilhaber dafür gesorgt, dass man den Plan, einen Lügendetektor einzusetzen, fallen ließ – falls man ihn überhaupt je in Erwägung gezogen hatte.

Das Apartmentgebäude war lang gestreckt und verwinkelt; man hatte es, als die Stadt sich nach Norden ausdehnte, erweitert. In den Straßen der Umgebung gab es viele Schnellimbisse, Tankstellen und Videoverleihe – was man als Berufspendler eben so brauchte, wenn man Zeit sparen wollte.

Ich parkte neben ein paar Tennisplätzen und sah mir den Komplex genauer an. Ich ließ mir Zeit, denn ich wusste ohnehin nicht, wohin ich nach diesem Abenteuer gehen sollte. Überall konnten mich Polizisten mit Handschellen und einem Haftbefehl erwarten. Ich versuchte, nicht an die Horrorgeschichten zu denken, die ich über das Washingtoner Gefängnis gehört hatte.

Eine jedoch war mir wie ins Gedächtnis gebrannt: Vor einigen Jahren hatte ein junger Mitarbeiter von Drake & Sweeney an einem Freitag nach Feierabend ein paar Stunden in einer Bar in Georgetown verbracht. Als er die Staatsgrenze nach Virginia überquert hatte, war er unter dem Verdacht der Trunkenheit am Steuer verhaftet worden. Auf dem Polizeirevier hatte er sich geweigert, ins Röhrchen zu blasen, und war sofort in die Ausnüchterungszelle gebracht worden. Die Zelle war überfüllt, und er war der Einzige mit Anzug, einer schönen Uhr, teuren Schuhen und einem weißen Gesicht. Er trat versehentlich einem anderen auf den Fuß und wurde brutal zusammengeschlagen. Nach drei Monaten in einem Krankenhaus, wo sein Gesicht wieder einigermaßen hergestellt wurde, ging er zurück nach Wilmington, wo seine Familie sich um ihn kümmerte. Der Hirnschaden war nicht sehr gravierend, aber immerhin groß genug, um eine Karriere in einer großen Kanzlei unmöglich zu machen.

Das erste Hausmeisterbüro war geschlossen. Ich machte mich auf die Suche nach einem anderen. Im Telefonbuch hatte nur die Adresse, keine Apartmentnummer gestanden. Der Komplex war bewacht. Auf den kleinen Balkonen standen Fahrräder und Plastikspielzeug. Durch die gitterlosen Fenster sah ich Familien beim Essen und vor dem Fernseher. Auf den Parkplätzen standen mittelgroße Wagen von Pendlern, die meisten sauber und mit allen vier Radkappen.

Ein Mann vom Sicherheitsdienst hielt mich an. Nachdem er sich davon überzeugt hatte, dass ich keine Gefahr darstellte, beschrieb er mir den Weg zum Hauptbüro, das mindestens fünfhundert Meter entfernt war.

»Wie viele Wohnungen umfasst der Komplex?«, fragte ich ihn.

»Viele«, antwortete er. Warum hätte er die Zahl auch wissen sollen?

Die Nachtbereitschaft hatte ein Student, der gerade ein Sandwich aß. Ein Physikbuch lag aufgeschlagen auf dem Tisch, doch er hatte den Blick auf einen kleinen Fernseher gerichtet, wo das Spiel der Bullets gegen die Knicks lief. Ich fragte nach Hector Palma, und er tippte den Namen in den Computer ein. Wohnung G-134.

»Die sind allerdings umgezogen«, sagte er mit vollem Mund.

»Ja, ich weiß«, sagte ich. »Ich war ein Kollege von ihm. Freitag war sein letzter Tag. Ich suche eine Wohnung und wollte fragen, ob ich mir seine mal ansehen kann.«

Bevor ich ausgeredet hatte, schüttelte er schon den Kopf. »Nur samstags. Wir haben hier neunhundert Wohnungen. Und es gibt eine Warteliste.«

»Am Samstag bin ich nicht da.«

»Tut mir Leid«, sagte er, nahm noch einen Bissen und wandte sich wieder dem Spiel zu.

Ich holte meine Brieftasche hervor. »Wie viele Schlafzimmer hat die Wohnung?«

Er sah auf den Fernseher. »Zwei.«

Hector hatte vier Kinder. Ich war sicher, dass seine neue Wohnung größer war.

»Was kostet sie pro Monat?«

»Siebenhundertfünfzig.«

Ich zog einen Hundert-Dollar-Schein aus der Brieftasche. Den sah er sofort. »Ich mache Ihnen einen Vorschlag: Sie geben mir den Schlüssel, ich sehe mir die Wohnung mal an und bin in zehn Minuten wieder zurück. Keiner wird es je erfahren.«

»Wir haben eine Warteliste«, wiederholte er und legte das Sandwich auf den Pappteller.

»Ist die hier im Computer?«, sagte ich und zeigte auf den Monitor.

»Ja«, sagte er und wischte sich den Mund ab.

»Dann wäre es ja ganz leicht, sie ein bisschen umzustellen.«

Er nahm den Schlüssel aus einer verschlossenen Schublade und steckte den Schein ein. »Zehn Minuten«, sagte er.

Die Wohnung lag in der Nähe, im Erdgeschoss eines dreistöckigen Gebäudes. Der Schlüssel passte. Schon bevor ich eintrat, roch ich den Geruch frischer Farbe. Tatsächlich waren die Arbeiten noch gar nicht abgeschlossen: Im Wohnzimmer stieß ich auf eine Leiter, Planen und weiße Eimer.

Nicht einmal ein Team von der Spurensicherung hätte irgendwelche Hinweise darauf gefunden, dass die Familie Palma hier gelebt hatte. Alle Schränke und Kammern waren leer, die Teppichböden waren herausgerissen und weggebracht worden. Sogar die Kalkränder in Toilette und Bad waren entfernt worden. Kein Staub, kein Schmutz, keine Spinnweben unter der Küchenspüle. Die Wohnung war makellos sauber. Alle Zimmer waren weiß gestrichen, mit Ausnahme des Wohnzimmers, das erst halb fertig war.

Ich ging wieder ins Büro und warf den Schlüssel auf die Theke.

»Und? Wie sieht's aus?«, fragte der Student.

»Zu klein«, sagte ich. »Aber trotzdem vielen Dank.«

»Wollen Sie Ihr Geld zurück?«

»Sind Sie auf der Uni?«

»Ja.«

»Dann behalten Sie's.«

»Danke.«

An der Tür drehte ich mich noch einmal um und fragte: »Hat Palma eigentlich eine Nachsendeadresse hinterlassen?«

»Ich dachte, er war Ihr Kollege«, sagte er.

»Richtig«, sagte ich und schloss rasch die Tür hinter mir.

22

Als ich am Mittwochmorgen zur Arbeit kam, saß die kleine Frau auf unserer Schwelle. Es war kurz vor acht, die Tür war noch verschlossen, und die Temperatur lag unter Null. Zunächst dachte ich, sie habe dort übernachtet und im Eingang Schutz vor dem Wind gesucht. Doch als sie mich kommen sah, sprang sie auf und sagte: »Guten Morgen«.

Ich lächelte, begrüßte sie und holte die Schlüssel hervor.

»Sind Sie Anwalt?«, fragte sie.

»Ja.«

»Für Leute wie mich?«

Ich nahm an, dass sie obdachlos war, und das war die einzige Bedingung, die unsere Mandanten erfüllen mussten. »Ja. Kommen Sie rein«, sagte ich und öffnete die Tür. Drinnen war es kälter als draußen. Ich stellte einen Thermostaten ein, der, soweit ich hatte feststellen können, mit keinem Heizkörper verbunden war. Ich setzte Kaffee auf und bot ihr ein paar altbackene Donuts an, die ich in der Küche gefunden hatte. Sie schlang einen hinunter.

»Wie heißen Sie?«, fragte ich. Wir saßen im Empfangsraum neben Sofias Schreibtisch, warteten auf den Kaffee und beteten darum, dass die Heizkörper wärmer wurden.

»Ruby.«

»Ich bin Michael. Wo wohnen Sie, Ruby?«

»Hier und da.« Sie trug einen grauen Trainingsanzug, dicke braune Socken und schmutzige weiße Turnschuhe ohne Markennamen. Sie war zwischen dreißig und vierzig, sehr dünn und hatte einen leichten Silberblick.

»Na, kommen Sie schon«, sagte ich und lächelte. »Ich muss wissen, wo Sie wohnen. In einer Obdachlosenunterkunft?«

»Früher mal, aber dann musste ich da weg. Ich wär um ein Haar vergewaltigt worden. Ich hab einen Wagen.«

Ich hatte bei meiner Ankunft keinen Wagen in der Nähe des Büros gesehen. »Sie haben einen Wagen?«

»Ja.«

»Fahren Sie damit herum?«

»Der ist nicht zum Fahren. Ich schlafe auf dem Rücksitz.«

Fragen zu stellen, ohne einen Notizblock vor mir zu haben, war ich nicht gewohnt. Ich schenkte Kaffee in zwei große Pappbecher, und dann gingen wir in mein Büro, wo der Heizkörper glücklicherweise tickte und gurgelte. Ich schloss die Tür. Mordecai würde bald eintreffen, und die Kunst des leisen Auftritts hatte er nie gelernt.

Ruby saß auf der Kante des braunen Klappstuhls für Mandanten. Sie ließ die Schultern hängen, ihr ganzer Oberkörper schien sich um den Kaffeebecher zu schmiegen, als wäre es das letzte Warme, was sie in ihrem Leben bekommen würde.

»Was kann ich für Sie tun?«, fragte ich. Meine Notizblocks lagen in Reichweite.

»Es geht um meinen Sohn, Terrence. Er ist sechzehn, und sie haben ihn mir weggenommen.«

»Wer hat ihn Ihnen weggenommen?«

»Die Stadt, die Pflegeeltern.«

»Wo ist er jetzt?«

»Bei ihnen.«

Ihre Antworten waren kurz und nervös und folgten unmittelbar auf meine Fragen. »Entspannen Sie sich und erzählen Sie mir von Terrence«, sagte ich.

Das tat sie dann auch. Ohne auch nur den Versuch zu machen, mir in die Augen zu sehen, und mit beiden Händen den Kaffeebecher umklammernd, schnurrte sie ihre Geschichte herunter. Vor ein paar Jahren – sie wusste nicht mehr genau, wann, aber Terrence war etwa zehn Jahre alt gewesen – hatten sie allein in einer kleinen Wohnung gewohnt. Dann hatte man sie wegen Drogenhandels verhaftet. Sie musste für vier Monate ins Gefängnis, und Terrence lebte in dieser Zeit bei ihrer Schwester. Nach ihrer Entlassung holte sie Terrence ab, und dann begann der Albtraum eines Lebens auf der Straße. Sie schliefen in Autos, kampierten in leer stehenden Gebäuden, im Sommer auch unter Brücken, und zogen im Winter in eine Unterkunft. Irgendwie gelang es ihr, Terrence in der Schule zu lassen. Sie bettelte auf der Straße, sie verkaufte ihren Körper – »wackeln gehen« nannte sie das – und ein bisschen Crack. Sie tat alles, um Terrence warme Mahlzeiten, anständige Kleidung und regelmäßigen Schulbesuch zu ermöglichen.

Aber sie war süchtig und konnte die Finger nicht vom Crack lassen. Sie wurde schwanger, und als das Kind geboren war, nahm die Stadt es ihr sofort weg. Es war ein Crack-Baby.

An diesem Kind schien ihr nichts zu liegen – sie liebte nur Terrence. Die Behörden begannen, nach ihm zu fragen, und Mutter und Kind zogen sich immer tiefer in die Schatten der Obdachlosigkeit zurück. In ihrer Verzweiflung wandte Ruby sich an eine Familie, bei der sie einmal als Hausmädchen gearbeitet hatte. Die Rowlands hatten selbst Kinder, die aber längst aus dem Haus waren. Und sie hatten ein warmes, kleines Haus in der Nähe der Howard University. Sie bot ihnen fünfzig Dollar pro Monat, wenn sie Terrence bei sich aufnehmen würden. Über der hinteren Veranda war ein kleines Zimmer, das Ruby oft geputzt hatte und das für Terrence ideal war. Zunächst zögerten die Rowlands, doch schließlich waren sie einverstanden. Damals waren sie gute, anständige Menschen. Ruby durfte ihren Sohn täglich für eine Stunde besuchen. Seine schulischen Leistungen verbesserten sich, er nahm keine Drogen und lebte in einer sicheren Umgebung. Ruby war sehr mit sich zufrieden.

Er war das Zentrum, um das ihr Leben kreiste. Sie suchte sich neue Suppenküchen und Essensausgabestellen, die in der Nähe der Rowlands lagen, andere Notunterkünfte, andere Gassen und Parks und ausrangierte Wagen. Jeden Monat brachte sie das versprochene Geld auf, und jeden Abend besuchte sie ihren Sohn.

Bis sie wieder verhaftet wurde. Die erste Verhaftung erfolgte wegen Prostitution, die zweite, weil sie auf einer Parkbank am Farragut Square geschlafen hatte. Vielleicht war sie auch ein drittes Mal verhaftet worden – sie konnte sich nicht genau erinnern.

Einmal, als man sie bewusstlos auf der Straße gefunden hatte, war sie ins Krankenhaus gebracht worden. Man hatte sie auf kalten Entzug gesetzt, aber nach drei Tagen war sie wieder gegangen, weil Terrence ihr fehlte.

Eines Abends in seinem Zimmer starrte er auf ihren Bauch und fragte sie, ob sie wieder schwanger sei. Sie sagte, sie glaube schon. Er wollte wissen, wer der Vater sei. Sie sagte, sie wisse es nicht, worauf er sie so lautstark beschimpfte, dass die Rowlands sie baten zu gehen.

Während ihrer Schwangerschaft wollte Terrence praktisch nichts mit ihr zu tun haben. Es brach ihr fast das Herz: Sie schlief in Schrottwagen, bettelte auf der Straße und zählte die Stunden, bis sie ihn wieder sehen konnte – und saß dann eine Stunde lang in seinem Zimmer, während er seine Hausaufgaben machte und sie ignorierte.

Hier begann Ruby zu weinen. Ich machte mir Notizen und hörte, wie Mordecai im Empfangsraum herumstapfte und versuchte, einen Streit mit Sofia vom Zaun zu brechen.

Ihr drittes Kind, vor einem Jahr geboren, war wieder ein Crack-Baby und wurde ihr sofort weggenommen. Vier Tage lag sie im Krankenhaus, erholte sich von der Entbindung und konnte Terrence nicht besuchen. Als man sie entließ, kehrte sie zu dem einzigen Leben zurück, das sie kannte.

Terrence war ein guter Schüler mit ausgezeichneten Leistungen in Mathematik und Spanisch. Er spielte Posaune und wirkte bei Aufführungen der Theatergruppe mit. Er träumte davon, auf die Marineschule zu gehen. Mr. Rowlands hatte in der Marine gedient.

Eines Abends war Ruby in besonders schlechter Verfassung. Als Mrs. Rowlands ihr in der Küche Vorwürfe machte, gab es einen Streit. Es fielen harte Worte; Ultimaten wurden gestellt. Terrence stand auf der Seite der Rowlands – drei gegen eine. Entweder sie bemühte sich um Hilfe, oder sie würde das Haus nicht mehr betreten dürfen. Ruby erklärte, sie werde ihren Jungen einfach mitnehmen. Terrence sagte, er werde nicht mitkommen.

Am nächsten Abend erwartete sie ein Mitarbeiter des Jugendamtes mit vielen Formularen. Es gab bereits ein Gerichtsurteil. Terrence war den Rowlands als Pflegekind zugeteilt worden. Er lebte ja schon seit drei Jahren bei ihnen. Ruby würde ihn erst wieder besuchen dürfen, wenn sie sich einer Entziehungskur unterzogen hatte und sechzig Tage drogenfrei war.

Seitdem waren drei Wochen vergangen.

»Ich will meinen Sohn sehen«, sagte sie. »Er fehlt mir so sehr.«

»Machen Sie eine Entziehungskur?«, fragte ich.

Sie schüttelte den Kopf und schloss die Augen.

»Warum nicht?«

»Ich kriege keinen Platz.«

Ich hatte keine Ahnung, wie eine obdachlose Süchtige einen Platz in einer Entzugsklinik bekommen konnte, aber es war an der Zeit, es herauszufinden. Ich stellte mir Terrence in seinem hübschen, warmen Zimmer vor: Gesund, gut gekleidet, geborgen, sauber und drogenfrei machte er seine Hausaufgaben unter der strengen Aufsicht von Mr. und Mrs. Rowlands, die ihn inzwischen beinahe so liebten wie seine Mutter. Ich sah ihn vor mir, wie er am Frühstückstisch saß und Spanisch-Vokabeln lernte und wie Mr. Rowlands die Zeitung beiseite legte und ihn abhörte. Terrence war normal und in sich gefestigt, im Gegensatz zu meiner armen Mandantin, die in einer Hölle lebte.

Und ich sollte die Familienzusammenführung ermöglichen.

»Das wird aber eine Weile dauern«, sagte ich – dabei hatte ich keine Ahnung, wie lange irgendetwas dauerte. In einer Stadt, in der fünfhundert Familien auf einen Platz in einer Notunterkunft warteten, konnte es nicht viele freie Plätze in Entzugskliniken geben.

»Sie werden Terrence erst wieder sehen, wenn Sie keine Drogen mehr nehmen«, sagte ich und bemühte mich, nicht allzu selbstgerecht zu klingen.

Sie hatte Tränen in den Augen, sagte aber nichts.

Mir wurde bewusst, wie wenig ich über Sucht wusste. Woher bekam sie ihre Drogen? Wie viel kosteten sie? Wie viele Portionen konsumierte sie täglich? Wie lange würde es dauern, bis ihr Organismus drogenfrei war? Wie lange würde es dauern, bis das Verlangen nach Drogen verschwunden war? Konnte sie es schaffen, eine Sucht zu Überwinden, mit der sie seit über zehn Jahren lebte?

Und was tat die Stadt mit all diesen Crack-Babys?

Keine Papiere, keine Adresse, keine Unterlagen – nur eine herzzerreißende Geschichte. Sie schien ganz zufrieden zu sein, auf meinem Mandantenstuhl zu sitzen, und ich begann mich zu fragen, wie ich sie bitten könnte zu gehen. Der Kaffee war ausgetrunken.

Sofias schrille Stimme riss mich aus meinen Gedanken. Andere Stimmen bellten Kommandos. Als ich zur Tür stürzte, war mein erster Gedanke, dass ein bewaffneter Verrückter wie Mister hereingekommen war.

Doch es waren andere Bewaffnete. Lieutenant Gasko war wieder da und hatte Unterstützung mitgebracht. Drei uniformierte Polizisten gingen auf Sofia zu, die wie ein Rohrspatz schimpfte, was aber gar nichts nützte. Zwei Männer in Jeans und Sweatshirt warteten auf ihr Stichwort. Mordecai und ich traten gleichzeitig aus unseren Büros.

»Hallo, Mikey!«, sagte Gasko zu mir.

»Was soll das hier werden?«, brüllte Mordecai, dass die Wände bebten. Einer der Uniformierten griff nach seinem Dienstrevolver.

Gasko ging zu Mordecai. »Eine Durchsuchung«, sagte er und hielt ihm ein paar Papiere hin. »Sind Sie Mr. Green?«

»Allerdings«, sagte Mordecai und riss ihm den Durchsuchungsbefehl aus der Hand.

»Was suchen Sie hier?«, schrie ich Gasko an.

»Immer dasselbe«, schrie er zurück. »Geben Sie's uns, und wir hören sofort auf.«

»Sie ist nicht hier.«

»Was für eine Akte?«, fragte Mordecai und sah von dem Durchsuchungsbefehl auf.

»Die über die Zwangsräumung«, sagte ich.

»Ich warte noch auf Ihre Anzeige«, sagte Gasko zu mir. Zwei der uniformierten Polizisten waren Lilly und Blower. »War wohl alles bloß leeres Geschwätz.«

»Raus hier!«, schrie Sofia Blower an, der auf ihren Tisch zuging.

Gasko fühlte sich als Herr der Lage. »Passen Sie auf, meine Liebe«, sagte er mit seinem üblichen schmutzigen

Grinsen, »es gibt genau zwei Möglichkeiten. Entweder Sie setzen sich auf den Stuhl da und halten den Mund, oder wir legen Ihnen Handschellen an, und Sie können die nächsten zwei Stunden auf dem Rücksitz des Streifenwagens verbringen.«

Einer der Polizisten steckte den Kopf in die angrenzenden Büros. Ich spürte, dass Ruby dicht hinter mir stand.

»Entspann dich«, sagte Mordecai zu Sofia. »Setz dich und entspann dich.«

»Was ist oben?«, fragte Gasko.

»Lager«, sagte Mordecai.

»Ihr Lager?«

»Ja.«

»Sie ist nicht hier«, sagte ich. »Sie verschwenden Ihre Zeit.«

»Dann bleibt uns wohl nichts anderes übrig.«

Ein potentieller Mandant öffnete die Eingangstür. Alle drehten sich zu ihm um. Sein Blick huschte durchs Zimmer und heftete sich auf die drei Polizisten in Uniform. Er machte auf dem Absatz kehrt – auf der Straße war es offenbar sicherer.

Ich bat auch Ruby zu gehen. Dann trat ich in Mordecais Büro und schloss die Tür.

»Wo ist die Akte?«, fragte er leise.

»Nicht hier, ich schwöre es. Die Durchsuchung ist eine reine Schikane.«

»Der Durchsuchungsbefehl ist in Ordnung. Es ist ein Diebstahl geschehen, und es liegt natürlich nahe zu vermuten, dass die Akte bei dem Anwalt ist, der sie gestohlen hat.«

Ich zermarterte mir den Kopf nach einem juristischen Wissensbrocken, irgendeinem bestechenden Argument, das die Durchsuchung beenden und die Polizisten zum Rückzug zwingen würde, aber leider fiel mir nichts ein. Ich schämte mich, der Anlass dafür zu sein, dass die Polizei im Beratungsbüro herumschnüffelte.

»Haben Sie eine Kopie der Akte?«, fragte Mordecai.

»Ja.«

»Haben Sie schon daran gedacht, das Original zurückzugeben?«

»Das kann ich nicht. Das wäre ein Schuldeingeständnis. Sie wissen nicht mit Sicherheit, ob ich die Akte habe. Und selbst wenn ich sie zurückgeben würde, könnten sie sich ausrechnen, dass ich eine Kopie gemacht habe.«

Er strich sich über den Bart und gab mir Recht. Als wir aus dem Büro traten, stolperte Lilly gegen den unbenutzten Schreibtisch neben dem Sofias. Eine Aktenlawine stürzte zu Boden. Sofia schrie Lilly an, Gasko schrie Sofia an. Die Spannung wuchs. Bald würde sie sich nicht mehr in Worten, sondern in körperlicher Gewalt entladen.

Ich schloss die Vordertür ab, damit nicht noch mehr Mandanten Zeugen der Durchsuchung wurden. »Ich schlage Folgendes vor«, sagte Mordecai. Die Polizisten sahen ihn finster an, waren aber dankbar für jede Anregung. Eine Anwaltskanzlei war etwas anderes als eine Bar voller Minderjähriger.

»Also: Ich verspreche ihnen, die Akte ist nicht hier. Sie können sich alle Akten ansehen, aber Sie dürfen keine öffnen. Das wäre ein Verstoß gegen die Vertraulichkeit des Verhältnisses zwischen Anwalt und Mandant. Einverstanden?«

Die anderen sahen Gasko an, der die Schultern zuckte, als wäre das gerade noch annehmbar.

Wir begannen in meinem Büro. Alle sechs Polizisten, Mordecai und ich drängten sich in dem winzigen Raum und gaben sich große Mühe, jeden Körperkontakt zu vermeiden. Ich öffnete alle Schubladen meines Schreibtischs, was einiges Ziehen und Zerren erforderte. Ich hörte Gasko flüstern: »Tolles Büro.«

Ich zog jede einzelne Akte aus dem Regal, hielt sie Gasko unter die Nase und stellte sie wieder zurück. Ich war erst seit Montag da, und so gab es nicht viel zu durchsuchen.

Mordecai ging zu Sofias Schreibtisch und telefonierte. Als Gasko mein Büro für durchsucht erklärte und wir hinausgingen, hörten wir Mordecai sagen: »Ja, euer Ehren. Danke. Hier ist er.«

Er hielt Gasko den Hörer hin und lächelte von einem Ohr zum anderen. »Hier ist Richter Kisner, der den Durchsuchungsbefehl unterschrieben hat. Er möchte mit Ihnen sprechen.«

Gasko nahm den Hörer, als könnte er sich daran mit Lepra infizieren. »Gasko«, sagte er und hielt ihn sich ein paar Zentimeter vom Ohr weg.

Mordecai wandte sich den anderen Polizisten zu. »Meine Herren, Sie dürfen nur diesen Raum durchsuchen, nicht aber die anderen Büros. Anordnung des Richters.«

Gasko murmelte: »Ja, euer Ehren«, und legte auf.

Eine Stunde lang beobachteten wir alles, was sie taten. Sie nahmen sich einen Tisch nach dem anderen vor, insgesamt vier, auch den von Sofia. Schon nach wenigen Minuten wurde ihnen klar, dass die Durchsuchung erfolglos bleiben würde, und so dehnten sie sie aus, indem sie sich so langsam wie möglich bewegten. Auf jedem Tisch stapelten sich Akten, die seit langem geschlossen waren. Die Bücher und Fachzeitschriften waren zuletzt vor Jahren benutzt worden. Einige Stapel waren mit einer dicken Staubschicht bedeckt. Auch mit Spinnweben musste man rechnen.

Jede Akte hatte ein Zeichen, und der Name war entweder in Druckbuchstaben oder mit der Maschine geschrieben. Zwei Polizisten schrieben die Namen und Zahlen auf, die Gasko und die anderen ihnen zuriefen. Es war zeitraubend und vollkommen sinnlos.

Sofias Tisch sparten sie sich bis zuletzt auf. Sie nahm die Sache selbst in die Hand und rief den Polizisten die Namen zu, wobei sie auch die einfacheren buchstabierte: Jones, Smith, Williams. Die Beamten blieben auf Distanz. Sie öffnete die Schubladen gerade so weit, dass man einen kurzen Blick hineinwerfen konnte. Eine enthielt persönliche Dinge, die niemand sehen wollte. Ich war mir sicher, dass sie darin Waffen verwahrte.

Die Polizisten gingen grußlos hinaus. Ich entschuldigte mich bei Mordecai und Sofia für die Störung und zog mich in die Sicherheit meines Büros zurück.

23

Der fünfte Name auf der Liste der von der Zwangsräumung Betroffenen lautete Kelvin Lam und kam Mordecai bekannt vor. Irgendwann hatte er die Zahl der Obdachlosen in Washington auf zehntausend beziffert, und im Beratungsbüro lagen mindestens ebenso viele Akten herum. Es gab keinen Namen, der Mordecai nicht irgendwie bekannt vorgekommen wäre.

Er machte seine Runde, klapperte Suppenküchen, Unterkünfte und Hilfsorganisationen ab und sprach mit Pfarrern, Polizisten und anderen Armenanwälten. Als es dunkel wurde, fuhren wir in die Innenstadt zu einer Kirche, die von teuren Bürogebäuden und feinen Hotels umgeben war. In einem großen Kellerraum, zwei Stockwerke unter der Straße, fand gerade die ›Fünf-Brote-Speisung‹ statt. Überall waren Klapptische aufgestellt, an denen hungrige Menschen aßen und sich unterhielten. Es war keine Suppenküche; auf den Tellern waren Mais, Kartoffeln, eine Scheibe Hähnchen- oder Putenfleisch, Obstsalat und Brot. Ich hatte noch nicht zu Abend gegessen, und der Duft des Essens machte mich hungrig.

»Ich bin schon seit Jahren nicht mehr hier gewesen«, sagte Mordecai, als wir an der Tür stehen blieben und hinunter auf die Essenden sahen. »Hier werden jeden Tag dreihundert Menschen satt. Ist das nicht wunderbar?«

»Woher kommt das Essen?«

»Von D.C. Central Kitchen im Keller des CCNV. Sie sammeln bei örtlichen Restaurants überschüssige Lebensmittel ein, wohlgemerkt keine Reste, sondern frische Lebensmittel, die sonst verderben würden. Sie haben mehrere Kühlwagen, fahren überall in der Stadt herum und holen Lebensmittel ab, die sie dann zu Tiefkühlmahlzeiten verarbeiten. Zweitausend Stück pro Tag.«

»Sieht lecker aus.«

»Es schmeckt wirklich sehr gut.«

Eine junge Frau namens Liza kam auf uns zu. Sie war neu hier. Mordecai kannte ihren Vorgänger. Sie unterhielten sich kurz über ihn, während ich den Menschen beim Essen zusah.

Mir fiel etwas auf, das ich schon vorher hätte bemerken müssen. Es gab verschiedene Stadien, deutliche Abstufungen der Obdachlosigkeit. An einem Tisch saßen sechs Männer und unterhielten sich angeregt über ein Basketballspiel, das sie im Fernsehen gesehen hatten. Sie waren relativ gut gekleidet. Einer trug beim Essen Handschuhe, aber davon abgesehen hätten sie in jeder Arbeiterkneipe sitzen können, ohne sofort als Obdachlose aufzufallen. Hinter ihnen saß ein hünenhafter Mann mit einer dunklen Sonnenbrille für sich allein da und aß mit den Fingern. Seine Gummistiefel sahen ähnlich aus wie die, in denen Mister gestorben war, sein Mantel war schmutzig und zerlumpt. Der Mann nahm keinen Anteil an seiner Umgebung. Sein Leben war erheblich schwerer als das der Männer, die am Nebentisch lachten: Sie hatten Zugang zu warmem Wasser und Seife, er wusch sich einfach nicht mehr; sie schliefen in einer Unterkunft, er bei den Tauben im Park. Aber sie waren allesamt obdachlos.

Liza kannte Kelvin Lam nicht, wollte sich aber umhören. Wir sahen ihr nach, als sie zwischen den Tischen hindurchging, mit Leuten sprach, auf die Papierkörbe in den Ecken des Raums zeigte und sich zu einer älteren Frau hinunterbeugte. Sie setzte sich zwischen zwei Männer, die sie nicht ansahen, während sie mit ihnen sprach. Sie ging zum nächsten Tisch und dann zum nächsten.

Zu unserer Überraschung erschien ein Anwalt, ein junger Mitarbeiter einer großen Kanzlei, der gratis für die Washingtoner Rechtsberatungsstelle für Obdachlose arbeitete. Er hatte Mordecai vor einem Jahr bei einer Wohltätigkeitsveranstaltung kennen gelernt. Wir fachsimpelten ein bisschen, und dann ging er in einen der hinteren Räume, um drei Stunden zu arbeiten.

»Die Washingtoner Rechtsberatungsstelle für Obdachlose hat hundertfünfzig freiwillige Helfer«, sagte Mordecai.

»Ist das genug?«

»Es ist nie genug. Ich glaube, wir sollten unser Freiwilligenprogramm wieder beleben. Vielleicht haben Sie ja Lust, sich darum zu kümmern. Abraham findet die Idee sehr gut.«

Es war schön zu wissen, dass Mordecai und Abraham und zweifellos auch Sofia sich Gedanken darüber gemacht hatten, um welches Programm ich mich kümmern könnte.

»So bekämen wir eine breitere Basis, würden in Anwaltskreisen stärker wahrgenommen und hätten es leichter, Geld aufzutreiben.«

»Klar«, sagte ich ohne rechte Begeisterung.

Liza kam zurück. »Kelvin Lam sitzt da hinten«, sagte sie mit einer Kopfbewegung in die entsprechende Richtung. »Am zweitletzten Tisch. Der mit der Redskin-Mütze.«

»Haben Sie mit ihm gesprochen?«, fragte Mordecai.

»Ja. Er ist nüchtern und macht einen ziemlich intelligenten Eindruck. Er sagt, er wohnt beim CCNV und hat einen Teilzeitjob bei der Müllabfuhr.«

»Gibt es hier einen kleinen Raum, den wir mal kurz benutzen könnten?«

»Ja.«

»Dann sagen Sie Lam bitte, dass ein Armenanwalt mit ihm sprechen möchte.«

Lam sagte weder Hallo, noch machte er Anstalten, uns die Hand zu schütteln. Mordecai saß am Tisch, ich stand in einer Ecke, und Lam setzte sich auf den einzigen freien Stuhl und warf mir einen Blick zu, der mir eine Gänsehaut verursachte.

»Es ist alles in Ordnung«, sagte Mordecai beruhigend. »Wir müssen Ihnen bloß ein paar Fragen stellen.«

Lam sagte keinen Ton. Sein Äußeres – Sweatshirt, Jeans, Turnschuhe, Wolljacke – verriet, dass er in einer Unterkunft wohnte. Wer unter Brücken schlief, trug meist viele Schichten übel riechender Kleider.

»Kennen Sie ein Frau namens Lontae Burton?«, sagte Mordecai. Wir hatten vereinbart, dass er die Fragen stellen würde.

Lam schüttelte den Kopf.

»DeVon Hardy?«

Wieder ein Kopfschütteln.

»Haben Sie letzten Monat in einem leer stehenden Lagerhaus gelebt?«

»Ja.«

»An der Ecke New York und Florida?«

»Ja.«

»Haben Sie dafür Miete bezahlt?«

»Ja.«

»Hundert Dollar pro Monat?«

»Ja.«

»An Tillman Gantry?«

Lam erstarrte und schloss die Augen, um die Frage zu überdenken. »An wen?«, fragte er.

»Wem gehörte das Lagerhaus?«

»Ich hab die Miete an einen Typ namens Johnny abgedrückt.«

»Und für wen hat dieser Johnny gearbeitet?«

»Weiß ich nicht. War mir egal. Ich hab ihn nicht gefragt.«

»Wie lange haben Sie dort gewohnt?«

»Ungefähr vier Monate.«

»Und warum sind Sie ausgezogen?«

»Ich bin rausgeschmissen worden.«

»Wer hat Sie rausgeschmissen?«

»Weiß ich nicht. Eines Tages kamen die Bullen mit ein paar anderen Typen. Sie haben uns rausgetrieben und unsere Sachen auf den Bürgersteig geschmissen. Ein paar Tage später haben sie das Haus abgerissen.«

»Haben Sie den Polizisten gesagt, dass Sie Miete gezahlt haben?«

»Ein paar von den anderen haben's ihnen gesagt. Eine Frau mit ein paar kleinen Kindern hat versucht, sich zu wehren, aber das hat ihr nichts genützt. Ich hab mich nicht mit den Bullen angelegt – tu ich nie. Es war 'ne böse Szene.«

»Hat man Ihnen vor der Zwangsräumung irgendwas Schriftliches gegeben?«

»Nein.«

»Irgendeine Benachrichtigung, dass Sie das Haus räumen müssten?«

»Nein. Nichts. Auf einmal waren sie einfach da.«

»Nichts Schriftliches?«

»Nichts. Die Bullen haben gesagt, wir wären bloß Besetzer und müssten sofort verschwinden.«

»Sie sind also im letzten Herbst, etwa im Oktober, dort eingezogen?«

»Könnte hinkommen.«

»Wie haben Sie von diesem Haus erfahren?«

»Weiß ich nicht mehr. Irgendjemand hat gesagt, in dem Lagerhaus gäb's kleine Wohnungen. Billig. Also bin ich hingegangen, um mich mal umzusehen. Sie haben gerade Zwischenwände aus Spanplatten und so weiter eingezogen. Das Dach war in Ordnung, das Klo war nicht allzu weit entfernt, und es gab fließendes Wasser. Alles in allem nicht schlecht.«

»Also sind Sie eingezogen?«

»Genau.«

»Hatten Sie einen Vertrag?«

»Nein. Der Typ hat gesagt, dass die Wohnungen illegal sind, also gab es nichts Schriftliches. Wenn mich jemand fragte, sollte ich sagen, dass ich einfach so da eingezogen bin.«

»Und er wollte das Geld in bar?«

»Immer in bar.«

»Haben Sie jeden Monat Miete bezahlt?«

»Ich hab's versucht. Er kam immer am fünfzehnten.«

»Waren Sie, als Sie vertrieben wurden, mit der Miete im Rückstand?«

»Ein bisschen.«

»Wie viel?«

»Einen Monat vielleicht.«

»War das der Grund für die Zwangsräumung?«

»Weiß ich nicht. Sie haben uns keinen Grund gesagt. Sie haben einfach alle rausgeschmissen.«

»Kannten Sie die anderen Leute in dem Lagerhaus?«

»Ein paar. Aber eigentlich hat sich jeder um seinen eigenen Kram gekümmert. Jede Wohnung hatte eine Tür mit einem guten Schloss.«

»Diese Frau, die Sie vorhin erwähnt haben, die Mutter, die Widerstand geleistet hat – kannten Sie die?«

»Nein. Ich hatte sie vielleicht ein-, zweimal gesehen. Sie wohnte am anderen Ende.«

»Am anderen Ende?«

»Ja. In der Mitte des Gebäudes gab's keine Anschlüsse für Wasser und Kanalisation, also haben sie die Zwischenwände an den Enden eingezogen.«

»Konnten Sie von Ihrer Wohnung aus die Wohnung der Frau sehen?«

»Nein. Das Lagerhaus war ziemlich groß.«

»Wie groß war Ihre Wohnung?«

»Zwei Zimmer. Wie viele Quadratmeter es waren, weiß ich nicht.«

»Elektrizität?«

»Ja. Sie hatten ein paar Leitungen gelegt. Wir konnten Radios und so weiter anschließen. Wir hatten Licht. Es gab fließendes Wasser, aber bloß Gemeinschaftsklos.«

»Heizung?«

»Nicht viel. Es war kalt, aber nicht annähernd so kalt wie auf der Straße.«

»Dann waren Sie also zufrieden?«

»Es war in Ordnung. Ich meine, für hundert Scheine pro Monat war's nicht schlecht.«

»Sie sagten, dass Sie ein paar andere Leute dort kannten. Wie hießen die?«

»Herman Harris und Shine Soundso.«

»Wo sind sie jetzt?«

»Ich hab sie seitdem nicht mehr gesehen.«

»Und wo wohnen Sie jetzt?«

»Beim CCNV.«

Mordecai zog eine Visitenkarte aus der Tasche und reichte sie Lam. »Wie lange werden Sie dort bleiben?«

»Ich weiß nicht.«

»Würden Sie mit mir in Verbindung bleiben?«

»Warum?«

»Weil Sie vielleicht bald einen Anwalt brauchen werden. Rufen Sie mich bitte an, wenn Sie in eine andere Unterkunft oder eine eigene Wohnung ziehen.«

Lam steckte die Karte wortlos ein. Wir bedankten uns bei Liza und fuhren zurück ins Büro.

Wie bei jedem Verfahren gab es auch hier mehrere denkbare Vorgehensweisen. Wir hatten drei Gegner – RiverOaks, Drake & Sweeney und TAG – und waren nicht darauf erpicht, dieser Liste noch weitere hinzuzufügen.

Die erste Möglichkeit war ein Hinterhalt. Die zweite war ›Serve und Volley‹.

Bei einem Hinterhalt würden wir unsere Anschuldigungen grob umreißen, Klage erheben, die Sache an die

Presse durchsickern lassen und hoffen, dass wir genug Beweise zusammenbekamen. Der Vorteil hierbei war, dass die Gegenseite bloßgestellt wurde und der Überraschungseffekt und hoffentlich auch die öffentliche Meinung zu unseren Gunsten arbeiten würden. Der Nachteil war, dass diese Methode einem Sprung von der Klippe entsprach, den man in der durch nichts gedeckten Überzeugung unternimmt, dass irgendwo da unten ein Netz gespannt ist.

Bei ›Serve und Volley‹ würden wir die Gegenpartei zunächst nicht verklagen, sondern ihr einen Brief schreiben, in dem wir dieselben Anschuldigungen erhoben und sie zu einem Gespräch über die Angelegenheit aufforderten. Es würden Briefe gewechselt werden, und im Großen und Ganzen würde jede Seite schon im Voraus wissen, was die andere tun würde. Wenn wir einen Verstoß gegen Gesetze oder Bestimmungen nachweisen konnten, würde man uns vermutlich eine stille außergerichtliche Einigung vorschlagen. Es musste nicht unbedingt zu einem Prozess kommen.

Die Methode des Hinterhalts gefiel Mordecai und mir aus zwei Gründen. Erstens: Die Kanzlei hatte offenbar nicht vor, mich in Ruhe zu lassen; die beiden Durchsuchungen waren ein deutliches Zeichen dafür, dass Arthur und der Vorstand sowie Rafter und seine hart gesottenen Prozessanwälte es auf mich abgesehen hatten. Meine Verhaftung würde eine schöne Zeitungsmeldung abgeben, und man würde sie sofort durchsickern lassen, um weiteren Druck auf mich auszuüben. Wir mussten zum Gegenangriff bereit sein.

Der zweite Grund war der Dreh- und Angelpunkt unseres Falls: Hector und die anderen Zeugen konnten nur dann zu einer Aussage gezwungen werden, wenn wir Klage erhoben. Wenn dann die Beweismittel offen gelegt werden mussten, würden wir Gelegenheit haben, den Beklagten alle möglichen Fragen zu stellen, und sie würden sie unter Eid beantworten müssen. Außerdem würden wir vorladen können, wen wir wollten. Wenn es uns gelang, Hector Palma aufzuspüren, konnten wir ihn vereidigen lassen und in die Zange nehmen. Wenn wir die anderen Opfer der Zwangsräumung fanden, konnten wir sie zwingen zu sagen, was geschehen war.

Wir mussten herausfinden, wer wie viel wusste, und dazu brauchten wir die Unterstützung eines Gerichts.

Theoretisch lag der Fall ganz einfach: Die Leute, die in dem Lagerhaus gewohnt hatten, waren Mieter gewesen. Sie hatten bar bezahlt, ohne Quittung, und zwar an Tillman Gantry oder jemanden, der in dessen Auftrag handelte. Gantry hatte sich die Gelegenheit geboten, das Anwesen an RiverOaks zu verkaufen, allerdings nur, wenn das Geschäft schnell abgewickelt werden konnte. Er hatte RiverOaks und die für diese Firma arbeitenden Anwälte bezüglich der Mieter belogen. Drake & Sweeney hatte gewissenhaft Hector Palma zu dem Objekt geschickt, damit er es inspizierte. Hector wurde bei seinem ersten Besuch überfallen, nahm beim zweiten einen Mann vom Sicherheitsdienst mit und stellte fest, dass die vermeintlichen Besetzer in Wirklichkeit Mieter waren. Er erstattete Braden Chance Bericht, der es jedoch unglückseligerweise vorzog, diese Information zu ignorieren und die Zwangsräumung vornehmen zu lassen. Die Mieter wurden rücksichtslos und gesetzwidrig auf die Straße gesetzt.

Ein ordentliches Räumungsverfahren hätte einen Aufschub von mindestens dreißig Tagen bewirkt, und keiner der Beteiligten wollte so viel Zeit verlieren. Der schlimmste Winter wäre vorüber gewesen, es hätte weniger Schneefälle und strenge Nachtfröste gegeben, und man hätte nicht unbedingt bei laufendem Motor im Wagen schlafen müssen.

Es waren bloß ein paar Obdachlose ohne Papiere und

Unterlagen, ohne Belege für Mietzahlungen und ohne eine Spur, der man hätte folgen können.

Theoretisch lag der Fall also ganz einfach. Praktisch aber standen wir vor gewaltigen Hürden. Es konnte riskant sein, sich auf die Aussagen der Obdachlosen zu verlassen, besonders wenn Mr. Gantry beschloss, seinen Einfluss geltend zu machen. Er beherrschte die Straßen, und das war eine Arena, in der ich mich ihm nicht unbedingt stellen wollte. Mordecai verfügte über ein verzweigtes Netz von Beziehungen, aber gegen Gantrys Artillerie würde er nichts ausrichten können. Wir sprachen eine Stunde lang darüber, wie wir es vermeiden könnten, TAG als Beklagten zu benennen. Es lag auf der Hand, dass dieses Verfahren mit Gantry als Beteiligtem sehr viel schmutziger und gefährlicher sein würde. Wir konnten ihn übergehen und es den anderen Beklagten – RiverOaks und Drake & Sweeney – überlassen, ihn als dritten Beklagten zu benennen.

Doch Gantry hatte die Umstände, aus denen wir ein Verschulden ableiten konnten, mitverursacht, und wenn wir ihn nicht als Beklagten benannten, würden wir im Verlauf des Verfahrens ernsthafte Probleme bekommen.

Wir mussten Hector Palma finden. Und wenn wir ihn gefunden hatten, mussten wir ihm klarmachen, dass er die verschwundene Aktennotiz entweder vorlegen oder aber sagen musste, was darin gestanden hatte. Ihn zu finden würde vergleichsweise einfach sein; möglicherweise würde es uns aber nicht gelingen, ihn zum Reden zu bringen. Wahrscheinlich würde er nicht reden wollen – er brauchte seinen Job. Er hatte mich schon ziemlich früh darauf hingewiesen, dass er eine Frau und vier Kinder hatte.

Das Verfahren warf noch andere Probleme auf, von denen das Erste rein technischer Natur war. Als Anwälte waren wir nicht berechtigt, im Namen der Erben von Lontae Burton und ihrer vier Kinder zu klagen. Wir brauchten eine Vollmacht der Familie. Da Lontaes Mutter und ihre beiden Brüder im Gefängnis saßen und der Vater bislang unbekannt war, vertrat Mordecai die Meinung, wir sollten beim Familiengericht die Einsetzung eines Treuhänders beantragen. In diesem Fall konnten wir ihre Familie zumindest anfangs übergehen. Sollte es tatsächlich zur Zahlung von Schmerzensgeld kommen, wäre die Familie ein einziger Albtraum. Die vier Kinder hatten mit ziemlicher Sicherheit mindestens zwei verschiedene Väter, und jeder von ihnen musste benachrichtigt werden, sobald Geld den Besitzer wechselte.

»Darüber werden wir uns später den Kopf zerbrechen«, sagte Mordecai. »Erst mal müssen wir gewinnen.« Wir saßen im Empfangsraum, an dem Tisch neben dem von Sofia. Hier stand ein altersschwacher Computer, der die meiste Zeit funktionierte. Mordecai ging diktierend auf und ab, und ich tippte.

Bis Mitternacht schmiedeten wir Pläne, entwarfen und änderten die Klageschrift, erörterten Theorien, diskutierten über die Vorgehensweise und träumten davon, RiverOaks und meine ehemalige Kanzlei in einen Prozess zu verwickeln, der eine Menge Staub aufwirbeln würde. Für Mordecai war der Fall ein Wendepunkt, eine günstige Gelegenheit, das öffentliche Interesse für die Obdachlosen wieder wachzurütteln. Für mich war er eine Gelegenheit, ein Unrecht wieder gutzumachen.

24

Frühstück mit Ruby. Als ich um Viertel vor acht am Büro ankam, wartete sie auf den Eingangsstufen und freute sich, mich zu sehen. Wie konnte jemand, der acht Stunden versucht hatte, auf dem Rücksitz eines Schrottwagens zu schlafen, so gut gelaunt sein?

»Haben Sie Donuts?«, fragte sie, als ich das Licht anschaltete.

Es war bereits eine Gewohnheit geworden.

»Ich werde mal nachsehen. Setzen Sie sich – ich mache uns einen Kaffee.« Ich durchstöberte die Küche, wusch die Kaffeekanne aus und suchte nach etwas Essbarem. Die gestern schon recht zähen Donuts waren inzwischen noch zäher, aber etwas anderes war nicht da. Ich nahm mir vor, morgen neue zu kaufen, für den Fall, dass Ruby auch am dritten Tag in Folge auftauchte. Irgendwie hatte ich das Gefühl, dass sie das tun würde.

Sie aß einen Donut, knabberte an den harten Rändern herum und versuchte, höflich zu sein.

»Wo frühstücken Sie?«, fragte ich sie.

»Normalerweise gar nicht.«

»Und wie sieht's mit Mittag- und Abendessen aus?«

»Mittagesssen bei Naomi in der 10th Street. Zum Abendessen gehe ich zur Calvary Mission drüben in der 15th.«

»Was machen Sie so den ganzen Tag?«

Sie beugte sich wieder über den Pappbecher mit Kaffee, als wollte sie ihren zarten Körper daran wärmen.

»Die meiste Zeit bin ich bei Naomi.«

»Wie viele Frauen sind da sonst noch?«

»Weiß ich nicht. Eine ganze Menge. Sie kümmern sich gut um uns, aber das ist nur für tagsüber.«

»Und nur für obdachlose Frauen?«

»Ja. Sie schließen um vier. Die meisten anderen Frauen leben in Unterkünften, manche auch auf der Straße. Ich hab einen Wagen.«

»Weiß man dort, dass Sie Crack nehmen?«

»Ich glaube schon. Sie wollen, dass ich zu Treffen für Alkoholiker und Drogensüchtige gehe. Ich bin nicht die Einzige. Eine Menge Frauen nehmen Crack.«

»Und haben Sie gestern Abend was genommen?«, fragte ich sie. Die Worte hallten mir in den Ohren. Ich konnte kaum glauben, dass ich solche Fragen stellte.

Sie ließ den Kopf hängen und schloss die Augen.

»Sagen Sie mir die Wahrheit«, sagte ich.

»Ich musste. Ich tu's jeden Abend.«

Ich wollte ihr keine Vorhaltungen machen. Seit gestern hatte ich nichts unternommen, um ihr einen Platz in einer Entzugsklinik zu besorgen. Plötzlich jedoch erschien mir nichts wichtiger als das.

Sie bat mich um noch einen Donut. Ich wickelte den letzten in ein Stück Alufolie und schenkte ihr Kaffee nach. Sie sagte, sie habe bei Naomi etwas zu erledigen und sei spät dran, und im nächsten Augenblick war sie verschwunden.

Der Trauermarsch begann mit einer Kundgebung für Gerechtigkeit am District Building. Da Mordecai in der Welt der Obdachlosen zu Hause war, ließ er mich in der Menge stehen und ging zu seinem Platz auf dem Podium.

Auf den Stufen stellte sich ein Kirchenchor in weinroten und goldfarbenen Roben auf und sang einige schwungvolle Kirchenlieder. Hunderte Polizisten schlenderten auf und ab. Die Straße war für den Verkehr gesperrt.

Das CCNV hatte tausend Teilnehmer versprochen, und sie kamen gemeinsam: eine lange, beeindruckende, ungeordnete Marschkolonne aus Männern, die obdachlos, aber nicht gebrochen waren. Ich hörte sie, bevor ich sie sehen konnte – ihre gut einstudierten Parolen waren deutlich zu verstehen. Als sie um die Ecke bogen, gab es unter den Kameraleuten ein Gerangel um die besten Plätze.

Die Männer stellten sich in einem Block vor dem District Building auf und begannen, ihre Plakate zu schwenken, von denen die meisten selbst gemacht und handgeschrieben waren: WIE VIELE MÜSSEN NOCH STERBEN? – MEHR UNTERKÜNFTE – ICH HABE EIN RECHT AUF EINE WOHNUNG – WIR BRAUCHEN ARBEIT, ARBEIT, ARBEIT! Die Plakate tanzten im Rhythmus der Lieder und der lautstarken Parolen.

An den Sperren hielten Kirchenbusse, denen Hunderte von Menschen entstiegen, viele sahen nicht so aus, als lebten sie auf der Straße. Es waren adrett gekleidete Gemeindemitglieder, hauptsächlich Frauen. Die Menge wuchs, und um mich herum wurde es enger. Außer Mordecai kannte ich niemanden hier. Sofia und Abraham waren irgendwo in der Menge, doch ich konnte sie nirgends entdecken. Der Trauermarsch für Lontae und ihre Kinder war seit zehn Jahren die größte Demonstration von Obdachlosen.

Ein Foto von Lontae Burton war vergrößert, mit einem schwarzen Rand versehen und auf Plakate gedruckt worden; darunter standen die Worte: WER HAT SIE AUF DEM GEWISSEN? Diese wurden nun verteilt und waren bald die bevorzugten Plakate, selbst unter den Männern vom CCNV, die eigene Spruchbänder mitgebracht hatten. Lontaes Kopf hüpfte und schwankte über der riesigen Menge.

In der Ferne heulte eine Sirene und kam dann näher. Ein Leichenwagen mit Polizeieskorte wurde durchgelassen und hielt vor dem District Building inmitten der Demonstranten. Die hinteren Türen wurden geöffnet, und die Träger – sechs obdachlose Männer – hoben einen schwarz lackierten leeren Sarg heraus und machten Anstalten, sich an die Spitze des Zuges zu setzen. Vier weitere Särge, ebenfalls schwarz, aber viel kleiner, wurden von anderen Trägern aus dem Wagen gehoben.

Die Menge teilte sich, und der Zug bewegte sich langsam auf die Stufen des District Buildings zu, während der Chor ein gefühlvolles Lied anstimmte, das mir beinahe die Tränen in die Augen trieb. Es war ein Trauermarsch. Einer der kleinen Särge war für Ontario.

Die Menge drängte heran. Hände reckten sich, um die Särge zu berühren, sodass diese zu schweben schienen und sacht hin und her schwankten.

Es war eine kraftvolle Inszenierung, und die in der Nähe der Plattform aufgebauten Kameras zeichneten jeden Augenblick des feierlichen Trauerzuges auf. In den nächsten achtundvierzig Stunden würden wir diese Szenen immer wieder zu sehen bekommen.

Die Särge wurden nebeneinander – Lontaes in der Mitte – auf einem kleinen Holzgestell auf der Treppe abgestellt, ein, zwei Meter unterhalb der Plattform, auf der Mordecai stand. Sie wurden gefilmt und fotografiert, und dann begannen die Reden.

Der erste Redner war ein Aktivist, der allen Gruppen dankte, die bei der Organisation des Marsches mitgewirkt hatten. Es war eine beeindruckende Liste, zumindest was die Zahl der Gruppen betraf. Als er die Namen herunterrasselte, war ich angenehm überrascht, wie viele Unterkünfte, Missionen, Suppenküchen, Aktionsbündnisse, medizinische Einrichtungen, Rechtsberatungsbüros, Kirchen, Zentren, Selbsthilfegruppen, Umschulungsprogramme und Suchthilfestellen es gab – und sie alle waren in irgendeiner Weise an dieser Demonstration beteiligt. Sogar einige gewählte Volksvertreter wurden bei der Aufzählung genannt.

Wie konnte es angesichts einer so breiten Unterstützung ein Obdachlosenproblem geben?

Die nächsten sechs Redner beantworteten die Frage: vor allem infolge von Geldmangel und Budgetkürzungen, aber auch wegen der Taubheit der Regierung und der Blindheit der Stadtverwaltung und begünstigt durch den Mangel an Mitgefühl unter den begüterten Schichten und ein Gerichtswesen, das viel zu konservativ geworden war. Die Liste war lang und wurde immer länger.

Alle diese Themen wurden von jedem Redner außer Mordecai aufgegriffen. Er sprach als fünfter, und als er von den letzten Stunden der Familie Burton erzählte, schwieg die Menge. Es herrschte atemlose Stille, als er berichtete, wie er dem Baby die Windel, wahrscheinlich die Letzte, gewechselt hatte. Kein Husten, kein Flüstern. Ich sah auf die kleinen Särge, als enthielte einer von ihnen tatsächlich das Baby.

Dann habe die Familie die Unterkunft verlassen, sagte er langsam, mit tiefer, tragender Stimme. Die fünf seien wieder auf die Straße gegangen, hinaus in den Schneesturm, wo Lontae und ihre Kinder nur ein paar Stunden überlebt hätten. An dieser Stelle nahm er sich einige erzählerische Freiheiten, denn niemand wusste genau, was passiert war. Doch das war mir egal, und die Menge war von Mordecais Bericht ebenso fasziniert wie ich.

Als er die letzten Augenblicke beschrieb, in denen die Familie sich in dem vergeblichen Versuch, sich zu wärmen, aneinander schmiegte, hörte ich einige Frauen in meiner Umgebung schluchzen.

Plötzlich ertappte ich mich bei Nützlichkeitserwägungen. Wenn dieser Mann, mein Freund und Kollege, von einer leicht erhöhten, fünfzig Meter entfernten

Plattform aus eine in die Tausende gehende Menge in seinen Bann schlagen konnte, was würde er dann erst bei zwölf Geschworenen bewirken, denen er so nahe kam, dass er sie berühren konnte?

In diesem Augenblick wurde mir klar, dass es im Fall Burton niemals zu einer Verhandlung kommen würde. Kein Verteidiger, der sein Geld wert war, würde zulassen, dass Mordecai Green in dieser Stadt vor einer Jury von Schwarzen sprach. Wenn sich unsere Vermutungen als richtig erwiesen und wir sie beweisen konnten, würde es kein Gerichtsverfahren geben.

Nach eineinhalb Stunden Reden wurde die Menge unruhig und wollte marschieren. Der Chor begann wieder zu singen, und die Sargträger setzten sich in Bewegung und führten den Marsch an. Hinter den Särgen gingen die Organisatoren, unter ihnen auch Mordecai. Der Rest der Menge folgte. Jemand drückte mir ein Lontae-Plakat in die Hand, und ich hielt es ebenso hoch wie die anderen.

Privilegierte Menschen demonstrieren und protestieren nicht – ihre Welt ist sicher und sauber und wird durch Gesetze geschützt, die dafür sorgen sollen, dass sie zufrieden sind. Ich war noch nie auf die Straße gegangen. Wozu auch? Auf den ersten ein-, zweihundert Metern kam ich mir etwas sonderbar vor: Ich marschierte in einer Menschenmasse und hielt ein an einem Stock befestigtes Plakat hoch, auf dem eine zweiundzwanzigjährige schwarze Mutter von vier unehelichen Kindern abgebildet war.

Doch ich war nicht mehr der, der ich noch vor wenigen Wochen gewesen war. Und es gab kein Zurück mehr, selbst wenn ich das gewollt hätte. In der Vergangenheit war mein Leben von Geld, Besitz und Status bestimmt gewesen, von Zielen, die mir jetzt eher suspekt waren.

Und so entspannte ich mich. Ich rief Parolen mit den

Obdachlosen, ich schwenkte mein Plakat im Gleichtakt mit den anderen und versuchte sogar, Kirchenlieder zu singen, die mir vollkommen unbekannt waren. Ich genoss meine erste Demonstration. Es würde nicht meine Letzte sein.

An den Kreuzungen hielten uns die Straßensperren den Weg zum Capitol Hill frei. Der Marsch war gut organisiert und zog wegen seiner Größe viel Aufmerksamkeit auf sich. Die Särge wurden auf die Stufen des Capitols gestellt. Wir versammelten uns um sie und hörten eine weitere Serie zorniger Reden von Aktivisten der Bürgerrechtsbewegung und zwei Kongressabgeordneten.

Die Reden wiederholten sich – ich hatte genug gehört. Meine obdachlosen Brüder hatten nicht viel zu tun, ich dagegen hatte seit dem Beginn meiner neuen Karriere am Montag einunddreißig Fälle bearbeitet. Einunddreißig wirkliche Menschen warteten darauf, dass ich ihnen Lebensmittelgutscheine verschaffte, mich um die Zuweisungen von Sozialwohnungen kümmerte, Scheidungen einreichte, ihre Verteidigung in Strafsachen übernahm, ausstehende Lohnzahlungen eintrieb, Zwangsräumungen verhinderte, bei Suchtproblemen half – mit einem Wort: dass ich mit den Fingern schnippte und irgendwie für Gerechtigkeit sorgte. Als Anwalt für Kartellrecht hatte ich meine Mandanten nur selten von Angesicht zu Angesicht gesehen. Das hatte sich nun gründlich geändert.

Bei einem Straßenhändler kaufte ich mir eine billige Zigarre und machte einen kleinen Spaziergang auf der Mall.

25

Ich klopfte an die Tür neben der Wohnung, in der die Palmas gelebt hatten. Eine Frau fragte: »Wer ist da?«, machte aber keinerlei Anstalten, die Tür zu öffnen. Ich hatte meine Taktik lange und gründlich bedacht. Auf dem Weg hierher hatte ich sogar meinen Text einstudiert, aber ich glaubte selbst nicht, dass ich überzeugend wirkte.

»Bob Stevens«, sagte ich und verzog das Gesicht. »Ich suche Hector Palma.«

»Wen?«

»Hector Palma. Er war Ihr Nachbar.«

»Was wollen Sie?«

»Ich schulde ihm Geld und will ihn finden, das ist alles.« Hätte ich Schulden eintreiben wollen oder einen ähnlich unwillkommenen Auftrag gehabt, dann wäre die Nachbarin natürlich sehr viel weniger hilfsbereit gewesen. Ich fand mich ziemlich raffiniert.

»Die sind weg«, sagte die Frau.

»Das weiß ich. Wissen Sie, wo sie hingezogen sind?«

»Nein.«

»In eine ganz andere Gegend?«

»Weiß ich nicht.«

»Haben Sie den Umzug gesehen?«

Die Antwort lautete natürlich ja – so ein Umzug war ja nicht zu übersehen. Doch die Hilfsbereitschaft der Nachbarin war erschöpft; sie verschwand von der Wohnungstür und rief wahrscheinlich den Sicherheitsdienst an. Ich wiederholte meine Frage und läutete noch einmal. Keine Reaktion.

Also ging ich zur Tür der Nachbarn auf der anderen

Seite. Ich läutete zweimal. Die mit einer Vorlegekette gesicherte Tür öffnete sich einen Spalt breit, und ein Mann in meinem Alter und mit etwas Mayonnaise im Mundwinkel sagte: »Was wollen Sie?«

Ich erzählte meine Bob-Stevens-Geschichte. Er hörte aufmerksam zu, während hinter ihm der Fernseher lief und Kinder im Wohnzimmer herumtobten. Es war nach acht, es war dunkel und kalt, und ich hatte beim Abendessen gestört.

Doch er war nicht unfreundlich. »Ich kannte ihn überhaupt nicht«, sagte er.

»Und seine Frau?«

»Auch nicht. Ich muss viel reisen. Die meiste Zeit bin ich nicht da.«

»Kannte Ihre Frau die Palmas?«

»Nein.« Das sagte er zu schnell.

»Haben Sie oder Ihre Frau gesehen, wie die Palmas umgezogen sind?«

»Letztes Wochenende waren wir nicht da.«

»Und Sie haben keine Ahnung, wohin sie gezogen sind?«

»Nein.«

Ich bedankte mich bei ihm, drehte mich um und stand vor einem bulligen Mann in der Uniform des Sicherheitsdienstes, der sich wie die Karikatur eines Streifenpolizisten in einem Film mit dem Schlagstock in die linke Hand klatschte. »Was machen Sie hier?«, knurrte er.

»Ich suche jemanden«, sagte ich. »Stecken Sie das Ding weg.«

»Hausierer sind hier unerwünscht.«

»Sind Sie taub? Ich hausiere nicht, ich suche jemanden.« Ich ging an ihm vorbei in Richtung Parkplatz.

»Wir haben eine Beschwerde bekommen«, rief er mir nach. »Sie müssen gehen.«

»Ich gehe ja schon.«

Mein Abendessen bestand aus einem Taco und einem Bier in einem Restaurant in der Nähe. Beim Essen fühlte ich mich in den Vororten sicherer. Es war ein gepflegtes Lokal und gehörte zu einer landesweiten Kette, die mit hübschen Gaststätten für die ganze Familie reich geworden war. Das Publikum bestand hauptsächlich aus jungen Staatsangestellten, die noch auf dem Heimweg waren und sich über Politik unterhielten, Bier vom Fass tranken und lautstark ein Baseballspiel im Fernsehen kommentierten.

An die Einsamkeit musste ich mich erst noch gewöhnen. Ich hatte Frau und Freunde hinter mir gelassen. Die sieben Jahre in der Tretmühle von Drake & Sweeney waren nicht dazu angetan gewesen, Freundschaften – oder meine Ehe – zu pflegen. Ich war zweiunddreißig Jahre alt und schlecht vorbereitet auf ein Leben als Junggeselle. Ich sah das Baseballspiel und die Frauen und fragte mich, ob ich von nun an in Bars und Nachtklubs würde gehen müssen, um Gesellschaft zu finden. Es musste doch auch andere Orte und Methoden geben.

Deprimiert ging ich hinaus.

Ich fuhr langsam in die Stadt, denn ich hatte es nicht eilig, in meine Wohnung zu kommen. Mein Name stand auf einem Mietvertrag, und ich nahm an, dass die Polizei wenig Mühe haben würde, meine neue Adresse herauszufinden. Wenn sie mich verhafteten, würden sie sicher mitten in der Nacht kommen. Es würde ihnen Spaß machen, mich einzuschüchtern, indem sie mich um Mitternacht aus dem Bett holten, mich bei der Leibesvisitation ein bisschen hart anfassten und die Handschellen eng anlegten, mich in den Flur stießen und im Aufzug nach unten in den Polizeigriff nahmen, mich auf den Rücksitz eines Streifenwagens verfrachteten und ins Polizeigefängnis brachten, wo ich der einzige Weiße mit einem Job sein würde, der in dieser Nacht verhaftet worden war. Sie würden mich nur zu gern mit ein paar üblen Burschen in eine Zelle sperren, wo ich vollkommen auf mich allein gestellt sein würde.

Zwei Dinge hatte ich immer bei mir: ein Handy, damit ich im Falle meiner Verhaftung sofort Mordecai anrufen konnte, und ein Bündel Geldscheine – zwanzig Hunderter –, damit ich Kaution stellen und auf freien Fuß kommen konnte, bevor ich auch nur in die Nähe des Polizeigefängnisses kam.

Ich parkte zwei Blocks entfernt und achtete auf etwaige verdächtige Gestalten in anderen Wagen am Straßenrand. Kurz darauf betrat ich meine Wohnung unbehelligt und als freier Mann.

Mein Wohnzimmer war inzwischen mit zwei Gartenstühlen und einer Vorratskiste aus Plastik ausgestattet, die als Couchtisch und Fußschemel diente. Der Fernseher stand ebenfalls auf einer Vorratskiste. Die Spärlichkeit der Einrichtung gefiel mir, doch ich war entschlossen, sie niemandem zu zeigen. Niemand sollte sehen, wie ich lebte.

Meine Mutter hatte angerufen. Ich hörte mir ihre Nachricht an. Mein Vater und sie machten sich Sorgen um mich und wollten mich besuchen. Sie hatten die Sache mit meinem Bruder Warner besprochen, und er würde vielleicht ebenfalls kommen. Ich konnte beinahe hören, wie sie mein neues Leben bewerteten. Jemand musste mich zur Vernunft bringen.

Die Demonstration war der Aufmacher der Elf-Uhr-Nachrichten. Es gab Großaufnahmen von den fünf Särgen auf den Stufen des District Buildings und während des Marsches durch die Straßen zum Capitol. Mordecai sprach zur Menge, die größer war, als ich gedacht hatte – man schätzte sie auf fünftausend Menschen. Der Bürgermeister wollte keinen Kommentar abgeben.

Ich schaltete den Fernseher aus und wählte Claires Nummer. Wir hatten seit vier Tagen nicht miteinander gesprochen, und ich wollte so höflich sein, das Eis zu brechen. Genaugenommen waren wir noch immer verheiratet. Es würde schön sein, in einer Woche oder so mit ihr zu Abend zu essen.

Nach dem dritten Klingelton sagte eine fremde Stimme: »Hallo?« Es war ein Mann.

Eine Sekunde lang war ich so verblüfft, dass ich kein Wort herausbrachte. Es war Donnerstag nacht, halb zwölf. Claire hatte Besuch von einem Mann. Ich war vor nicht einmal einer Woche ausgezogen. Fast hätte ich aufgelegt, aber dann fasste ich mich und sagte: »Kann ich bitte Claire sprechen?«

»Wer ist da?«, fragte er barsch.

»Michael, ihr Mann.«

»Sie ist unter der Dusche«, sagte er mit einem Unterton von Befriedigung.

»Dann sagen Sie ihr, dass ich angerufen habe.« Ich legte rasch den Hörer auf.

Bis Mitternacht ging ich in meinen drei Zimmern auf und ab, dann zog ich mich wieder an und machte einen Spaziergang. Wenn eine Ehe zerbricht, geht man in Gedanken alle möglichen Szenarien durch. Lag es einfach daran, dass wir uns langsam auseinander entwickelt hatten, oder war es viel komplizierter? Hatte ich die Warnsignale übersehen? War dieser Mann ein flüchtiger Bekannter, oder hatten sie schon seit Jahren ein Verhältnis miteinander? War er irgendein überhitzter Arzt mit Frau und Kindern oder ein junger, viriler Medizinstudent, der ihr gab, was ihr bei mir gefehlt hatte?

Ich sagte mir immer wieder, dass es gleichgültig war. Wir ließen uns nicht wegen ehelicher Untreue scheiden. Wenn Claire durch andere Betten wanderte, dann war es jetzt zu spät, um sich darüber Gedanken zu machen.

Unsere Ehe war vorbei – so einfach war das. Die Gründe spielten keine Rolle mehr. Was Claire tat, war mir vollkommen egal. Sie war vorbei, erledigt, vergessen. Wenn ich den Frauen nachlaufen durfte, galt umgekehrt dasselbe für sie.

Natürlich.

Um zwei Uhr morgens war ich am Dupont Circle. Ich ignorierte die Angebote der Strichjungen und stieg über Männer hinweg, die in Decken gehüllt auf Bänken schliefen. Es war gefährlich, aber das war mir gleichgültig.

Ein paar Stunden später kaufte ich eine Schachtel gemischte Donuts, zwei große Becher Kaffee und eine Zeitung. Ruby wartete wie zuvor zitternd vor der Tür. Ihre Augen waren geröteter als sonst, und ihr Lächeln kam nicht so bereitwillig.

Wir setzten uns an den Schreibtisch im Empfangsraum, auf dem der kleinste Stapel längst erledigter Akten lag. Ich räumte sie ein wenig beiseite und stellte die Kaffeebecher und die Donuts auf den Tisch. Ruby mochte die mit Schokolade nicht so gern und nahm lieber die mit Fruchtgeleefüllung.

»Haben Sie schon die Zeitung gelesen?«, fragte ich sie.

»Nein.«

»Wie gut können Sie lesen?«

»Nicht sehr gut.«

Also las ich sie ihr vor. Ich begann mit der Titelseite, hauptsächlich weil dort ein großes Foto der fünf Särge abgedruckt war, die auf einem Meer von Menschen zu treiben schienen. Die Schlagzeile ging über die ganze untere Hälfte der Seite. Ich las Ruby alles vor, und sie hörte aufmerksam zu. Sie hatte vom Tod der Familie Burton gehört, und die Einzelheiten faszinierten sie.

»Könnte ich auch so sterben?«, fragte sie.

»Nein, es sei denn, Ihr Wagen hat einen Motor und Sie lassen ihn laufen, damit die Heizung funktioniert.«

»Ich wollte, ich hätte eine Heizung.«

»Sie könnten an Unterkühlung sterben.«

»Hm?«

»Sie könnten erfrieren.«

Sie wischte sich den Mund mit einer Serviette ab und trank einen Schluck Kaffee. In der Nacht, als Ontario und seine Familie gestorben waren, waren es zwölf Grad unter Null gewesen. Wie hatte Ruby überlebt?

»Wohin gehen Sie, wenn es sehr kalt wird?«, fragte ich sie.

»Nirgendwohin.«

»Sie bleiben im Wagen?«

»Ja.«

»Und wie halten Sie sich warm?«

»Ich hab jede Menge Decken. Ich vergrabe mich einfach unter Decken.«

»Sie gehen nie in eine Unterkunft?«

»Nie.«

»Würden Sie in eine Unterkunft gehen, wenn es Ihnen helfen würde, Terrence wieder zu sehen?«

Sie legte den Kopf schief und sah mich eigenartig an. »Könnten Sie das wiederholen?«

»Sie wollen Terrence sehen, stimmt's?«

»Ja.«

»Dann müssen sie die Finger von den Drogen lassen.«

»Ja.«

»Dazu müssen Sie für eine Weile in einer Entzugsklinik leben. Wären Sie dazu bereit?«

»Vielleicht«, sagte sie. »Nur vielleicht.«

Es war ein kleiner, aber bedeutender Schritt.

»Ich kann Ihnen helfen, Terrence wieder zu sehen, und Sie können wieder einen Platz in seinem Leben einnehmen. Aber zuerst müssen Sie clean werden und bleiben.«

»Wie soll ich das machen?«, fragte sie und schaffte es nicht, mir in die Augen zu sehen. Sie hielt den Kaffeebecher in beiden Händen. Vor ihrem Gesicht stieg Dampf auf.

»Gehen Sie nachher wieder zu Naomi?«

»Ja.«

»Ich habe mit der Direktorin gesprochen. Es gibt heute zwei Gruppensitzungen – Alkoholiker und Drogensüchtige. Ich will, dass Sie an beiden teilnehmen. Die Direktorin wird mich anrufen.«

Sie nickte wie ein gescholtenes Kind. Im Augenblick wollte ich keinen weiteren Druck ausüben. Sie aß ihre Donuts, trank ihren Kaffee und hörte wie gebannt zu, während ich einen Artikel nach dem anderen vorlas. Für Auslandsnachrichten und Sport hatte sie wenig übrig, aber der Lokalteil interessierte sie. Vor vielen Jahren war sie einmal zur Wahl gegangen, und was im Rathaus geschah, war nicht kompliziert. Den Nachrichten über Verbrechen lauschte sie verständnisvoll.

Ein langer Leitartikel zog über den Kongress und die Stadtverwaltung her, weil sie keine Mittel für die Obdachlosen bereitstellten. Der Verfasser prophezeite weitere Todesfälle. Weitere Kinder würden auf unseren Straßen sterben, im Schatten des Capitols. Ich fasste den Inhalt kurz zusammen, und Ruby war mit allem einverstanden.

Ein leichter, gefrierender Regen hatte eingesetzt, und so fuhr ich Ruby zu ihrer nächsten Station. Naomis Frauenzentrum war ein vierstöckiges Reihenhaus in der 10th Street und umgeben von ähnlichen Gebäuden. Es war von sieben bis vier Uhr geöffnet und bot Essen, Duschen, Kleidung, gemeinsame Tätigkeiten und Beratung für alle obdachlosen Frauen, die den Weg dorthin fanden. Ruby ging regelmäßig dorthin und wurde bei unserem Eintreffen von ihren Freundinnen herzlich begrüßt.

Ich hatte eine leise geführte Unterredung mit der Direktorin, einer jungen Frau namens Megan. Wir verabredeten, Ruby von den Drogen abzubringen. Megan sagte, die Hälfte der Frauen sei geistesgestört oder süchtig, ein Drittel sei HIV positiv. Soweit sie wisse, habe Ruby keine ansteckenden Krankheiten.

Als ich ging, hatten sich die Frauen im Aufenthaltsraum versammelt und sangen.

Ich saß am Schreibtisch und hatte mich in die Arbeit vertieft, als Sofia anklopfte und eintrat, bevor ich Zeit hatte, »Herein« zu rufen.

»Mordecai hat mir erzählt, dass Sie jemanden suchen«, sagte sie. Sie hielt einen Block in der Hand, bereit, sich Notizen zu machen.

Ich überlegte einen Augenblick. Dann fiel mir Hector ein. »Ja, das stimmt.«

»Ich kann Ihnen vielleicht helfen. Erzählen Sie mir alles, was Sie über ihn wissen.« Sie setzte sich und schrieb alles auf: Name, Adresse, Adresse des letzten Arbeitgebers, Personenbeschreibung und die Tatsache, dass er Frau und vier Kinder hatte.

»Alter?«

»Etwa dreißig.«

»Ungefähres Einkommen?«

»Fünfunddreißigtausend.«

»Bei vier Kindern kann man annehmen, dass mindestens eins in der Schule ist. Und bei diesem Einkommen und einer Adresse in Bethesda ist es unwahrscheinlich, dass es eine private Schule ist. Er ist spanischer Abstammung, also vermutlich katholisch. Noch etwas?«

Mir fiel nichts mehr ein. Sie ging hinaus, setzte sich an ihren Tisch und begann in einem dicken Ringbuch zu blättern. Ich ließ die Tür offen, damit ich sie sehen und hören konnte. Zuerst rief sie jemanden bei der Post an, verfiel aber sogleich ins Spanische, das ich nicht verstand. Sie machte einen Anruf nach dem anderen. Sie meldete sich auf Englisch, lieg sich durchstellen und sprach dann nur noch Spanisch. Ein Gesprächspartner war jemand von der Erzdiözese, und danach folgte eine Reihe kurzer Telefonate. Ich verlor das Interesse.

Eine Stunde später kam sie an meine Tür und sagte: »Die Familie ist nach Chicago gezogen. Brauchen Sie die Adresse?«

»Wie haben Sie ...?« Ich sprach den Satz nicht zu Ende und starrte sie ungläubig an.

»Fragen Sie lieber nicht. Der Freund eines Freundes gehört zu ihrer Kirchengemeinde. Sie sind letztes Wochenende in aller Eile umgezogen. Brauchen Sie ihre neue Adresse?«

»Wie lange würde das dauern?«

»Das wird nicht so leicht sein. Aber so ungefähr kann ich es herausfinden.«

Am Fenster saßen mindestens sechs Mandanten, die darauf warteten, sich von ihr beraten zu lassen. »Nicht jetzt«, sagte ich. »Vielleicht später. Aber jedenfalls vielen Dank.«

»Keine Ursache.«

Keine Ursache. Ich hatte mich darauf gefasst gemacht, stundenlang in Kälte und Dunkelheit an die Türen von Nachbarn zu klopfen, den Männern vom Sicherheitsdienst aus dem Weg zu gehen und zu hoffen, dass niemand auf mich schoss. Und sie setzte sich eine Stunde ans Telefon und fand den Vermissten.

Drake & Sweeney beschäftigte in ihrer Chicagoer Filiale mehr als hundert Anwälte. Ich war im Zusammenhang mit Kartellrechtsfällen zweimal dort gewesen. Die Kanzlei befand sich in einem Wolkenkratzer in der Nähe des Sees. Das Foyer war mehrere Etagen hoch und verfügte über Springbrunnen und Geschäfte. Aufzüge schossen hinauf und hinunter. Es war ein idealer Ort, um sich auf die Lauer zu legen und auf Hector Palma zu warten.

26

Obdachlose kennen die Straßen, das Pflaster, die Bordsteine, den Beton, den Schmutz, die Kanaldeckel und Hydranten, die Papierkörbe und Bushaltestellen und Ladenfronten. Jeden Tag bewegen sie sich langsam auf vertrautem Terrain, und weil Zeit ihnen wenig bedeutet, bleiben sie stehen, um miteinander zu reden oder um einen neuen Dealer an der Straßenecke, ein neues Gesicht im Revier oder einen Wagen mit abgewürgtem Motor zu beobachten, der den Verkehr behindert. Sie sitzen auf dem Bürgersteig, verborgen unter Hüten und Mützen und hinter billigen Sonnenbrillen und achten wie Wachposten auf jede Bewegung. Sie hören die Geräusche der Stadt, sie atmen die Dieselabgase der Busse und den Geruch des billigen Fetts der Imbissbuden ein. Ihnen fällt auf, dass dasselbe Taxi innerhalb von einer Stunde zweimal vorbeigefahren ist. Wenn in der Ferne ein Schuss fällt, wissen sie, woher er kam. Wenn ein teurer Wagen mit Kennzeichen aus Virginia oder Maryland am Bordstein parkt, behalten sie ihn im Auge, bis er wieder verschwunden ist.

Obdachlose bemerken auch den Polizisten in Zivil, der in einem unauffälligen Fahrzeug sitzt und wartet.

»Draußen sind die Bullen«, sagte einer unserer Mandanten zu Sofia. Sie ging zur Eingangstür, sah in südöstlicher Richtung über die Q Street und entdeckte den zivilen Polizeiwagen. Sie wartete eine halbe Stunde, sah noch einmal nach und ging zu Mordecai.

Ich wusste nichts davon, denn ich führte gerade einen Zweifrontenkrieg gegen die Staatsanwaltschaft und die Ausgabestelle für Lebensmittelgutscheine. Es war Freitagnachmittag, und die städtischen Behörden – auch an guten Tagen nicht gerade bürgerfreundlich – steuerten mit voller Fahrt dem Wochenende entgegen. Sofia und Mordecai überbrachten mir gemeinsam die Neuigkeiten.

»Ich glaube, die Polizei wartet auf Sie«, sagte Mordecai ernst.

Mein erster Impuls war, mich unter dem Schreibtisch zu verkriechen, aber das tat ich natürlich nicht. Ich versuchte, gelassen zu erscheinen. »Wo?«, fragte ich, als spielte das eine Rolle.

»An der Ecke. Sie beobachten das Haus schon seit über einer halben Stunde.«

»Vielleicht sind sie hinter Ihnen her«, sagte ich. Ha, ha. Die beiden verzogen keine Miene.

»Ich hab ein bisschen telefoniert«, sagte Sofia. »Gegen Sie liegt ein Haftbefehl vor. Wegen schweren Diebstahls.«

Ein Verbrechen! Gefängnis! Ein gut aussehender junger Weißer würde in den Kerker geworfen werden. Ich rutschte hin und her und tat mein Bestes, keine Angst zu zeigen.

»Das war zu erwarten«, sagte ich. Vollkommen alltäglich. »Na gut, bringen wir's hinter uns.«

»Ich versuche, einen Bekannten bei der Staatsanwaltschaft zu erreichen«, sagte Mordecai. »Es wäre eine freundliche Geste, wenn die Ihnen erlauben würden, sich selbst zu stellen.«

»Das wäre eine freundliche Geste«, stimmte ich ihm zu, als sei das gar nicht von Bedeutung. »Aber ich habe den ganzen Nachmittag mit der Staatsanwaltschaft gesprochen. Niemand hat mir zugehört.«

»Die haben über zweihundert Leute«, sagte er.

Mordecai hatte keine Freunde auf der anderen Seite der Straße. Polizisten und Staatsanwälte waren seine natürlichen Feinde.

Wir einigten uns rasch auf eine Taktik. Sofia würde einen Kautionsbürgen anrufen, der sich im Gefängnis mit uns treffen würde. Mordecai würde versuchen, einen freundlich gesonnenen Richter aufzutreiben. Das Offensichtliche blieb unausgesprochen: Es war Freitagnachmittag. Ein Wochenende im Polizeigefängnis würde ich vielleicht nicht überleben.

Sie gingen telefonieren, und ich saß wie versteinert am Schreibtisch und konnte nichts unternehmen, nichts denken, nichts tun, als auf das Quietschen der Eingangstür zu lauschen. Ich musste nicht lange warten. Um Punkt vier Uhr trat Lieutenant Gasko mit einigen Männern ein.

Bei meiner ersten Begegnung mit Gasko – als er Claires Wohnung durchsucht und ich gewütet und Namen aufgeschrieben und ihm und seinen Kollegen alle möglichen juristischen Konsequenzen angedroht hatte, als ich auf jedes seiner Worte mit beißendem Sarkasmus geantwortet hatte, als ich ein hartgesottener Rechtsanwalt und er nur ein kleiner Polizist gewesen war, hatte ich mir nicht vorstellen können, dass er eines Tages vielleicht das Vergnügen haben könnte, mich zu verhaften. Doch da war er, aufgeplustert wie ein alternder Star, und brachte es fertig, zugleich höhnisch und triumphierend zu lächeln. In der Hand hielt er ein paar zusammengefaltete Papiere, die nur darauf warteten, mir gegen die Brust geklatscht zu werden.

»Ich will zu Mr. Brock«, sagte er zu Sofia, und in diesem Augenblick trat ich lächelnd aus meinem Zimmer.

»Hallo, Gasko«, sagte ich. »Suchen Sie noch immer diese Akte?«

»Nein. Heute nicht.«

Mordecai kam aus seinem Büro. Sofia stand an ihrem Schreibtisch. Die Blicke gingen vom einen zum anderen.

»Haben Sie einen Haftbefehl?«, fragte Mordecai.

»Ja. Für Mr. Brock«, sagte Gasko.

Ich zuckte die Schultern und sagte: »Na gut, dann gehen wir.« Ich trat auf Gasko zu. Einer der Polizisten nahm ein Paar Handschellen vom Gürtel. Ich wollte wenigstens nach außen hin cool bleiben.

»Ich bin sein Anwalt«, sagte Mordecai. »Zeigen Sie mal her.« Er nahm den Haftbefehl an sich und studierte ihn, während man mir die Hände auf den Rücken fesselte. Kalter Stahl schnitt in meine Handgelenke. Die Handschellen waren zu eng oder jedenfalls enger, als sie hätten sein müssen, aber es war zu ertragen, und ich war entschlossen, mir nichts anmerken zu lassen.

»Ich bin gern bereit, meinen Mandanten zur Wache zu fahren«, sagte Mordecai.

»Vielen Dank, zu freundlich«, erwiderte Gasko, »aber diese Mühe wollen wir Ihnen ersparen.«

»Wohin bringen Sie ihn?«

»Zum Präsidium.«

»Ich folge Ihnen«, sagte Mordecai zu mir. Sofia telefonierte, und das war noch beruhigender als der Gedanke, dass Mordecai irgendwo hinter mir war.

Drei unserer Mandanten waren Zeugen der Aktion, drei harmlose Obdachlose, die nur kurz mit Sofia hatten sprechen wollen. Sie saßen dort, wo die Mandanten immer warteten, und als ich an ihnen vorbeiging, starrten sie mich ungläubig an.

Einer der Polizisten zerrte an meinem Ellbogen und stieß mich hinaus auf die Straße, wo ich bereitwillig in ihren schmutzigen, weißen Wagen stieg, der an der Ecke geparkt war. Die Obdachlosen hatten alles gesehen: wie der Wagen vorfuhr, wie die Polizisten hineinstürmten und mich in Handschellen abführten.

»Ein Anwalt ist verhaftet worden«, würden sie einander zuflüstern, und die Nachricht würde sich in Windeseile auf den Straßen verbreiten.

Gasko saß neben mir im Fond. Ich ließ mich tief in den Sitz sinken, starrte ins Leere und versuchte, den Schock zu verdauen.

»Was für eine Zeitverschwendung«, sagte er und machte es sich bequem, indem er seinen Fuß, der in einem Cowboystiefel steckte, auf das andere Knie legte. »In dieser Stadt sind hundertvierzig Morde noch nicht aufgeklärt, Drogen gibt es an jeder Straßenecke und sogar auf Schulhöfen, und wir müssen ausgerechnet mit Ihnen unsere Zeit verschwenden.«

»Soll das der Auftakt zu einem Verhör sein?«, fragte ich.

»Nein.«

»Gut.« Er hatte sich bisher nicht die Mühe gemacht, mich über meine Rechte zu belehren, und das brauchte er auch erst zu tun, wenn er begann, Fragen zu stellen.

Der Wagen raste ohne Blaulicht und Sirene und offenbar auch ohne Rücksicht auf Verkehrsregeln und Fußgänger auf der 14th Street in Richtung Süden.

»Dann lassen Sie mich doch laufen.«

»Wenn's nach mir ginge, würde ich das auch tun. Aber Sie haben ein paar Leuten böse ans Bein gepinkelt. Der Staatsanwalt hat mir gesagt, dass er einigen Druck bekommen hat.«

»Druck von wem?«, fragte ich, obwohl ich die Antwort bereits kannte. Die Kanzlei Drake & Sweeney verschwendete ihre Zeit nicht mit Polizisten, sondern sprach lieber Juristenchinesisch mit dem Leiter der Staatsanwaltschaft.

»Von den Opfern«, sagte Gasko sarkastisch. Ich konnte seiner Einschätzung nur zustimmen: Es fiel schwer, sich eine Bande reicher Anwälte als Opfer eines Verbrechens vorzustellen.

Viele berühmte Leute waren in ihrem Leben verhaftet worden. Ich versuchte, mir ein paar in Erinnerung zu rufen. Martin Luther King war mehrere Male im Gefängnis gewesen. Ich dachte an Boesky und Milken und andere Börsengauner, an deren Namen ich mich nicht erinnerte. Und was war mit all den berühmten Schauspielern und Sportlern, die man wegen Trunkenheit am Steuer, Erregung öffentlichen Ärgernisses oder Kokainbesitz verhaftet hatte? Sie alle waren auf den Rücksitz eines Polizeiwagens verfrachtet und wie gemeine Kriminelle abgeführt worden. Ein Richter aus Memphis hatte lebenslänglich bekommen; ein ehemaliger Kommilitone saß eine Gefängnisstrafe im offenen Vollzug ab; ein früherer Mandant war wegen Steuerhinterziehung zu einer Haftstrafe verurteilt worden. Sie alle hatte man verhaftet, ins Polizeigefängnis gebracht, vernommen, erkennungsdienstlich behandelt und mit einer Nummer unter dem Kinn fotografiert. Und alle hatten es überlebt.

Ich hatte den Verdacht, dass auch Mordecai Green bereits den kalten Stahl der Handschellen gespürt hatte.

Irgendwie war es eine Erleichterung, dass es endlich passiert war. Ich konnte aufhören, Versteck zu spielen und mich ständig umzusehen. Das Warten war vorbei. Und es war keine Mitternachtsaktion, bei der ich keine Chance gehabt hätte, vor dem Morgen wieder freizukommen. Nein, die Uhrzeit war nicht das Problem. Mit etwas Glück konnte ich die Einlieferungsprozedur hinter mich bringen und auf Kaution freigelassen werden, bevor die Wochenendfestnahmen erfolgten.

Dennoch empfand ich eine Angst, die ich noch nie zuvor gehabt hatte. Im Gefängnis konnte vieles schief gehen. Unterlagen konnten zeitweilig unauffindbar sein. Dutzende von Verzögerungen waren möglich. Die Festsetzung der Kaution konnte am Samstag, am Sonntag oder vielleicht sogar erst am Montag erfolgen. Ich musste damit rechnen, mit aggressiven Straftätern in eine überfüllte Zelle gesperrt zu werden.

Meine Verhaftung würde sich herumsprechen. Meine Freunde würden den Kopf schütteln und sich fragen, was ich als Nächstes tun würde, um mein Leben zu verpfuschen. Meine Eltern würden am Boden zerstört sein.

Ich war mir nicht sicher, was Claire denken würde, besonders jetzt, da sie einen Gigolo hatte.

Ich schloss die Augen und versuchte, es mir bequem zu machen, was aber, da ich auf meinen Händen saß, praktisch unmöglich war.

Die Einlieferung nahm ich nur verschwommen wahr: Ich bewegte mich wie im Traum von einem Punkt zum anderen, wobei Gasko mich führte wie ein zugelaufenes Hündchen. Sieh diese Leute nicht an, sagte ich mir immer wieder, sieh auf den Boden. Zuerst musste ich meine Taschen leeren und ein Formular unterschreiben. Dann ging es durch einen schmutzigen Korridor zur Fotostelle: Schuhe aus, vor der Messlatte aufstellen, Sie brauchen nicht zu lächeln, wenn Sie nicht wollen, aber bitte sehen Sie in die Kamera. Das Ganze noch einmal im Profil. Dann Fingerabdrücke. Hier waren die Beamten so beschäftigt, dass Gasko mich wie einen Geisteskranken an einen Stuhl auf dem Korridor fesselte und sich auf die Suche nach einer Tasse Kaffee machte. Verhaftete in verschiedenen Stadien der Aufnahmeprozedur schlurften vorbei. Überall Polizisten. Ein weißes Gesicht, kein Polizist, sondern ein Beschuldigter wie ich – jung, in einem gut geschnittenen marineblauen Anzug, offenbar betrunken und mit einer Prellung auf der linken Wange. Wie schaffte man es, sich an einem Freitag vor fünf Uhr nachmittags zu betrinken? Er war laut und aggressiv, seine Stimme klang undeutlich und hart, und alle ignorierten ihn. Dann war er verschwunden. Die Zeit verging, und ich geriet langsam in Panik. Draußen war es dunkel, das Wochenende hatte begonnen. Bald würde es die üblichen Festnahmen geben, und die Beamten würden alle Hände voll zu tun haben. Gasko kehrte zurück, brachte mich zur erkennungsdienstlichen Behandlung und sah zu, wie Poindexter routiniert die Farbe auftrug und meine Fingerkuppen auf das Formular drückte.

Ich brauchte nicht zu telefonieren. Mein Anwalt war irgendwo in der Nähe, auch wenn Gasko ihn nirgends gesehen hatte. Auf dem Weg hinunter in den Zellentrakt wurden die Türen immer massiver. Wir gingen in die falsche Richtung: Der Ausgang war hinter uns.

»Wie sieht's mit Kaution aus?«, fragte ich schließlich. Ich sah Gittertüren, vergitterte Fenster und geschäftige Wachen.

»Ich glaube, Ihr Anwalt arbeitet daran«, sagte Gasko.

Er übergab mich an Seargeant Coffey, der mich zur Wand stieß, meine Beine auseinander trat und mich abtastete, als suchte er nach einer 10-Cent-Münze. Nachdem er keine gefunden hatte, zeigte er mit einem Knurrlaut auf einen Metalldetektor. Ich ging unbeanstandet hindurch. Ein Summen, eine Tür schob sich zur Seite, und ich sah einen Gang mit Gittern auf beiden Seiten. Die Tür fiel hinter mir ins Schloss, und meine Hoffnung auf eine schnelle Entlassung schwand.

Hände und Arme reckten sich durch die Gitter in den schmalen Gang. Die Männer beobachteten uns. Ich betrachtete wieder meine Füße. Coffey sah in jede Zelle; ich nahm an, dass er die Insassen zählte. Bei der dritten auf der rechten Seite blieb er stehen.

Meine Zellengenossen waren schwarz und allesamt viel jünger als ich. Ich sah zunächst vier, doch dann entdeckte ich auf dem oberen Bett einen fünften. Es gab zwei Betten für sechs Personen. Die Zelle war ein kleines Rechteck, das auf drei Seiten von Gittern begrenzt wurde, sodass ich die Häftlinge nebenan und gegenüber sehen konnte. Die Rückwand bestand aus Beton. In einer Ecke stand eine kleine Toilette.

Coffey schlug die Tür hinter mir zu. Der Bursche auf dem oberen Bett setzte sich auf und schwang die Beine über die Bettkante, sodass seine Füße neben dem Gesicht des Mannes baumelten, der auf dem unteren Bett saß. Alle fünf starrten mich feindselig an, während ich an der Tür stand und versuchte, furchtlos und gelassen zu wirken. Ich suchte verzweifelt nach einem Platz auf dem Boden, damit ich nicht Gefahr lief, einen meiner Zellengenossen zu berühren.

Zum Glück hatten sie keine Waffen. Zum Glück hatte man einen Metalldetektor installiert. Sie hatten keine Messer und Pistolen, und ich hatte, abgesehen von dem, was ich am Leib trug, keinerlei Wertgegenstände bei mir. Uhr, Brieftasche, Bargeld, Handy und alles andere hatte man mir abgenommen und quittiert.

Der vordere Teil der Zelle war sicherer als der hintere. Ich ignorierte ihre Blicke und setzte mich mit dem Rücken zur Tür auf den Boden. Aus einer anderen Zelle ertönten Rufe nach der Wache.

Zwei Zellen weiter kam es zu einer Schlägerei, und zwischen Betten und Gitterstäben hindurch sah ich, wie zwei große Schwarze den betrunkenen Weißen mit dem marineblauen Anzug in eine Ecke drängten und auf seinen Kopf einschlugen. Andere feuerten sie an, und im ganzen Flügel herrschte eine Atmosphäre der Gewalttätigkeit. Es war kein guter Augenblick, um weiß zu sein.

Eine Tür wurde geöffnet, ein schriller Pfiff ertönte, und Coffey erschien und schwang seinen Gummiknüppel. Der Kampf war sofort vorbei, der Betrunkene lag reglos auf dem Bauch. Coffey ging zu der Zelle und fragte, was los sei. Niemand wusste etwas, niemand hatte etwas gesehen.

»Ich will hier Ruhe haben!«, sagte er und verschwand wieder.

Minuten vergingen. Der Betrunkene begann zu stöhnen; irgendwo übergab sich jemand. Einer meiner Zellengenossen stand auf und kam zu mir herüber. Seine nackten Füße berührten fast meine Beine. Ich blickte auf und sah dann wieder zu Boden. Er starrte mich an, und ich wusste nun würde es losgehen.

»Hübsche Jacke«, sagte er.

»Danke«, murmelte ich und gab mir Mühe, nicht sarkastisch oder in irgendeiner Weise provokativ zu klingen. Es war ein alter Blazer, den ich jeden Tag trug, mit Jeans und Khakihemd – meine Armenanwaltsverkleidung. Jedenfalls war er es nicht wert, sich dafür zusammenschlagen zu lassen.

»Hübsche Jacke«, wiederholte er und stubste mich mit dem Fuß an. Der Bursche auf dem oberen Bett sprang herunter und kam näher, um besser sehen zu können.

»Danke«, sagte ich noch einmal.

Er war achtzehn oder neunzehn, groß und schlank und ohne ein Gramm Fett – wahrscheinlich ein Bandenmitglied, das sein ganzes bisheriges Leben auf der Straße verbracht hatte. Er war großspurig und wollte die anderen mit seinem Selbstbewusstsein beeindrucken.

Ich würde das leichteste Opfer sein, das er je gefunden hatte.

»So 'ne Jacke hab ich nicht«, sagte er und stupste mich noch einmal, kräftiger diesmal, um mich zu provozieren.

Weil du eben nur ein mieser kleiner Straßenganster bist, dachte ich. Stehlen konnte er sie nicht – wohin hätte er damit verschwinden sollen? »Soll ich sie dir leihen?«, fragte ich.

»Nein.«

Ich zog die Beine an, sodass die Knie mein Kinn berührten. Es war eine Abwehrhaltung. Wenn er mich schlagen oder treten sollte, würde ich mich nicht wehren. Jeder Widerstand würde sofort die anderen auf den Plan rufen, und es wäre für sie eine wahre Wonne, diesen Weißen zusammenzuschlagen.

»Der Typ hat gesagt, dass du 'ne hübsche Jacke hast«, sagte der auf dem oberen Bett.

»Und ich hab danke gesagt.«

»Der Typ hat gesagt, dass er nicht so 'ne Jacke hat.«

»Und? Kann ich was daran ändern?«

»Du könntest sie ihm ja schenken.«

Ein Dritter kam hinzu und schloss den Halbkreis um mich. Der Erste trat gegen meinen Fuß, und alle drei kamen näher. Sie waren drauf und dran, sich auf mich zu stürzen. Einer wartete auf den anderen. Ich zog rasch den Blazer aus und warf ihn auf den Boden.

»Ist das ein Geschenk?«, fragte der Erste und hob ihn auf.

»Es ist, was du willst«, sagte ich. Ich starrte noch immer vor mich hin und vermied jeden Blickkontakt, und darum sah ich seinen Fuß nicht. Der Tritt traf mich an der linken Schläfe und stieß meinen Kopf gegen die Gitterstäbe. »Scheiße!«, schrie ich und betastete meinen Hinterkopf

»Du kannst das verdammte Ding haben«, sagte ich und machte mich auf den Angriff gefasst.

»Ist das ein Geschenk?«

»Ja.«

»Danke, Mann.«

»Keine Ursache«, sagte ich und fuhr mir mit der Hand über das Gesicht. Mein ganzer Kopf fühlte sich taub an.

Sie zogen sich zurück. Ich saß zusammengekrümmt da.

Minuten vergingen, auch wenn ich kein Zeitgefühl mehr hatte. Der betrunkene Weiße versuchte, zu sich zu kommen, und wieder rief jemand nach der Wache. Der Kerl, der mein Jackett genommen hatte, zog es nicht an. Es verschwand irgendwo in der Zelle.

Mein Gesicht pochte, blutete aber nicht. Wenn ich keine weiteren Verletzungen davontrug, konnte ich mich glücklich schätzen. Ein Leidensgenosse in einer anderen Zelle rief, er versuche zu schlafen, und ich dachte darüber nach, was die Nacht bringen würde. Wir waren zu sechst und hatten nur zwei sehr schmale Betten. Sollten wir auf dem Fußboden schlafen, ohne Kissen und Decke?

Der Boden fühlte sich immer kälter an, und während ich dasaß, versuchte ich mir auszumalen, welche Vergehen sich meine Zellengenossen hatten zuschulden kommen lassen. Ich hatte mir eine Akte ausgeliehen, in der Absicht, sie wieder zurückzubringen. Und doch war ich hier, auf der untersten Sprosse der Leiter, unter Drogendealern, Autodieben, Vergewaltigern und wahrscheinlich sogar Mördern.

Ich war nicht hungrig, aber ich dachte an Essen. Ich hatte keine Zahnbürste. Ich musste nicht aufs Klo, aber was würde geschehen, wenn ich musste? Gab es hier etwas zu trinken? Die elementaren Bedürfnisse rückten in den Vordergrund.

»Hübsche Schuhe«, sagte jemand und riss mich aus meinen Gedanken. Ich sah auf. Einer der Kerle stand vor mir. Er trug schmutzige weiße Strümpfe, keine Schuhe, und seine Füße waren ein paar Zentimeter länger als meine.

»Danke«, sagte ich. Es waren alte Joggingschuhe, keine Basketballschuhe, und ich hielt es für unwahrscheinlich, dass sie ihm wirklich gefielen. Zum ersten Mal wünschte ich mir, ich trüge die Slipper, in denen ich als gut situierter Anwalt in die Kanzlei gegangen war.

»Welche Größe?«, wollte er wissen.

»Vierundvierzig.«

Der Bursche, der meine Jacke an sich genommen hatte, kam näher; die Botschaft war klar.

»Das ist meine Größe«, sagte der Erste.

»Möchtest du sie gern haben?«, fragte ich und zog sie aus. »Hier, ich möchte dir eine Freude machen und schenke dir meine Schuhe.« Ich schob sie ihm hin, und er nahm sie.

Am liebsten hätte ich gefragt: Und was ist mit meiner Jeans und meiner Unterhose?

Gegen sieben Uhr hatte Mordecai alle nötigen Formalitäten erledigt. Coffey holte mich aus der Zelle. Als wir zum Ausgang gingen, fragte er mich: »Wo sind Ihre Schuhe?«

»In der Zelle«, sagte ich. »Die anderen haben sie mir abgenommen.«

»Ich werde sie holen.«

»Danke. Ich hatte auch noch einen Blazer.«

Er musterte die linke Seite meines Gesichts. Mein Auge schwoll langsam zu. »Alles in Ordnung?«

»Mir geht's prima. Ich bin frei.«

Meine Kaution war auf zehntausend Dollar festgesetzt. Mordecai wartete mit meinem Kautionsbürgen. Ich gab ihm tausend Dollar in bar und unterschrieb ein paar Formulare. Coffey brachte mir meine Schuhe und meinen Blazer, und damit war meine Gefängniszeit fürs Erste vorbei. Draußen wartete Sofia im Wagen.

27

Körperlich bezahlte ich einen Preis für meinen Wechsel vom Hochhausbüro auf die Straße. Die Prellungen, die ich mir bei dem Unfall zugezogen hatte, waren fast verheilt, aber die Schmerzen in den Muskeln und Gelenken würden mich noch einige Wochen lang begleiten. Ich hatte außerdem abgenommen, und zwar aus zwei Gründen: Ich konnte mir die Restaurantbesuche, die mir einst selbstverständlich erschienen waren, nicht mehr leisten, und ich hatte das Interesse am Essen verloren. Mir tat der Rücken weh, weil ich im Schlafsack auf dem Boden schlief, und ich war entschlossen, das auch weiterhin zu tun, nur um zu sehen, ob ich mich je daran gewöhnen würde. Ich hatte da meine Zweifel.

Und dann hatte ein Straßengangster mir mit dem nackten Fuß beinahe den Schädel gebrochen. Ich kühlte die Stelle mit Eis, aber jedes Mal, wenn ich in dieser Nacht erwachte, schien die Schwellung größer geworden zu sein.

Dennoch schätzte ich mich glücklich, dass ich lebte und diesen Abstieg in die Hölle einigermaßen unversehrt überstanden hatte, auch wenn ich schon nach einigen Stunden gerettet worden war. Ich hatte keine Angst mehr vor dem Unbekannten, jedenfalls fürs Erste nicht. Es lauerten keine Polizisten in den Schatten.

Schwerer Diebstahl war keine Kleinigkeit, wenn man wie ich schuldig war. Die Höchststrafe waren zehn Jahre Gefängnis, doch darüber würde ich mir später den Kopf zerbrechen.

Kurz vor Sonnenaufgang verließ ich meine Wohnung, um mir rasch eine Zeitung zu kaufen. Das nächste

Café in meiner neuen Nachbarschaft war eine winzige, von einer streitsüchtigen pakistanischen Familie betriebene und die ganze Nacht geöffnete Bäckerei an der Kalorama Road, in einer Gegend von Adams-Morgan, in der man innerhalb eines Blocks von sicherem in gefährliches Territorium wechseln konnte. Ich setzte mich an die Theke, bestellte einen großen Milchkaffee, schlug die Zeitung auf und fand eine kleine Meldung über die Geschichte, die mich den größten Teil meines Schlafs gekostet hatte.

Meine Freunde bei Drake & Sweeney hatten die Sache gut geplant. Auf Seite zwei des Lokalteils sah ich mein Foto. Es war vor einem Jahr gemacht worden, und zwar für eine Broschüre, mit der junge Jura-Absolventen geworben werden sollten. Das Negativ befand sich im Besitz der Kanzlei.

Es waren nur vier kurze, knappe Absätze – hauptsächlich Informationen, die der Reporter von der Kanzlei erhalten hatte: Ich sei nach dem Studium in Yale sieben Jahre lang in der Abteilung Kartellrecht tätig gewesen und bislang nicht vorbestraft. Die Kanzlei sei die fünftgrößte des Landes, mit achthundert Anwälten in acht Städten, und so weiter. Es wurde niemand zitiert, und das war auch gar nicht nötig. Der einzige Zweck des Artikels war, mich zu demütigen, und das war ihnen gelungen. ANWALT WEGEN SCHWEREN DIEBSTAHLS VERHAFTET lautete die Überschrift neben meinem Foto. Das Diebesgut wurde als ›Unterlagen‹ bezeichnet: Bei meinem kürzlich erfolgten Ausscheiden aus der Kanzlei seien Unterlagen verschwunden.

Es klang ein wenig albern – ein Haufen Rechtsanwälte stritt sich über Papierkram. Wer außer mir selbst und denen, die mich persönlich kannten, würde sich schon darum kümmern? Bald würde Gras über die Sache gewachsen sein; es gab so viele wichtigere Meldungen.

Das Foto und die Hintergrundinformationen waren

an einen willigen Reporter weitergegeben worden, der seine vier Absätze geschrieben und dann gewartet hatte, bis meine Verhaftung bestätigt worden war. Ich konnte mir gut vorstellen, wie Arthur, Rafter und ihre Mitarbeiter stundenlang die weiteren Schritte geplant hatten. Die Zeit würde zweifellos RiverOaks in Rechnung gestellt werden, einfach weil das der Mandant war, der von dieser Sache am meisten betroffen war.

Was für ein Public-Relations-Coup! Vier Absätze in der Samstagsausgabe.

Bei den Pakistanis gab es keine Donuts mit Fruchtgeleefüllung. Ich kaufte stattdessen Kekse und fuhr zum Büro.

Ruby lag vor dem Eingang und schlief, und als ich näher kam, fragte ich mich, wie lange sie wohl schon da war. Sie lag unter zwei oder drei alten Decken und hatte den Kopf auf eine große Einkaufstasche aus Segeltuch gebettet, in der sich ihre Habseligkeiten befanden. Ich räusperte mich und machte ein paar Geräusche, und sie erwachte und sprang auf.

»Warum schlafen Sie hier?«, fragte ich sie.

Sie sah die Tüte mit den Keksen an und sagte: »Irgendwo muss ich ja schlafen.«

»Ich dachte, Sie schlafen in einem Wagen.«

»Tu ich auch. Meistens.«

Wenn man sich mit einer Obdachlosen darüber unterhielt, warum sie hier oder dort schlief, konnte dabei nicht viel herauskommen. Ruby war hungrig. Ich schloss auf, machte Licht und setzte Kaffeewasser auf. Gemäß unserem Ritual ging sie auf dem kürzesten Weg zu dem Schreibtisch, den sie mittlerweile vermutlich als den ihren betrachtete, und wartete.

Wir tranken Kaffee und aßen Kekse, und dazu las ich ihr aus der Zeitung vor – immer abwechselnd eine Meldung, die mich interessierte, und eine, die sie hören wollte. Den Artikel über mich ließ ich aus.

Ruby hatte gestern Nachmittag bei Naomi die Gruppensitzung verlassen. Die Morgensitzung hatte sie noch durchgestanden, aber am Nachmittag war sie geflohen. Megan, die Direktorin, hatte mich etwa eine Stunde vor Gaskos Erscheinen angerufen.

»Wie geht's Ihnen heute Morgen?«, fragte ich Ruby, als wir mit der Zeitung fertig waren.

»Gut. Und Ihnen?«

»Bestens. Ich nehme keine Drogen. Wie steht's mit Ihnen?«

Ihr Kinn klappte herunter. Sie sah zur Seite und zögerte gerade so lange, dass ich die Wahrheit ahnte. »Ja«, sagte sie. »Ich nehme keine Drogen mehr.«

»Nein, das stimmt nicht. Lügen Sie mich nicht an, Ruby. Ich bin Ihr Freund und Rechtsanwalt und will Ihnen helfen, damit Sie Terrence wieder sehen können. Aber das kann ich nur, wenn Sie mich nicht anlügen. Also, sehen Sie mir in die Augen und sagen Sie mir, ob Sie noch Drogen nehmen oder nicht.«

Irgendwie gelang es ihr, sich noch kleiner zu machen, als sie ohnehin schon war. Sie sah zu Boden und sagte: »Ja, ich nehme noch Drogen.«

»Danke. Warum haben Sie die Gruppensitzung gestern Nachmittag verlassen?«

»Hab ich doch gar nicht.«

»Die Direktorin sagte, Sie wären gegangen.«

»Ich dachte, sie wären schon fertig.«

Ich wollte mich auf eine Diskussion einlassen, die ich nicht gewinnen konnte. »Gehen Sie heute zu Naomi?«

»Ja.«

»Gut. Ich werde Sie hinbringen, aber Sie müssen mir versprechen, dass Sie an beiden Sitzungen teilnehmen.«

»Ich verspreche es.«

»Sie werden die Erste sein, die kommt, und die Letzte, die geht, okay?«

»Okay.«

»Und die Direktorin wird ein Auge auf Sie haben.«

Sie nickte und nahm noch einen Keks, ihren vierten. Wir sprachen über Terrence und Entziehungskuren, und wieder einmal wurde mir bewusst, in welche Hoffnungslosigkeit die Sucht führte. Schon allein die Aufgabe, vierundzwanzig Stunden keine Drogen zu nehmen, stellte für Ruby eine fast unüberwindliche Hürde dar.

Ihre Droge war Crack, wie ich vermutet hatte. Spottbillig und hochgradig Sucht erzeugend.

Als wir zu Naomi fuhren, sagte sie unvermittelt: »Sie sind verhaftet worden, stimmt's?«

Beinahe hätte ich eine rote Ampel überfahren. Sie hatte vor der Tür zu unserem Büro geschlafen und konnte kaum lesen. Wie war sie an diese Information gekommen?

»Ja, das stimmt.«

»Hab ich mir gedacht.«

»Woher wissen Sie das?«

»Auf der Straße hört man so allerlei.«

Natürlich. Wozu Zeitungen lesen? Die Obdachlosen hatten ihr eigenes Nachrichtensystem. Der junge Anwalt drüben bei Mordecai ist verhaftet worden. Die Bullen sind einfach reinspaziert und haben ihn mitgenommen, wie einen von uns.

»Es war ein Missverständnis«, sagte ich, als wäre das für sie von Bedeutung.

Sie hatten schon ohne sie angefangen zu singen – wir hörten sie, als wir bei Naomi die Stufen zum Eingang hinaufgingen. Megan öffnete uns die Tür und lud mich auf eine Tasse Kaffee ein. Im Gemeinschaftsraum, der früher sicher ein hübscher Salon gewesen war, sangen die Frauen und erzählten einander von ihren Problemen. Wir sahen ihnen ein paar Minuten lang zu. Als einziger Mann kam ich mir wie ein Eindringling vor.

Megan schenkte mir in der Küche eine Tasse Kaffee ein und führte mich kurz durch das Haus. Weil die Frauen nicht weit entfernt beteten, flüsterten wir. In der Nähe der Küche im Erdgeschoss gab es Toiletten und Duschen; hinter dem Haus befand sich ein kleiner Garten, in den sich Frauen, die an Depressionen litten, gern zurückzogen. Im ersten Stock waren Büros, Beratungsräume und ein mit Stühlen ausgestatteter Saal, in dem sich die Anonymen Alkoholiker und Drogenabhängigen trafen.

Als wir die schmale Treppe hinaufgingen, ertönte von unten fröhliches Singen. Megans Büro befand sich im zweiten Stock. Sie bat mich herein, und als ich mich gesetzt hatte, warf sie mir eine Ausgabe der Post auf den Schoß.

»Sie haben eine harte Nacht hinter sich, was?«

Ich betrachtete noch einmal mein Foto. »Hätte schlimmer sein können.«

»Was ist das?«, fragte sie und zeigte auf ihre Schläfe.

»Ein Zellengenosse wollte meine Schuhe haben. Er hat sie bekommen.«

Sie musterte meine abgetragenen Turnschuhe. »Die da?«

»Ja. Chic, nicht?«

»Wie lange haben die Sie dabehalten?«

»Nur ein paar Stunden. Dann hab ich mein Leben in die Hand genommen und mich resozialisieren lassen. Jetzt bin ich ein neuer Mensch.«

Sie lächelte abermals, ein wunderbares Lächeln. Unsere Blicke trafen sich für einen Moment, und ich dachte: Mein lieber Mann! Kein Trauring. Sie war groß und ein bisschen zu dünn. Ihr Haar war dunkelrot und so kurz geschnitten, dass die Ohren frei blieben. Sie hatte hellbraune, sehr große und runde Augen, in die ich gern für ein, zwei Sekunden hineinsah. Ich fand diese Frau sehr attraktiv und wunderte mich, dass mir das nicht schon früher aufgefallen war.

Hatte sie etwas mit mir vor? War ich mit Hintergedanken hierher geführt worden? Wie hatten mir diese Augen, dieses Lächeln gestern entgehen können?

Wir tauschten unsere Lebensläufe aus. Ihr Vater war ein Pfarrer der Episkopalkirche in Maryland, ein Redskins-Fan, dem Washington gefiel. Als Teenager hatte sie beschlossen, für die Armen zu arbeiten. Eine höhere Berufung gab es in ihren Augen nicht.

Ich musste gestehen, dass ich bis vor zwei Wochen keinen Gedanken an die Armen verschwendet hatte. Sie war fasziniert von der Mister-Episode und ihrer läuternden Wirkung auf mich.

Sie lud mich ein, zum Mittagessen zu kommen und nach Ruby zu sehen. Wenn die Sonne herauskam, würden wir im Garten essen können.

Armenanwälte sind ganz normale Menschen. Sie können sich an den seltsamsten Orten verlieben, zum Beispiel in einem Heim für obdachlose Frauen.

Nachdem ich eine Woche lang Washingtons übelste Viertel erkundet, viele Stunden in Notunterkünften verbracht und ausgiebig mit Obdachlosen gesprochen hatte, war mein Bedürfnis, mich jedes Mal hinter Mordecai zu verstecken, verschwunden. Er war ein guter Schutz, aber wenn ich auf den Straßen überleben wollte, musste ich den Sprung ins kalte Wasser wagen und schwimmen lernen.

Ich hatte eine Liste von etwa dreißig Unterkünften, Suppenküchen und Hilfszentren für Obdachlose. Und ich hatte eine zweite Liste mit den Namen der siebzehn Menschen, die von Drake & Sweeney auf die Straße gesetzt worden waren, darunter auch DeVon Hardy und Lontae Burton.

Mein nächster Halt an diesem Samstagmorgen war die Mount Gilead Christian Church in der Nähe der Gallaudet University. Nach meinem Stadtplan war es die Suppenküche, die der Kreuzung New York Avenue und

Florida Avenue, wo das Lagerhaus gestanden hatte, am nächsten lag. Die Leiterin war eine junge Frau namens Gloria, die, als ich um neun Uhr dort eintraf, allein in der Küche stand, Sellerie schnitt und sich ärgerte, weil bisher keine Freiwilligen gekommen waren. Nachdem ich mich vorgestellt und sie davon überzeugt hatte, dass meine Referenzen in Ordnung waren, zeigte sie auf ein Schneidebrett und bat mich, Zwiebeln zu hacken. Wie konnte ein Armenanwalt das verweigern?

Ich erklärte, ich hätte das schon einmal getan, und zwar in Dollys Küche, während des letzten Schneesturms. Gloria war höflich, aber in Eile. Ich hackte Zwiebeln, wischte mir die Tränen ab, beschrieb den Fall, an dem ich arbeitete, und rasselte die Namen der Leute herunter, die zusammen mit DeVon Hardy und Lontae Burton aus dem Lagerhaus vertrieben worden waren.

»Wir sind keine Sachbearbeiter«, sagte sie. »Wir geben ihnen nur etwas zu essen. Ich kenne nicht viele Namen.«

Ein freiwilliger Helfer brachte einen Sack Kartoffeln. Ich machte Anstalten, wieder zu gehen. Gloria bedankte sich bei mir, schrieb sich die Namen auf und versprach, sich umzuhören.

Ich hatte einen Plan, und der sah viele weitere Stationen vor. Dabei hatte ich wenig Zeit. Ich sprach mit einem Arzt in der Capitol Clinic, einer privat finanzierten Einrichtung für Obdachlose. Hier hatte man Unterlagen über jeden einzelnen Patienten. Heute war Samstag, und der Arzt versprach mir, seine Sekretärin werde am Montag die Computerdateien nach den Namen auf meiner Liste durchsuchen. Wenn einer dieser Leute ärztliche Hilfe in Anspruch genommen hatte, werde sie mich anrufen.

In der Redeemer Mission von Rhode Island trank ich Tee mit einem katholischen Priester. Er las die Liste aufmerksam durch, kannte aber keinen der Namen. »Zu uns kommen so viele«, sagte er.

Der einzige Zwischenfall ereignete sich vor der Freedom Coalition, einer großen Versammlungshalle, die von einer längst vergessenen Vereinigung erbaut, inzwischen aber in ein Nachbarschaftszentrum umgewandelt worden war. Gegen elf Uhr hatte sich vor dem Haupteingang eine lange Schlange gebildet. Da ich nicht vorhatte, dort etwas zu essen, ging ich direkt zur Tür. Einige der Wartenden dachten, ich wollte mich vordrängen und begannen, mich zu beschimpfen. Sie waren hungrig und plötzlich auch wütend, und die Tatsache, dass ich weiß war, machte die Sache nicht besser. Aus mir unerfindlichen Gründen hielten sie mich für einen Obdachlosen. Auch der freiwillige Helfer an der Tür dachte offenbar, ich sei einfach unverschämt. Er stieß mich grob zurück – ein weiterer Akt körperlicher Gewalt gegen meine Person.

»Ich will doch gar nichts essen!«, rief ich. »Ich bin Armenanwalt!«

Das schien alle zu beruhigen; mit einemmal war ich ein Bruder im Geiste und durfte das Gebäude betreten, ohne weiter beschimpft oder angegriffen zu werden. Der Leiter war Reverend Kip, ein hitzköpfiger kleiner Mann mit rotem Barett und schwarzem Kragen. Wir kamen nicht gut miteinander zurecht. Als ihm klar wurde, dass ich a) Anwalt war, b) die Burtons vertrat, c) an einer Klage in ihrem Namen arbeitete und d) möglicherweise ein Schadenersatz ins Haus stand, begann er an Geld zu denken. Ich verschwendete eine halbe Stunde mit ihm und versprach ihm, Mordecai zu ihm zu schicken.

Anschließend rief ich Megan an und sagte die Verabredung zum Mittagessen ab. Ich entschuldigte mich damit, dass ich mich am anderen Ende der Stadt befände und noch eine lange Liste von Leuten hätte, mit denen ich sprechen müsse. In Wirklichkeit wusste ich nicht, ob sie mit mir geflirtet hatte oder nicht. Sie war hübsch und intelligent und ausgesprochen liebenswert – und sie war das Letzte, was ich im Augenblick brauchte. Ich hatte seit zehn Jahren nicht mehr geflirtet. Ich kannte die Regeln nicht mehr.

Aber Megan hatte gute Neuigkeiten: Ruby hatte nicht nur die morgendliche Gruppensitzung durchgestanden, sondern auch hoch und heilig versprochen, in den nächsten vierundzwanzig Stunden keine Drogen zu nehmen. Es war eine anrührende Szene gewesen. Megan hatte hinten im Saal gestanden und konnte es bezeugen.

»Sie darf heute nicht auf der Straße übernachten«, sagte sie. »Es ist der erste Tag seit zwölf Jahren, an dem sie kein Crack genommen hat.«

Ich war natürlich keine große Hilfe, aber Megan hatte ein paar gute Ideen.

Der Nachmittag war so fruchtlos wie der Morgen, auch wenn ich jede einzelne Obdachlosenunterkunft in Washington kennen lernte und Kontakte mit Leuten knüpfte, die ich vermutlich bald wieder sehen würde.

Kelvin Lam war das einzige Opfer der Zwangsräumung, das wir hatten ausfindig machen können. DeVon Hardy und Lontae Burton waren tot. Die übrigen vierzehn waren wie vom Erdboden verschluckt.

Hartgesottene Obdachlose tauchen von Zeit zu Zeit in einer Unterkunft auf, um eine Mahlzeit, ein Paar Schuhe oder eine Decke zu ergattern, aber sie hinterlassen keine Spuren. Sie wollen keine Hilfe. Sie haben kein Bedürfnis nach zwischenmenschlichen Kontakten. Doch es war schwer zu glauben, dass diese vierzehn Menschen so hart gesotten waren. Noch vor einem Monat hatten sie ein Dach über dem Kopf gehabt und Miete dafür bezahlt.

Mordecai mahnte mich zur Geduld. Armenanwälte mussten Geduld haben.

Bei Naomi erwartete mich Ruby an der Tür, mit einem strahlenden Lächeln und einer Umarmung, die mir die Luft nahm. Sie hatte beide Sitzungen überstanden. Megan hatte bereits die Parole für die nächsten zwölf Stunden ausgegeben: Ruby durfte unter keinen Umständen auf der Straße sein. Damit war sie einverstanden.

Sie und ich ließen die Stadt hinter uns und fuhren in westlicher Richtung nach Virginia. In einem Einkaufszentrum außerhalb der Stadt kauften wir eine Zahnbürste, Zahnpasta, Seife, Shampoo und so viele Süßigkeiten, dass sie für eine Schulklasse gereicht hätten. Wir fuhren immer weiter, bis ich in dem kleinen Ort Gainesville ein nagelneues Motel entdeckte, das Einzelzimmer für zweiundvierzig Dollar pro Nacht anbot. Ich zahlte mit meiner Kreditkarte – wahrscheinlich würde ich eine Möglichkeit finden, die Rechnung von der Steuer abzusetzen.

Ich ließ Ruby dort und gab ihr strenge Anweisung, die Tür verschlossen zu halten, bis ich Sonntagmorgen nach ihr sehen würde.

28

Samstagabend, 1. März. Ich war jung, allein stehend, gewiss nicht so wohlhabend, wie ich es vor nicht allzu langer Zeit gewesen war, aber auch nicht vollkommen pleite. Ich besaß einen Schrank voll guter Kleidung, die ich im Augenblick nicht brauchte. Ich lebte in einer Stadt mit einer Million Einwohnern, darunter zahllose attraktive junge Frauen, die sich zu Macht und Einfluss hingezogen fühlten und, so hieß es jedenfalls, für ein bisschen Vergnügen immer zu haben waren.

Ich trank Bier, aß eine Pizza und sah mir im Fernsehen Basketballspiele an. Ich war allein in meiner Wohnung und nicht unglücklich. Hätte ich mich an diesem Abend in der Öffentlichkeit gezeigt, dann hätte ich wahrscheinlich früher oder später zu hören bekommen: »He, sind Sie nicht der Typ, der verhaftet worden ist? Ich hab's heute Morgen in der Zeitung gelesen.«

Ich rief Ruby an. Das Telefon läutete achtmal, bevor sie abnahm, und ich war kurz davor, in Panik zu geraten. Ihr ging es prächtig: Sie hatte lange geduscht, ein Pfund Süßigkeiten gegessen und sah ununterbrochen fern. Sie hatte das Zimmer nicht verlassen.

Sie befand sich zwanzig Meilen entfernt in einer kleinen Stadt weitab der Schnellstraße, irgendwo auf dem Land in Virginia, wo weder ich noch sie eine Menschenseele kannten. Dort würde sie keine Drogen auftreiben können. Ich klopfte mir in Gedanken abermals auf die Schulter.

Während der Halbzeit im Spiel Duke gegen Carolina läutete das Handy, das neben der Pizza auf der Plastikbox lag. Eine freundliche weibliche Stimme sagte: »Hallo, Knacki.«

Es war Claire, und sie sprach ohne bissigen Unterton.

»Hallo«, sagte ich und schaltete den Ton des Fernsehers aus.

»Alles in Ordnung?«

»Alles ganz wunderbar. Und bei dir?«

»Prima. Ich hab dein lächelndes Gesicht heute Morgen in der Zeitung gesehen und mir Sorgen um dich gemacht.« Claire las grundsätzlich nur die Sonntagsausgabe; wenn sie die traurige kleine Geschichte gelesen hatte, dann hatte sie ihr jemand gezeigt. Wahrscheinlich derselbe heißblütige Kollege, den ich bei meinem letzten Anruf am Apparat gehabt hatte. War sie samstags abends etwa ebenso allein wie ich?

»Es war eine neue Erfahrung«, sagte ich und erzählte ihr die ganze Geschichte, angefangen bei Gaskos Besuch im Büro bis zu meiner Freilassung. Sie wollte reden, und während des Gesprächs kam ich zu dem Schluss, dass sie tatsächlich allein war und sich wahrscheinlich langweilte. Möglicherweise fühlte sie sich auch einsam. Und es bestand auch noch die entfernte Möglichkeit, dass sie sich tatsächlich Sorgen um mich machte.

»Wie schwerwiegend sind die Anschuldigungen?«, fragte sie.

»Auf schweren Diebstahl stehen bis zu zehn Jahre«, sagte ich ernst. Mir gefiel die Vorstellung, dass sie um mich besorgt war. »Aber darüber zerbreche ich mir nicht den Kopf.«

»Es geht nur um eine Akte, oder?«

»Ja, und es war kein Diebstahl.« Das war es sehr wohl gewesen, doch ich war noch nicht bereit, das zuzugeben.

»Könntest du deine Zulassung verlieren?«

»Ja. Wenn man wegen eines Verbrechens verurteilt wird, verliert man automatisch die Zulassung.«

»Das ist ja schrecklich, Mike. Was würdest du dann tun?«

»Ehrlich gesagt, darüber hab ich mir noch gar keine Gedanken gemacht. So weit wird es nicht kommen.« Ich war tatsächlich ganz ehrlich: Darüber, dass ich meine Zulassung verlieren könnte, hatte ich noch nicht ernsthaft nachgedacht. Vielleicht sollte ich mich bei Gelegenheit damit befassen – im Augenblick fehlte mir jedoch die Zeit dazu.

Jeder erkundigte sich höflich nach der Familie des anderen, und ich vergaß nicht, sie nach ihrem Bruder James und seiner Hodgkin-Krankheit zu fragen. Die Behandlung hatte bereits begonnen, und die Familie war optimistisch.

Ich dankte ihr für den Anruf, und wir verabredeten, in Verbindung zu bleiben. Als ich das Handy wieder neben die Pizza gelegt hatte, starrte ich auf den stummen Fernseher und gestand mir widerstrebend ein, dass Claire mir fehlte.

Ruby war frisch geduscht und eingecremt und trug die sauberen Kleider, die Megan ihr gestern gegeben hatte. Ihr Motelzimmer lag im Erdgeschoss, und die Tür ging auf den Parkplatz. Sie erwartete mich, trat hinaus in die Sonne und umarmte mich. »Ich bin clean!«, sagte sie mit breitem Lächeln. »Ich bin seit vierundzwanzig Stunden clean!« Wir umarmten uns noch einmal.

Ein Paar in den Sechzigern trat aus der Tür des übernächsten Zimmers und starrte uns an. Weiß der Himmel, was sie dachten.

Wir fuhren zurück in die Stadt, zu Naomi, wo Megan und ihre Mitarbeiterinnen auf Neuigkeiten warteten. Als Ruby ihren Erfolg verkündete, brachen alle in Jubelrufe aus. Megan hatte mir gesagt, die ersten vierundzwanzig Stunden würden immer am lautesten gefeiert.

Es war Sonntag, und ein Pfarrer aus der Nachbarschaft erschien, um eine Bibelstunde abzuhalten. Die

Frauen versammelten sich im Gemeinschaftsraum, um zu singen und zu beten. Megan und ich tranken im Garten Kaffee und machten einen Plan für die nächsten vierundzwanzig Stunden. Außer Gebeten und Gottesdienst würde Ruby zwei Gruppensitzungen durchstehen müssen. Unser Optimismus war noch verhalten. Megan war mit allen Aspekten von Sucht vertraut und überzeugt, dass Ruby einen Rückfall haben würde, wenn sie wieder auf der Straße landete. So etwas kam täglich vor.

Das Motel würde ich mir noch ein paar Tage leisten können, und ich war auch bereit, diesen Preis zu bezahlen. Aber ich würde um vier Uhr nach Chicago aufbrechen und mich auf die Suche nach Hector machen, und ich wusste nicht, wie lange ich fort sein würde. Ruby gefiel es im Motel, ja sie schien den Aufenthalt dort regelrecht zu genießen.

Wir beschlossen, nicht weiter als einen Tag im Voraus zu planen. Megan würde Ruby zu einem Hotel in einem Außenbezirk fahren, das ich bezahlen würde, und sie Sonntagnacht dort lassen. Am Montagmorgen würde sie sie wieder abholen, und dann würden wir uns überlegen, wie es weitergehen sollte.

Megan würde sich auch daranmachen, Ruby zu überzeugen, dass sie von der Straße verschwinden musste. Die erste Station war eine Entzugsklinik, und danach brauchte sie einen Platz in einer Unterkunft für obdachlose Frauen, wo sie ein halbes Jahr lang ein geregeltes Leben führen und auf das Berufsleben vorbereitet werden konnte.

»Vierundzwanzig Stunden sind ein großer Schritt«, sagte sie, »aber vor ihr liegt noch immer ein ganzer Berg.«

Ich verabschiedete mich, sobald ich konnte. Sie lud mich zum Mittagessen ein. Wir konnten in ihrem Büro essen, nur wir beide, und wichtige Dinge besprechen.

Ihre Augen blitzten und sahen mich herausfordernd an. Also sagte ich zu.

Wer als Anwalt bei Drake & Sweeney arbeitete, flog immer erster Klasse – das war man sich schuldig. Man stieg in Vier-Sterne-Hotels ab und aß in teuren Restaurants, doch Limousinen mit Fahrern galten als zu extravagant; stattdessen mietete man einen Lincoln. Alle Spesen wurden auf die Rechnung des Mandanten gesetzt, und da dieser die besten Rechtsanwälte der Welt bekam, hatte er keinen Grund, sich zu beklagen.

Auf dem Flug nach Chicago saß ich in der Touristenklasse, und da ich außerdem Last Minute gebucht hatte, landete ich auf einem der gefürchteten Mittelplätze. Auf dem Fensterplatz saß ein dicklicher Mann mit Knien, so groß wie Basketbälle, und am Gang ein verschwitzter, etwa achtzehn Jahre alter Teenager mit pechschwarzem Haar, einem perfekten Irokesenschnitt und einer erstaunlichen Kollektion von Leder und verchromten Stacheln. Ich machte mich möglichst schmal, schloss für zwei Stunden die Augen und versuchte, nicht an die Breitärsche in der ersten Klasse zu denken, wo ich früher einmal gesessen hatte.

Mein Ausflug nach Chicago war ein klarer Verstoß gegen meine Kautionsauflagen: Ohne Genehmigung des Richters durfte ich Washington, D.C., nicht verlassen. Mordecai und ich waren allerdings zu dem Schluss gekommen, dass es sich um einen weniger schweren Verstoß handelte, der keine weiteren Folgen haben würde, sofern ich wieder nach Washington zurückkehrte.

Ich nahm ein Taxi vom Flughafen zu einem billigen Hotel in der Innenstadt.

Sofia hatte die neue Adresse der Palmas nicht herausfinden können. Wenn es mir nicht gelang, Hector in der Chicagoer Kanzlei von Drake & Sweeney aufzustöbern, saßen wir in der Tinte.

Die Chicagoer Kanzlei von Drake & Sweeney beschäftigte einhundertsechs Anwälte und war damit die drittgrößte nach Washington und New York. Die Immobilienabteilung war überproportional groß und mit achtzehn Anwälten besetzt, mehr als in der Washingtoner Kanzlei. Aus diesem Grund hatte man Hector nach Chicago versetzt: Hier gab es viel Arbeit für ihn. Ich erinnerte mich dunkel daran, am Anfang meiner Karriere bei Drake & Sweeney etwas von der Übernahme einer gut gehenden Chicagoer Immobilienfirma gehört zu haben.

Am Montagmorgen um kurz nach sieben traf ich am Associated Life Building ein. Der Himmel war düster und grau, und vom Michigansee wehte ein schneidender Wind. Es war das dritte Mal, dass ich in Chicago war, und bei meinen anderen beiden Besuchen war das Wetter ebenso unfreundlich gewesen. Ich kaufte mir einen Becher Kaffee und eine Zeitung, hinter der ich mich verstecken konnte, fand einen geeigneten Tisch in einer Ecke des riesigen Atriums und legte mich auf die Lauer. Die Rolltreppen gingen im Zickzack hinauf zur ersten und zweiten Ebene, wo Dutzende von Aufzügen warteten.

Gegen halb acht wimmelten zahllose Menschen geschäftig durch das Erdgeschoss. Um acht, nach drei Bechern Kaffee, war ich angespannt und glaubte, es müsse jeden Augenblick so weit sein. Auf den Rolltreppen standen Hunderte von Angestellten, Anwälten und Sekretärinnen, die allesamt dick vermummt waren und einander erstaunlich ähnlich sahen.

Um zwanzig nach acht trat Hector Palma zusammen mit anderen Pendlern von der Südseite des Gebäudes in das Atrium. Er fuhr sich mit den Fingern durch das windzerzauste Haar und steuerte auf eine Rolltreppe zu. So unauffällig wie möglich schlenderte ich zu einer anderen und folgte ihm. Oben sah ich, wie er um eine Ecke bog und auf einen Aufzug wartete.

Es war eindeutig Hector, und ich beschloss, mein Glück nicht überzustrapazieren. Wenn meine Vermutung stimmte, hatte man ihn bei Nacht und Nebel von Washington nach Chicago gebracht, wo man ihn im Auge behalten, bestechen und notfalls auch massiv unter Druck setzen konnte.

Ich wusste, wo er war und in den nächsten acht bis zehn Stunden sein würde. Von der zweiten Ebene des Atriums aus hatte ich eine herrliche Aussicht auf den See. Ich rief Megan an. Ruby hatte auch diese Nacht überstanden – jetzt war sie schon achtundvierzig Stunden clean. Dann wählte ich Mordecais Nummer und erzählte ihm von meiner erfolgreichen Suche.

Laut dem Drake & Sweeney-Handbuch des vergangenen Jahres gab es in der Chicagoer Immobilienabteilung drei Teilhaber. Auf dem Wegweiser im Atrium waren sie aufgeführt, in der einundfünfzigsten Etage. Meine Wahl fiel auf Dick Heile.

Um neun Uhr fuhr ich hinauf in die einundfünfzigste Etage und trat aus dem Aufzug in eine vertraute Umgebung: Marmor, Messing, Walnussholz, indirekte Beleuchtung, teure Teppiche.

Als ich auf die Empfangsdame zuschlenderte, sah ich mich unauffällig nach Toilettentüren um, konnte aber keine entdecken.

Sie trug einen Telefonkopfhörer mit Mikrofon, in das sie gerade sprach. Ich runzelte die Stirn und tat, als hätte ich Schmerzen.

»Ja, Sir?«, sagte sie lächelnd zwischen zwei Anrufen.

Ich biss die Zähne zusammen, holte zischend Luft und sagte: »Ich habe für neun Uhr einen Termin bei Dick Heile, aber ich fühle mich gar nicht gut. Wahrscheinlich habe ich etwas Falsches gegessen. Gibt es hier in der Nähe eine Toilette?« Ich presste die Hände auf den Magen, ging ein bisschen in die Knie und vermittelte offenbar erfolgreich den Eindruck, als müsste ich mich gleich auf ihren Schreibtisch übergeben.

Das Lächeln verschwand, als sie aufsprang und auf einen Gang zeigte. »Dort entlang, um die Ecke und dann rechts.«

Ich setzte mich in Bewegung, noch immer zusammengekrümmt, als würde es im nächsten Augenblick aus mir herausbrechen. »Danke«, stieß ich hervor.

»Kann ich irgendwas für Sie tun?«

Ich schüttelte den Kopf. Es ging mir so schlecht, dass ich nicht sprechen konnte. Auf der Toilette schloss ich mich in eine Kabine ein und wartete.

So häufig wie ihr Telefon läutete, war sie viel zu beschäftigt, um sich über mich Gedanken zu machen. Ich sah aus wie ein Anwalt aus einer großen Kanzlei und würde niemandem auffallen. Nach zehn Minuten verließ ich die Toilette und ging weiter den Gang entlang. Vom ersten unbesetzten Schreibtisch nahm ich ein paar zusammengeheftete Papiere, auf die ich im Gehen etwas kritzelte, als hätte ich Wichtiges zu tun. Ich warf unauffällige Blicke nach links und rechts: Namensschildchen an den Türen und auf den Schreibtischen, Sekretärinnen, die zu beschäftigt waren um aufzusehen, grauhaarige Anwälte mit aufgekrempelten Hemdsärmeln, junge Anwälte, die hinter angelehnten Türen telefonierten, Phonotypistinnen, die auf ihren Schreibmaschinen tippten.

Es war alles so vertraut!

Hector hatte ein eigenes Büro. Es war ein kleiner Raum ohne Namensschild. Ich sah ihn durch die halb offene Tür, trat sogleich ein und schlug sie hinter mir zu.

Er fuhr auf seinem Sessel zurück und hob abwehrend die Hände, als wäre ich bewaffnet.

»Hallo, Hector!«

Keine Waffe, kein Angriff, nur ein schlechtes Gewissen. Seine Hände fielen auf den Schreibtisch, und er brachte sogar ein Lächeln zustande. »Was machen *Sie* denn hier?«, sagte er.

»Wie ist Chicago denn so?«, fragte ich und setzte mich halb auf seinen Schreibtisch.

»Was machen Sie hier?«, wiederholte er.

»Dasselbe könnte ich Sie fragen.«

»Ich arbeite«, sagte er und kratzte sich am Kopf. Hundertzwanzig Meter über der Straße, versteckt in einem kleinen, fensterlosen Raum, abgeschirmt durch viele wichtige Leute. Und er war ausgerechnet von dem Mann aufgestöbert worden, vor dem er davongelaufen war. »Wie haben Sie mich gefunden?«

»Das war sehr einfach. Ich bin jetzt Armenanwalt und kenne alle Tricks. Wenn Sie noch einmal davonlaufen, werde ich Sie wieder finden.«

»Ich werde nicht mehr davonlaufen«, sagte er und wandte den Blick ab, und zwar nicht nur, um mich zu überzeugen.

»Wir werden morgen die Klage einreichen«, sagte ich. »Gegen RiverOaks, TAG und Drake & Sweeney. Sie können sich nirgends verstecken.«

»Wer sind die Kläger?«

»Die Hinterbliebenen von Lontae Burton. Später auch die anderen Betroffenen – sobald wir sie ausfindig gemacht haben.«

Er kniff die Augen zusammen und massierte seine Nasenwurzel.

»Sie erinnern sich doch an Lontae, oder? Sie war die junge Mutter, die den Polizisten bei der Zwangsräumung Widerstand leistete. Sie haben alles gesehen, und Sie fühlen sich schuldig, weil Sie die Wahrheit wussten: dass diese Leute nämlich an Gantry Miete bezahlten. Das haben Sie in Ihrer Aktennotiz vom 26. Januar auch geschrieben, und Sie haben dafür gesorgt, dass die Notiz im Journal eingetragen wurde. Und zwar deshalb, weil Sie wussten, dass Braden Chance die Notiz irgendwann verschwinden lassen würde. Was er dann ja auch getan hat. Und darum bin ich hier, Hector. Ich will eine Kopie dieser Aktennotiz. Ich habe den Rest der Akte und werde ihren Inhalt demnächst offen legen. Jetzt will ich diese Aktennotiz.«

»Wie kommen Sie darauf, dass ich eine Kopie haben könnte?«

»Sie sind zu intelligent, um keine Kopie zu haben. Sie wussten, dass Chance das Original entfernen würde, um sein Vorgehen zu decken. Aber jetzt kommt alles ans Licht. Passen Sie auf, dass Sie nicht zusammen mit Chance untergehen.«

»Wo soll ich denn hin?«

»Sie sollen nirgends hin«, sagte ich. »Sie können nirgendwo hin.«

Das wusste er. Da er die Wahrheit über die Zwangsräumung wusste, würde er irgendwann zu einer Aussage gezwungen werden. Diese Aussage würde Drake & Sweeney schwer zu schaffen machen und sein Ende in dieser Kanzlei bedeuten. Mordecai und ich hatten darüber gesprochen. Wir hatten nicht viel zu bieten.

»Wenn Sie mir eine Kopie der Aktennotiz geben«, sagte ich, »werde ich nicht verraten, woher sie stammt. Und ich werde Sie nur als Zeugen benennen, wenn ich absolut keine andere Wahl habe.«

Er schüttelte den Kopf. »Ich könnte ja auch lügen«, sagte er.

»Sie könnten. Aber Sie werden nicht, denn Sie wissen, dass man Sie überführen würde. Es ist kinderleicht zu beweisen, dass die Notiz in der Akte war und später entfernt worden ist. Sie werden nicht leugnen können, dass Sie sie geschrieben haben. Außerdem haben wir die Aussagen der Leute, die Sie auf die Straße gesetzt haben. Vor einer Jury aus lauter Schwarzen werden die eine großartige Figur machen. Und wir haben auch mit dem Mann vom Sicherheitsdienst gesprochen, der Sie am 27. Januar begleitet hat.«

Jeder Schlag war ein Treffer, und Hector hing in den Seilen. In Wirklichkeit hatten wir den Mann vom Sicherheitsdienst nicht finden können – sein Name war nicht in der Akte aufgeführt.

»Ich an Ihrer Stelle würde nicht mal daran denken zu lügen«, sagte ich. »Das würde die Sache nur noch schlimmer machen.«

Hector war zu aufrichtig, um zu lügen. Immerhin war er es gewesen, der mir die Liste der Betroffenen und die Schlüssel zugespielt hatte. Er hatte eine Seele und ein Gewissen, und solange er sich hier in Chicago versteckte und vor seiner Vergangenheit davonlief, konnte er nicht glücklich sein.

»Hat Chance den anderen die Wahrheit gesagt?«, fragte ich.

»Ich weiß es nicht«, sagte er. »Wahrscheinlich nicht. Dazu braucht man Mut, und Chance ist ein Feigling ... Die werden mich rausschmeißen.«

»Kann sein, aber Sie werden einen wunderschönen Prozess gegen sie führen. Ich werde das in die Hand nehmen. Wir werden sie verklagen, und ich werde Ihnen dafür keinen Cent berechnen.«

Es klopfte. Wir beide schreckten hoch; unsere Unterhaltung hatte uns in vergangene Zeiten zurückversetzt. »Ja«, rief er. Eine Sekretärin trat ein.

»Mr. Peck erwartet Sie«, sagte sie und musterte mich.

»Ich komme sofort«, sagte Hector, und sie ging langsam hinaus und ließ die Tür offen.

»Sie entschuldigen mich«, sagte er.

»Ich werde erst gehen, wenn ich die Kopie der Aktennotiz habe.«

»Wir treffen uns um zwölf am Brunnen vor dem Gebäude.«

»Einverstanden.«

Als ich durch das Foyer ging, nickte ich der Empfangsdame zu. »Vielen Dank«, sagte ich. »Jetzt geht es mir schon viel besser.«

»Gern geschehen«, sagte sie.

Vom Brunnen gingen wir in westlicher Richtung die Grand Avenue entlang zu einer gut besetzten jüdischen Sandwich-Bar. Während wir in der Schlange warteten, steckte er mir einen Umschlag zu. »Ich habe vier Kinder«, sagte er. »Bitte beschützen Sie mich.«

Ich nahm den Umschlag und wollte gerade etwas sagen, als er sich umdrehte und in der Menge verschwand. Ich sah noch, wie er sich durch die Tür drängte und vor dem großen Fenster vorbeiging. Er hatte den Mantelkragen hochgeschlagen und rannte fast.

Ich ließ das Mittagessen aus, ging vier Blocks weit zum Hotel, bezahlte und lud meinen Koffer in ein Taxi. Ich ließ mich tief in den Rücksitz sinken. Die Türen waren verriegelt, der Taxifahrer nahm mich kaum wahr, niemand wusste, wo ich mich in diesem Augenblick befand. Ich öffnete den Umschlag.

Die Aktennotiz hatte das typische Drake & Sweeney-Format, das Hector auf seinem Computer gespeichert hatte. Unten links standen in kleiner Schrift die Mandantennummer, das Aktenzeichen und das Datum: 27. Januar. Die Notiz war von Hector Palma an Braden Chance und betraf die Zwangsräumung in Sachen RiverOaks/TAG, Lagerhaus an der Florida Avenue. An diesem Tag war Hector Palma in Begleitung eines bewaffneten Wachmanns (Jeff Mackle von der Firma Rock Creek Security) von 9 Uhr 15 bis 12 Uhr 30 in dem Lagerhaus gewesen. Das Haus hatte drei Etagen; und nachdem er die Bewohner im Erdgeschoss bemerkt hatte, war Hector in den ersten Stock gegangen, wo jedoch nichts darauf hindeutete, dass hier jemand wohnte. Im zweiten Stock fand er nur Abfall, alte Kleider und die Asche eines Feuers, das hier vor Monaten angezündet worden war.

Im Erdgeschoss, am westlichen Ende des Gebäudes, fand er elf provisorische Wohnungen mit ungestrichenen Wänden aus Sperrholz und Spanplatten, offenbar von ein und derselben Person etwa gleichzeitig und in dem Bemühen um eine gewisse Ordnung errichtet. Die Wohnungen waren, soweit man das von außen beurteilen konnte, ungefähr gleich groß; Hector konnte keine von innen begutachten. Die Türen waren alle gleich: ein leichtes, hohles Türblatt, vermutlich aus Kunststoff, ein Türknauf und ein Riegel.

Die Toilette war benutzt und schmutzig. Hier waren in letzter Zeit keine Reparaturen vorgenommen worden.

Hector begegnete einem Mann, dessen Name offenbar Herman war, doch Herman zeigte keine Lust, sich zu unterhalten. Hector fragte ihn, wie viel Miete diese Wohnungen kosteten, und Herman antwortete, er zahle keine Miete, sondern habe sich einfach so hier eingerichtet. Die Anwesenheit eines Uniformierten verlieh dem Gespräch einen sehr frostigen Unterton.

Am anderen Ende des Gebäudes stieß Hector auf zehn weitere Wohnungen ähnlicher Bauart. Hinter einer der Türen weinte ein Kind, und Hector bat den Mann vom Sicherheitsdienst, sich im Hintergrund zu halten. Auf sein Klopfen öffnete eine junge Mutter; sie hatte ein Baby auf dem Arm, drei Kleinkinder drängten sich hinter ihr. Hector sagte ihr, er arbeite für eine Anwaltskanzlei. Das Gebäude sei verkauft worden, und sie werde in einigen Tagen ausziehen müssen. Anfangs sagte sie, sie wohne ohne Wissen des Eigentümers hier, doch dann ging sie schnell zum Angriff über. Es sei ihre Wohnung. Sie habe sie von einem Mann namens Johnny gemietet, der jeden Monat um den fünfzehnten herum vorbeikam und hundert Dollar kassierte. Nichts Schriftliches. Sie habe keine Ahnung, wem das Gebäude gehöre, sie habe nur mit Johnny zu tun. Sie sei seit drei Monaten hier und könne nicht weg, weil sie nichts anderes habe. Sie arbeite zwanzig Stunden pro Woche in einem Lebensmittelgeschäft.

Hector sagte ihr, sie solle ihre Sachen packen und sich darauf gefasst machen, dass sie die Wohnung würde räumen müssen. Das Gebäude werde in zehn Tagen abgerissen. Sie war verzweifelt. Hector versuchte sie zu provozieren, indem er sie fragte, ob sie beweisen könne, dass sie Miete zahle. Sie fischte ihre Handtasche unter dem Bett hervor und gab ihm ein Stück Papier, den Kassenzettel eines Supermarkts. Auf die Rückseite hatte jemand geschrieben: 100 $ Miete erhalten von Lontae Burton, 15.1.

Die Aktennotiz war zwei Seiten lang, doch es war noch eine Seite angeheftet: eine Kopie der kaum zu entziffernden Quittung. Hector hatte sie an sich genommen, sie kopiert und das Original seiner Aktennotiz beigefügt. Die Handschrift war krakelig, die Rechtschreibung stimmte nicht, die Kopie war verschwommen – und doch war es eine wunderbare Überraschung. Ich musste einen kleinen Freudenschrei ausgestoßen haben, denn der Taxifahrer wandte den Kopf und musterte mich im Rückspiegel.

Die Aktennotiz war eine nüchterne Beschreibung dessen, was Hector gesehen, gehört und gesagt hatte. Er zog keine eigenen Schlüsse, er äußerte keine Warnungen an seine Vorgesetzten. Gib ihnen genug Seil, hatte er sich vermutlich gedacht und sie hängen sich vielleicht selbst auf. Er war nur ein untergeordneter Gehilfe, dem es nicht zustand, einen Rat zu erteilen, eine Meinung zu äußern oder einem Geschäftsabschluss im Wege zu stehen.

Am Flughafen faxte ich die Aktennotiz an Mordecai. Für den Fall, dass das Flugzeug abstürzte oder ich überfallen und ausgeraubt wurde, wollte ich sicher sein, dass sich eine Kopie dieses Schriftstücks im Besitz des Rechtsberatungsbüros in der 14th Street befand.

29

Da Lontae Burtons Vater weder uns noch wahrscheinlich sonst irgendwem bekannt war und ihre Mutter und Geschwister allesamt hinter Gittern saßen, trafen wir die taktische Entscheidung, die Familie zu umgehen und als Mandanten einen Treuhänder einsetzen zu lassen. Während ich am Montagmorgen in Chicago war, beantragte Mordecai beim Familiengericht in Washington die Einsetzung eines zeitweiligen Treuhänders für den Nachlass von Lontae Burton und ihren Kindern. Das war eine Routineangelegenheit, die in einem Gespräch mit dem Richter, einem Bekannten von Mordecai, geregelt wurde. Dem Antrag wurde sofort stattgegeben, und somit hatten wir eine neue Mandantin. Ihr Name war Wilma Phelan, und sie war Sozialarbeiterin und ebenfalls eine Bekannte von Mordecai. Sie würde in dem Verfahren nur eine Nebenrolle spielen und, falls wir erfolgreich waren, ein sehr kleines Honorar erhalten.

Die Cohen-Stiftung mochte in finanzieller Hinsicht schlecht verwaltet sein, doch ihre Regeln und Bestimmungen deckten jeden erdenklichen Aspekt einer nicht profitorientierten Rechtsberatung und -vertretung ab. Leonard Cohen war Rechtsanwalt gewesen und hatte offenbar eine Schwäche für Details gehabt. Dass das Büro Schadenersatz- und Schmerzensgeld-Fälle auf Erfolgsbasis übernahm, wurde zwar nicht gern gesehen, aber toleriert. Allerdings durfte das Honorar in einem solchen Fall nur zwanzig Prozent der gezahlten Summe betragen und nicht ein Drittel, wie sonst üblich. Manche Anwälte nahmen sogar vierzig Prozent.

Von diesen zwanzig Prozent durfte das Büro die Hälfte behalten; die anderen zehn Prozent gingen an die Stiftung. In vierzehn Jahren hatte Mordecai nur zwei Fälle auf Erfolgsbasis übernommen. Den Ersten hatte er verloren, weil die Geschworenen gegen ihn gewesen waren. Beim Zweiten ging es um eine Obdachlose, die von einem städtischen Bus angefahren worden war. In einem Vergleichsverfahren hatte man sich auf hunderttausend Dollar geeinigt, und mit den zehntausend Dollar, die dem Büro zustanden, hatte Mordecai neue Telefone und Computer angeschafft.

Der Richter genehmigte widerwillig unseren Vertrag zu zwanzig Prozent. Und wir konnten die Klage einreichen.

Das Spiel sollte um fünf nach halb acht beginnen: Georgetown gegen Syracuse. Mordecai hatte irgendwie zwei Karten aufgetrieben. Mein Flugzeug landete pünktlich um zwanzig nach sechs, und eine halbe Stunde später traf ich mich mit Mordecai am Osteingang der U.S. Air Arena in Landover. Außer uns waren noch ungefähr zwanzigtausend andere Fans gekommen. Er gab mir meine Eintrittskarte und zog einen großen, ungeöffneten Umschlag aus der Manteltasche. Er war per Einschreiben zu meinen Händen an das Rechtsberatungsbüro geschickt worden. Absender war die Anwaltskammer.

»Das ist heute gekommen«, sagte Mordecai, der genau wusste, was in dem Umschlag war. »Ich sehe Sie dann bei unseren Plätzen.« Er verschwand in der Zuschauermenge.

Ich riss den Umschlag auf und suchte mir eine Stelle, wo ich genug Licht zum Lesen hatte. Meine Freunde bei Drake & Sweeney feuerten aus allen Rohren.

Es war eine formelle Beschwerde vor dem Standesgericht, in der man mir standeswidriges Verhalten vorwarf. Die Beschwerde war drei Seiten lang, man hätte sie allerdings auch in einem einzigen Absatz zusammenfassen können. Ich hatte eine Akte gestohlen und das Vertrauensverhältnis zwischen Anwalt und Mandant verletzt. Ich war ein böser Junge, der 1.) seine Zulassung für immer oder wenigstens für viele Jahre verlieren und/oder 2.) öffentlich gerügt werden sollte. Und da die Akte noch immer nicht aufgetaucht sei, sei die Angelegenheit dringend, und daher halte man eine schnellstmögliche Eröffnung des Verfahrens für geboten.

Der Umschlag enthielt außerdem Belehrungen, Formulare und andere Papiere, die ich nur überflog. Es war ein Schock. Ich lehnte mich an die Wand und dachte nach. Ja, ich hatte an eine Beschwerde vor der Anwaltskammer gedacht. Es wäre unrealistisch gewesen anzunehmen, die Kanzlei würde nicht alle Hebel in Bewegung setzen, um die Akte wieder zu beschaffen. Dennoch hatte ich angenommen, dass meine Verhaftung sie für eine Weile zufrieden stellen würde.

Offenbar war das nicht der Fall. Sie wollten Blut sehen. Es war die typische Strategie einer großen Kanzlei – harte Bandagen, Gefangene werden nicht gemacht –, und ich verstand sie vollkommen. Was sie allerdings nicht wussten, war, dass ich morgen früh um neun Uhr das Vergnügen haben würde, sie wegen des fahrlässig verursachten Todes der Burtons auf zehn Millionen Dollar zu verklagen.

Nach meiner Einschätzung der Lage gab es nichts, womit sie mir noch hätten drohen können. Keine weiteren Haft- oder Durchsuchungsbefehle. Keine eingeschriebenen Briefe. Alles lag auf dem Tisch, die Positionen waren klar. In gewisser Weise war es eine Erleichterung, dass ich diese Papiere jetzt in Händen hatte.

Aber es war auch beängstigend. Vor zehn Jahren hatte ich beschlossen, Jura zu studieren, und seitdem hatte ich einen anderen Beruf nie ernsthaft in Erwägung gezogen. Was würde ich tun, wenn man mir die Zulassung entzog?

Andererseits war Sofia keine Rechtsanwältin und mir durchaus ebenbürtig.

Mordecai erwartete mich an dem Aufgang zu dem Block, in dem unsere Plätze waren. Ich gab ihm eine kurze Zusammenfassung der Beschwerde. Er sprach mir sein Beileid aus.

Obgleich das Spiel spannend zu werden versprach, war Basketball nicht der wichtigste Grund, warum wir hier waren. Jeff Mackle hatte einen Teilzeitjob bei Rock Creek Security und war unter anderem für Veranstaltungen in der Arena eingeteilt. Das hatte Sofia im Verlauf des Tages herausgefunden. Wir nahmen an, dass er einer der Sicherheitsleute war, die im Gebäude verteilt waren und sich gratis das Spiel und die hübschen Studentinnen ansehen durften.

Wir hatten keine Ahnung, ob er alt oder jung, schwarz oder weiß, dick oder dünn war, aber alle Männer des Sicherheitsdienstes trugen Namensschildchen über der linken Brusttasche. Wir liefen bis kurz vor der Halbzeit über die Treppen und durch die Gänge, bis Mordecai ihn entdeckte: Er stand an Aufgang D – eine Stelle, an der ich bereits zweimal gewesen war – und flirtete mit einer Kartenabreißerin.

Mackle war groß, weiß und etwa in meinem Alter. Er hatte ein unauffälliges Gesicht, aber seine Nacken- und Oberarmmuskeln waren gewaltig, und seine Brust wölbte sich vor. Mordecai und ich hielten einen kurzen Kriegsrat ab und kamen zu dem Schluss, dass es am besten wäre, wenn ich es war, der mit ihm sprach.

Ich hielt eine meiner Visitenkarten in der Hand, als ich auf ihn zuging und mich vorstellte. »Mr. Mackle, ich bin Michael Brock, Rechtsanwalt.«

Er bedachte mich mit dem Blick, mit dem man bedacht wird, wenn man sich so vorstellt, und nahm wortlos die Karte. Ich hatte seinen Flirt unterbrochen.

»Dürfte ich Ihnen ein paar Fragen stellen?«, sagte ich in meinem besten Mordkommissionston.

»Sie dürfen. Ich weiß nur noch nicht, ob ich auch antworte.« Er zwinkerte der Kartenabreißerin zu.

»Haben Sie schon mal im Auftrag von Drake & Sweeney gearbeitet, einer großen Anwaltskanzlei hier in Washington?«

»Kann sein.«

»Haben Sie sie schon mal bei einer Zwangsräumung unterstützt?«

Ich hatte einen Nerv getroffen. Sein Gesicht verhärtete sich, und das Gespräch war praktisch beendet. »Ich glaube nicht«, sagte er und wandte den Blick ab.

»Sind Sie sicher?«

»Nein. Die Antwort lautet: Nein.«

»Sie haben die Kanzlei nicht unterstützt, als am 4. Februar ein Lagerhaus voller Obdachloser geräumt wurde?«

Er biss auf die Zähne, kniff die Augen zusammen und schüttelte den Kopf. Jemand von Drake & Sweeney hatte bereits mit Mr. Mackle gesprochen. Oder wahrscheinlicher: Die Kanzlei hatte seinen Arbeitgeber unter Druck gesetzt.

Jedenfalls war Mackle nicht sehr gesprächig. Die Kartenabreißerin beschäftigte sich mit ihren Fingernägeln. Ich war ausgeschlossen.

»Früher oder später werden Sie diese Fragen beantworten müssen«, sagte ich.

Seine Backenmuskeln zuckten, doch er sagte nichts. Ich hatte nicht die Absicht, den Druck zu verstärken. Er war ein rauer Bursche, einer von denen, die imstande sind, urplötzlich loszudreschen und kleine Rechtsanwälte niederzuschlagen. Ich hatte in den vergangenen zwei Wochen genug eingesteckt.

Ich sah mir noch zehn Minuten der zweiten Halbzeit an und ging dann nach Hause, denn ich hatte krampfartige Rückenschmerzen – Nachwirkungen des Autounfalls.

Das Motel war ebenfalls neu und lag am nördlichen Rand von Bethesda. Es kostete, wie das andere, vierzig Dollar pro Nacht, und nach drei Nächten konnte ich mir diese Therapie für Ruby nicht mehr leisten. Megan war der Meinung, dass es für sie an der Zeit sei, in ihre gewohnte Umgebung zurückzukehren. Wenn sie wirklich clean bleiben wollte, musste sie sich dem Test der Straße stellen.

Am Dienstagmorgen um halb acht klopfte ich an ihre Tür im ersten Stock. Zimmer 220, hatte Megan gesagt. Es rührte sich nichts. Ich klopfte noch einmal und versuchte, die Tür zu öffnen. Sie war verschlossen. Ich rannte zur Rezeption, um von dort aus anzurufen. Es meldete sich niemand. Es war auch niemand abgereist. Man hatte nichts Ungewöhnliches bemerkt.

Eine Direktions-Assistentin wurde herbeigeholt, und es gelang mir, sie davon zu überzeugen, dass hier ein Notfall vorlag. Sie rief einen Wachmann, und gemeinsam gingen wir zu Rubys Zimmer. Unterwegs erklärte ich, warum Ruby hier war und warum das Zimmer nicht auf ihren Namen gemietet war. Der Direktions-Assistentin gefiel die Vorstellung, dass ihr schönes Motel als Entzugsklinik missbraucht wurde, gar nicht.

Das Zimmer war leer. Das Bett war tadellos gemacht; es sah unbenutzt aus. Alles war an seinem Platz, doch von ihren eigenen Sachen hatte Ruby nichts zurückgelassen.

Ich dankte den beiden und ging. Das Motel lag mindestens zehn Meilen von unserem Büro entfernt. Ich rief Megan an und kämpfte mich dann zusammen mit einer Million Pendler in die Innenstadt. Um Viertel nach acht, als ich mitten im Stau stand, rief ich Sonia an, um sie zu fragen, ob sie Ruby gesehen habe. Sie hatte sie nicht gesehen.

Die Klageschrift war kurz und bündig: Wilma Phelan, Treuhänderin für den Nachlass von Lontae Burton und ihren Kindern, verklagte RiverOaks, Drake & Sweeney und TAG, Inc. wegen gemeinschaftlicher Zwangsräumung im Wege der Selbsthilfe. Die Logik war simpel, der kausale Zusammenhang offensichtlich. Wären unsere Mandanten nicht aus ihrer Wohnung geworfen worden, dann hätten sie nicht in einem Wagen leben müssen. Und wären sie nicht gezwungen gewesen, in einem Wagen zu übernachten, dann hätten sie nicht sterben müssen. Es war eine hübsche Haftungstheorie, die umso attraktiver wirkte, als sie so einleuchtend war. Jede Jury in diesem Land konnte sie nachvollziehen.

Die Fahrlässigkeit und/oder die vorsätzlichen Handlungen der Beklagten hatten zum absehbaren Tod unserer Mandanten geführt. Wer auf der Straße leben musste, dem widerfuhren schlimme Dinge, besonders wenn es sich um eine allein erziehende Mutter mit kleinen Kindern handelte. Wenn man sie gesetzwidrig auf die Straße setzte, und es stieß ihnen etwas zu, musste man die Konsequenzen tragen.

Wir hatten für kurze Zeit auch eine separate Klage in Misters Namen erwogen. Auch er war gesetzwidrig hinausgeworfen worden, doch seinen Tod konnte man wohl kaum als absehbar bezeichnen. Wenn jemand Geiseln nahm und dabei erschossen wurde, konnte man das vernünftigerweise nicht darauf zurückführen, dass ihm ein zivilrechtlich relevantes Unrecht zugefügt worden war. Außerdem würde er bei den Geschworenen nicht sehr gut ankommen. Also beerdigten wir Mister endgültig.

Drake & Sweeney würden sofort beantragen, dass ich

ihnen die Akte aushändigte. Der Richter konnte mich dazu zwingen, und das wäre dann ein Eingeständnis meiner Schuld. Es konnte mich außerdem meine Zulassung als Rechtsanwalt kosten. Ferner konnten alle Beweise, die auf der gestohlenen Akte beruhten, aus dem Prozess ausgeschlossen werden.

Am Dienstag gingen Mordecai und ich die Klageschrift noch einmal durch, und noch einmal fragte er mich, ob ich die Sache wirklich durchziehen wolle. Um mich zu schützen, wäre er bereit gewesen, die Klage fallen zu lassen. Wir hatten mehrmals darüber gesprochen. Beispielsweise konnten wir den Fall Burton ruhen lassen, mit Drake & Sweeney eine Vereinbarung treffen, um mich vor Schikanen zu schützen, ein Jahr warten, bis Gras über die Sache gewachsen war, und den Fall dann diskret einem Freund von Mordecai auf der anderen Seite der Stadt zuschieben. Doch das war eine schlechte Strategie, die wir sogleich wieder verworfen hatten.

Er unterschrieb die Klageschrift, und wir fuhren zum Gericht. Mordecai saß am Steuer, während ich die Klage noch einmal durchlas. Je weiter wir fuhren, desto schwerer wurde das Papier.

Alles hing von unserem Verhandlungsgeschick ab. Drake & Sweeney würde gedemütigt sein, eine Kanzlei, die unglaublich stolz auf ihre Glaubwürdigkeit, ihre Mandantenbetreuung und ihre Diskretion war. Ich kannte die Geisteshaltung, die Persönlichkeit der großen Anwälte, und ich kannte den Kult, der um sie, die niemals etwas Unrechtes taten, getrieben wurde. Ich kannte die Angst davor, in irgendeiner Weise negativ wahrgenommen zu werden. Ebenso groß wie die Schuldgefühle, die man empfand, weil man so viel Geld verdiente, war der Wunsch, mitfühlend gegenüber denen zu wirken, die weniger vom Glück gesegnet waren.

Drake & Sweeney hatte Unrecht getan. Ich hatte den Verdacht, dass man dort gar nicht wusste, wie groß dieses Unrecht war. Ich stellte mir Braden Chance vor, wie er sich hinter verschlossenen Türen verschanzte und betete, dass alles bald vorüber sein möge.

Aber auch ich hatte falsch gehandelt. Vielleicht konnten wir uns in der Mitte treffen und uns vergleichen. Wenn nicht, würde Mordecai Green das Vergnügen haben, den Fall Burton schon sehr bald einer freundlich gesinnten Jury vorzutragen und sie um viel Geld zu bitten. Und die Kanzlei würde das Vergnügen haben, meinen schweren Diebstahl unerbittlich zu verfolgen, und das bis zu einem Punkt, an den ich lieber nicht denken wollte.

Nein, der Fall Burton würde nie verhandelt werden. Ich konnte noch immer wie ein Drake & Sweeney-Anwalt denken. Die Vorstellung, in Washington vor ein Schwurgericht treten zu müssen, würde ihnen die Haare zu Berge stehen lassen. Die befürchtete Peinlichkeit würde schon dafür sorge, dass sie nach Möglichkeiten suchten, den Schaden zu begrenzen.

Tim Claussen, ein ehemaliger Kommilitone von Abraham, war Gerichtsreporter bei der *Washington Post.* Er wartete vor der Geschäftsstelle, und wir gaben ihm eine Kopie der Klageschrift. Er las sie, während Mordecai das Original einreichte, und stellte uns dann ein paar Fragen, die wir – mit der Bitte, ungenannt zu bleiben – nur zu gern beantworteten.

Der Fall Burton entwickelte sich in politischer Hinsicht rasant zu einer heißen Kartoffel. In erstaunlichem Tempo wurden die verschiedensten Schuldzuweisungen geäußert. In der Stadtverwaltung machte jeder Dezernatsleiter einen anderen für die Tragödie verantwortlich. Der Stadtrat schob die Schuld auf den Bürgermeister, der sie wiederum auf den Stadtrat und auch auf den Kongress schob. Ein paar Ultrakonservative im Repräsentantenhaus schwangen markige Reden und schoben die Schuld auf den Bürgermeister, den Stadtrat und die ganze Stadt.

Dass man nun ein paar reiche weiße Anwälte dafür verantwortlich machen wollte, gab eine erstklassige Story ab. Claussen war ein sarkastischer, abgebrühter Journalist, doch er konnte seine Begeisterung nicht verbergen.

Es störte mich nicht im Geringsten, dass die Presse aus dem Hinterhalt über Drake & Sweeney herfiel. Die Kanzlei hatte selbst die Regeln dieses Spiels bestimmt, als sie den Reportern bei meiner Verhaftung vor einer Woche einen Tip gegeben hatte. Ich sah förmlich vor mir, wie Rafter und seine Bande von Prozessanwälten am Konferenztisch saßen und sich vollkommen einig waren, dass es eine hervorragende Idee wäre, die Presse von meiner Verhaftung zu informieren und ihr obendrein ein Foto des Verbrechers zur Verfügung zu stellen. Das würde mich kränken und demütigen, ich würde meine Tat bereuen, die Akte herausrücken und tun, was immer sie von mir wollten.

Ich kannte diese Mentalität, ich kannte dieses Spiel.

Ich hatte keinerlei Gewissensbisse, als ich dem Reporter Auskunft gab.

30

Zum Beratungstermin im CCNV kam ich allein und zwei Stunden zu spät. Die Mandanten saßen geduldig auf dem schmutzigen Fußboden der Eingangshalle. Einige waren eingenickt, andere lasen Zeitung. Ernie, der Hausmeister, war nicht erbaut über meine Unpünktlichkeit – auch er musste sich an Termine halten. Er schloss den Beratungsraum auf und gab mir ein Klemmbrett mit einer Liste von dreizehn Mandanten. Ich rief den Ersten herein.

Es war erstaunlich, wie sehr ich mich innerhalb einer Woche verändert hatte. Vor ein paar Minuten hatte ich dieses Gebäude betreten, ohne dass ich Angst gehabt hätte, erschossen zu werden. Ich hatte in der Eingangshalle auf Eddie gewartet und nicht daran gedacht, dass ich weiß war. Ich hörte meinen Mandanten geduldig zu, ohne dass meine Effizienz darunter litt, denn ich wusste, was zu tun war. Ich sah inzwischen sogar aus wie ein Armenanwalt: Ich hatte mich seit mehr als einer Woche nicht mehr rasiert, mein Haar berührte die Ohren, und die Frisur verlor langsam ihre Form. Die khakifarbene Hose war ebenso verknittert wie mein Blazer, und den Krawattenknoten hatte ich nicht ganz festgezogen. Meine Turnschuhe sahen zwar immer noch teuer, aber auch etwas mitgenommen aus. Eine Hornbrille, und ich wäre der perfekte Bürgerrechtsanwalt gewesen.

Den Mandanten war das völlig gleichgültig. Sie wollten jemanden, der ihnen zuhörte, und das war ich. Die Liste wurde länger und umfasste schließlich siebzehn Namen. Die Beratung dauerte vier Stunden. Ich vergaß den bevorstehenden Kampf mit Drake & Sweeney. Ich vergaß Claire, auch wenn mir das traurigerweise leichter fiel. Ich vergaß sogar Hector Palma und meine Reise nach Chicago.

Doch Ruby Simon konnte ich nicht vergessen. Irgendwie musste ich bei jedem neuen Mandanten an sie denken. Ich machte mir keine Sorgen um ihre Sicherheit – sie hatte auf der Straße länger überlebt, als ich es gekonnt hätte. Aber warum hatte sie ein sauberes Hotelzimmer mit Bad und Fernseher zugunsten eines schrottreifen Wagens verlassen?

Weil sie süchtig war – das war die nahe liegende und unvermeidliche Antwort. Crack war der Magnet, der sie zurück auf die Straße zog.

Wenn ich sie nicht einmal dazu bewegen konnte, drei Nächte in einem Vorortmotel zu bleiben, wie sollte ich ihr dann helfen, von der Droge loszukommen?

Die Entscheidung lag nicht bei mir.

Am späten Nachmittag bekam ich einen Anruf von meinem älteren Bruder Warner. Er sei ganz unvorhergesehenerweise in der Stadt und hätte mich früher angerufen, leider aber meine neue Nummer nicht gleich herausfinden können. Ob wir uns zum Abendessen treffen könnten? Er wolle mich einladen, sagte er, bevor ich antworten konnte; er habe von einem tollen neuen Restaurant namens Danny O gehört. Ein Freund habe vor einer Woche dort gegessen und sei begeistert gewesen. Ich hatte schon seit langer Zeit nicht mehr an teures Essen gedacht.

Ich war mit Danny O einverstanden. Es war in, laut, überteuert und auf traurige Weise typisch.

Noch lange nach dem Gespräch starrte ich gedankenverloren auf das Telefon. Eigentlich wollte ich mich nicht mit Warner treffen, weil ich nicht hören wollte, was er zu sagen hatte. Er war sicher nicht geschäftlich in der

Stadt, auch wenn das ungefähr einmal im Jahr der Fall war. Ich war ziemlich sicher, dass meine Eltern ihn geschickt hatten. Sie saßen in Memphis und trauerten über eine weitere Scheidung und die Tatsache, dass ich von der Karriereleiter gefallen war. Jemand musste nach mir sehen. Und dieser jemand war immer Warner.

Wir trafen uns in der überfüllten Bar des Danny O. Bevor wir uns die Hand schütteln oder uns umarmen konnten, trat er einen Schritt zurück, um meine neue Erscheinung zu mustern. Bart, Frisur, Khakihose, alles.

»Ein echter Linksliberaler«, sagte er mit einer Mischung aus Witz und Sarkasmus.

»Schön, dich zu sehen«, sagte ich und versuchte, seine theatralische Eröffnung zu überhören.

»Du bist dünner geworden.«

»Du nicht.«

Er tätschelte seinen Bauch, als hätte er im Verlauf des Tages unbemerkt zugenommen. »Das wird schon wieder.« Er war achtunddreißig, sah gut aus und war noch immer ziemlich eitel. Allein die Tatsache, dass ich eine Bemerkung über sein Gewicht gemacht hatte, würde ihn dazu motivieren, diese Pfunde innerhalb eines Monats wieder loszuwerden.

Warner war seit drei Jahren geschieden. Frauen spielten eine wichtige Rolle in seinem Leben. Während des Scheidungsprozesses war von Ehebruch die Rede gewesen; allerdings hatten sich das beide Seiten gegenseitig vorgeworfen.

»Du siehst gut aus«, sagte ich. Und das stimmte. Hemd und Anzug waren maßgeschneidert, die Krawatte war teuer. Ich hatte einen ganzen Schrank von diesem Zeug.

»Du auch. Ist das deine neue Arbeitskleidung?«

»Mehr oder weniger. Manchmal lasse ich die Krawatte weg.«

Wir bestellten Bier und tranken es im Stehen.

»Wie geht's Claire?«, fragte er. Das Vorgeplänkel war offenbar vorüber.

»Gut, nehme ich an. Wir werden die Scheidung im beiderseitigen Einvernehmen einreichen. Ich bin ausgezogen.«

»Geht es ihr gut?«

»Ich glaube, sie war erleichtert, mich los zu sein. Ich würde sagen, es geht ihr besser als vor einem Monat.«

»Hat sie einen anderen?«

»Ich glaube nicht.« Ich musste vorsichtig sein, denn das meiste, wenn nicht alles, was wir hier besprachen, würde Warner meinen Eltern erzählen, insbesondere irgendwelche verwerflichen Scheidungsgründe. Sie würden Claire nur zu gern die Schuld geben, und wenn sie glaubten, dass sie mir untreu gewesen war, würden sie die Scheidung ganz logisch finden.

»Und du?«, fragte Warner.

»Nein. Ich hab meine Hosen anbehalten.«

»Warum wollt ihr euch dann scheiden lassen?«

»Aus vielen Gründen, die ich eigentlich nicht erörtern möchte.«

Damit war er nicht zufrieden. Seine eigene Scheidung war ein regelrechter Krieg gewesen, in dem beide Parteien um das Sorgerecht für die Kinder gekämpft hatten. Er hatte mich so oft an allen Einzelheiten Anteil nehmen lassen, dass er mir regelrecht auf die Nerven gegangen war. Jetzt erwartete er von mir dasselbe.

»Ihr seid eines Tages aufgewacht und habt beschlossen, euch scheiden zu lassen?«

»Du hast das doch auch hinter dir, Warner. Du weißt, dass es nicht so einfach ist.«

Der Oberkellner führte uns zu unserem Tisch am Ende des Restaurants. Wir kamen an einem Tisch vorbei, an dem Wayne Umpstead mit zwei Männern saß, die ich nicht kannte. Umpstead war derjenige gewesen, den Mister an die Tür geschickt hatte, damit er das Essen hereinholte, und den die Kugel des Scharfschützen knapp verfehlt hatte. Er sah durch mich hindurch.

Um elf Uhr, als ich im CCNV gewesen war, hatte man dem Vorstandsvorsitzenden Arthur Jacobs eine Kopie der Klageschrift übergeben. Umpstead war kein Teilhaber, und so fragte ich mich, ob er überhaupt von der Klage wusste.

Natürlich wusste er davon. Am Nachmittag hatte man in eilig einberufenen Besprechungen die Bombe platzen lassen. Man musste eine Verteidigungsstrategie entwerfen, Marschbefehle erteilen, eine Wagenburg bilden. Kein Wort zu jemandem, der nicht zur Kanzlei gehörte. Nach außen hin würde man die Klage einfach ignorieren.

Glücklicherweise konnte Umpstead unseren Tisch nicht sehen. Ich blickte mich um, ob noch irgendwelche anderen bösen Buben im Restaurant waren. Warner wollte zwei Martinis bestellen, doch ich unterbrach ihn. Für mich bitte nur Mineralwasser.

Bei Warner hieß es immer volle Kraft voraus – ob es nun um Arbeit, Spiel, Essen, Trinken, Frauen, Bücher oder alte Filme ging. Auf einem Berg in Bolivien war er in einem Schneesturm beinahe erfroren, und in Australien war er beim Tauchen von einer giftigen Wasserschlange gebissen worden. Die Phase unmittelbar nach der Scheidung hatte er bemerkenswert leicht hinter sich gebracht, und zwar hauptsächlich deshalb, weil er gern reiste, Drachen flog, auf Berge stieg, mit Haien kämpfte und überall Frauen fand, die ihm gefielen.

Als Teilhaber einer großen Kanzlei in Atlanta verdiente er viel Geld. Und gab viel aus. Bei diesem Abendessen würde Geld ein Thema sein.

»Mineralwasser?«, sagte er verächtlich. »Na komm schon. Bestell dir einen richtigen Drink.«

»Nein.« Warner würde nach dem Martini zu Wein übergehen, es würde ein langer Abend werden, und er würde um vier Uhr schon wieder vor seinem Notebook sitzen und den leichten Kater als kleines, alltägliches Ärgernis betrachten.

»Feigling«, murmelte er. Ich überflog die Speisekarte. Er musterte jede Frau, die vorbeiging.

Der Ober brachte seinen Martini, und wir bestellten.

»Erzähl mir von deiner Arbeit«, sagte er und gab sich redlich Mühe, den Eindruck zu erwecken, als interessierte er sich dafür.

»Warum?«

»Weil sie faszinierend sein muss.«

»Warum sagst du das?«

»Du hast ein Vermögen ausgeschlagen. Dafür musst du schon einen verdammt guten Grund haben.«

»Es gibt Gründe, und für mich sind sie gut genug.«

Warner hatte dieses Treffen geplant. Es gab einen Zweck, ein Ziel und eine Taktik, die ihn zu diesem Ziel führen würde. Ich wusste nur nicht, wie dieses Ziel lautete.

»Letzte Woche bin ich verhaftet worden«, sagte ich. Es war ein Ablenkungsmanöver. Die Nachricht war schockierend genug, um ihn zu irritieren.

»Du bist was?«

Ich erzählte ihm die Geschichte in allen Einzelheiten, denn solange ich das tat, hatte ich dieses Gespräch unter Kontrolle. Er hieß meinen Diebstahl nicht gut, aber ich versuchte auch gar nicht, mein Tun zu verteidigen. Die Akte war ein weiteres schwieriges Thema, auf das sich keiner von uns einlassen wollte.

»Dann hast du also alle Brücken zu Drake & Sweeney abgebrochen?«, fragte er, als das Essen gekommen war.

»Ja, für immer.«

»Wie lange willst du Armenanwalt bleiben?«

»Ich habe ja gerade erst angefangen und noch nicht darüber nachgedacht, ob und wann ich damit aufhören will. Warum?«

»Wie lange kannst du umsonst arbeiten?«

»So lange, wie ich überleben kann.«

»Dein Maßstab heißt also ›Überleben‹?«

»Im Augenblick ja. Wie heißt deiner?« Es war eine lächerliche Frage.

»Mein Maßstab heißt ›Geld‹. Wie viel ich verdiene, wie viel ich ausgebe, wie viel ich irgendwo bunkere, damit ich zusehen kann, wie es sich vermehrt, und damit ich eines Tages einen ganzen Haufen davon habe und mir keine Sorgen mehr machen muss.«

Das kannte ich bereits. Schamlose Gier galt als etwas Bewundernswertes. Es war eine etwas gröbere Version dessen, was man uns als Kindern beigebracht hatte: Arbeite hart, verdiene viel Geld, dann wird auch die Gesellschaft als Ganzes irgendwie davon profitieren.

Er forderte meine Kritik heraus, und das war nicht der Kampf, den ich wollte. Es konnte dabei keinen Gewinner geben, nur ein hässliches Unentschieden.

»Wie viel hast du?«, fragte ich ihn. Warner war gierig und stolz auf seinen Reichtum.

»Mit vierzig werde ich eine Million in irgendwelchen Investmentfonds haben. Mit fünfundvierzig werden es drei sein. Und mit fünfzig habe ich zehn Millionen. Und dann höre ich auf.«

Wir kannten diese Zahlen auswendig. Alle großen Kanzleien waren gleich.

»Und du?«, fragte er und zerlegte sein Freiland-Hähnchen.

»Hm, wollen mal sehen. Ich bin zweiunddreißig und habe als Rücklage so um die fünftausend. Wenn ich hart arbeite und sparsam bin, werden es in drei Jahren zehntausend sein. Mit fünfzig könnte ich zwanzigtausend Dollar in irgendwelchen Investmentfonds haben.«

»Na, dann hast du ja was, worauf du dich freuen kannst. Achtzehn Jahre in Armut.«

»Was weißt du schon von Armut?«

»Vielleicht mehr als du denkst. Für Leute wie uns ist Armut eine billige Wohnung, ein Gebrauchtwagen mit Dellen und Schrammen, schlecht sitzende Kleidung, kein Geld für Reisen, kein Geld zum Sparen oder Investieren, keine Rente, kein Sicherheitsnetz, nichts.«

»Wunderbar. Du hast gerade bewiesen, dass du keine Ahnung hast, was Armut bedeutet. Wie viel verdienst du in diesem Jahr?«

»Neunhunderttausend.«

»Bei mir werden es dreißigtausend sein. Was würdest du tun, wenn jemand dich zwingen würde, für dreißigtausend Dollar im Jahr zu arbeiten?«

»Mich umbringen.«

»Das glaube ich. Ich glaube wirklich, du würdest dir eher eine Kugel durch den Kopf jagen, als für dreißigtausend Dollar zu arbeiten.«

»Nein, stimmt nicht. Ich würde Tabletten nehmen.«

»Feigling.«

»Ich könnte auf keinen Fall für so wenig Geld arbeiten.«

»O doch, du könntest für so wenig Geld arbeiten. Aber du könntest nicht mit so wenig Geld auskommen.«

»Das ist dasselbe.«

»Und das ist der Punkt, in dem wir verschieden sind«, sagte ich.

»Da hast du verdammt Recht. Aber wie sind wir so verschieden geworden, Michael? Vor einem Monat warst du noch wie ich und jetzt sieh dich an: dieser alberne Bart und die zerknitterte Hose und dieser ganze Blödsinn von ›den Menschen dienen‹ und ›der Menschheit helfen‹. Wo bist du vom Weg abgekommen?«

Ich musste tief Luft holen, ehe ich den Witz in seiner Frage würdigen konnte. Auch er entspannte sich. Wir waren zu wohlerzogen, um uns in der Öffentlichkeit zu streiten.

»Weißt du was?«, sagte er und beugte sich zu mir.

»Du bist ein Idiot. Du warst kurz davor, Teilhaber zu werden. Du bist intelligent und talentiert, allein stehend, ohne Kinder. Mit fünfunddreißig hättest du eine Million im Jahr verdienen können. Du kannst es dir selbst ausrechnen.«

»Das habe ich schon, Warner. Ich habe meine Liebe zum Geld verloren. Geld ist des Teufels.«

»Wie originell. Ich will dich was fragen: Was wirst du tun, wenn du eines Tages aufwachst und, sagen wir mal, sechzig bist und auf einmal merkst, dass du es leid bist, die Welt zu retten, weil die nämlich gar nicht gerettet werden kann. Und du hast nichts, keinen Cent auf dem Sparbuch, keine Kanzlei, keine Teilhaber, keine Frau, die als Gehirnchirurgin das große Geld verdient, keinen, der dich auffängt. Was wirst du dann tun?«

»Tja, darüber habe ich auch nachgedacht, und ich glaube, ich werde einen großen Bruder haben, der geradezu ekelhaft reich ist. Also werde ich dich anrufen.«

»Und wenn ich dann tot bin?«

»Du kannst mich ja in deinem Testament bedenken. Den verlorenen Bruder.«

Wir widmeten uns wieder dem Essen, und die Unterhaltung stockte. Warner war überheblich genug zu glauben, dass eine einfache Zurechtweisung mich wieder zur Vernunft bringen würde. Ein paar klare Worte über die Konsequenzen meines Fehltritts, und ich würde diesen Armutstrip aufgeben und mir einen richtigen Job suchen. Ich konnte geradezu hören, wie er zu meinen Eltern sagte: »Ich werde mal mit ihm reden.«

Er hatte noch ein paar kleine Genickschläge auf Lager. Beispielsweise erkundigte er sich, wie hoch die Jahresprämie sei, die das Rechtsberatungsbüro in der 14th Street zahle. Recht klein, war meine Antwort. Und wie es mit dem Rentenplan aussehe? Soviel ich wusste, gab es keinen. Schließlich meinte er, ich solle ruhig ein paar Jahre lang ›den Menschen dienen‹ und anschließend wieder in die wirkliche Welt zurückkehren. Ich dankte ihm. Dann gab er mir noch den hervorragenden Rat, mich nach einer gleich gesinnten Frau mit Geld umzusehen und sie zu heiraten.

Wir verabschiedeten uns auf dem Bürgersteig vor dem Restaurant. Ich versicherte ihm, dass ich wisse, was ich täte. Ich würde schon zurechtkommen, und sein Bericht an unsere Eltern solle optimistisch ausfallen. »Sag ihnen nichts, worüber sie sich Sorgen machen würden, Warner. Sag ihnen, bei mir ist alles in Ordnung.«

»Ruf mich an, wenn du Hunger bekommst«, sagte er in dem Bemühen, witzig zu sein.

Ich winkte ab und ging.

Der Pylon Grill war ein die ganze Nacht geöffneter Coffeeshop in Foggy Bottom, nicht weit von der George Washington University. Es war ein Treffpunkt für Schlaflose und Nachrichtensüchtige. Die erste Ausgabe der *Post* kam kurz vor zwölf, und dann ging es hier zu wie in einem Restaurant zur Mittagszeit. Ich kaufte mir eine Zeitung und setzte mich an die Bar, die einen eigenartigen Anblick bot, weil jeder, der dort saß, in die Zeitung vertieft war. Mir fiel auf, wie ruhig es hier war. Die *Post* war gerade ausgeliefert worden, wenige Minuten, bevor ich eingetroffen war, und dreißig Leute studierten die neue Ausgabe, als wäre ein Krieg erklärt worden.

Die Story war wie gemacht für die *Post*. Sie begann unter einer großen Schlagzeile auf Seite eins und wurde auf Seite zehn fortgesetzt, wo auch die Fotos abgedruckt waren: eins von Lontae (dasselbe wie auf den beim Trauermarsch mitgeführten Plakaten), eins von Mordecai (zehn Jahre jünger) und drei, die die obere Etage bei Drake & Sweeney besonders demütigen würden. In der Mitte war ein Bild von Arthur Jacobs, rechts und links davon Polizeifotos von Tillman Gantry und DeVon Hardy, der nur deswegen in der Story vorkam, weil er von der Zwangsräumung betroffen gewesen und auf spektakuläre Weise ums Leben gekommen war.

Arthur Jacobs und zwei Verbrecher, zwei afroamerikanische Kriminelle mit kleinen Nummern vor der Brust, einträchtig nebeneinander auf Seite zehn der *Washington Post.*

Ich sah sie vor mir, wie sie sich in Büros und Konferenzräumen versammelten, hinter verschlossenen Türen. Die Telefone waren ausgesteckt, andere Besprechungen abgesagt. Sie würden überlegen, wie sie reagieren sollten, sie würden hundert verschiedene Strategien entwickeln, sie würden ihre Public-Relations-Leute rufen. Es würde ihre dunkelste Stunde sein.

Der Fax-Krieg würde bald beginnen. Die Fotos würden im ganzen Land von Kanzlei zu Kanzlei geschickt werden, und überall würde man herzlich lachen.

Gantry sah äußerst bedrohlich aus, und bei dem Gedanken, dass wir uns mit ihm angelegt hatten, war mir unbehaglich zumute.

Und dann war da noch ein Foto von mir, dasselbe Foto, das man letzte Woche bei meiner Verhaftung gedruckt hatte. Ich wurde als die Verbindung zwischen der Kanzlei und Lontae Burton bezeichnet, auch wenn der Reporter nicht wusste, dass ich Lontae persönlich gekannt hatte.

Der Artikel war lang und ausführlich. Er begann mit der Zwangsräumung und nannte die Betroffenen, darunter auch DeVon Hardy, der eine Woche später bei Drake & Sweeney aufgetaucht war und zu dessen Geiseln unter anderem ich gehört hatte. Von mir leitete er über zu Mordecai und weiter zum Tod der Burtons. Auch meine Verhaftung wurde erwähnt, obgleich ich dem Reporter nur sehr wenig über die umstrittene Akte gesagt hatte.

Er hatte Wort gehalten und uns nicht als Quelle preisgegeben. In dem Artikel war nur von ›informierten Kreisen‹ die Rede. Ich hätte ihn nicht besser schreiben können.

Kein Wort von den Beklagten. Es hatte den Anschein, als hätte sich der Reporter wenig oder gar nicht bemüht, sie zu erreichen.

31

Warner rief um fünf Uhr morgens an. »Bist du wach« fragte er. Er war in seiner Hotelsuite, lief auf Hochtouren und sprudelte über von Fragen und Bemerkungen zu unserer Klage. Er hatte die Zeitung gelesen.

Ich zog meinen Schlafsack enger um mich und hörte mir an, wie ich den Fall weiter verfolgen sollte. Warner war Prozessanwalt, und zwar ein sehr guter, und bei dem Gedanken daran, wie man den Fall Burton vor den Geschworenen ausbreiten könnte, lief ihm das Wasser im Mund zusammen. Wir hatten nicht genug gefordert – zehn Millionen waren viel zu wenig. Die richtige Jury, und wir konnten jeden beliebigen Betrag bekommen. Ach, wie gern hätte er den Fall selbst übernommen! Und was war mit Mordecai? War der ein guter Prozessanwalt?

Und das Honorar? Wir hatten doch sicher einen Vierzig-Prozent-Vertrag? Vielleicht gab es doch noch Hoffnung für mich.

»Zehn Prozent«, sagte ich. Ich lag noch immer im Dunkeln.

»Was? Zehn Prozent? Bist du verrückt?«

»Wir sind nicht profitorientiert«, versuchte ich zu erklären, aber er hörte mir gar nicht zu, sondern verfluchte mich, weil ich nicht gieriger gewesen war.

Die Akte sei ein großes Problem, sagte er, als hätten wir noch nicht daran gedacht. »Kannst du den Fall auch ohne sie gewinnen?«

»Ja.«

Er brüllte vor Lachen beim Anblick des alten Jacobs zwischen zwei Verbrechern. Seine Maschine nach Atlanta gehe in zwei Stunden – um neun werde er an seinem Schreibtisch sitzen. Er könne es kaum erwarten, die Fotos herumzuzeigen, und werde sie gleich an die Westküste faxen.

Mitten im Satz legte er auf.

Ich hatte drei Stunden geschlafen, und obwohl ich mich noch ein paar Mal umdrehte, konnte ich nicht mehr einschlafen. Mein Leben hatte sich so radikal verändert, dass an sanfte Ruhe nicht zu denken war.

Ich duschte, trank bei den Pakistanis Kaffee, bis es hell wurde, und kaufte Kekse für Ruby.

Als ich um halb acht am Büro eintraf, standen an der Ecke 14th und Q Street zwei fremde Wagen. Mein Instinkt riet mir weiterzufahren. Ruby war nirgends zu sehen.

Wenn Tillman Gantry glaubte, Gewalt könne irgendwie zu seiner Verteidigung beitragen, würde er nicht zögern, sie anzuwenden. Mordecai hatte mich gewarnt, auch wenn das nicht nötig gewesen war. Ich rief ihn zu Hause an und sagte ihm, was ich gesehen hatte. Er wollte um halb neun ins Büro kommen, und wir verabredeten, uns dort zu treffen. Er würde Sofia anrufen. Abraham war nicht in der Stadt.

Seit zwei Wochen hatte ich mich intensiv mit der Klage befasst. Es hatte natürlich auch noch andere wichtige Dinge gegeben. Claire und ich hatten uns getrennt, ich war ausgezogen und hatte neue Fertigkeiten erlernen müssen –, aber ich hatte mich immer wieder mit dem Verfahren gegen RiverOaks und meine ehemalige Kanzlei beschäftigt. Bei jedem großen Fall gab es vor Einreichung der Klage hektische Aktivitäten – wenn die Bombe dann eingeschlagen war und der Staub sich setzte, konnte man tief durchatmen und die Ruhe genießen.

An dem Tag, nachdem wir gegen ihn und seine beiden Mitbeklagten vor Gericht gegangen waren, brachte Gantry uns nicht um. Im Büro lief alles normal. Die Telefone läuteten nicht öfter als sonst. Es kamen so viele Mandanten wie sonst. Da die Klage nun eingereicht war, konnte ich mich leichter auf meine anderen Fälle konzentrieren.

Ich konnte mir die Stimmung in den mit Marmor ausgekleideten Hallen von Drake & Sweeney lebhaft vorstellen. Kein Lächeln, keine Klatschgeschichten an der Kaffeemaschine, keine Witze und Gespräche über Sport in den Korridoren. In einem Beerdigungsinstitut würde es ausgelassener zugehen.

In der Abteilung für Kartellrecht würden alle, die mich gut kannten, besonders niedergedrückt sein. Polly war sicher stoisch, distanziert und effektiv wie immer. Rudolph würde sein Büro nur für Besprechungen mit den hohen Tieren aus den oberen Etagen verlassen.

Der einzige traurige Aspekt dieses Angriffs gegen vierhundert Anwälte war die Tatsache, dass fast alle nicht nur unschuldig waren, sondern auch keine Ahnung hatten, worum es überhaupt ging. Niemand interessierte sich dafür, was in der Immobilienabteilung geschah, und nur wenige kannten Braden Chance. Nach sieben Jahren hatte ich ihn kennen gelernt, und das auch nur, weil ich ihn aufgesucht hatte. Die Unschuldigen taten mir Leid – die Altgedienten, die eine großartige Kanzlei aufgebaut und uns alles beigebracht hatten, meine Altersgenossen, die die Tradition hervorragender Leistungen fortsetzen würden, und die Neulinge, die zu ihrer Bestürzung erfuhren, dass ihr verehrter oberster Chef durch gesetzwidrige Machenschaften irgendwie für den Tod von Menschen verantwortlich war.

Für Braden Chance, Arthur Jacobs und Donald Rafter empfand ich allerdings kein Mitleid. Sie hatten mir an die Kehle gehen wollen. Nun sollten sie schwitzen.

Megan machte eine Pause von der anstrengenden Arbeit, Ordnung in einem Haus zu halten, das achtzig obdachlose Frauen beherbergte, und gemeinsam fuhren wir eine Weile durch Northwest. Sie wusste nicht, wo Ruby lebte, und wir rechneten eigentlich auch nicht damit, sie zu finden. Es lieferte uns jedoch einen guten Grund, ein paar Minuten miteinander zu verbringen.

»Dass eine obdachlose Frau untertaucht, ist nichts Ungewöhnliches«, versicherte sie mir. »Obdachlose sind einfach unberechenbar, besonders die Süchtigen.«

»Kennen Sie das?«

»Ich habe schon so einiges erlebt. Man lernt, damit zurechtzukommen. Wenn eine von den Drogen loskommt und einen Job und eine Wohnung findet, spricht man ein kleines Dankgebet. Aber man gerät nicht aus dem Häuschen, denn irgendwann kommt die nächste Ruby und bricht einem das Herz. Es gibt mehr Täler als Berge.«

»Wie schaffen Sie es, keine Depressionen zu bekommen?«

»Man schöpft Kraft aus seinen Klienten. Es sind bemerkenswerte Menschen. Die meisten hatten seit ihrer Geburt keine Chance, und trotzdem überleben sie. Sie stolpern und fallen, aber sie stehen wieder auf und machen weiter.«

Drei Blocks vom Rechtsberatungsbüro kamen wir an einer Reparaturwerkstatt vorbei, hinter der ein paar demolierte Autos vor sich hin rosteten. Ein großer, bissig wirkender Kettenhund bewachte den Eingang. Ich hatte nicht die Absicht, zwischen den alten Wagen herumzustöbern, und der Hund beschloss, jemand anderen zum Weitergehen aufzufordern. Wir nahmen an, dass Ruby irgendwo zwischen dem Büro an der 14th Street und Naomi an der 10th, nicht weit von der L Street, lebte, also in einem Gebiet zwischen Logan Circle und Mount Vernon Square.

»Aber man weiß es nie genau«, sagte Megan. »Ich staune immer wieder, wie weit diese Leute herumkommen. Sie haben jede Menge Zeit, und manche gehen kilometerweit zu Fuß.«

Wir fuhren langsam, beobachteten die Leute auf der Straße und musterten jeden Bettler. Wir gingen durch Parks, suchten nach Obdachlosen, warfen Münzen in ihre Becher und hofften, jemanden zu sehen, den wir kannten, doch wir hatten kein Glück.

Ich setzte Megan bei Naomi ab und versprach, sie am Nachmittag anzurufen. Ruby war eine wunderbare Ausrede, in Verbindung zu bleiben.

Der Abgeordnete stammte aus Indiana, und dies war seine fünfte Legislaturperiode. Er war Republikaner, hieß Burkholder und hatte eine Wohnung in Virginia, joggte aber am frühen Abend gern in der Umgebung von Capitol Hill. Seine Mitarbeiter sagten den Medien, er habe immer in einem der selten benutzten Fitnessräume, die auf Wunsch der Abgeordneten in den Kellern eingebaut worden waren, geduscht und sich umgezogen.

Als Mitglied des Repräsentantenhauses war Burkholder einer von 435 Abgeordneten und somit auch nach zehn Jahren in Washington praktisch unbekannt. Er war einundvierzig, mäßig ehrgeizig, ein Gesundheitsfanatiker, der auf Sauberkeit hielt. Er saß im Landwirtschaftsausschuss und war Vorsitzender eines Unterausschusses für die Beschaffung von Spendenmitteln.

Burkholder war am frühen Mittwochabend beim Joggen in der Nähe der Union Station angeschossen worden. Er hatte einen Jogginganzug getragen – keine Brieftasche, kein Bargeld, keine Taschen, in denen sich etwas Wertvolles hätte befinden können. Es schien kein Motiv zu geben. Er war mit einem Obdachlosen zusammengestoßen; vielleicht war er angerempelt worden. Ein Wort hatte das andere gegeben, und dann waren zwei Schüsse gefallen. Die eine Kugel verfehlte den Abgeordneten, die andere traf ihn in den linken Oberarm, durchschlug die Schulter und blieb in der Nähe des Halses stecken.

Es war kurz nach Einbruch der Dunkelheit geschehen, auf dem Bürgersteig an einer Straße voller Berufsverkehr. Es gab vier Zeugen, denen zufolge der Täter ein Schwarzer gewesen sei, der wie ein Obdachloser ausgesehen habe – eine Beschreibung, die auf ziemlich viele zutraf. Bis der erste der Zeugen ausgestiegen und Burkholder zu Hilfe gekommen war, hatte sich der Mann mit der Pistole längst aus dem Staub gemacht.

Der Abgeordnete war zum George Washington Hospital gebracht worden, wo man die Kugel in einer zweistündigen Operation entfernt hatte. Sein Zustand war stabil.

Es war lange her, dass man in Washington auf einen Abgeordneten geschossen hatte. Einige waren überfallen worden, hatten aber keine größeren Schäden erlitten. Diese Überfälle gaben den Opfern eine hervorragende Gelegenheit, Fensterreden gegen die zunehmende Kriminalität und den Verfall der Gesellschaft und ihrer Werte zu halten. Die alleinige Schuld lag natürlich beim jeweiligen politischen Gegner.

Als ich den Bericht um elf Uhr sah, war Burkholder nicht imstande, irgendwelche Reden zu halten. Ich saß in meinem Sessel, las, sah mir einen Boxkampf an und döste ein bisschen. An diesem Tag gab es aus Washington nicht viel zu berichten – bis Burkholder niedergeschossen wurde. Der Nachrichtensprecher gab atemlos das Ereignis bekannt und verlas einen knappen Bericht – im Hintergrund war ein Foto des Abgeordneten eingeblendet –, und dann wurde live zum Krankenhaus geschaltet, wo eine Reporterin vor den Türen der Notaufnahme fror, in die Burkholder vier Stunden zuvor eingeliefert worden war. Aber im Hintergrund stand ein Rettungswagen mit Blaulicht, und da die Reporterin weder Blut noch eine Leiche vorweisen konnte, musste sie sich mit dem Vorhandenen behelfen, um eine möglichst sensationelle Story daraus zu machen.

Die Operation sei gut verlaufen, sagte sie. Die Ärzte hätten ein sehr allgemein gehaltenes Kommuniqué veröffentlicht. Vor kurzem seien einige Kollegen Burkholders zum Krankenhaus geeilt, und es sei ihr gelungen, sie vor die Kamera zu bekommen: Drei Abgeordnete standen nebeneinander und machten angemessen ernste Gesichter, obgleich Burkholders Leben zu keinem Zeitpunkt in Gefahr gewesen war. Sie blinzelten in die Scheinwerfer und gaben sich den Anschein, als betrachteten sie die Fragen der Reporterin als eine dreiste Verletzung ihrer Privatleben.

Von keinem der drei hatte ich je gehört. Sie zeigten sich besorgt um ihren Freund, erweckten den Eindruck, als sei sein Zustand weit kritischer, als die Ärzte zugaben, und brauchten kein Stichwort, um ihre Ansichten über Washingtons Niedergang zu äußern.

Dann kam eine weitere Liveschaltung zum Tatort. Eine zweite unbeholfene Reporterin stand an der Stelle, wo ES passiert war. Jetzt gab es tatsächlich etwas zu sehen: einen großen Blutfleck, auf den sie mit dramatischer Geste zeigte, genau hier. Sie kniete nieder. Es fehlte nicht viel, und sie hätte mit den Fingerspitzen über den Bürgersteig gestrichen. Ein Polizist kam ins Bild und gab eine ungenaue Zusammenfassung des Tathergangs.

Es war ein Livebericht, und im Hintergrund flackerten die roten und blauen Lichter von Polizeiwagen. Das fiel mir auf, der Reporterin allerdings nicht.

Es war eine Säuberungsaktion im Gange. Die Washingtoner Polizei sammelte Obdachlose ein und nahm sie mit. Die ganze Nacht hindurch suchte sie die Gegend um Capitol Hill ab und verhaftete jeden, der auf einer Bank schlief, in einem Park herumsaß, auf einem Bürgersteig bettelte und offenbar kein Dach über dem Kopf hatte, wegen Belästigung, Wegwerfens von Abfall, Trunkenheit in der Öffentlichkeit und Bettelns.

Nicht alle landeten im Gefängnis. Zwei Gefangenentransporter fuhren zur Rhode Island Avenue in Northwest und luden die Insassen auf einem Parkplatz neben einem Gemeindezentrum mit einer durchgehend geöffneten Suppenküche ab. Ein anderer mit elf Obdachlosen hielt an der Calvary Mission in der T Street, fünf Blocks von unserem Büro entfernt. Die Männer wurden vor die Wahl gestellt, entweder auszusteigen oder ins Gefängnis zu gehen. Der Wagen leerte sich.

32

Ich beschloss, ein Bett zu kaufen. Ich schlief zu wenig und zu schlecht auf dem Boden, und wem außer mir selbst wollte ich damit etwas beweisen? Lange vor Morgengrauen saß ich in meinem Schlafsack und gelobte mir, etwas Weicheres zum Schlafen zu finden. Außerdem fragte ich mich zum tausendsten Mal, wie Menschen überlebten, die auf dem Bürgersteig schlafen mussten.

Im Pylon Grill war es warm und stickig. Schon an der Tür roch man das Aroma der Kaffeebohnen aus aller Welt, und der Zigarettenrauch hing dicht über den Tischen. Um halb fünf morgens saßen hier die üblichen Nachrichtenjunkies.

Burkholder war der Mann der Stunde. Sein Gesicht war auf der Titelseite der *Post*, und es gab mehrere Berichte über seine Person, die Tat und die polizeilichen Ermittlungen. Kein Wort über die Säuberungsaktion. Die Einzelheiten erfuhr ich später von Mordecai.

Im Lokalteil erwartete mich eine angenehme Überraschung. Tim Claussen war offenbar ein Mann mit einer Berufung. Unsere Klage hatte ihn inspiriert.

In einem ausführlichen Artikel nahm er unsere gegnerischen Parteien unter die Lupe. RiverOaks bestand seit zwanzig Jahren und befand sich im Besitz einiger Investoren. Einer davon war Clayton Bender, der an der Ostküste mit Immobilien handelte und angeblich zweihundert Millionen Dollar besaß. Fotos von Bender und dem Hauptsitz der Gesellschaft in Hagerstown, Maryland, waren ebenfalls abgedruckt. In den vergangenen zwanzig Jahren hatte RiverOaks elf Bundesgebäude in Washington und zahlreiche Einkaufszentren in den Vororten von Washington und Baltimore gebaut. Der Wert der Anteile wurde mit dreihundertfünfzig Millionen Dollar beziffert. Die Gesellschaft hatte zahlreiche Bankkredite aufgenommen, deren Höhe allerdings nicht bekannt war.

Die Geschichte der geplanten Postbearbeitungsstelle in Northwest wurde in allen Details geschildert. Dann ging es weiter mit Drake & Sweeney.

Es überraschte mich nicht, daß die Kanzlei sich bedeckt gehalten hatte. Claussen war telefonisch nicht zu den wichtigen Leuten durchgedrungen und brachte nur die allgemein zugänglichen Informationen: Größe, Geschichte, berühmte Teilhaber. Zwei Tabellen, beide aus dem *U.S. Law Magazine,* verglichen die führenden zehn Kanzleien des Landes nach ihrer Größe und dem durchschnittlichen Teilhaber-Bonus des vergangenen Jahres. Mit achthundert Anwälten war Drake & Sweeney die fünftgrößte Kanzlei, und mit 910 500 Dollar pro Teilhaber stand sie an dritter Stelle.

Hatte ich tatsächlich so viel Geld ausgeschlagen?

Das letzte Mitglied dieses eigenartigen Trios war Tillman Gantry, dessen wechselvolles Leben für einen Journalisten ein gefundenes Fressen war. Polizisten äußerten ihre Meinung über ihn. Einer seiner Knastbrüder sang ein Loblied auf ihn. Ein Pfarrer aus Northeast erzählte, Gantry habe Ringe für den Basketballplatz gestiftet. Eine ehemalige Prostituierte erinnerte sich an die Prügel, die er ihr verpasst hatte. Er hatte zwei Gesellschaften – TAG und Gantry Group – und besaß durch sie drei Gebrauchtwagenhandlungen, zwei kleine Einkaufszentren, ein Apartmentgebäude, in dem zwei Menschen erschossen worden waren, sechs vermietete Reihenhäuser, eine Bar, in der eine Frau vergewaltigt worden war, einen Videoverleih und verschiedene unbebaute Grundstücke, die er für einen Spottpreis von der Stadt erworben hatte.

Gantry war der Einzige der Beklagten, der bereit war, sich zu äußern. Er gab zu, das Lagerhaus an der Florida Avenue im Juli des vergangenen Jahres für elftausend Dollar gekauft und am 31. Januar dieses Jahres für zweihunderttausend Dollar an RiverOaks verkauft zu haben. Er habe eben Glück gehabt, sagte er. Das Gebäude sei wertlos, doch das Grundstück weit mehr wert gewesen als elftausend Dollar. Darum habe er es ja gekauft.

Im Lagerhaus hätten sich schon immer so viele Obdachlose herumgetrieben, sagte er, dass er sich gezwungen gesehen habe, sie zu vertreiben. Das Gebäude oder Teile davon seien nie vermietet gewesen, und er könne sich nicht erklären, woher dieses Gerücht stamme. Er habe viele Rechtsanwälte und werde sich energisch dagegen wehren.

Ich war in dem Artikel nirgends erwähnt. Es stand auch nichts von DeVon Hardy und der Geiselnahme darin und nur sehr wenig über Lontae Burton und die Anschuldigungen in unserer Klage.

Das war nun schon der zweite Tag, an dem die altehrwürdige Kanzlei Drake & Sweeney als Komplizin eines ehemaligen Zuhälters bezeichnet wurde. Der Ton des Artikels legte sogar den Eindruck nahe, dass die Anwälte schlimmere Verbrecher waren als Tillman Gantry.

Für morgen wurde eine weitere Folge versprochen: ein Blick auf das kurze, traurige Leben von Lontae Burton.

Wie lange würde Arthur Jacobs noch zulassen, dass der Name seiner geliebten Kanzlei in den Schmutz gezogen wurde? Sie war ein so leichtes Ziel, und die *Washington Post* stand in dem Ruf, hartnäckig zu sein. Der Reporter machte offenbar Überstunden. Und eine Geschichte würde zur anderen führen.

Es war zwanzig nach neun, als ich mit meinem Anwalt am Carl Moultrie Building in der Innenstadt eintraf, an der Ecke 6th Street und Indiana Avenue. Ich war nie auch nur in der Nähe dieses Gebäudes gewesen, in dem die Zivil- und Strafsachen im District of Columbia verhandelt wurden. Vor dem Eingang stand eine Schlange, die langsam vorrückte, während Anwälte und Kläger, Beklagte und Verbrecher durch einen Metalldetektor gingen und sich nach Waffen durchsuchen ließen. Im Gebäude herrschte reger Betrieb: Die Eingangshalle war voller nervöser Menschen, und darüber erhoben sich vier Stockwerke mit Korridoren und Gerichtssälen.

Richter Norman Kisner saß in der ersten Etage zu Gericht, in Raum Nr. 114. Eine Prozessliste an der Tür führte mich unter ›Erstmaliges Erscheinen‹ auf. Außer mir standen noch die Namen elf anderer Krimineller darauf. Die Anklagebank drinnen war leer, und Anwälte eilten geschäftig umher. Mordecai verschwand im Richterzimmer, und ich setzte mich in die zweite Reihe, blätterte in einer Zeitschrift und bemühte mich, einen äußerst gelangweilten Eindruck zu machen.

»Guten Morgen, Michael«, sagte jemand im Mittelgang. Es war Donald Rafter, der seine Aktentasche in beiden Händen hielt. Hinter ihm stand ein Mann aus der Prozessabteilung, an dessen Namen ich mich jedoch nicht erinnerte.

Ich nickte und brachte ein ›Hallo‹ heraus.

Sie gingen weiter und setzten sich auf die andere Seite des Gangs. Sie vertraten die Opfer und waren daher berechtigt, in jedem Stadium des Verfahrens anwesend zu sein.

Es war mein erstes Erscheinen als Angeklagter. Ich würde vor dem Richter stehen, während er mir die Anklage vorlas. Ich würde mich für nicht schuldig bekennen und unter den bereits ausgesprochenen Kautionsbedingungen entlassen werden. Was wollte Rafter hier?

Es dauerte eine Weile, bis mir die Antwort dämmerte. Ich starrte auf die Zeitschrift, versuchte, ganz ruhig zu bleiben, und kam zu dem Schluss, dass seine Anwesenheit lediglich eine Erinnerung sein sollte. Die Kanzlei betrachtete den Diebstahl als ernste Angelegenheit und wollte mich im Auge behalten. Rafter war der gerissenste und gemeinste Prozessanwalt von Drake & Sweeney, und sein Anblick im Gerichtssaal sollte mich erzittern lassen.

Um halb zehn erschien Mordecai und winkte mich zu sich. Der Richter erwartete mich in seinem Zimmer. Mordecai stellte mich vor, und dann setzten wir uns an einen kleinen Tisch.

Richter Kisner war mindestens siebzig. Er hatte buschiges, graues Haar, einen schütteren grauen Bart und braune Augen, die mich zu durchbohren schienen, wenn er mit mir sprach. Mein Anwalt und er kannten sich seit vielen Jahren.

»Ich habe gerade zu Mordecai gesagt«, begann er und machte eine Geste zu meinem Anwalt hin, »dass dies ein sehr ungewöhnlicher Fall ist.«

Ich nickte. Vor allem für mich war dieser Fall ungewöhnlich.

»Ich kenne Arthur Jacobs seit dreißig Jahren. Ich kenne eine Menge der Anwälte in dieser Kanzlei. Es sind gute Anwälte.«

Das waren sie wirklich. Sie stellten nur die besten ein und gaben ihnen den letzten Schliff. Dass der Richter, der meinen Fall verhandelte, die Opfer so sehr bewunderte, war mir unbehaglich.

»Der finanzielle Wert einer aktiven Akte aus dem Büro eines Anwalts ist schwer einzuschätzen. Sie besteht aus lauter Papieren, die nur für den Anwalt einen Wert haben. Man kann sie nicht auf der Straße verkaufen. Das soll natürlich nicht heißen, dass ich Sie beschuldige, die Akte gestohlen zu haben.«

»Natürlich.« Ich war mir nicht sicher, ob ich verstand, was er meinte, aber ich wollte, dass er fortfuhr.

»Angenommen, die Akte befindet sich in Ihrem Besitz, und angenommen, Sie haben sie aus der Kanzlei entfernt. Wenn Sie sie jetzt, unter meiner Aufsicht, zurückgeben würden, würde ich ihren Wert auf etwas weniger als hundert Dollar festsetzen. Dann wäre der Diebstahl ein Vergehen, das mit ein bisschen Papierkram erledigt wäre. Selbstverständlich dürften Sie keinerlei Informationen aus dieser Akte in irgendeiner Form verwenden.«

»Und wenn ich sie nicht zurückgebe? Vorausgesetzt natürlich, dass ich sie überhaupt habe.«

»Dann steigt der Wert der Akte. Die Anklage wegen schweren Diebstahls bleibt bestehen, und wenn die Staatsanwaltschaft schlüssige Beweise liefert und die Geschworenen Sie für schuldig befinden, werde ich Sie verurteilen.«

Die Falten auf seiner Stirn, die Härte seines Blicks und der Ton seiner Stimme ließen wenig Zweifel daran, dass sein Urteil etwas war, das ich besser vermeiden sollte.

»Wenn die Geschworenen Sie wegen schweren Diebstahls schuldig sprechen, werden Sie außerdem Ihre Zulassung als Anwalt verlieren.«

»Ja, Sir«, sagte ich zerknirscht.

Mordecai hörte zu und nahm alles in sich auf.

»Im Gegensatz zu den meisten meiner anderen Fälle spielt die Zeit hier eine wichtige Rolle«, fuhr Richter Kisner fort. »In dem Zivilverfahren könnte man sich dem Inhalt der Akte zuwenden. Die Frage der Zulässigkeit als Beweismittel muss der dafür zuständige Richter beantworten. Ich möchte diese Strafsache erledigt haben, bevor das Zivilverfahren zu weit fortgeschritten ist. Immer vorausgesetzt natürlich, Sie haben die Akte überhaupt.«

»Wie bald?«, fragte Mordecai.

»Ich denke, zwei Wochen sollten ausreichen, um Sie zu einem Entschluss kommen zu lassen.«

Dieser Meinung waren wir ebenfalls. Mordecai und ich kehrten in den Gerichtssaal zurück und warteten eine weitere Stunde, in der sich nichts ereignete.

Tim Claussen von der *Post* erschien in Begleitung einiger Anwälte. Er sah uns, kam aber nicht zu uns herüber. Mordecai stand auf und näherte sich ihm unauffällig. Er erklärte Claussen, es seien zwei Anwälte der Kanzlei Drake & Sweeney – Donald Rafter und ein anderer – anwesend, die vielleicht bereit seien, ein Interview zu geben.

Claussen ging sofort zu ihnen. Man hörte Stimmen von den hinteren Bänken, wo Rafter gewartet hatte. Die drei verließen den Gerichtssaal und setzten ihre Auseinandersetzung draußen fort.

Mein Erscheinen vor Kisner war wie erwartet kurz. Ich bekannte mich nicht schuldig, unterschrieb ein paar Formulare und machte, dass ich wegkam. Rafter war nirgends zu sehen.

»Worüber haben Sie und Kisner gesprochen, bevor Sie mich ins Richterzimmer geholt haben?«, fragte ich Mordecai, als wir wieder im Wagen saßen.

»Über das, was er Ihnen gesagt hat.«

»Er ist ein harter Bursche.«

»Er ist ein guter Richter, aber er war viele Jahre Anwalt. Ein Strafverteidiger, und zwar einer der besten. Er hat keine Sympathien für einen Anwalt, der die Akten eines anderen stiehlt.«

»Wenn er mich verurteilt, wie viele Jahre kriege ich dann?«

»Das hat er nicht gesagt. Aber Sie werden eine Weile sitzen müssen.«

Wir standen an einer roten Ampel. Glücklicherweise

war ich es, der am Steuer saß. »Na gut, Herr Rechtsanwalt«, sagte ich, »was machen wir jetzt?«

»Wir haben zwei Wochen Zeit und lassen es langsam angehen. Jetzt ist nicht die rechte Zeit für Entscheidungen.«

33

In der *Washington Post* stieß ich auf zwei Artikel, beide mit Fotos und an herausgehobener Stelle.

Der Erste war in der gestrigen Ausgabe bereits angekündigt worden: die lange Geschichte des tragischen Lebens von Lontae Burton. Die Hauptquelle war Lontaes Großmutter, doch der Reporter hatte auch mit zwei Tanten, einem ehemaligen Arbeitgeber, einer Sozialarbeiterin, einer ehemaligen Lehrerin sowie mit Lontaes Mutter und ihren beiden Brüdern gesprochen, die im Gefängnis saßen. Mit ihrer typischen Hartnäckigkeit und ihren unbegrenzten Mitteln leistete die Zeitung hervorragende Arbeit und sammelte die Fakten, die wir für unseren Fall brauchten.

Die Mutter war bei Lontaes Geburt sechzehn gewesen. Lontae war das zweite von drei Kindern, die allesamt unehelich waren und von verschiedenen Männern stammten, auch wenn die Mutter keine Angaben über den Vater machen wollte. Lontae wuchs in einer üblen Gegend in Northwest auf. Ihre Mutter zog häufig um, und hin und wieder lebte Lontae bei ihrer Großmutter oder ihren Tanten. Immer wieder musste ihre Mutter ins Gefängnis, und nach der sechsten Klasse ging Lontae nicht mehr zur Schule. Von da an ging es mit ihr, wie nicht anders zu erwarten, bergab. Drogen, Jungen, Banden, kleine Diebstähle – das gefährliche Leben auf der Straße. Sie arbeitete in verschiedenen Mindestlohnjobs und erwies sich als vollkommen unzuverlässig.

Die amtlichen Akten erzählten den Rest der Geschichte: eine Verhaftung mit vierzehn wegen Ladendiebstahls, Jugendgericht. Drei Monate später Trunkenheit in der Öffentlichkeit, Jugendgericht. Mit fünfzehn Besitz von Marihuana, Jugendgericht. Sieben Monate später dasselbe. Mit sechzehn wegen Prostitution festgenommen und nach Erwachsenenstrafrecht verurteilt, aber keine Gefängnisstrafe. Verhaftung wegen schweren Diebstahls (eines tragbaren CD-Spielers aus einer Pfandleihe); verurteilt, aber keine Gefängnisstrafe. Mit achtzehn Geburt von Ontario im Central Hospital, auf der Geburtsurkunde war der Name des Vaters nicht vermerkt. Zwei Monate nach der Geburt Verhaftung wegen Prostitution, verurteilt, aber keine Gefängnisstrafe. Mit zwanzig Geburt der Zwillinge Alonzo und Dante, ebenfalls im General Hospital. Auch hier war kein Vater angegeben. Und Temeko, das Baby mit der nassen Windel, das Lontae mit einundzwanzig bekommen hatte.

Doch in dieser traurigen Geschichte gab es einen Hoffnungsschimmer. Nach Temekos Geburt landete Lontae im House of Mary, einem Tagesheim für Frauen ähnlich dem Naomi, und lernte eine Sozialarbeiterin namens Nell Cather kennen. Miss Cather wurde in dem Artikel ausführlich zitiert.

Nach ihrer Schilderung von Lontaes letzten Monaten war diese entschlossen gewesen, die Straße hinter sich zu lassen und ihr Leben in Ordnung zu bringen. Sie hatte gewissenhaft die Anti-Baby-Pille genommen, die vom House of Mary ausgegeben wurde, und sich mit aller Kraft bemüht, die Finger von Alkohol und Drogen zu lassen. Sie hatte an den Gruppensitzungen teilgenommen und tapfer gegen ihre Süchte angekämpft, auch wenn sie immer wieder Rückschläge erlitten hatte. Ihre Lese- und Schreibfertigkeiten hatten sich rasch verbessert, und sie hatte davon geträumt, eine feste Arbeit zu finden, mit der sie ihre kleine Familie ernähren könnte.

Miss Cather hatte ihr schließlich einen Job als Packerin in einem großen Lebensmittelgeschäft vermittelt, zwanzig Wochenstunden für 4 Dollar 75 pro Stunde. Lontae hatte nicht einen einzigen Tag gefehlt.

Eines Tages im vergangenen Herbst hatte sie Nell Cather zugeflüstert, sie habe eine Wohnung gefunden, doch es dürfe niemand davon wissen. Da das zu ihrem Aufgabenbereich gehörte, hatte Nell die Wohnung besichtigen wollen, aber Lontae hatte sich geweigert. Die Wohnung sei nicht legal, hatte sie erklärt. Es sei eine kleine Zwei-Zimmer-Wohnung mit einem intakten Dach und einer verschließbaren Tür. Bad und Toilette seien in der Nähe, und sie zahle hundert Dollar pro Monat, in bar.

Ich notierte mir die Namen Nell Cather und House of Mary und lächelte bei dem Gedanken daran, wie sie im Zeugenstand stehen und den Geschworenen die Geschichte der Familie Burton erzählen würde.

Lontae hatte schreckliche Angst, man könnte ihr die Kinder wegnehmen, wie es ja oft geschah. Die meisten obdachlosen Mütter im House of Mary hatten ihre Kinder verloren, und je öfter Lontae diese furchtbaren Geschichten hörte, desto mehr wuchs ihre Entschlossenheit, ihre Familie zusammenzuhalten. Sie lernte noch eifriger, machte sich sogar mit den Grundzügen der Bedienung von Computern vertraut und schaffte es einmal, vier Tage ohne Drogen zu bleiben.

Dann wurde sie aus ihrer Wohnung vertrieben, und das bisschen, was sie besaß, wurde zusammen mit ihren Kindern auf die Straße geworfen. Miss Cather sah sie am Tag danach: Sie war ein Wrack. Die Kinder waren hungrig und schmutzig, und Lontae hatte Drogen genommen. Eine der Regeln des House of Mary besagte, dass niemand aufgenommen wurde, der offensichtlich betrunken war oder unter dem Einfluss von Drogen stand. Die Leiterin musste Lontae bitten zu gehen. Miss Cather sah sie nie wieder und hörte auch nichts mehr von ihr, bis sie aus der Zeitung von ihrem Tod erfuhr.

Als ich diesen Artikel gelesen hatte, dachte ich an Braden Chance und hoffte, dass er ihn ebenfalls gelesen hatte, in der behaglichen morgendlichen Wärme seines hübschen Hauses in einem Vorort in Virginia. Ich war sicher, dass er bereits auf den Beinen war. Wie konnte ein Mensch, der derart unter Druck stand, überhaupt schlafen?

Ich wünschte mir, dass er litt, dass ihm bewusst wurde, wie viel Unglück und Elend er mit seiner zynischen Nichtachtung der Rechte und der Würde anderer über diese Menschen gebracht hatte. Du hast in deinem schönen Büro gesessen, Braden, du hast hart und gut bezahlt gearbeitet und den Papierkram für deine reichen Mandanten erledigt, du hast die Aktennotizen der Gehilfen gelesen, die für dich die schmutzige Arbeit gemacht haben, und mit kalter Berechnung die Entscheidung getroffen, eine Zwangsräumung durchzuziehen, mit der du hättest warten müssen. Es waren ja bloß ein paar Hausbesetzer, nicht wahr, Braden? Unbedeutende schwarze Obdachlose, die wie die Tiere lebten. Es gab nichts Schriftliches, keine Verträge, nichts, und darum hatten diese Leute auch keine Rechte. Schmeißt sie raus. Jeder Aufschub hätte das ganze Projekt verzögert.

Am liebsten hätte ich ihn angerufen und mit der Frage: »Na, wie geht's Ihnen jetzt, Braden?« von seinem Morgenkaffee aufgeschreckt.

Der zweite Artikel war eine angenehme Überraschung, jedenfalls aus juristischer Sicht. Er war allerdings auch beunruhigend.

Ein Freund von Lontae war aufgetaucht, ein neunzehnjähriger Krimineller namens Kito Spires. Sein Foto würde jedem gesetzestreuen Bürger Angst und Schrecken einjagen. Kito hatte eine Menge zu sagen. Er behauptete, der Vater der drei jüngsten Kinder Lontaes zu sein. Er sei in den letzten drei Jahren hin und wieder mit ihr zusammen gewesen – mehr hin als wieder.

Kito war ein typisches Kind der Innenstadt: ein arbeitsloser junger Mann ohne Schulabschluss und mit einem langen Vorstrafenregister. Seine Glaubwürdigkeit würde in Frage gestellt werden.

Er habe in dem Lagerhaus mit Lontae und den Kindern gelebt, sagte er. Er habe sich an der Miete beteiligt, wann immer er konnte. Irgendwann nach Weihnachten hätten sie sich gestritten, und er sei ausgezogen. Gegenwärtig lebte er bei einer Frau, deren Mann im Gefängnis saß.

Er wusste nichts von der Zwangsräumung, fand aber, dass sie nicht rechtens gewesen war. Als er über die Verhältnisse im Lagerhaus befragt wurde, erwähnte er genug Details, um mich zu überzeugen, dass er tatsächlich da gewesen war. Seine Beschreibung deckte sich im wesentlich mit der in Hectors Aktennotiz.

Er habe nicht gewusst, dass das Lagerhaus Tillman Gantry gehört habe. Ein Typ namens Johnny habe die Miete kassiert, immer am fünfzehnten des Monats. Hundert Dollar.

Mordecai und ich würden ihn bald finden. Unsere Zeugenliste wurde länger, und Mr. Spires konnte sich zu unserem Star entwickeln.

Kito war tieftraurig über den Tod seiner Kinder und ihrer Mutter. Ich hatte bei dem Trauermarsch die Augen offen gehalten – Kito war mit Sicherheit nicht dort gewesen.

Unsere Klage bekam mehr Publicity, als wir uns hätten träumen lassen. Wir wollten nur zehn Millionen, eine hübsche, runde Summe, über die jeden Tag geschrieben und diskutiert wurde. Lontae hatte mit Tausenden von Männern geschlafen. Kito war der erste mögliche Vater. Wenn es um so viel Geld ging, würden bald weitere Väter auftauchen, gramgebeugt über den Verlust ihrer Kinder. Auf den Straßen von Washington gab es Kandidaten genug.

Das war das Beunruhigende an diesem Artikel.

Doch wir sollten nie Gelegenheit bekommen, mit Kito Spires zu reden.

Ich rief bei Drake & Sweeney an, um mit Braden Chance zu sprechen. Man stellte mich zu einer Sekretärin durch. Ich wiederholte meine Bitte. »Und wer spricht dort, bitte?«

Ich nannte einen erfundenen Namen und gab an, ich sei ein möglicher Mandant, der auf Empfehlung von Clayton Bender von RiverOaks anrufe.

»Mr. Chance ist im Augenblick nicht erreichbar.«

»Dann sagen Sie mir, wann ich ihn erreichen kann«, sagte ich schroff.

»Er ist im Urlaub.«

»Na gut. Und wann wird er zurück sein?«

»Das weiß ich nicht genau«, sagte sie. Ich legte auf. Der Urlaub würde einen Monat dauern und sich dann in ein Sabbatjahr verwandeln, und irgendwann würde man schließlich zugeben müssen, dass man sich von Chance getrennt hatte.

Ich hatte den Verdacht gehabt, dass er nicht mehr da sein würde; mein Anruf hatte den Verdacht bestätigt.

In den vergangenen sieben Jahren war die Kanzlei mein Leben gewesen, und so fiel es mir nicht schwer, die weiteren Reaktionen vorauszusehen. Man war zu stolz, zu hochmütig, um diese öffentliche Entwürdigung hinzunehmen.

Sobald die Klage eingereicht war, hatte man aus Braden Chance die Wahrheit herausgebracht. Ob er freiwillig damit herausgerückt war oder ob man ihn hatte unter Druck setzen müssen, war unerheblich. Er hatte sie von Anfang an belogen, und nun wurde die Kanzlei als Ganzes verklagt. Vielleicht hatte er ihnen das Original von Hectors Aktennotiz gezeigt, zusammen mit der Quittung für Lontae, doch wahrscheinlicher war, dass er diese Schriftstücke bereits beseitigt hatte und beschreiben musste, was er in den Aktenvernichter gesteckt hatte. Die Kanzlei – Arthur Jacobs und der Vorstand – kannte nun die Wahrheit. Die Zwangsräumung hätte nicht durchgeführt werden dürfen. Die mündlichen Mietverträge hätten von Chance im Namen von RiverOaks schriftlich und mit einer Frist von dreißig Tagen gekündigt werden müssen.

Ein Aufschub von dreißig Tagen hätte das Geschäft zwischen der Postdirektion und RiverOaks gefährdet.

Ein Aufschub von dreißig Tagen, und Lontae und die anderen Mieter hätten die härteste Zeit des Winters hinter sich gehabt.

Chance war also gefeuert worden und hatte zweifellos einen goldenen Händedruck für sein Teilhaberpaket bekommen. Hector war vermutlich zu Besprechungen eingeflogen worden. Nun, da Chance nicht mehr da war, konnte Hector die Wahrheit sagen, ohne unangenehme Konsequenzen befürchten zu müssen. Er würde allerdings nicht verraten, dass er Kontakt mit mir gehabt hatte.

Hinter verschlossenen Türen hatte sich der Vorstand schließlich der Wahrheit stellen müssen. Es sah nicht gut aus für die Kanzlei. Rafter und sein Team hatten eine Verteidigungsstrategie entworfen: Sie würden mit Nachdruck darauf hinweisen, der Fall Burton beruhe auf Material, das aus der Kanzlei Drake & Sweeney gestohlen worden sei. Und da gestohlene Beweisstücke vor Gericht nicht zulässig seien, müsse die Klage abgewiesen werden. Aus juristischer Sicht war gegen diese Argumentation nichts einzuwenden.

Doch bevor Rafter sie hatte vorbringen können, hatte die Presse sich eingeschaltet. Es waren Zeugen aufgetaucht, die das, was in der Akte stand, bestätigen konnten. Wir konnten den Fall auch ohne die von Chance beiseite geschafften Schriftstücke beweisen.

Bei Drake & Sweeney herrschte jetzt das Chaos. Dort arbeiteten vierhundert aggressive Anwälte, die nicht bereit waren, ihre Meinung für sich zu behalten – die Kanzlei befand sich vermutlich am Rande des offenen Aufstands. Wenn ich noch dort gearbeitet hätte und mit einem ähnlichen Skandal in einer anderen Abteilung konfrontiert gewesen wäre, hätte ich wahrscheinlich Himmel und Hölle in Bewegung gesetzt, damit die Sache unauffällig abgeschlossen wurde und aus der Presse verschwand. Die Option, die Schotten dichtzumachen und den Sturm vorüberziehen zu lassen, existierte einfach nicht. Die Artikel in der *Post* waren nur ein Vorgeschmack auf das, was Drake & Sweeney in einem öffentlichen Verfahren blühte. Und bis zu diesem Verfahren würde noch ein ganzes Jahr vergehen.

Und auch aus einer anderen Ecke würde es Druck geben. Aus der Akte ging nicht hervor, wie viel RiverOaks von den Bewohnern des Lagerhauses gewusst hatte. Überhaupt hatten Chance und sein Mandant nur sehr wenige Briefe gewechselt. Ich hatte den Eindruck, dass man ihm gesagt hatte, er solle das Geschäft möglichst schnell zum Abschluss bringen. RiverOaks hatte Druck gemacht, und Chance hatte alles niedergewalzt.

Angenommen, RiverOaks hatte von der Gesetzwidrigkeit der Zwangsräumung nichts gewusst – dann konnte die Gesellschaft Drake & Sweeney wegen Verletzung der Sorgfaltspflicht verklagen. Sie hatte der Kanzlei einen Auftrag erteilt, den diese gründlich vermasselt hatte. Der Fehler der Kanzlei hatte dem Mandanten geschadet. Mit dreihundertfünfzig Millionen in Beteiligungen konnte RiverOaks genügend Druck ausüben, um die Kanzlei zu zwingen, den Schaden wieder gutzumachen.

Auch andere wichtige Mandanten würden sich so ihre Gedanken machen. »Was ist bei euch eigentlich los?« war eine Frage, die wahrscheinlich jeder Teilhaber von denen hörte, die die Rechnungen bezahlten. In der knallharten Welt des Geschäfts würden die Geier der anderen Kanzleien bereits kreisen.

Die Kanzlei Drake & Sweeney vermarktete ihr Image, ihr öffentliches Ansehen. Das taten alle großen Kanzleien. Und keine davon hätte die Schläge verkraften können, die auf Drake & Sweeney einprasselten.

Der Abgeordnete Burkholder erholte sich schnell. Am Tag nach seiner Operation ließ er sich in einem sorgfältig geplanten Auftritt der Presse vorführen. Man schob ihn in einem Rollstuhl auf eine improvisierte Bühne in der Eingangshalle des Krankenhauses. Mit der Hilfe seiner hübschen Frau erhob er sich und trat vor, um eine Rede zu verlesen. Zufällig trug er ein leuchtend rotes Sweatshirt mit dem Aufdruck INDIANA. Sein Hals war verbunden, und den linken Arm trug er in einer Schlinge.

Er erklärte, es gehe ihm den Umständen entsprechend gut, und er werde seine Arbeit in einigen Tagen wieder aufnehmen. Hallo, liebe Leute daheim in Indiana.

Der schönste Teil seiner Rede befasste sich mit der Straßenkriminalität und dem Niedergang unserer Städte. (Seine Heimatstadt hatte achttausend Einwohner.) Es sei eine Schande, dass sich die Hauptstadt des Landes in einem so erbärmlichen Zustand befinde, und nun, da er dem Tod knapp entgangen sei, werde er seinen erheblichen Einfluss geltend machen, damit unsere Straßen wieder sicherer würden. Er habe ein neues Ziel gefunden.

Dann sagte er noch einiges über Waffengesetze und den Bau von Gefängnissen.

Durch die Schüsse auf Burkholder sah sich die Washingtoner Polizei einem enormen, wenn auch nur zeitweiligen Druck ausgesetzt, die Straßen der Stadt von

Obdachlosen zu säubern. Senatoren und Abgeordnete verbreiteten sich den lieben langen Tag über die Gefahren, die in der Innenstadt von Washington drohten. Also wurde nach Einbruch der Dunkelheit wieder aufgeräumt. Man entfernte jeden Betrunkenen, Bettler oder Obdachlosen aus der näheren Umgebung des Capitols. Manche wurden verhaftet. Andere lud man einfach auf Lastwagen und karrte sie wie Vieh in andere Gegenden.

Um zwanzig vor zwölf wurde ein Streifenwagen zu einem Schnapsladen in der 4th Street unweit der Rhode Island Avenue geschickt. Der Besitzer des Ladens hatte Schüsse gehört, und Anwohner hatten gemeldet, auf dem Bürgersteig liege ein Mann.

Auf einem unbebauten Grundstück neben dem Laden fanden die Polizisten hinter einem Schutthaufen die blutüberströmte Leiche eines jungen Schwarzen. Das Blut stammte von zwei Einschusslöchern im Kopf.

Er wurde später als Kito Spires identifiziert.

34

Am Montagmorgen tauchte Ruby wieder auf und brachte einen Riesenhunger auf Kekse und Neuigkeiten mit. Sie saß auf der Schwelle und begrüßte mich mit einem Lächeln und einem freundlichen Hallo, als ich um acht Uhr, ein bisschen später als sonst, vor dem Büro eintraf. Solange Gantry irgendwo da draußen war, zog ich bei meiner Ankunft helles Tageslicht und einen belebteren Bürgersteig vor.

Sie sah unverändert aus. Ich dachte, ich könnte vielleicht von ihrem Gesicht ablesen, ob sie Crack genommen hatte oder nicht, aber dort war nichts Ungewöhnliches zu entdecken. Ihre Augen waren hart und traurig, aber sie war guter Stimmung. Wir gingen gemeinsam hinein und legten unsere Sachen auf dem gewohnten Tisch ab. Es war beruhigend, dass außer mir noch jemand im Haus war.

»Wie geht es Ihnen?«

»Gut«, sagte sie und steckte die Hand in eine Kekstüte. Wir hatten allesamt vorige Woche Kekse nur für Ruby gekauft, obgleich Mordecai eine Spur von Krümeln hinterlassen hatte.

»Wo schlafen Sie?«

»In meinem Wagen.« Wo sonst? »Ich bin froh, dass der Winter bald vorbei ist.«

»Ich auch. Sind Sie bei Naomi gewesen?«, fragte ich.

»Nein. Aber ich gehe heute hin. In letzter Zeit ging es mir nicht so gut.«

»Ich fahre Sie hin.«

»Danke.«

Die Unterhaltung war ein wenig steif. Sie erwartete,

dass ich sie nach ihrer letzten Nacht im Motel fragen würde. Das wollte ich auch, hielt es aber für besser, es nicht zu tun.

Als der Kaffee fertig war, schenkte ich zwei Becher ein und stellte sie auf den Schreibtisch. Sie war bei ihrem dritten Keks angelangt, an dem sie herumknabberte wie eine Maus.

Wie konnte ich mit jemandem, der so bemitleidenswert war, streng sein? Also weiter mit den Neuigkeiten.

»Soll ich ein bisschen aus der Zeitung vorlesen?«, fragte ich.

»Das wär schön.«

Auf der Titelseite war ein Foto des Bürgermeisters, und da Ruby Artikel über die Kommunalpolitik gefielen und der Bürgermeister immer etwas Farbe ins Spiel brachte, las ich diesen Beitrag zuerst vor. Es handelte sich um ein Interview, in dem der Bürgermeister und der Stadtrat, die eine zeitweilige, wackelige Allianz eingegangen waren, das Justizministerium aufforderten, den Tod von Lontae Burton und ihren Kindern zu untersuchen. Waren irgendwelche Bürgerrechte verletzt worden? Der Bürgermeister deutete an, dass er diese Vermutung hege, doch das letzte Wort sollte die Justiz haben.

Seit unsere Klage in den Mittelpunkt des Interesses gerückt war, gab man einer ganz neuen Gruppe von Beteiligten die Schuld. Kein Finger zeigte mehr auf die Stadtverwaltung, und der Austausch von Beleidigungen zwischen Stadtrat und Kongress hatte fast aufgehört. Diejenigen, die anfangs Zielscheibe der Vorwürfe gewesen waren, waren froh, die Verantwortung auf eine große Kanzlei und ihren reichen Mandanten abwälzen zu können, und taten das auch nach Kräften.

Ruby war von der Burton-Geschichte fasziniert. Ich erzählte ihr in groben Zügen von der Klage und den Dingen, die sich seit ihrer Einreichung ereignet hatten.

Die Zeitung drosch wieder auf Drake & Sweeney ein. Meine ehemaligen Kollegen mussten sich fragen, wie lange das noch so weitergehen würde.

Wohl noch eine ganze Weile.

Am Fuß der Titelseite stand eine kurze Meldung, nach der die Postdirektion beschlossen hatte, die Errichtung einer Verteilstelle in Northeast zu verschieben. Die Kontroverse um den Erwerb des Grundstücks und des Lagerhauses sowie die Klage gegen RiverOaks und Gantry hatten diese Entscheidung beeinflusst.

RiverOaks war ein Zwanzig-Millionen-Projekt durch die Lappen gegangen, und die Gesellschaft würde tun, was jede zielstrebige Immobilienfirma tun würde, die eine Million Dollar für ein wertloses Innenstadt-Grundstück ausgegeben hatte: Sie würde sich an der Kanzlei schadlos halten.

Und der Druck würde noch ein bisschen zunehmen.

Wir wandten uns den Ereignissen in aller Welt zu. Ein Erdbeben in Peru interessierte Ruby, also las ich ihr die Meldung vor. Weiter zum Lokalteil, wo die ersten Worte, auf die mein Blick fiel, mein Herz stocken ließen. Unter demselben Foto wie zuvor – nur dass es doppelt so groß und doppelt so bedrohlich war – stand: KITO SPIRES ERSCHOSSEN AUFGEFUNDEN. Der Artikel führte aus, welche Rolle Spires in dem Burton-Drama gespielt hatte. Weiter hieß es dann, er sei in der Nacht zum Samstag erschossen aufgefunden worden. Keine Zeugen, keine Spuren, nichts. Er war nur irgendein toter Straßengangster.

»Alles in Ordnung?«, fragte Ruby und weckte mich aus meiner Trance.

»Äh, ja«, sagte ich und holte tief Luft.

»Warum lesen Sie nicht weiter?«

Weil ich zu bestürzt war, um laut lesen zu können. Ich überflog den Artikel, um zu sehen, ob Tillman Gantry irgendwo erwähnt war. Er war nicht erwähnt.

Und warum nicht? Was geschehen war, lag für mich auf der Hand: Der Junge hatte es genossen, einmal im Rampenlicht zu stehen, und zu viel gesagt. Er war für die Kläger (für *uns!*) zu wertvoll geworden, und er war ein leichtes Ziel gewesen.

Ich las Ruby den ganzen Artikel vor. Ich lauschte dabei auf jedes Geräusch, behielt die Eingangstür im Auge und hoffte, Mordecai würde bald kommen.

Gantry hatte gesprochen. Andere Zeugen von der Straße würden entweder den Mund halten oder verschwinden, nachdem wir sie aufgestöbert hatten. Dass Zeugen umgebracht wurden, war schlimm genug. Aber was würde ich tun, wenn Gantry beschloss, auf die Anwälte der Gegenseite loszugehen?

Mitten in diesen ängstlichen Gedanken wurde mir mit einemmal bewusst, dass diese Geschichte auch einen positiven Aspekt hatte. Wir hatten einen potentiell wichtigen Zeugen verloren, dessen Glaubwürdigkeit uns ohnehin Schwierigkeiten bereitet hätte. Drake & Sweeney wurde abermals erwähnt – zum dritten Mal an einem einzigen Morgen, und das auch noch im Zusammenhang mit dem gewaltsamen Tod eines neunzehnjährigen Kriminellen. Die Kanzlei war von ihrem Thron gestoßen worden und lag in der Gosse: Ihr Name stand in demselben Absatz wie der eines ermordeten Straßengangsters.

Ich versetzte mich um einen Monat zurück in die Zeit, vor Misters Überfall und den darauf folgenden Ereignissen und stellte mir vor, dass ich vor Sonnenaufgang an meinem Schreibtisch saß und diese Zeitung las. Und ich stellte mir vor, dass ich die anderen Artikel ebenfalls gelesen hatte und wusste, dass die schwerwiegendsten Anschuldigungen, die in der Klage vorgebracht wurden, tatsächlich zutrafen. Was würde ich tun?

Keine Frage: ich würde Rudolph Mayes, meinem leitenden Teilhaber, zusetzen, und der würde dem Vorstand zusetzen. Ich würde mich mit meinen Kollegen besprechen, mit den anderen Anwälten, die noch keine Teilhaber waren. Wir würden fordern, dass die ganze Angelegenheit gütlich bereinigt und begraben wurde, bevor noch mehr Schaden entstand. Wir würden darauf dringen, ein Verfahren um jeden Preis zu verhindern.

Wir würden alle möglichen Forderungen stellen.

Und ich vermutete, dass die meisten Mitarbeiter und sämtliche Teilhaber in diesem Augenblick genau das taten, was ich getan hätte. Bei so viel Unruhe wurde sicher nur wenig gearbeitet, und das bedeutete, dass nur wenige honorarfähige Stunden abgerechnet wurden. Die Kanzlei war ein Chaos.

»Lesen Sie weiter«, sagte Ruby und riss mich abermals aus meinen Gedanken.

Wir gingen den Lokalteil durch, unter anderem, weil ich wissen wollte, ob ich auf eine vierte Geschichte stoßen würde, doch ich hatte kein Glück. Stattdessen fand ich einen Artikel über die Säuberungsaktionen der Polizei als Reaktion auf den Burkholder-Anschlag. Ein Anwalt der Obdachlosen kritisierte die Aktion heftig und drohte mit einer Klage. Ruby gefiel der Artikel. Sie fand es wunderbar, dass so viel über Obdachlose geschrieben wurde.

Ich fuhr sie zu Naomi, wo man sie wie eine alte Freundin begrüßte. Die Frauen umarmten sie und reichten sie von einer zur anderen weiter, sie drückten sie an sich, und einige weinten sogar. Ich verbrachte ein paar Minuten in der Küche und flirtete mit Megan, doch im Grunde stand mir der Sinn nicht danach, mich zu verlieben.

Als ich ins Büro zurückkehrte, hatte Sofia alle Hände voll zu tun. Es herrschte ein reges Kommen und Gehen; bereits um neun Uhr saßen fünf Mandanten im Wartebereich. Sofia telefonierte und terrorisierte jemanden auf

Spanisch. Ich ging in Mordecais Büro, um ihn zu fragen, ob er schon die Zeitung gelesen habe. Er war bereits in sie vertieft und lächelte mich an. Wir verabredeten, in einer Stunde eine Besprechung über unser weiteres Vorgehen abzuhalten.

Ich schloss leise die Tür zu meinem Zimmer und nahm mir die Akten vor. Innerhalb von zwei Wochen hatte ich einundneunzig Fälle übernommen und nur achtunddreißig abgeschlossen. Ich war in Verzug und brauchte einen produktiven Vormittag am Telefon, um den Rückstand aufzuholen. Aber es sollte nicht sein.

Da die Tür nicht richtig schloss, stieß Sofia sie schon mit ihrem Klopfen auf. Kein ›Hallo‹, kein ›Entschuldigung‹.

»Wo ist die Liste der Leute aus dem Lagerhaus?«, fragte sie. Sie hatte hinter jedes Ohr einen Bleistift gesteckt, und ihre Lesebrille war auf die Nasenspitze gerutscht. Diese Frau war ungeheuer beschäftigt.

Ich hatte die Liste immer zur Hand und reichte sie ihr. Sie warf einen kurzen Blick darauf »Treffer«, sagte sie dann.

»Was?« Ich stand auf.

»Nummer acht, Marquis Deese«, sagte sie. »Der Name kam mir gleich so bekannt vor.«

»Bekannt?«

»Ja, der Mann sitzt an meinem Tisch. Wurde gestern Abend im Lafayette Park gegenüber dem Weißen Haus eingesammelt und am Logan Circle ausgesetzt – bei einer von diesen Säuberungsaktionen. Anscheinend ist heute Ihr Glückstag.«

Ich folgte ihr in den Eingangsraum, in dessen Mitte Mr. Deese vor Sofias Schreibtisch saß. Er hatte bemerkenswerte Ähnlichkeit mit DeVon Hardy: Ende vierzig, graues Haar, grauer Bart, dunkle Sonnenbrille, viele Kleiderschichten übereinander, wie die meisten Obdachlosen Anfang März. Ich musterte ihn kurz, während ich zu Mordecai ging, um ihm die Neuigkeit mitzuteilen.

Wir näherten uns ihm vorsichtig. Mordecai sollte ihn befragen. »Entschuldigen Sie«, sagte er sehr höflich, »ich bin Mordecai Green, einer der Anwälte hier. Darf ich Ihnen ein paar Fragen stellen?«

Wir standen neben ihm und sahen ihn an. Deese hob den Kopf und sagte: »Von mir aus.«

»Wir arbeiten an einem Fall, in dem es um ein paar Leute geht, die in einem alten Lagerhaus an der Ecke Florida und New York Avenue gewohnt haben«, erklärte Mordecai langsam.

»Da hab ich auch gewohnt«, sagte Deese. Ich holte tief Luft.

»Sie haben dort gewohnt?«

»Klar. Bin rausgeschmissen worden.«

»Ja, und genau darum geht es. Wir vertreten einige der Leute, die aus diesem Haus vertrieben wurden. Wir sind der Ansicht, dass die Zwangsräumung nicht rechtens war.«

»Das seh ich auch so.«

»Wie lange haben Sie dort gewohnt?«

»So ungefähr drei Monate.«

»Haben Sie Miete bezahlt?«

»Klar.«

»An wen?«

»An einen Typen namens Johnny.«

»Wie viel?«

»Hundert Dollar im Monat, bar.«

»Warum bar?«

»Er wollte nichts Schriftliches.«

»Wissen Sie, wem das Lagerhaus gehörte?«

»Nein.« Er antwortete ohne Zögern, und ich konnte meine Freude kaum verbergen. Wenn Deese nicht wusste, dass das Gebäude Gantry gehört hatte, konnte er auch keine Angst vor ihm haben.

Mordecai zog einen Stuhl heran und machte Nägel mit Köpfen. »Wir möchten Sie gern als Mandanten haben, Mr. Deese.«

»Wozu?«

»Wir klagen gegen die Zwangsräumung. Nach unserer Ansicht wurde Ihnen und den anderen Unrecht getan. Wir möchten Sie vertreten und in Ihrem Namen auf Schadenersatz klagen.«

»Aber die Wohnung war illegal. Darum hab ich ja bar bezahlt.«

»Das spielt keine Rolle. Wir können Ihnen zu Geld verhelfen.«

»Wie viel?«

»Das wissen wir noch nicht. Aber was haben Sie zu verlieren?«

»Nichts.«

Ich tippte Mordecai auf die Schulter. Wir entschuldigten uns und zogen uns in sein Büro zurück. »Was ist?«, fragte er.

»Nach dem, was Kito Spires zugestoßen ist, halte ich es für besser, seine Aussage aufzunehmen. Und zwar jetzt.«

Mordecai kratzte sich am Bart. »Keine schlechte Idee. Wir machen eine eidesstattliche Erklärung. Er unterschreibt sie, Sofia beglaubigt sie, und wenn ihm irgendwas zustößt, können wir beantragen, dass sie zugelassen wird.«

»Haben wir einen Kassettenrecorder?«, fragte ich.

Sein Blick irrte durch den Raum. »Ja, irgendwo.«

Da er nicht wusste, wo das Gerät war, würde es Monate dauern, bis es gefunden war. »Und eine Videokamera?«

»Nein.«

Ich dachte einen Augenblick nach und sagte: »Ich hole meine. Sie und Sofia beschäftigen ihn so lange.«

»Wir werden ihn nicht weglassen.«

»Gut. Ich brauche fünfundvierzig Minuten.«

Ich eilte hinaus, sprang in meinen Wagen und jagte in westlicher Richtung nach Georgetown. Beim dritten Versuch gelang es mir, Claire zwischen zwei Seminaren zu erreichen. »Was ist los?«, fragte sie.

»Ich muss mir die Videokamera ausleihen. Es ist eilig.«

»Sie ist immer noch da, wo sie immer war«, sagte sie sehr langsam und versuchte, meine Bitte zu analysieren. »Warum?«

»Für eine eidesstattliche Erklärung. Kann ich sie haben?«

»Ja.«

»Liegt sie immer noch im Wohnzimmer?«

»Ja.«

»Hast du die Schlösser auswechseln lassen?«

»Nein.« Aus irgendeinem Grund freute mich das. Ich hatte noch immer einen Schlüssel. Ich konnte kommen und gehen, wie ich wollte.

»Was ist mit dem Code der Alarmanlage?«

»Ich hab ihn nicht geändert.«

»Danke. Ich rufe dich später noch mal an.«

Wir setzten Marquis Deese in einen Raum, der nur mit Aktenschränken möbliert war. Er saß auf einem Stuhl, hinter sich eine weiße Wand. Ich war der Kameramann, Sofia war die Notarin, und Mordecai stellte die Fragen. Deeses Antworten hätten nicht besser ausfallen können.

Nach einer halben Stunde waren wir fertig. Mordecai hatte alle erdenklichen Fragen gestellt, und Deese hatte sie beantwortet. Er glaubte zu wissen, wo zwei der anderen Opfer lebten, und versprach, sie aufzutreiben.

Wir wollten für jedes der Opfer eine separate Klage einreichen – immer eine nach der anderen, damit unseren Freunden von der *Post* genug Zeit zum Recherchieren blieb. Wir wussten, dass Kelvin Lam beim CCNV war, aber er und Deese waren bisher die beiden einzigen, auf die wir gestoßen waren. In ihren Fällen stand nicht viel Geld auf dem Spiel – wir würden uns gern mit je fünfundzwanzigtausend zufrieden geben –, aber die zusätzlichen Klagen würden die Beklagten noch mehr in Bedrängnis bringen.

Ich hoffte beinahe, dass die Polizei eine weitere Säuberungsaktion durchführen würde.

Bevor Deese ging, schärfte Mordecai ihm ein, mit keinem Menschen über die Sache zu sprechen. Ich setzte mich an einen der Schreibtische im Eingangsraum und tippte im Namen unseres neuen Mandanten, Marquis Deese, eine drei Seiten umfassende Klage wegen gesetzwidriger Zwangsräumung. Als Beklagte nannte ich RiverOaks, TAG und Drake & Sweeney. Dann tippte ich eine Klage im Namen von Kelvin Lam. Anschließend speicherte ich die Klageschriften auf der Festplatte. Wenn wir einen neuen Kläger fanden, brauchte ich nur noch seinen Namen einzugeben.

Kurz vor zwölf läutete das Telefon. Sofia telefonierte gerade auf dem anderen Apparat, also griff ich zum Hörer und sagte, wie gewöhnlich: »Rechtsberatung.«

Eine würdevolle alte Stimme am anderen Ende sagte: »Hier ist Arthur Jacobs von Drake & Sweeney. Ich würde gern mit Mr. Mordecai Green sprechen.«

»Einen Augenblick«, brachte ich heraus und legte den Anruf in die Warteschleife. Ich starrte das Telefon an, stand langsam auf und ging zu Mordecais Tür.

»Was ist?«, fragte er, ohne von dem Bundesgesetzbuch aufzusehen, das aufgeschlagen vor ihm lag.

»Arthur Jacobs ist am Telefon.«

»Wer ist das?«

»Drake & Sweeney.«

Wir starrten einander ein paar Sekunden lang an, dann lächelte er. »Das könnte der Anruf sein«, sagte er. Ich nickte nur.

Er griff nach dem Hörer, und ich setzte mich.

Es war ein kurzes Gespräch, bei dem Arthur das meiste sagte. Offenbar wollte er ein Treffen, um über die Klage zu verhandeln, und zwar je früher desto besser.

Danach erzählte mir Mordecai alles noch einmal genau. »Sie wollen sich morgen mit uns treffen und über die Rücknahme der Klage verhandeln.«

»Wo?«

»Bei ihnen. Um zehn Uhr morgens, und ohne Sie.«

Ich hatte nicht erwartet, eingeladen zu werden.

»Sind sie besorgt?«

»Natürlich sind sie besorgt. Sie haben zwanzig Tage Zeit, um sich zu der Klage zu äußern, und rufen jetzt schon an, um über einen Vergleich zu verhandeln. Sie sind sehr besorgt.«

35

Den nächsten Morgen verbrachte ich in der Redeemer Mission und beriet Mandanten mit der Finesse eines Anwalts, der sich seit Jahren mit den juristischen Problemen von Obdachlosen herumschlug. Die Versuchung war zu groß, und um Viertel nach elf rief ich Sofia an, um zu fragen, ob sie schon etwas von Mordecai gehört habe. Sie hatte nicht. Wir hatten damit gerechnet, dass das Gespräch bei Drake & Sweeney lange dauern würde. Ich hoffte, er habe vielleicht angerufen, um zu sagen, alles laufe wie geschmiert. Doch ich hatte kein Glück.

Natürlich hatte ich nur wenig geschlafen, und das nicht wegen körperlicher Beschwerden. Meine Nervosität vor den Vergleichsverhandlungen hatte sich als stärker erwiesen als ein langes, heißes Bad und eine Flasche Wein. Ich war zu angespannt.

Ich beriet meine Mandanten, doch es fiel mir schwer, mich auf Lebensmittelgutscheine, Wohngeldanträge und zahlungsunwillige Väter zu konzentrieren, während es an einer anderen Front um meine Zukunft ging. Als das Mittagessen ausgegeben wurde, ging ich. Meine Gegenwart war weit weniger wichtig als das tägliche Brot. Ich kaufte mir zwei Bagels und eine Flasche Wasser und fuhr eine Stunde lang auf dem Beltway herum.

Als ich zum Büro zurückkehrte, stand Mordecais Wagen neben dem Gebäude. Er erwartete mich in seinem Zimmer. Ich schloss die Tür.

Das Gespräch fand in Arthur Jacobs' persönlichem Konferenzraum in der siebenten Etage statt, einem heiligen Bezirk der Kanzlei, dem ich nie auch nur nahe gekommen war. Empfangsdamen und Angestellte behandelten Mordecai wie einen Staatsbesuch: Sein Mantel wurde ihm eilends abgenommen, der Kaffee war genau richtig und wurde mit frischem Gebäck gereicht.

Er saß auf einer Seite des Tisches, ihm gegenüber Arthur Jacobs, Donald Rafter, ein Anwalt der Gesellschaft, bei der die Kanzlei versichert war, und ein Anwalt von RiverOaks. Tillman Gantry hatte ebenfalls einen Anwalt, den man jedoch nicht eingeladen hatte. Für den Fall eines Vergleichs war kaum zu erwarten, dass Gantry auch nur einen Cent dazu beisteuern würde.

Eigenartig war nur, dass RiverOaks ebenfalls vertreten war, doch auch das hatte einen guten Grund: Die Interessen dieser Gesellschaft standen im Gegensatz zu denen der Kanzlei. Mordecai sagte, die gegenseitige Abneigung sei mit Händen zu greifen gewesen.

Die meiste Zeit führte Jacobs das Wort für die Gegenpartei; Mordecai konnte kaum glauben, dass dieser Mann tatsächlich achtzig war. Er kannte die Fakten auswendig und hatte sie sofort parat, und sein extrem scharfer Verstand hatte den Fall von allen Seiten durchleuchtet.

Zunächst einigte man sich darauf, das alles im Verlauf dieses Gespräches Gesagte oder Gesehene streng vertraulich behandelt wurde; jede Schuldanerkenntnis würde, sollte die Gegenpartei damit an die Öffentlichkeit gehen, sofort widerrufen werden; kein Angebot würde vor Unterzeichnung der entsprechenden Dokumente juristisch bindend sein.

Jacobs eröffnete das Gespräch, indem er sagte, die Beklagten, insbesondere Drake & Sweeney und RiverOaks, seien von der Klage vollkommen überrascht gewesen – sie seien erschüttert und irritiert durch die ungewohnte Herabsetzung und die schlechte Behandlung durch die Presse. Er sprach sehr freimütig über die Kränkungen, denen seine geliebte Kanzlei ausgesetzt war. Mordecai hörte, wie während des größten Teils des Gesprächs, einfach nur zu.

Jacobs wies darauf hin, dass es um eine ganze Reihe von Themen gehe. Er begann mit Braden Chance und sagte, dieser sei nicht mehr für die Kanzlei tätig. Er sei nicht auf eigenen Wunsch gegangen, sondern hinausgeworfen worden. Jacobs zählte Chances Verfehlungen auf: Er habe alle Angelegenheiten, die RiverOaks betrafen, persönlich bearbeitet, er habe jeden Aspekt des TAG-Geschäfts gekannt, alle Einzelheiten geregelt und mit seiner Anweisung, die Zwangsräumung durchzuführen, wahrscheinlich eine Verletzung der Sorgfaltspflicht begangen.

»Wahrscheinlich?«, sagte Mordecai.

Nun ja, mehr als wahrscheinlich. Chance habe es an der notwendigen professionellen Verantwortung fehlen lassen, als er seine Anweisung zur Räumung des Lagerhauses gegeben habe. Er habe die Akte manipuliert. Er habe versucht, die Sache zu vertuschen. Er habe sie alle schlicht belogen, gab Jacobs mit deutlichem Unbehagen zu. Hätte Chance nach der Geiselnahme die Wahrheit gesagt, dann hätte die Kanzlei die Klage und die daraus resultierende schlechte Presse vermeiden können. Chance habe sie bloßgestellt und sei entfernt worden.

»Wie hat er die Akte manipuliert?«, fragte Mordecai.

Die Gegenpartei wollte wissen, ob Mordecai die Akte gesehen habe. Ob er wisse, wo das verdammte Ding sei. Er schwieg.

Jacobs erklärte, gewisse Unterlagen seien aus der Akte entfernt worden.

»Kennen Sie die Aktennotiz, die Hector Palma am 27. Januar verfasst hat?«, fragte Mordecai, und sie erstarrten.

»Nein«, antwortete Jacobs.

Chance hatte also die Aktennotiz und Lontaes Quittung entfernt und vernichtet. Mit großer Gebärde – er genoss jeden Augenblick – entnahm Mordecai seiner Aktentasche einige Kopien der Aktennotiz und der Quittung und schob sie über den Tisch. Hartgesottene Anwälte nahmen sie entgegen und waren so bestürzt, dass es ihnen die Sprache verschlug.

Es trat ein langes Schweigen ein. Die Aktennotiz wurde gelesen, auf ihre Echtheit untersucht, noch einmal gelesen und schließlich analysiert, in der verzweifelten Hoffnung, ein Schlupfloch zu finden oder auf eine Formulierung zu stoßen, die, aus dem Zusammenhang gerissen, das Blatt zugunsten der Gegenseite wenden könnte. Umsonst. Hectors Worte waren unmissverständlich, seine Schilderung ließ keinen Zweifel zu.

»Darf ich Sie fragen, woher Sie das haben?«, fragte Jacobs höflich.

»Das ist unwichtig, jedenfalls im Augenblick.«

Es war offensichtlich, dass die Aktennotiz ein schwerer Schlag für sie war. Vor seinem Hinauswurf hatte Chance ihren Inhalt preisgegeben, und das Original war vernichtet worden. Aber was, wenn es Kopien davon gab?

Sie konnten nicht fassen, dass sie die Kopien in Händen hielten.

Aber weil sie erfahrene Anwälte waren, fingen sie sich schnell wieder und legten die Notiz beiseite, als wäre sie etwas, mit dem sie sich zu gegebener Zeit befassen würden.

»Ich nehme an, damit wären wir bei der fehlenden Akte«, sagte Jacobs in dem Bestreben, wieder festeren Boden unter den Füßen zu bekommen. Sie hatten einen Augenzeugen, der mich in der Nacht des Diebstahls in der Nähe von Chances Büro gesehen hatte. Sie hatten meine Fingerabdrücke. Sie hatten den mysteriösen Aktendeckel auf meinem Schreibtisch, in dem die Schlüssel gewesen waren. Und ich war bei Chance gewesen und hatte die RiverOaks/TAG-Akte einsehen wollen. Ich hatte also ein Motiv.

»Aber es gibt keinen Augenzeugen für die Tat«, erwiderte Mordecai. »Das sind alles bloß Indizien.«

»Wissen Sie, wo die Akte ist?«, fragte Jacobs.

»Nein.«

»Wir haben kein Interesse daran, Mr. Brock ins Gefängnis zu bringen.«

»Warum drängen Sie dann auf einen Strafprozess?«

»Es liegt alles auf dem Tisch, Mr. Green. Wenn Sie Ihre Klage zurückziehen, ziehen wir unsere Anzeige zurück.«

»Wunderbar. Was schlagen Sie vor, damit wir unsere Klage zurückziehen?«

Rafter schob ein zehn Seiten umfassendes Papier voller mehrfarbiger Tabellen und Diagramme über den Tisch, die das Argument stützen sollten, Kinder und junge, allein stehende Mütter ohne Ausbildung seien in Schadenersatzprozessen wegen fahrlässiger Tötung nicht viel wert.

Mit der typischen Gründlichkeit einer großen Kanzlei hatten die Gehilfen in stundenlanger Arbeit die Datenbanken der Nation durchsucht und den neuesten Trend in der Schadenersatzrechtsprechung herausgefiltert. Den Trend des letzten Jahres. Den Trend der letzten fünf Jahre. Den Trend der letzten zehn Jahre. Aufgeschlüsselt nach Regionen. Aufgeschlüsselt nach Bundesstaaten. Aufgeschlüsselt nach Städten. Wie viel sprachen Schwurgerichte für den Tod eines Vorschulkindes zu? Nicht sehr viel. Der Bundesdurchschnitt lag bei fünfundvierzigtausend – im Süden und mittleren Westen war die Summe weit kleiner, in Kalifornien und den größeren Städten etwas größer.

Vorschulkinder arbeiteten nicht, sie verdienten kein Geld, und die Gerichte ließen im allgemeinen keine Hypothesen über das zu erwartende Einkommen zu.

In Lontaes Fall war man bei der Berechnung des Verdienstausfalls nicht kleinlich gewesen. Angesichts der Lücken in ihrem beruflichen Werdegang war man von optimistischen Annahmen ausgegangen: Sie war zweiundzwanzig gewesen und hätte sehr bald einen Vollzeitjob zum Mindestlohn gefunden. Das war großzügig, aber Rafter wollte sich nicht lumpen lassen. Sie hätte eine Entziehungskur gemacht, wäre clean geblieben und nicht mehr schwanger geworden – eine weitere wohlwollende Theorie. Sie hätte schließlich irgendeine Ausbildung nachgeholt, die ihr einen Job mit dem doppelten Verdienst eingebracht hätte, und diesen Job hätte sie bis zum Rentenalter behalten. Unter Berücksichtigung der zu erwartenden Inflation kam Rafter für Lontaes Verdienstausfall auf eine Summe von fünfhundertsiebzigtausend Dollar.

Sie waren im Schlaf gestorben, ohne Verletzungen oder Verbrennungen, ohne Schmerz und Qualen.

Um den Fall beizulegen, sei die Kanzlei großzügigerweise bereit, fünfzigtausend Dollar pro Kind sowie Lontaes vollen Verdienstausfall zu bezahlen, insgesamt also siebenhundertsiebzigtausend Dollar – was aber keinesfalls als Schuldeingeständnis aufzufassen sei.

»Das ist viel zu wenig«, sagte Mordecai. »So viel kriege ich von den Geschworenen für ein einziges totes Kind.« Sie sanken in ihren Sesseln zusammen.

Mordecai nahm Rafters hübsche kleine Aufstellung auseinander. Es sei ihm vollkommen egal, wie Gerichte in Dallas oder Seattle entschieden hätten, und er sehe auch keinen Zusammenhang mit dem vorliegenden Fall. Er interessiere sich nicht für die Feinheiten der Rechtsprechung in Omaha. Er wisse, was er aus einem Schwurgericht in Washington, D.C., herausholen könne, und allein darauf komme es an. Wenn sie dächten, sie könnten sich mit ein bisschen Kleingeld freikaufen, sei es wohl besser, wenn er jetzt gehe.

Während Rafter noch nach einem Schlupfloch suchte, sagte Arthur: »Darüber kann man verhandeln.«

Rafters Aufstellung hatte die zu erwartenden Zivilstrafen außer Acht gelassen, und darauf wies Mordecai jetzt hin. »Da hat ein reicher Anwalt aus einer reichen Kanzlei mit vollem Wissen zugelassen, dass eine ungesetzliche Zwangsräumung durchgeführt wird, und die direkte Folge davon ist, dass meine Mandanten auf der Straße sitzen, wo sie bei dem Versuch, sich zu wärmen, sterben. Ein wunderschöner Fall für eine Zivilstrafe, meine Herren, besonders hier, im District.«

»Hier, im District« konnte nur heißen: eine schwarze Jury.

»Darüber kann man verhandeln«, sagte Arthur noch einmal. »An welche Summe hatten Sie gedacht?«

Wir hatten darüber gesprochen, mit welcher Forderung wir beginnen sollten. In der Klageschrift hatten wir zehn Millionen verlangt, aber diese Zahl war aus der Luft gegriffen. Es hätten ebenso gut vierzig oder fünfzig oder hundert Millionen sein können.

»Eine Million für jedes verstorbene Opfer«, sagte Mordecai. Die Worte waren wie Keulenschläge. Die anderen hörten sie wohl, doch es dauerte einen Augenblick, bis ihnen ihre Bedeutung aufging.

»Fünf Millionen?«, fragte Rafter fast unhörbar.

»Fünf Millionen«, donnerte Mordecai. »Eine Million für jedes verstorbene Opfer.«

Alle vier wandten sich ihren Notizblöcken zu und schrieben einige Sätze auf.

Nach einer Weile meldete Arthur sich wieder zu Wort und erklärte, unsere Beweisführung sei nicht schlüssig: Eine höhere Gewalt – der Schneesturm – sei zumindest teilweise für die Tode verantwortlich. Es folgte eine lange Diskussion über das Wetter im Allgemeinen und besonderen, die Mordecai mit den Worten beendete: »Die Geschworenen wissen, dass es im Februar kalt ist, dass es im Februar schneit und dass es im Februar auch Schneestürme geben kann.«

Jedes Mal wenn er das Wort »Jury« oder »Geschworene« gebrauchte, verstummten die Gegenparteien.

»Sie haben eine Heidenangst vor einem Prozess«, sagte er.

Er erklärte ihnen, unsere Beweisführung sei stark genug, um ihren Angriffen zu widerstehen. Die Zwangsräumung sei vorsätzlich oder grob fahrlässig durchgeführt worden. Diese wunderbar einfache Beweisführung werde jeder Jury im ganzen Land einleuchten, doch hier, im District, werde sie besonders gut ankommen.

Arthur gab es auf, das Verschulden der Kanzlei zu bestreiten, und spielte die stärkste Karte aus: mich. Insbesondere die Tatsache, dass ich die Akte aus Chances Büro entwendet hatte, nachdem man mir gesagt hatte, ich dürfe sie nicht einsehen. In diesem Punkt gab es keinen Verhandlungsspielraum. Sie seien bereit, die Anzeige gegen mich zurückzuziehen, sobald man im Zivilverfahren einen Vergleich erzielt habe, doch dem Disziplinarverfahren aufgrund ihrer Beschwerde würde ich mich stellen müssen.

»Was wollen sie?«, fragte ich.

»Eine zweijährige Aberkennung der Zulassung«, sagte Mordecai ernst.

Ich brachte kein Wort heraus. Zwei Jahre, kein Verhandlungsspielraum.

»Ich hab ihnen gesagt, dass sie verrückt sind«, sagte er, allerdings nicht so nachdrücklich, wie ich es mir gewünscht hätte. »Das kommt nicht in Frage.«

Es war leichter zu schweigen. In Gedanken wiederholte ich die Worte: *Zwei Jahre, zwei Jahre.*

Sie sprachen noch eine Weile über Geld, ohne zu einer Einigung zu kommen. Abgesehen von der Vereinbarung, möglichst bald wieder zusammenzukommen, einigten sie sich eigentlich über gar nichts.

Zum Schluss überreichte Mordecai ihnen eine Kopie der im Namen von Marquis Deese verfassten Klage, die wir demnächst einreichen würden. Darin wurden dieselben drei Beklagten benannt und die bescheidene Summe von fünfzigtausend Dollar gefordert. Es würden noch weitere folgen, versprach Mordecai. Wir wollten jede Woche ein paar Klagen einreichen, bis alle Opfer der Zwangsräumung ihre Forderung geltend gemacht hatten.

»Wollen Sie damit zur Zeitung gehen?«, fragte Rafter.

»Warum nicht?«, sagte Mordecai. »Sobald die Klage eingereicht ist, ist sie ein öffentliches Dokument.«

»Ich frage nur, weil wir schon genug Presseberichte hatten.«

»Wir haben nicht angefangen mit dem Wettpinkeln.«

»Was?«

»Sie haben die Story von Mr. Brocks Verhaftung an die Presse weitergegeben.«

»Das haben wir nicht.«

»Woher hatte die *Post* dann sein Foto?«

Arthur sagte Rafter, er solle den Mund halten.

Ich saß allein in meinem Büro, starrte die Wand an und brauchte eine Stunde, um zu begreifen, dass dieser Vergleich vernünftig war. Die Kanzlei war bereit, eine Menge Geld zu bezahlen, um weitere Demütigungen sowie das Spektakel eines Prozesses zu vermeiden, der ernsthaften finanziellen Schaden anrichten konnte. Wenn ich ihnen die Akte aushändigte, würden sie die Anzeige zurückziehen. Alles würde friedlich beigelegt werden können – doch in einem Punkt forderte die Kanzlei Satisfaktion.

Ich war nicht nur ein Verräter, sondern in ihren Augen auch für den ganzen Schlamassel verantwortlich. Ich war die Verbindung zwischen ihren gut gehüteten schmutzigen Geheimnissen und der Bloßstellung durch ein öffentliches Verfahren. Die Schande allein war Grund genug, mich zu hassen, und die Aussicht, sich von einem Teil ihres geliebten Geldes trennen zu müssen, verstärkte nur ihren Hunger nach Rache.

Und das alles hatte ich, zumindest ihrer Meinung nach, mit Insiderwissen erreicht. Offenbar wussten sie nichts von Hectors Beteiligung. Ich hatte die Akte gestohlen, ihr die Informationen entnommen, die ich brauchte, und daraus die Klage formuliert.

Ich war ein Judas. Schweren Herzens musste ich zugeben, dass ich sie verstand.

36

Noch lange nachdem Sofia und Abraham gegangen waren, saß ich im Halbdunkel meines Büros. Mordecai trat ein und setzte sich auf einen der Klappstühle, die ich für sechs Dollar auf dem Flohmarkt gekauft hatte. Sie passten sogar zusammen – der Vorbesitzer hatte sie dunkelbraun gestrichen. Sie waren sehr hässlich, aber ich brauchte wenigstens nicht mehr zu befürchten, dass Besucher oder Mandanten mitten im Satz plötzlich auf dem Boden saßen.

Ich wusste, dass Mordecai den ganzen Nachmittag telefoniert hatte, doch ich war nicht in seinem Büro gewesen.

»Ich habe viel Zeit am Telefon verbracht«, sagte er. »Die Dinge entwickeln sich schneller, als wir gedacht hatten.«

Ich hatte nichts zu sagen und hörte zu.

»Ich habe hin und her telefoniert, mit Jacobs und mit Richter DeOrio. Kennen Sie DeOrio?«

»Nein.«

»Er ist einer von der harten Sorte, aber gut, fair und einigermaßen liberal. Er hat vor vielen Jahren bei einer großen Kanzlei angefangen und dann aus irgendwelchen Gründen beschlossen, lieber Richter zu werden. Hat das große Geld ausgeschlagen. Er erledigt mehr Fälle als jeder andere Richter in der Stadt, und zwar, weil er die Anwälte klein hält. Sehr autoritär. Er will alles beigelegt haben, und wenn ein Fall nicht beigelegt werden kann, setzt er das Verfahren so schnell wie möglich an. Er hat die fixe Idee, dass seine Prozessliste kurz sein soll.«

»Ich glaube, ich habe seinen Namen schon mal gehört.«

»Das will ich hoffen. Sie sind seit sieben Jahren Anwalt in dieser Stadt.«

»Ich war Anwalt für Kartellrecht. In einer großen Kanzlei. Irgendwo dort oben.«

»Jedenfalls haben wir uns auf Folgendes geeinigt: Wir treffen uns morgen um eins in DeOrios Gerichtssaal. Es werden alle Beteiligten anwesend sein: die drei Beklagten mit ihren Anwälten, ich, Sie, die Treuhänderin – alle, die irgendwie an diesem Fall beteiligt sind.«

»Ich?«

»Ja. Der Richter will, dass Sie anwesend sind. Er sagt, Sie können sich auf die Geschworenenbank setzen und zuhören, aber er will, dass Sie dabei sind. Und er will, dass Sie ihm die Akte geben.«

»Mit Vergnügen.«

»In gewissen Kreisen ist er dafür bekannt, dass er die Presse hasst. Reporter werden regelmäßig aus dem Saal gewiesen, Fernsehteams müssen dreißig Meter Abstand zur Tür halten. Er ist bereits verärgert über den Wirbel, der um diesen Fall gemacht wird, und will nicht, dass irgendetwas an die Presse weitergegeben wird.«

»Eine Klage ist ein öffentliches Dokument.«

»Ja, aber er kann sie zeitweilig sperren, wenn er will. Ich glaube nicht, dass er das tun wird, aber er hat uns gewarnt.«

»Und er will eine Beilegung?«

»Natürlich will er das. Er ist schließlich Richter, oder? Jeder Richter will, dass sein Fälle beigelegt werden. Dann hat er mehr Zeit zum Golfspielen.«

»Wie denkt er über unseren Fall?«

»Er lässt sich nicht in die Karten sehen, aber er hat darauf bestanden, dass die Vorstandsvorsitzenden der drei Beklagten persönlich anwesend sind – nicht bloß irgendwelche Befehlsempfänger. Es sollen die Leute im Saal sein, die an Ort und Stelle Entscheidungen fällen können.«

»Gantry?«

»Gantry wird ebenfalls kommen. Ich habe mit seinem Anwalt gesprochen«

»Weiß er, dass er am Eingang durch einen Metalldetektor gehen muss?«

»Wahrscheinlich. Er ist nicht das erste Mal vor Gericht. Jacobs und ich haben dem Richter von dem Angebot erzählt. Er hat nicht reagiert, aber ich glaube nicht, dass er beeindruckt war. Er hat schon einige teure Urteile gefällt. Und er kennt die Geschworenen.«

»Und was ist mit mir?«

Mein Freund Mordecai suchte nach Worten, die ehrlich und tröstlich zugleich sein sollten. »Er wird die harte Linie vertreten.«

Daran war nichts Tröstliches. »Und was wäre eine faire Entscheidung, Mordecai? Es geht um meinen Kopf. Ich habe nicht genug Abstand zu der Sache.«

»Es ist keine Frage der Fairness. Sie haben die Akte an sich genommen, um ein Unrecht aufzudecken und wieder gutzumachen. Sie hatten nicht die Absicht, sie zu stehlen – Sie wollten sie nur für eine Stunde ausleihen. Es war eine ehrenwerte Tat, aber es war trotzdem ein Diebstahl.«

»Hat DeOrio es als Diebstahl bezeichnet?«

»Ja. Einmal.«

Der Richter war also ebenfalls der Ansicht, dass ich ein Dieb war. Das schienen langsam alle zu denken. Ich hatte nicht den Mut, Mordecai nach seiner Meinung zu fragen. Vielleicht hätte er mir die Wahrheit gesagt, und die wollte ich nicht hören.

Er verlagerte sein erhebliches Gewicht. Der Stuhl knackte, hielt aber stand. Ich war stolz auf meine Erwerbung. »Ich will Ihnen was sagen: Ein Wort von Ihnen, und wir blasen die ganze Sache ab. Uns liegt nichts an einem derartigen Vergleich – eigentlich liegt niemandem daran. Die Opfer sind tot. Ihre Erben sind entweder unbekannt oder im Gefängnis. So oder so – mein Leben wird sich durch einen schönen Vergleich nicht im Mindesten verändern. Es ist Ihr Fall. Wenn Sie zum Hörer greifen wollen, tun Sie's.«

»So einfach ist das nicht, Mordecai.«

»Warum nicht?«

»Ich habe Angst vor dem Strafverfahren.«

»Das sollten Sie auch. Aber sie werden die Anzeige zurückziehen. Sie werden die Beschwerde bei der Anwaltskammer zurückziehen. Ich könnte Jacobs anrufen und ihm sagen, dass wir alles zurückziehen, wenn sie ebenfalls alles zurückziehen. Beide Seiten vergessen die ganze Geschichte. Er wäre sofort einverstanden. Ganz klar.«

»Die Presse würde uns in der Luft zerreißen.«

»Na und? Was kümmert uns das? Glauben Sie, unsere Mandanten geben etwas darauf, was die *Washington Post* schreibt?«

Er spielte den Advocatus diaboli und vertrat Standpunkte, an die er selbst nicht glaubte. Mordecai wollte mich schützen, aber er wollte auch Drake & Sweeney bluten lassen.

Manche Leute kann man nicht vor sich selbst schützen.

»Na gut, stellen wir uns mal vor, wir blasen die ganze Sache ab«, sagte ich. »Was haben wir dann erreicht? Sie kommen mit einem Mord davon. Sie sind allein verantwortlich für die gesetzwidrige Zwangsräumung und letztlich auch für den Tod unserer Mandanten, und wir sollen sie davonkommen lassen? Wollen Sie darauf hinaus?«

»Es ist die einzige Möglichkeit, Ihnen die Aberkennung Ihrer Zulassung zu ersparen.«

»Es geht doch nichts über ein bisschen Druck, Mordecai«, sagte ich ein bisschen zu bitter.

Aber er hatte Recht. Es war meine Beerdigung, und so war es nur recht und billig, dass ich es war, der die grundlegenden Entscheidungen traf. Ich hatte die Akte an mich genommen – und das war nicht nur dumm, sondern auch moralisch und rechtlich falsch gewesen.

Mordecai Green wäre schwer enttäuscht gewesen, wenn ich plötzlich kalte Füße bekommen hätte. Er hatte sein Leben der Aufgabe gewidmet, bemitleidenswerten Menschen zu helfen, wieder auf eigenen Beinen zu stehen. Er fühlte sich den Obdachlosen und Hoffnungslosen verbunden, denen, die nur wenig bekamen und nur die grundlegenden Dinge des Lebens wollten: eine Mahlzeit, ein trockenes Bett, eine anständig bezahlte Arbeit, eine kleine, erschwingliche Wohnung. Es geschah nicht oft, dass man die Probleme eines Mandanten so unmittelbar zu den Machenschaften großer Unternehmen in Beziehung setzen konnte.

Geld bedeutete Mordecai nichts. Da sich eine große Schadenersatzsumme wenig oder gar nicht auf sein Leben auswirken würde und die Mandanten, wie er gesagt hatte, entweder tot oder unbekannt oder im Gefängnis waren, hätte er, wäre ich nicht gewesen, niemals einen gerichtlichen Vergleich in Erwägung gezogen. Mordecai wollte einen Prozess, ein riesiges, lautes Spektakel mit Scheinwerfern und Kameras und vielen Zeitungsartikeln, und im Mittelpunkt würde nicht er selbst, sondern das Elend seiner Mitmenschen stehen. In Prozessen geht es nicht immer um individuelle Verfehlungen; manchmal ist ein Prozess auch eine Tribüne, von der aus man Reden an ein größeres Publikum hält.

Meine Anwesenheit machte alles nur komplizierter. Mein zartes, bleiches Gesicht konnte hinter Gittern landen. Meine Zulassung als Anwalt und damit mein Lebensunterhalt standen auf dem Spiel.

»Ich bin dabei, Mordecai.«

»Das hatte ich nicht anders erwartet.«

»Mal angenommen, wir überreden sie, eine Summe zu zahlen, mit der wir leben können, die Anzeige wird zurückgezogen, es ist alles geklärt bis auf die Frage meiner Zulassung. Und wenn ich mich mit einer zeitweiligen Aberkennung einverstanden erkläre? Was passiert dann?«

»Erstens werden Sie dann die Demütigung eines Disziplinarverfahrens über sich ergehen lassen.«

»Was, so unangenehm es auch klingt, nicht das Ende der Welt wäre«, sagte ich und versuchte, stark und unerschütterlich zu klingen. In Wirklichkeit machte mir die Vorstellung schreckliche Angst. Warner, meine Eltern, meine Freunde, meine ehemaligen Kommilitonen, Claire, all die guten Leute bei Drake & Sweeney – vor meinem geistigen Auge sah ich ihre Gesichter in dem Augenblick, in dem sie die Nachricht erhielten.

»Zweitens können Sie für die Zeit der zeitweiligen Aberkennung nicht als Anwalt tätig sein.«

»Verliere ich in diesem Fall meine Stelle?«

»Natürlich nicht.«

»Was werde ich dann also tun?«

»Tja, Sie behalten dieses Büro. Sie machen Beratungen beim CCNV, im Samaritan House, in der Redeemer Mission und den anderen Häusern, die Sie bereits kennen. Sie bleiben Teilhaber des Rechtsberatungsbüros. Sie sind dann eben kein Anwalt mehr, sondern Sozialarbeiter.«

»Dann bleibt also alles beim Alten?«

»So ziemlich. Sehen Sie sich Sofia an. Sie hat mehr Mandanten als wir anderen zusammengenommen, und die halbe Stadt denkt, sie sei Rechtsanwältin. Wenn ein Fall vor Gericht geht, übernehme ich ihn. Und genauso werden wir es bei Ihnen machen.«

Die Regeln des Rechts der Straße wurden von denen geschrieben, die dieses Recht praktizierten.

»Und wenn man mich erwischt?«

»Keiner kümmert sich darum. Die Grenze zwischen Sozialarbeit und Sozialrecht ist nicht immer ganz klar.«

»Zwei Jahre sind eine lange Zeit.«

»Einerseits ja, andererseits nein. Und wir müssen ja nicht mit einer zweijährigen Aberkennung einverstanden sein.«

»Ich denke, da gibt es keinen Verhandlungsspielraum.«

»Morgen wird es ihn geben, in jedem Punkt. Aber Sie müssen ein bisschen nachforschen. Suchen Sie ähnliche Fälle, wenn es welche gibt. Finden Sie heraus, wie andere Gerichte in ähnlichen Fällen entschieden haben.«

»Sie glauben, so etwas ist schon einmal vorgekommen?«

»Vielleicht. In Amerika gibt es inzwischen eine Million Anwälte. Und Anwälte waren schon immer sehr einfallsreich, wenn es darum ging, Mist zu bauen.«

Er hatte noch eine Verabredung und war bereits spät dran. Ich dankte ihm, und wir gingen hinaus und schlossen ab.

Ich fuhr zur juristischen Fakultät der Georgetown University in der Nähe des Capitol Hill. Die Bibliothek war bis Mitternacht geöffnet. Es war ein idealer Ort, um sich zu verstecken und über das Leben eines ungeratenen Anwalts nachzudenken.

37

DeOrios Gerichtssaal befand sich in der ersten Etage des Carl Moultrie Buildings, und auf dem Weg dorthin kamen wir an Richter Kisners Gerichtssaal vorbei, in dem mein Fall von schwerem Diebstahl auf den nächsten Schritt im mühseligen Prozess der Wahrheitsfindung wartete. Die Korridore waren voller geschäftig hin und her eilender Anwälte – Strafverteidiger und arme Schlucker, die im Kabelfernsehen oder auf den Bänken in Bushaltestellen warben. Sie berieten sich mit ihren Mandanten, die fast allesamt aussahen, als wären sie schuldig. Ich konnte nicht glauben, dass mein Name zwischen den ihren auf einer Prozessliste stand.

Der Zeitpunkt unseres Eintreffens erschien mir wichtig. Mordecai fand das eher albern. Wir hatten nicht vor, zu spät zu kommen – DeOrio war ein Pünktlichkeitsfanatiker –, doch ich wollte um keinen Preis zehn Minuten zu früh dort sein und mich den Blicken und dem Geflüster aussetzen, und schon gar nicht dem vor Prozessbeginn üblichen banalen Geplauder von Donald Rafter und Arthur Jacobs und den Leuten, die sie möglicherweise mitgebracht hatten. Und ich wollte nicht mit Tillman Gantry in einem Raum sein, es sei denn, der Richter war ebenfalls anwesend.

Ich wollte mich auf die Geschworenenbank setzen, mir alles anhören und von allen in Ruhe gelassen werden. Um zwei Minuten vor eins traten wir ein.

DeOrios Gerichtsgehilfin gab Kopien der Verhandlungspunkte aus und wies uns die Plätze an: Ich setzte mich allein und zufrieden auf die Geschworenenbank, und Mordecai nahm daneben, am Tisch der Klägerpartei, Platz.

Dort saß bereits Wilma Phelan, die Treuhänderin, die ein gelangweiltes Gesicht machte, weil sie über nichts, was hier verhandelt werden sollte, im Bilde war.

Der Tisch der beklagten Partei war ein anschauliches Beispiel für eine strategische Anordnung. Die Anwälte von Drake & Sweeney saßen am einen Ende, Tillman Gantry und seine beiden Anwälte am anderen, und dazwischen, als Puffer sozusagen, hatten zwei Vorstandstypen von RiverOaks und ihre drei Anwälte Stellung bezogen. Auf der Liste der Verhandlungspunkte waren auch die Namen aller Anwesenden aufgeführt. Für die Verteidigung zählte ich dreizehn.

Da Gantry ein ehemaliger Zuhälter war, hatte ich angenommen, er werde viele Ringe an den Fingern und im Ohr haben und auffallend gekleidet sein, doch er trug einen gut sitzenden dunkelblauen Anzug, und sein Erscheinungsbild war besser als das seiner Anwälte. Er war in Unterlagen vertieft und beachtete seine Umgebung nicht.

Ich sah Arthur, Rafter und Nathan Malamud. Und Barry Nuzzo. Ich war fest entschlossen, mich nicht verblüffen zu lassen, doch mit Barrys Anwesenheit hatte ich nicht gerechnet. Indem die Kanzlei zu dieser Verhandlung drei ehemalige Geiseln entsandte, ließ sie mir eine subtile Nachricht zukommen: Keiner der anderen Anwälte, die in Misters Gewalt gewesen waren, hatte durchgedreht. Was war mit mir? Warum war ich ein Weichei?

Der fünfte in ihrer Gruppe war L. James Suber, ein Anwalt ihrer Versicherungsgesellschaft. Drake & Sweeney war gegen Verletzungen der Sorgfaltspflicht selbstverständlich hoch versichert, doch ich bezweifelte, dass dieser Fall gedeckt war. In der Police waren vorsätzliche Handlungen – wie der Diebstahl durch einen

Mitarbeiter oder die mutwillige Verletzung der standesrechtlichen Richtlinien – ausdrücklich ausgeschlossen. Fahrlässigkeit war gedeckt, Vorsätzlichkeit nicht. Braden Chance hatte nicht einfach ein Gesetz, eine Klausel oder eine vorgeschriebene Verfahrensweise übersehen, sondern die wohlerwogene Entscheidung getroffen, die Zwangsräumung vornehmen zu lassen, obwohl er darüber informiert gewesen war, dass die Bewohner juristisch betrachtet Mieter waren.

Auf einem Nebenkriegsschauplatz, vor unseren Blicken verborgen, würde es noch einen bösen Kampf zwischen Drake & Sweeney und der Versicherungsgesellschaft geben. Sollten sie kämpfen.

Um Punkt ein Uhr erschien DeOrio und ging zu seinem Platz. »Guten Tag«, sagte er barsch und setzte sich. Er trug eine Robe, und das erschien mir eigenartig, denn es handelte sich nicht um ein formelles Gerichtsverfahren, sondern um eine inoffizielle Vergleichsverhandlung.

Er stellte sein Mikrofon ein und sagte: »Mr. Burdick, bitte halten Sie die Tür verschlossen.« Mr. Burdick war der uniformierte Gerichtsdiener, der an der Tür stand. Die Zuschauerbänke waren vollkommen leer. Es war eine sehr private Verhandlung.

Ein Gerichtsschreiber begann, alles Gesagte mitzuschreiben.

»Meine Gehilfin hat mir gesagt, dass alle Parteien und ihre Anwälte anwesend sind«, sagte DeOrio und sah mich an, als wäre ich irgendein Vergewaltiger. »Der Zweck dieser Verhandlung ist die Beilegung des Falles. Nachdem ich gestern ausführlich Gelegenheit hatte, mit den beteiligten Anwälten zu sprechen, bin ich zu dem Schluss gekommen, dass eine Verhandlung wie diese zu diesem Zeitpunkt möglicherweise hilfreich sein könnte. Ich habe noch nie so kurz nach der Klageeinreichung eine Vergleichsverhandlung geführt, aber da alle Parteien einverstanden waren, ist die Zeit vielleicht nicht verschwendet. Der erste Punkt betrifft die Vertraulichkeit. Nichts von dem, was hier gesagt wird, darf, auf welche Weise auch immer, an die Presse weitergeleitet werden. Habe ich mich klar ausgedrückt?« Er sah Mordecai und dann mich an. Die Köpfe der Männer am Tisch der Verteidigung wandten sich ebenfalls uns zu. Ich wäre am liebsten aufgestanden und hätte sie daran erinnert, dass sie damit angefangen hatten, Informationen an die Presse durchsickern zu lassen. Wir hatten zwar die schwersten Schläge gelandet, aber sie waren es, die den ersten geführt hatten.

Die Gehilfin reichte uns eine kurze Erklärung, in der wir uns verpflichteten, Stillschweigen zu bewahren. Es war ein Vordruck, in den nur unsere Namen eingesetzt waren. Ich unterschrieb und reichte sie ihr zurück.

Ein Anwalt, der unter Druck steht, kann keine zwei Absätze lesen und eine schnelle Entscheidung treffen. »Gibt es da ein Problem?«, fragte DeOrio die Vertreter von Drake & Sweeney. Sie suchten nach Schlupflöchern. Das hatte man uns beigebracht.

Sie unterschrieben, und die Gehilfin sammelte die Vordrucke ein.

»Wir werden die Verhandlungspunkte nacheinander durchgehen«, sagte der Richter. »Zunächst also die Zusammenfassung der Fakten und der Haftungstheorie. Da Sie, Mr. Green, die Klage eingereicht haben, dürfen Sie beginnen. Sie haben fünf Minuten.«

Mordecai erhob sich. Er sprach frei, mit den Händen in den Taschen, und wirkte ganz entspannt. In zwei Minuten hatte er den Fall in klaren, knappen Worten geschildert und setzte sich. Richter DeOrio schätzte Leute, die sich kurz fassten.

Für die Beklagten sprach Arthur. Er erkannte die Fakten an, bestritt aber irgendeine Haftung seitens der Beklagten. Die größte Schuld hatte nach seinen Worten der

»unverhoffte« Schneesturm, der über die Stadt hereingebrochen sei und allen Einwohnern das Leben schwer gemacht habe.

Er stellte auch Lontae Burtons Handlungen in Frage.

»Es gab doch Orte, an denen sie Zuflucht hätte suchen können«, sagte er. »Die Notunterkünfte waren geöffnet. Die Nacht zuvor hatte sie mit vielen anderen Menschen im Keller einer Kirche verbracht. Warum ist sie nicht wieder dorthin gegangen? Ich weiß es nicht. Es hat sie, soweit wir wissen, niemand dazu gezwungen. Ihre Großmutter hat eine Wohnung in Northeast. War Mrs. Burton nicht wenigstens teilweise für diese Tragödie verantwortlich? Hätte sie nicht mehr tun können, um ihre kleine Familie zu beschützen?«

Es war Arthurs einzige Gelegenheit, der toten Mutter eine Schuld zuzuschieben. In etwa einem Jahr würden Leute auf der Geschworenenbank sitzen, die anders aussahen als ich, und vor diesem Publikum würden Arthur und jeder andere Anwalt, der Herr seiner Sinne war, sich hüten, auch nur anzudeuten, Lontae Burton sei zumindest teilweise für den Tod ihrer Kinder verantwortlich.

»Warum musste sie überhaupt auf der Straße übernachten?«, fragte DeOrio scharf, und ich lächelte beinahe.

Arthur ließ sich nicht aus dem Konzept bringen. »Im Interesse eines Vergleichs sind wir bereit einzuräumen, dass die Zwangsräumung gesetzwidrig war, euer Ehren.«

»Danke.«

»Nichts zu danken. Wir möchten nur betonen, dass unseres Erachtens ein Teil der Verantwortung bei der Mutter liegt.«

»Ein wie großer Teil?«

»Fünfzig Prozent.«

»Das ist zu viel.«

»Das glauben wir nicht, euer Ehren. Mag sein, dass sie durch unsere Schuld auf der Straße gelandet ist, aber dort war sie bereits eine Woche, bevor sich die Tragödie ereignete.«

»Mr. Green.«

Mordecai erhob sich und schüttelte den Kopf, als wäre Arthur ein Erstsemester, der sich die elementaren Grundsätze der Rechtsprechung erst noch aneignen musste. »Es geht hier nicht um Menschen, die sich jederzeit eine Wohnung mieten könnten, Mr. Jacobs. Darum bezeichnet man sie ja als Obdachlose. Sie geben zu, dass Sie es waren, die diese Frau und ihre Kinder auf die Straße gesetzt haben, wo sie dann gestorben sind. Diesen Punkt würde ich gern in Anwesenheit von Geschworenen diskutieren.«

Arthur ließ die Schultern hängen. Rafter, Malamud und Barry lauschten auf jedes Wort, und ihre Gesichter verrieten ihr Entsetzen bei dem Gedanken an Mordecai Greens möglichen Auftritt vor Geschworenen seinesgleichen.

»Eine Haftung ist gegeben, Mr. Jacobs«, sagte DeOrio. »Sie können die Frage, ob die Mutter fahrlässig gehandelt hat, natürlich den Geschworenen vorlegen, wenn Sie wollen, aber ich würde es Ihnen nicht empfehlen.« Mordecai und Arthur setzten sich.

Wenn wir im Verfahren die Haftung der Beklagten nachweisen konnten, würden die Geschworenen über die Höhe des Schadenersatzes beraten. Das war also der nächste Verhandlungspunkt. Rafter präsentierte den Bericht über die neuesten Trends in der Schadenersatzberechnung, den wir bereits kannten. Er sprach darüber, wie viel ein totes Kind nach gängigen Berechnungen wert war. Doch als er Lontaes beruflichen Werdegang und ihren zu erwartenden Verdienstausfall schilderte, wurde er sehr weitschweifig und machte dasselbe Angebot wie am Tag zuvor: siebenhundertsiebzigtausend Dollar. Diesen Betrag ließ er ins Protokoll aufnehmen.

»Ich nehme an, das ist nicht Ihr letztes Angebot, Mr. Rafter«, sagte DeOrio. Sein Ton ließ keinen Zweifel daran, dass er sehr hoffte, dies möge nicht das letzte Angebot sein.

»Nein, euer Ehren«, sagte Rafter.

»Mr. Green.«

Mordecai stand auf. »Wir lehnen das Angebot ab, euer Ehren. Diese so genannten Trends sind für uns unerheblich. Mich interessiert nur die Summe, von der ich die Geschworenen überzeugen kann, und die wird, bei allem Respekt vor Mr. Rafter, sehr viel höher sein, als das, was er hier angeboten hat.«

Niemand im Gerichtssaal zweifelte an seinen Worten.

Er bestritt die Behauptung der Gegenpartei, ein totes Kind sei nur fünfzigtausend Dollar wert, und deutete an, in diese Berechnung seien die gängigen Vorurteile über obdachlose und obendrein schwarze Kinder eingeflossen. Gantry war der Einzige am Tisch der Beklagten, der sich nicht wand. »Ihr Sohn geht in St. Alban's zur Schule, Mr. Rafter. Würden Sie für seinen Verlust fünfzigtausend Dollar akzeptieren?«

Rafters Nase war noch zehn Zentimeter von seinem Notizblock entfernt.

»Ich kann jede Jury in diesem Gerichtssaal davon überzeugen, dass die beklagte Partei für jedes dieser drei kleinen Kinder mindestens eine Million bezahlen muss – genauso viel wie für irgendein Kind, das in Virginia oder Maryland in einen teuren Vorschulkindergarten geht.«

Das war ein Tiefschlag. Jeder wusste, in welche Schulen die Kinder unserer Gegner gingen.

Rafter war in seinem Vortrag nicht auf das Leid der Opfer eingegangen, und darum erzählte Mordecai nun ausführlich, wie die Burtons die letzten Stunden ihres

Lebens verbracht hatten. Er schilderte ihre Suche nach einem warmen Unterschlupf und Essen, er schilderte den Schnee, die bittere Kälte und die Angst vor dem Erfrierungstod, er schilderte, wie sie sich verzweifelt bemüht hatten, nicht getrennt zu werden, und wie sie den Schrecken erlebt hatten, mitten in einem Schneesturm in einem klapprigen Wagen mit laufendem Motor zu sitzen und die Tankanzeige im Auge zu behalten.

Es war eine beeindruckende Vorstellung, aus dem Stegreif dargeboten von einem begnadeten Geschichtenerzähler. Als Geschworener hätte ich ihm einen Blankoscheck gegeben.

»Erzählen Sie mir nichts von Leid«, sagte er barsch in Richtung Drake & Sweeney. »Davon haben Sie nämlich keine blasse Ahnung.«

Er sprach über Lontae, als hätte er sie jahrelang gekannt. Sie sei eine junge Frau gewesen, die von Anfang an keine Chance gehabt und alle vorhersehbaren Fehler gemacht habe, die aber – und das sei weit bedeutsamer – ihre Kinder geliebt und verzweifelt versucht habe, der Armut und dem Leben auf der Straße zu entkommen. Sie habe sich ihrer Vergangenheit und ihrer Sucht gestellt und sei dabei gewesen, ein Leben ohne Drogen zu führen, als sie von den Beklagten auf die Straße gesetzt worden sei.

Der Ton seiner Stimme hob und senkte sich, schwoll an, wenn Mordecai seiner Verachtung Ausdruck gab, und wurde leiser, wenn er von Schuld und Scham sprach. Kein Wort zu wenig, kein Wort zu viel. Er gab ihnen einen kleinen Vorgeschmack auf das, was er den Geschworenen vortragen würde.

Arthur hatte das Scheckbuch, und es brannte ihm wahrscheinlich gerade ein Loch in die Tasche.

Das Beste sparte Mordecai für den Schluss auf. Er erläuterte den Sinn und Zweck von Zivilstrafen: Sie seien dazu da, Übeltäter zu bestrafen und Exempel zu statuieren, damit diese Menschen von weiteren Übeltaten absahen. Er legte die Verfehlungen bloß, die sich die Beklagten hatten zuschulden kommen lassen – reiche Leute, die keinen Gedanken an Menschen verschwendeten, denen das Schicksal weniger freundlich gesonnen war. »Das sind bloß ein paar Hausbesetzer!«, rief er. »Schmeißen wir sie raus!«

Ihre Gier habe sie dazu getrieben, Recht und Gesetz außer Acht zu lassen. Eine rechtmäßige Räumung hätte das Projekt um mindestens dreißig Tage verzögert und das Geschäft mit der Postdirektion platzen lassen. Aber dreißig Tage später wären die schweren Winterstürme vorbei und die Straßen ein wenig sicherer gewesen.

Es sei ein typischer Fall für eine Zivilstrafe, und er habe keinen Zweifel daran, dass die Geschworenen das auch so sehen würden. Ich jedenfalls sah es genauso, und weder Arthur noch Rafter oder irgendein anderer Anwalt am Tisch der Gegenpartei wollte von Mordecai noch mehr zu diesem Thema hören.

»Wir wären einverstanden mit einer Summe von fünf Millionen«, sagte er schließlich. »Keinen Cent weniger.«

Als er geendet hatte, schwiegen alle. DeOrio machte sich ein paar Notizen und wandte sich dann der Liste der Verhandlungspunkte zu. Als Nächstes sollte es um die Akte gehen. »Haben Sie sie?«, fragte er mich.

»Ja, euer Ehren.«

»Sind Sie bereit, sie auszuhändigen?«

»Ja.«

Mordecai öffnete seine abgewetzte Aktentasche und entnahm ihr die Akte. Er übergab sie der Gerichtsgehilfin, die sie dem Richter übergab. Wir sahen zehn Minuten lang zu, wie DeOrio jede Seite überflog.

Ich fing ein paar böse Blicke von Rafter auf, aber das

störte mich nicht weiter. Er und die anderen brannten darauf, die Akte endlich wieder in Händen zu halten.

Als der Richter fertig war, sagte er: »Die Akte ist ausgehändigt, Mr. Jacobs. Ein paar Türen weiter ist deswegen ein Strafverfahren anhängig. Ich habe mit Richter Kisner darüber gesprochen. Was beabsichtigen Sie zu tun?«

»Euer Ehren, wenn wir alle anderen Streitfragen klären und beilegen können, werden wir unsere Anzeige zurückziehen.«

»Ich nehme an, das findet Ihr Einverständnis, Mr. Brock«, sagte DeOrio.

Allerdings fand das mein Einverständnis. »Ja, euer Ehren.«

»Dann also weiter zum nächsten Punkt. Wir wollen über die Beschwerde sprechen, die Drake & Sweeney vor der Anwaltskammer gegen Mr. Brock vorgebracht hat. Mr. Jacobs, würden Sie das bitte erläutern?«

»Gewiss, euer Ehren.« Arthur sprang auf und begann eine Rede, in der er meine standesrechtlichen Verfehlungen anprangerte. Er war nicht übertrieben streng, er fasste sich kurz, und das Ganze schien ihm keinen Spaß zu machen. Arthur war ein Anwalt alter Schule, der ein bestimmtes Berufsethos predigte und praktizierte. Er und die Kanzlei würden mir meinen Fehltritt nie verzeihen, aber immerhin war ich einmal einer der ihren gewesen. Mein Verstoß gegen gewisse Regeln hatte, ebenso wie Chances vorsätzliche unerlaubte Handlung, Auswirkungen auf die ganze Kanzlei gehabt.

Er schloss mit der Erklärung, ich müsse auf jeden Fall für den Diebstahl der Akte bestraft werden, da dieser einen unerhörten Vertrauensbruch gegenüber den Mandanten – RiverOaks – darstelle. Ich sei kein Verbrecher, und sie seien durchaus bereit, die Anzeige wegen schweren Diebstahls zurückzuziehen. Doch ich sei Anwalt – und sogar ein verdammt guter, wie er zugeben müsse –, und darum müsse ich zur Verantwortung gezogen werden.

Sie seien unter keinen Umständen bereit, die Beschwerde zurückzuziehen.

Seine Argumente waren vernünftig und gut vorgetragen. Sie überzeugten mich. Die Anwälte von RiverOaks würden besonders hartnäckig auf eine Bestrafung dringen.

»Mr. Brock«, sagte DeOrio. »Haben Sie etwas zu erwidern?«

Ich hatte nichts vorbereitet, doch ich hatte keine Scheu aufzustehen und zu sagen, was mir durch den Kopf ging. Ich sah Arthur an und sagte: »Mr. Jacobs, ich hatte und habe den größten Respekt vor Ihnen. Es gibt nichts, was ich zu meiner Verteidigung vorbringen könnte. Es war falsch, die Akte an mich zu nehmen, und ich habe seitdem tausendmal gewünscht, ich hätte es nicht getan. Ich habe nach Informationen gesucht, die, wie ich wusste, geheim bleiben sollten, aber das ist keine Entschuldigung. Ich möchte mich bei Ihnen, den anderen Anwälten und Mitarbeitern der Kanzlei und Ihrem Mandanten RiverOaks entschuldigen.«

Ich setzte mich und brachte es nicht fertig, sie anzusehen. Mordecai sagte mir später, meine Zerknirschung habe die Temperatur im Saal um drei Grad ansteigen lassen.

Dann traf DeOrio eine kluge Entscheidung: Er ging zum nächsten Punkt über, nämlich zu den Schadenersatzzahlungen in den Fällen, die noch nicht behandelt worden waren. Wir wollten im Namen von Marquis Deese, Kelvin Lam und jedem anderen Opfer klagen, das wir finden konnten. DeVon Hardy und Lontae Burton waren tot, also gab es noch fünfzehn weitere potentielle Kläger. Das hatte Mordecai angekündigt, und auch der Richter wusste es.

»Wenn Sie eine Haftung ihrerseits einräumen, Mr. Jacobs«, sagte DeOrio, »müssen wir über Schadenersatzzahlungen sprechen. Wie viel bieten Sie zur Beilegung der fünfzehn anderen Fälle an?«

Arthur beriet sich flüsternd mit Rafter und Malamud und antwortete dann: »Nun, euer Ehren, wir nehmen an, dass diese Leute seit nunmehr einem Monat ohne Wohnung sind. Wenn wir ihnen fünftausend Dollar geben, können sie sich eine neue Wohnung suchen, wahrscheinlich sogar eine wesentlich komfortablere.«

»Das ist wenig«, sagte DeOrio. »Mr. Green.«

»Das ist viel zu wenig«, pflichtete Mordecai ihm bei. »Auch hier gilt: Ich beurteile einen Fall danach, was die Geschworenen vermutlich dazu sagen werden. Dieselben Beklagten, dieselbe Klage, eine ähnliche Zusammensetzung der Geschworenen – ich kann mit Leichtigkeit fünfzigtausend pro Fall bekommen.«

»Und mit wie viel wären Sie zufrieden?«, fragte DeOrio.

»Fünfundzwanzigtausend, euer Ehren.«

»Ich finde, Sie sollten annehmen«, sagte der Richter zu Arthur. »Die Forderung erscheint mir nicht überhöht.«

»Fünfundzwanzigtausend für jeden der fünfzehn Betroffenen?«, fragte Arthur. Er befand sich in einem Zweifrontenkrieg, und seine Unerschütterlichkeit geriet ins Wanken.

»Sehr richtig.«

Sie steckten die Köpfe zu einer Besprechung zusammen, bei der jeder der vier Drake & Sweeney-Anwälte sein Votum abgab. Es war bezeichnend, dass die Anwälte der anderen beiden Parteien nicht befragt wurden. Offenbar würde die Kanzlei die Rechnung bezahlen. Gantry war vollkommen gelassen – sein Geld stand nicht auf dem Spiel. RiverOaks hatte vermutlich damit gedroht, eine eigene Klage gegen die Kanzlei anzustrengen, wenn der Fall nicht beigelegt werden sollte.

»Wir akzeptieren fünfundzwanzigtausend«, sagte Arthur leise, und Drake & Sweeney war um dreihundertfünfundsiebzigtausend Dollar ärmer.

DeOrios Klugheit bestand darin, dass er wusste, wie man das Eis brach. Er wusste, dass er sie zwingen konnte, kleinere Forderungen zu akzeptieren, und wenn das Geld erst einmal floß, würde es nicht mehr aufhören, bis wir fertig waren.

Im Jahr zuvor hatte ich nach Abzug meines Gehalts und meines Bonus, und nachdem man ein Drittel des durch mich eingenommenen Honorars für die laufenden Kosten beiseite gelegt hatte, vierhunderttausend Dollar zu dem großen Topf beigetragen, aus dem die Teilhaber bedient wurden. Und ich war nur einer von achthundert gewesen.

»Meine Herren, damit sind nur noch zwei Punkte ungeklärt. Der Erste betrifft das Geld: Wie viel davon wird nötig sein, um einen Vergleich zu erzielen? Der zweite betrifft Mr. Brocks Disziplinarverfahren. Wie es scheint, hängt das eine mit dem anderen zusammen. Wenn die Verhandlungen an einem solchen Punkt angelangt sind, spreche ich gern vertraulich mit beiden Parteien. Ich werde mit den Klägern beginnen. Mr. Green und Mr. Brock, würden Sie bitte ins Richterzimmer kommen?«

Die Gehilfin führte uns durch den Gang hinter dem Richtertisch in ein schön ausgestattetes Büro mit getäfelten Wänden, in dem DeOrio gerade die Robe ablegte und bei seiner Sekretärin Tee bestellte. Er bot uns auch welchen an, doch wir lehnten dankend ab. Die Gehilfin schloss die Tür, und wir waren mit Richter DeOrio allein.

»Wir kommen gut voran«, sagte er. »Ich muss Ihnen allerdings sagen, Mr. Brock, dass das Disziplinarverfahren ein ernstes Problem ist. Ist Ihnen klar, wie ernst?«

»Ich glaube schon.«

Er ließ die Finger knacken und begann auf und ab zu

gehen. »Es gab mal einen Anwalt hier im District, der was Ähnliches gemacht hat – das muss vor sieben, acht Jahren gewesen sein. Er kündigte bei seiner Kanzlei und nahm etliche brisante Unterlagen mit, und die tauchten geheimnisvollerweise in einer anderen Kanzlei auf, die diesem Anwalt einen hübschen Job angeboten hatte. Der Name des Anwalts ist mir entfallen …«

»Makovek. Brad Makovek«, sagte ich.

»Stimmt. Was ist mit ihm passiert?«

»Seine Zulassung wurde ihm für zwei Jahre aberkannt.«

»Und genau das strebt Ihre Gegenpartei an.«

»Auf keinen Fall, Richter«, sagte Mordecai. »Auf gar keinen Fall werden wir zwei Jahre akzeptieren.«

»Was würden Sie denn akzeptieren?«

»Höchstens sechs Monate. Und darüber lassen wir nicht mit uns reden. Diese Burschen haben die Hosen voll, Richter – das wissen Sie. Die haben die Hosen voll, wir nicht. Warum sollten wir uns überhaupt auf einen Vergleich einlassen? Mir wäre eine Verhandlung vor einem Schwurgericht viel lieber.«

»Er wird keine Schwurgerichtsverhandlung geben.« DeOrio blieb vor mir stehen und sah mir in die Augen. »Wären Sie mit einer sechsmonatigen Aberkennung Ihrer Zulassung einverstanden?«, fragte er.

»Ja«, sagte ich. »Aber sie müssen bezahlen.«

»Wie viel?«, fragte er Mordecai.

»Fünf Millionen. Von den Geschworenen würde ich mehr kriegen.«

DeOrio trat, tief in Gedanken, ans Fenster und kratzte sich am Kinn. »Es könnten ebenso gut sieben Millionen sein«, sagte er, ohne sich umzudrehen.

»Oder zwanzig«, sagte Mordecai.

»Wer soll das Geld bekommen?«, fragte der Richter.

»Das wird ein Albtraum«, gab Mordecai zu.

»Wie viel davon ist Ihr Honorar?«

»Zwanzig Prozent. Die Hälfte davon geht an eine Stiftung in New York.«

Der Richter drehte sich abrupt um, faltete die Hände hinter dem Kopf und begann wieder auf und ab zu gehen. »Sechs Monate sind wenig«, sagte er.

»Mehr gestehen wir nicht zu«, erwiderte Mordecai.

»Na gut. Lassen Sie mich mit der anderen Partei sprechen.«

Unsere Unterredung mit DeOrio hatte nicht einmal fünfzehn Minuten gedauert. Die bösen Buben brauchten eine Stunde. Aber sie waren ja auch diejenigen, die sich um das Geld stritten.

Wir tranken Cola auf einer Bank in der geschäftigen Eingangshalle und betrachteten schweigend die zahllosen Anwälte, die auf der Jagd nach Gerechtigkeit und Mandanten vorübereilten.

Wir gingen in den Korridoren auf und ab und sahen die verängstigten Menschen, die wegen der verschiedensten Vergehen vor den Richtertisch geführt wurden. Mordecai unterhielt sich mit ein paar Anwälten, die er kannte. Ich kannte niemanden. Die Anwälte der großen Kanzleien verbrachten nicht sehr viel Zeit im Superior Court.

DeOrios Gerichtsgehilfin holte uns in den Gerichtssaal zurück, wo die anderen Beteiligten bereits versammelt waren. Die Atmosphäre war gespannt. DeOrio schien erregt, Arthur und die anderen machten einen erschöpften Eindruck. Wir setzten uns und warteten darauf, dass der Richter das Wort ergriff.

»Mr. Green«, begann er, »ich habe mit den Anwälten der Beklagten gesprochen. Hier ist ihr Angebot: drei Millionen Dollar und eine einjährige Aberkennung von Mr. Brocks Zulassung.«

Mordecai hatte sich gerade erst gesetzt und sprang wieder auf. »Wir verschwenden unsere Zeit«, sagte er und nahm seine Aktentasche. Ich folgte seinem Beispiel und erhob mich ebenfalls.

»Bitte entschuldigen Sie uns, euer Ehren«, sagte er. »Wir haben Besseres zu tun.« Wir gingen zum Mittelgang.

»Sie sind entschuldigt«, sagte der Richter deutlich verärgert.

Wir verließen eilends den Gerichtssaal.

38

Ich schloss gerade den Wagen auf, als das Handy in meiner Tasche vibrierte. Es war Richter DeOrio. Mordecai lachte, als ich sagte: »Ja, euer Ehren, wir sind in fünf Minuten da.« Wir ließen uns Zeit und brauchten zehn Minuten – wir wuschen uns in der Toilette im Erdgeschoss die Hände, wir gingen langsam und benutzten die Treppe –, damit DeOrio Gelegenheit hatte, die Gegenpartei noch ein wenig zu bearbeiten.

Das Erste, was ich beim Betreten des Gerichtssaals sah, war, dass Jack Bolling, einer der drei RiverOaks-Anwälte, sein Jackett ausgezogen und die Hemdsärmel aufgekrempelt hatte und den Drake & Sweeney-Anwälten den Rücken kehrte. Ich bezweifelte zwar, dass er sie geohrfeigt hatte, aber er sah aus, als sei er dazu willens und in der Lage.

In einem Schwurgerichtsprozess würde die große Schadenersatzzahlung, von der Mordecai träumte, allen drei Beklagten auferlegt werden, und die Vergleichsverhandlungen hatten RiverOaks offenbar einen großen Schrecken eingejagt. Vielleicht hatte es Drohungen gegeben, vielleicht hatte die Gesellschaft beschlossen, sich lieber jetzt mit einem kleineren Betrag zu beteiligen – wir würden es nie erfahren.

Ich setzte mich nicht auf die Geschworenenbank, sondern neben Mordecai. Wilma Phelan war gegangen.

»Wir haben's fast geschafft«, sagte DeOrio.

»Und wir erwägen, unser Angebot zurückzuziehen«, erwiderte Mordecai in barschem Ton. Wir hatten nichts besprochen, und weder die anderen Anwälte noch der Richter hatten diese Möglichkeit in Betracht gezogen. Sie zuckten zusammen und sahen einander an.

»Setzen Sie sich«, sagte der Richter.

»Ich meine es ernst, euer Ehren. Je länger ich hier sitze, desto mehr bin ich davon überzeugt, dass diese Schmierenkomödie vor einem Schwurgericht verhandelt werden sollte. Was Mr. Brock betrifft, so kann seine ehemalige Kanzlei die Strafsache gegen ihn getrost durchziehen – das ist sowieso keine große Sache. Die Kanzlei hat ihre Akte, und Mr. Brock ist nicht vorbestraft. Jeder weiß, dass die Gefängnisse mit Drogendealern und Mördern überfüllt sind, und die Anklage gegen ihn ist ein Witz. Er wird also nicht ins Gefängnis gehen müssen. Und das Disziplinarverfahren soll ruhig seinen Gang gehen. Ich werde eine Beschwerde gegen Braden Chance und vielleicht ein paar andere beteiligte Anwälte einreichen, und dann können wir ein Wettspucken veranstalten.« Er zeigte auf Arthur und sagte: »Wenn Sie zur Zeitung gehen, gehen wir auch zur Zeitung.«

Dem Rechtsberatungsbüro in der 14th Street könne es egal sein, was die Zeitungen schrieben, fuhr er fort. Wenn Gantry sich über seinen Ruf Gedanken mache, so zeige er es jedenfalls nicht. Auch RiverOaks werde trotz schlechter Presse weiterhin gute Geschäfte machen. Nur die Kanzlei Drake & Sweeney sei auf eine gute Reputation angewiesen.

Mordecais Ausbruch kam ganz unvermittelt, und sie waren vollkommen überrumpelt.

»Sind Sie fertig?«, fragte DeOrio.

»Ich glaube schon.«

»Gut. Das Angebot ist auf vier Millionen erhöht worden.«

»Wenn sie vier Millionen zahlen können, können sie auch fünf Millionen zahlen.« Mordecai zeigte wieder auf die Drake & Sweeney-Anwälte. »Diese Kanzlei hat im letzten Jahr fast siebenhundert Millionen Dollar eingenommen.« Er hielt inne und ließ die Worte wirken. »Siebenhundert Millionen, allein im letzten Jahr.« Er zeigte auf die RiverOaks-Anwälte. »Und diese Gesellschaft besitzt Immobilien im Wert von dreihundertfünfzig Millionen Dollar. Ich will ein Schwurgerichtsverfahren.«

Als er schließlich schwieg, fragte DeOrio noch einmal: »Sind Sie fertig?«

»Nein, euer Ehren«, antwortete er und wurde mit einemmal ganz ruhig. »Wir sind einverstanden mit einer sofortigen Zahlung von zwei Millionen: eine Million für die Erben, eine Million für unser Honorar. Der Rest von drei Millionen kann über die nächsten zehn Jahre verteilt werden – dreihunderttausend Dollar pro Jahr, zuzüglich der üblichen Zinsen. Ich bin sicher, die Beklagten können einen Betrag von dreihunderttausend Dollar im Jahr verschmerzen. Sie werden vielleicht Mieten und Honorarsätze erhöhen müssen, aber wie man das macht, wissen sie ja.«

Ein gegliederter Vergleich mit einer über Jahre gestaffelten Zahlung erschien vernünftig. Wegen der mangelnden Verlässlichkeit der Erben und der Tatsache, dass die meisten von ihnen noch gar nicht gefunden waren, würde das Gericht mit Argusaugen über das Geld wachen.

Mordecais Vorschlag war geradezu genial. Die Drake & Sweeney-Anwälte entspannten sich sichtlich. Er hatte ihnen einen Ausweg gezeigt.

Jack Bolling beriet sich mit ihnen. Gantrys Anwälte hörten zu, waren aber fast ebenso gelangweilt wie ihr Mandant.

»Wir sind einverstanden«, verkündete Arthur. »Doch wir bleiben bei unserer Forderung bezüglich Mr. Brock. Wir wollen eine einjährige Aberkennung seiner Zulassung, oder es gibt keinen Vergleich.«

Plötzlich hasste ich Arthur wieder. Es war ihr letzter Trumpf, und in dem Versuch, ihr Gesicht zu wahren, wollten sie so viel wie möglich herausschlagen.

Doch Arthur befand sich nicht in einer Position der Stärke. Er war verzweifelt, und man sah es ihm an.

»Was für einen Unterschied würde das machen?«, schrie Mordecai ihn an. »Er ist bereit, die Demütigung einer Aberkennung seiner Zulassung hinzunehmen. Was haben Sie davon, wenn es sechs Monate mehr sind? Das ist doch absurd!«

Die beiden Vorstände von RiverOaks hatten genug. Sie besaßen eine natürliche Scheu vor Gerichtssälen, und drei Stunden Mordecai hatte ihre Angst auf neue Höhen getrieben. Einen zwei Wochen dauernden Prozess wollten sie um jeden Preis vermeiden. Sie schüttelten verärgert den Kopf und flüsterten miteinander.

Selbst Tillman Gantry war Arthurs Unnachgiebigkeit leid. Ein Vergleich war zum Greifen nahe – das Ding musste jetzt unter Dach und Fach!

Eben hatte Mordecai geschrien: »Was für einen Unterschied würde das machen?« Und er hatte Recht. Es machte wirklich keinen Unterschied, jedenfalls nicht für einen Armenanwalt wie mich, dessen Tätigkeit, Status und Gehalt diese befristete Aberkennung der Zulassung nicht im Mindesten berühren würde.

Ich erhob mich und sagte sehr verbindlich: »Wir könnten uns auf halbem Weg entgegenkommen, euer Ehren. Sie fordern zwölf Monate, wir bieten sechs. Ich bin mit neun Monaten einverstanden.« Dabei sah ich Barry Nuzzo an. Er lächelte.

Hätte Arthur in diesem Augenblick Einwände erhoben, dann hätten die anderen ihn zu Boden geschlagen. Alle, auch der Richter, waren erleichtert. »Dann ist ja alles geregelt«, sagte er, ohne die Beklagten nach ihrem Einverständnis zu fragen.

Seine wunderbar tüchtige Gerichtsgehilfin hatte sich an den vor dem Richtertisch aufgebauten Computer gesetzt und präsentierte uns schon nach wenigen Minuten einen nur eine Seite umfassenden Vergleichsvertrag. Wir beeilten uns, ihn zu unterschreiben, und gingen.

Im Büro gab es keinen Champagner. Sofia tat, was sie immer tat. Abraham war nach New York zu einer Tagung über Obdachlosigkeit gefahren.

Wenn es in Amerika eine Kanzlei gab, die fünfhunderttausend Dollar ausgeben konnte, ohne dass man es groß merkte, dann war es das Rechtsberatungsbüro in der 14th Street. Mordecai wollte moderne Computer und Telefone anschaffen und spielte mit dem Gedanken, eine neue Heizung einbauen zu lassen. Der größte Teil des Geldes sollte auf ein Konto gehen, Zinsen tragen und zur Überbrückung schlechter Zeiten dienen. Es war eine schöne Rücklage, die unser mageres Gehalt für mehrere Jahre sichern würde.

Wenn es ihn ärgerte, die anderen fünfhunderttausend an die Cohen-Stiftung überweisen zu müssen, dann verbarg er es gut. Mordecai war kein Mensch, der sich über Dinge, die er nicht ändern konnte, den Kopf zerbrach. Er schlug nur Schlachten, die er gewinnen konnte.

Es würden mindestens neun Monate harter Arbeit nötig sein, um die Schadenersatzsumme zu verteilen, und den größten Teil dieser Arbeit würde ich erledigen. Erben mussten festgestellt und gefunden werden, und wenn sie gemerkt hatten, dass viel Geld im Spiel war, würde man sich mit ihnen auseinandersetzen müssen. Es würde kompliziert werden. So würden beispielsweise die Leichname von Kito Spires sowie von Temeko, Alonso und Dante exhumiert werden müssen, um durch eine DNA-Analyse die Frage der Vaterschaft zu klären. Sollte Kito sich tatsächlich als Vater der Kinder erweisen, dann war er ihr Erbe, denn sie waren vor ihm gestorben. Und dann mussten eine Treuhänderschaft eingerichtet und seine Erben gesucht werden.

Auch Lontaes Mutter und Brüder stellten uns vor große Probleme. Sie hatten Freunde im Milieu und würden, wenn sie in ein paar Jahren auf Bewährung freikamen, lautstark Anspruch auf ihr Erbe erheben.

Mordecai verfolgte noch zwei andere äußerst interessante Projekte. Das Erste war die Rekrutierung von Gratis-Anwälten. Das Büro hatte vor Jahren ein solches Programm organisiert, es aber wieder einstellen müssen, weil die öffentlichen Zuschüsse gekürzt worden waren. Damals hatten zeitweise hundert Anwälte freiwillig einige Wochenstunden geleistet, um Obdachlosen zu helfen. Mordecai bat mich nun, dieses Programm wieder zu beleben. Der Gedanke gefiel mir. Wir würden mehr Menschen erreichen, bessere Kontakte zu den etablierten Kanzleien unterhalten und eine breitere Basis für unsere Spendensammlung haben.

Das war das zweite Projekt. Aufgrund ihres Naturells waren Sofia und Abraham nicht imstande, erfolgreich um Geld zu bitten. Mordecai konnte einem das letzte Hemd abschwatzen, brachte es aber nicht über sich zu betteln. Ich war der intelligente, junge, weiße, wohlerzogene Anwalt, der sich mühelos unter seinesgleichen bewegen und die Leute überzeugen konnte, jährlich etwas zu spenden.

»Wenn Sie es geschickt anstellen, könnten Sie zweihunderttausend pro Jahr zusammenbekommen«, sagte Mordecai.

»Und was würden wir damit machen?«

»Ein paar Sekretärinnen und Gehilfen einstellen, vielleicht sogar einen weiteren Anwalt.« Sofia war nach Hause gegangen. Wir saßen im vorderen Raum, und Mordecai begann zu träumen. Er sehnte sich nach den Tagen zurück, als noch sieben Anwälte im Büro gearbeitet hatten. Jeden Tag hatte Chaos geherrscht, aber das Büro war eine Macht gewesen. Es hatte Tausenden von Obdachlosen geholfen. Politiker und Bürokraten hatten ein offenes Ohr gehabt. Das Büro hatte mit lauter Stimme gesprochen und war meist gehört worden.

»Seit fünf Jahren sind wir auf dem absteigenden Ast«, sagte er. »Und die Menschen auf der Straße leiden. Das ist der richtige Augenblick, das Ruder herumzureißen.«

Und diese Aufgabe fiel nun mir zu. Ich war das frische Blut, das junge Talent, das Schwung in das Büro bringen und es zu neuen Höhen führen sollte. Ich würde Dutzende neuer Freiwilliger gewinnen. Ich würde die Spendensammlung so organisieren, dass wir genug Mittel hatten, um mit anderen Kanzleien mitzuhalten. Wir würden expandieren, die Bretter aus den vernagelten Fenstern im ersten Stock entfernen und viele talentierte junge Anwälte beschäftigen.

Die Rechte der Obdachlosen würden verteidigt werden – die Menschen brauchten nur zu uns zu kommen. Wir würden ihnen Gehör verschaffen.

39

Am Freitagmorgen saß ich an meinem Schreibtisch und ging fröhlich meiner Arbeit als Anwalt und Sozialarbeiter nach, als plötzlich Drake & Sweeney in der Person von Arthur Jacobs in der Tür stand. Ich begrüßte ihn freundlich, aber zurückhaltend, und er setzte sich auf einen meiner braunen Stühle. Er wollte keinen Kaffee. Er wollte mit mir reden.

Arthur hatte Sorgen. Fasziniert hörte ich dem alten Mann zu. Die letzten Wochen waren die schwersten seiner immerhin sechsundfünfzigjährigen Karriere gewesen. Der Vergleich war kein großer Trost. Die Kanzlei war nach diesem kleinen Unwetter wieder auf Kurs, doch Arthur schlief schlecht. Einer seiner Teilhaber hatte ein schreckliches Unrecht begangen, wodurch unschuldige Menschen gestorben waren. Drake & Sweeney würde immer für den Tod von Lontae Burton und ihrer vier Kinder verantwortlich sein, ganz gleich, wie viel Schadenersatz man bezahlte. Und Arthur bezweifelte, dass er darüber hinwegkommen würde.

Ich war zu überrascht, um etwas sagen zu können, also hörte ich nur zu. Ich wünschte, Mordecai könnte es ebenfalls hören.

Arthur litt, und es dauerte nicht lange, bis ich Mitleid mit ihm empfand. Er war achtzig und dachte schon seit Jahren daran, sich aus der Kanzlei zurückzuziehen, doch jetzt wusste er nicht, was er tun sollte. Er war es leid, dem Geld nachzujagen.

»Mir bleibt nicht mehr viel Zeit«, sagte er – dabei hatte ich das Gefühl, dass Arthur noch meine Beerdigung erleben würde.

Er war fasziniert von unserem Rechtsberatungsbüro, und ich erzählte ihm, wie ich hier gelandet war. Er wollte wissen, wie lange dieses Büro schon existierte, wie viele Mitarbeiter wir hatten, woher das Geld kam und wie wir arbeiteten.

Er hatte das Stichwort gegeben. Da ich in den kommenden neun Monaten ohnehin nicht als Anwalt praktizieren dürfe, erklärte ich ihm, hätten wir beschlossen, dass ich ein Programm zur Rekrutierung von Freiwilligen aus den großen Kanzleien der Stadt entwerfen solle. Seine Kanzlei sei die größte, und daher hätte ich schon erwogen, dort zu beginnen. Die Freiwilligen würden unter meiner Supervision einige Wochenstunden Gratisarbeit leisten, wodurch wir für Tausende von Obdachlosen tätig sein könnten.

Arthur wusste von diesen Programmen, wenn auch nicht sehr viel. Er habe seit zwanzig Jahren keine Gratisarbeit mehr geleistet, gestand er traurig. Das sei etwas für die jüngeren Mitarbeiter. Ich konnte mich gut erinnern.

Aber der Gedanke gefiel ihm. Je länger wir darüber sprachen, desto umfangreicher wurde das Programm. Nach ein paar Minuten erwog er bereits, alle vierhundert Anwälte der Washingtoner Kanzlei zu verpflichten, einige Wochenstunden zugunsten der Armen zu leisten. Das erschien mir nur recht und billig.

»Können Sie die Arbeit von vierhundert Anwälten koordinieren?«, fragte er.

»Natürlich«, antwortete ich, obgleich ich keine Ahnung hatte, wie ich das anstellen sollte. Doch meine Gedanken rasten. »Ich bräuchte allerdings Hilfe.«

»Welche Art von Hilfe?«

»Wie wäre es, wenn es bei Drake & Sweeney einen Mitarbeiter gäbe, der ausschließlich für die Koordination der Gratisarbeit zuständig wäre? Er würde in allen Fällen, in denen es um Obdachlose geht, eng mit mir zusammenarbeiten. Ehrlich gesagt: Bei vierhundert Anwälten brauche ich einen Ansprechpartner.«

Er dachte darüber nach. Alles war neu, und alles klang gut. Ich setzte nach.

»Und ich wüsste auch schon den richtigen«, sagte ich. »Er muss kein Anwalt sein – ein guter Anwaltsgehilfe könnte das ebenso gut.«

»An wen denken Sie?«

»Sagt Ihnen der Name Hector Palma etwas?«

»Kommt mir irgendwie bekannt vor.«

»Er arbeitet in der Drake & Sweeney-Kanzlei in Chicago, aber er ist ursprünglich aus Washington. Er war für Braden Chance tätig und wurde versetzt.«

Arthur kniff die Augen zusammen und versuchte sich zu erinnern. Ich war mir nicht sicher, wie viel er wusste, bezweifelte aber, dass er mich belügen würde. Er schien diesen Prozess der Läuterung zu genießen.

»Versetzt?«

»Ja, versetzt. Bis vor drei Wochen wohnte er noch in Bethesda – dann ist er plötzlich mitten in der Nacht umgezogen. Eine schnelle Versetzung nach Chicago. Er wusste alles über die Zwangsräumung, und ich habe den Verdacht, dass Chance ihn irgendwo verstecken wollte.« Ich wählte meine Worte mit Vorsicht, denn ich wollte das Versprechen, niemandem etwas von Hectors Beteiligung an dem Diebstahl zu sagen, nicht brechen.

Das brauchte ich auch nicht. Arthur hörte, wie immer, auch das, was ungesagt blieb.

»Er ist aus Washington?«

»Ja, und seine Frau ebenfalls. Sie haben vier Kinder. Ich bin sicher, dass sie gern wieder zurückkehren würden.«

»Und will er sich überhaupt für Obdachlose engagieren?«

»Warum fragen Sie ihn nicht selbst?«, antwortete ich.

»Das werde ich tun. Eine ausgezeichnete Idee.«

Wenn Arthur wünschte, dass Hector Palma nach Washington zurückkehrte, um die neuentdeckte Leidenschaft der Kanzlei für die Rechte der Obdachlosen zu unterstützen, würde das innerhalb einer Woche geschehen.

Das Programm nahm Gestalt an. Jeder Anwalt bei Drake & Sweeney würde verpflichtet sein, pro Woche einen Fall zu bearbeiten. Die jüngeren Mitarbeiter würden unter meiner Supervision beratend tätig sein, und wenn die Fälle bei Drake & Sweeney eingingen, würde Hector sie an die Anwälte verteilen. Manche Vorgänge erforderten nur fünfzehn Minuten Arbeit, erklärte ich Arthur, andere aber einige Stunden pro Monat. Das sei kein Problem, sagte er.

Bei dem Gedanken daran, dass in Kürze vierhundert Drake & Sweeney-Anwälte mit Eifer für die Rechte von Obdachlosen eintreten würden, hatte ich beinahe Mitleid mit Politikern, Bürokraten und Sachbearbeitern.

Arthur blieb fast zwei Stunden und entschuldigte sich, als er merkte, wie viel von meiner Zeit er in Anspruch genommen hatte. Seine Stimmung war jedoch sehr viel besser. Er hatte ein neues Ziel, er war ein Mann mit einem Anliegen. Ich begleitete ihn bis zu seinem Wagen und eilte dann hinein, um es Mordecai zu erzählen.

Megans Onkel hatte ein Haus an der Atlantikküste, in der Nähe der Insel Fenwick an der Grenze zwischen Delaware und Maryland. Sie bezeichnete es als ein heimeliges altes Haus, zweistöckig, mit einer großen Veranda, die fast bis zum Meer reichte, und drei Schlafzimmern – ein ideales Haus für einen Wochenendausflug. Es war Mitte März und noch kalt, aber wir konnten ja am Kamin sitzen und lesen.

Sie betonte die Tatsache, dass drei Schlafzimmer vorhanden waren: Es war also genug Platz vorhanden, sodass jeder seine Privatsphäre hatte, ohne dass es zu irgendwelchen Komplikationen kam. Sie wusste, dass die Verletzung durch die Trennung noch nicht verheilt war, und nachdem wir zwei Wochen lang vorsichtig miteinander geflirtet hatten, hatten wir gemerkt, dass wir ein langsames Tempo würden anschlagen müssen. Es gab allerdings noch einen anderen Grund, warum sie die drei Schlafzimmer erwähnt hatte.

Am Freitagnachmittag ließen wir Washington hinter uns. Ich lenkte, Megan lotste mich, und Ruby saß auf dem Rücksitz, knabberte Kekse und freute sich wie ein Kind darauf, ein paar Tage nicht in der Stadt und auf den Straßen, sondern am Meer zu verbringen, clean und sauber.

Sie hatte seit Donnerstagabend keine Drogen genommen. Mit den drei Tagen in Delaware würden das schon vier sein, wenn wir sie am Montagnachmittag ins Easterwood, eine kleine Entzugsklinik für Frauen in der East Capitol Street, bringen würden. Mordecai hatte bei jemandem seinen ganzen Einfluss geltend gemacht, und Ruby würde dort für mindestens neunzig Tage ein kleines Zimmer mit einem warmen Bett haben.

Bevor wir losgefahren waren, hatte sie bei Naomi geduscht und sich umgezogen. Megan hatte ihre Garderobe und die Reisetasche gründlich nach Drogen durchsucht und nichts gefunden. Es war eine Verletzung der Privatsphäre, aber bei Süchtigen galten andere Regeln.

Bei Sonnenuntergang kamen wir an. Megan fuhr ein-, zweimal im Jahr hierher. Der Schlüssel lag unter der Matte.

Ich bekam das Schlafzimmer im Erdgeschoss, was Ruby erstaunte. Die anderen beiden Schlafzimmer waren im ersten Stock, und Megan wollte nachts in Rubys Nähe sein.

Am Samstag regnete es. Es war ein kalter, windverwehter Regen, der vom Meer hereinkam. Ich saß unter einer dicken Decke allein auf der Verandaschaukel, schwang leise vor und zurück und lauschte, verloren in eine Traumwelt, auf das Geräusch der Brandung. Die Verandatür fiel ins Schloss, die Fliegentür klappte, und Megan setzte sich neben mich, hob die Decke an und schmiegte sich an mich. Ich hielt sie fest; hätte ich das nicht getan, dann wäre sie von der Schaukel gefallen.

Sie war leicht zu halten.

»Wo ist unsere Mandantin?«, fragte ich.

»Sie sieht fern.«

Eine Bö trieb Sprühregen in unsere Gesichter, und wir schmiegten uns enger aneinander. Die Ketten, an denen die Schaukel aufgehängt war, quietschten lauter und verstummten, als unsere Bewegung fast zum Stillstand kam. Wir sahen den Wolken zu, die über das Meer heranzogen. Zeit spielte keine Rolle mehr.

»Woran denkst du?«, fragte sie leise.

An alles und nichts. Fern der Stadt konnte ich zum ersten Mal zurückblicken und versuchen, in dem, was geschehen war, einen Sinn zu entdecken. Vor zweiunddreißig Tagen war ich mit jemandem verheiratet gewesen, hatte in einer anderen Wohnung gewohnt, in einer anderen Kanzlei gearbeitet und hatte die Frau, die ich jetzt in den Armen hielt, noch gar nicht gekannt. Wie konnte sich das Leben innerhalb eines Monats so grundlegend verändern?

Ich wagte nicht, an die Zukunft zu denken; die Vergangenheit war noch nicht vorbei.

Danksagung

Bevor ich dieses Buch schrieb, hatte ich mir nie viele Gedanken über Obdachlose gemacht. Und ich kannte niemanden, der mit ihnen arbeitete.

In Washington stieß ich auf die *Washington Legal Clinic for the Homeless* und lernte Patricia Fugere, die Leiterin, kennen. Sie und ihre Kolleginnen – Mary Arm Luby, Scott McNeilly und Melody Webb O'Sullivan – führten mich in die Welt der Obdachlosen ein. Ich möchte ihnen herzlich für ihre Mühe und Unterstützung danken.

Bedanken möchte ich mich auch bei Maria Foscarinis vom *National Law Center on Homelessness and Poverty,* bei Willa Day Morris von *Rachael's Women's Center,* bei Mary Popit von *New Endeavors by Women* sowie bei Bruce Casino und Bruce Sanford von *Baker & Hostetler.*

Will Denton hat das Manuskript gegengelesen und Änderungen bezüglich der juristischen Feinheiten vorgeschlagen. Jefferson Arrington hat mir die Stadt gezeigt. Jonathan Hamilton hat recherchiert. Danke!

Für die echten Mordecai Greens und ihre Arbeit an der vordersten Front.